SOLEILS DE SANG

DU MÊME AUTEUR

La Prophétie de la cathédrale, Archipoche, 2020.
Mortelle Tentation, L'Archipel, 2019.
La Petite Fille du phare, L'Archipel, 2018.

CHRISTOPHE FERRÉ

SOLEILS DE SANG

roman

l'Archipel

Notre catalogue est consultable à l'adresse suivante :
www.editionsarchipel.com

Éditions de l'Archipel
92, avenue de France
75013 Paris

ISBN 978-2-8098-4120-6

« On ne devrait jamais inviter des gens susceptibles de mourir chez vous. »

Agatha Christie

Prologue

Des coups de feu retentirent en pleine fête. Ce n'étaient pas de gros pétards pour égayer l'atmosphère, des balles à blanc pour plaisanter, pour se faire peur. C'étaient de vraies balles comme dans les films de gangsters.

La famille au complet venait de déguster une succulente charlotte aux fraises.

Quarante-cinq bougies avaient été soufflées une à une dans une atmosphère joyeuse au milieu des applaudissements.

On avait ri ensemble, ce qui n'arrivait pas souvent. Certains s'étaient-ils forcés à rire ? Avaient-ils fait semblant ?

Des rires autour d'une table décorée avec raffinement. Cinq assiettes à dessert en porcelaine de Limoges. Des pétales de rose sur la nappe d'un blanc immaculé. Le bouquet de jonquilles de Grasse sentait bon le printemps.

On avait servi du cognac dans des verres en cristal. Certains convives l'avaient bu cul sec.

Un premier coup de feu. Un court silence. Puis d'autres coups de feu. En rafales, cette fois.

Les tirs durèrent peu de temps, mais ils furent drôlement efficaces. Certains ratèrent leur cible, mais la plupart firent mouche.

Facile de viser dans une salle à manger. Pas besoin d'avoir suivi des cours de tir.

Une jolie villa au milieu d'un grand jardin planté de pins parasols et de magnolias.

Un jour d'avril. Le soleil insolent flamboie dans le ciel pur. Les parfums du maquis viennent jusque-là, premières senteurs délicieuses de l'année après des mois d'hiver. Thym, arbousiers, lavandes, myrtes, clématites, chênes verts, bruyères, genévriers, buis, lauriers.

La renaissance des fleurs, de la végétation éteinte. La lumière éblouissante inonde la ville de Vence comme une promesse de bonheur.

Au loin, les neiges s'amenuisent jour après jour sur les Alpes. À l'opposé, à plusieurs kilomètres, la mer resplendit comme un immense miroir.

Dans quelques jours, il fera chaud. Au printemps, c'est l'été à Saint-Tropez, Cannes, Antibes, Nice, Monte-Carlo, Menton, alors que le reste de la France est encore plongé dans les froidures de l'hiver.

Une belle journée d'avril comme on les aime. Une journée de fête.

C'est à ce moment-là que le cauchemar a commencé.

Pour certains, il a pris fin en quelques secondes. La mort les a fauchés sans préambule. Pas le temps de comprendre ce qui s'était passé. Ceux-là ne témoigneront pas auprès de la police judiciaire. Aucun mot ne sort de la bouche des cadavres.

Des coups de feu dans la villa de Vence à l'heure du déjeuner.

Des coups de feu dans la lumière d'avril rue des Micocouliers.

Dans la splendeur du printemps.

Des bouillons de sang.

Du sang frais. Resplendissant.

Le sang a éclaboussé la nappe blanche couverte de pétales de rose, la charlotte aux fraises, les assiettes à dessert en porcelaine de Limoges, le joli parquet ciré.

Après les coups de feu, pas un cri, pas une plainte, juste les hurlements du chien.

Mais aussi un air de tango de Buenos Aires.

Le silence de la mort sur un air de tango, mais les morts étaient bien morts, leurs oreilles n'entendaient plus rien.

Couchée sur une plage de sable fin, Juliette se réveilla. La pluie mouillait son beau visage. Il faisait nuit.

Elle entendait le bruit de vagues, de petites vagues, à quelques mètres d'elle, mais elle ne les voyait pas à cause de l'obscurité. Une brise légère, comme une caresse, venait de la mer. Au loin, la lumière d'un bateau, deux éclats rouges, ressemblait à de gros yeux posés sur l'eau.

Elle regarda le ciel, frissonnante, presque frigorifiée, et sentit la morsure du sable sur sa peau, dans le dos. Son chemisier était légèrement relevé, le sable était froid et inhospitalier. Ce n'était pas celui des grèves gorgées de soleil.

Sur quelle plage se trouvait-elle ?

Elle n'en savait rien.

Elle avait l'impression d'avoir été projetée à l'autre bout du monde, dans un endroit inconnu et sauvage.

Pas d'immeubles le long de la plage. Pas de maisons. Ou alors, cachés dans la végétation luxuriante. Elle devinait des arbres, des feuillages mouvants dont le bruissement accompagnait celui de la mer.

Elle ne comprenait pas pourquoi elle se réveillait là.

Aucune explication.

Elle essayait de rassembler ses idées.

C'était comme si son cerveau était peuplé de brouillard, comme si elle sortait d'un sommeil incommensurable.

Peu à peu, le jour venait. Une lueur pâle au loin. À l'autre bout de la mer et de la terre.

Juliette essayait de se souvenir de ce qui s'était passé avant qu'elle sombre dans le sommeil. Des bribes remontaient à la surface. Comme des bulles d'air jaillissant des abysses.

Des abysses noirs. Sinistres.

Des myriades de questions la tourmentaient.

Elle resta à moitié couchée, incapable de se relever. Outre son petit chemisier, elle était vêtue d'une robe à fleurs imprimée qu'elle avait enfilée pour l'anniversaire de sa mère.

L'anniversaire de sa mère !

Des images commençaient à jaillir…

L'anniversaire de sa mère. Ses quarante-cinq ans. Une fête.

La famille autour d'une table. Ça faisait longtemps qu'elle ne s'était pas réunie. À cause des chamailleries, on ne se voyait presque jamais.

Son père, sa mère, son frère, sa sœur.

David, Flavia, Valentin, Jennifer.

En tout, avec elle, cinq personnes.

Tous ensemble.

Rien que ça, c'était un exploit. Un événement rarissime. La dernière fois, c'était pour un enterrement, celui du grand-père maternel, mort dans un accident de voiture.

Juliette ferma les yeux. Elle se souvenait des rires de son frère, lui qui ne riait jamais. Il avait débarqué sans sa copine. Jusqu'au dernier moment, on avait cru qu'il ne viendrait pas. Il n'assistait jamais aux réunions de famille, mais cette fois, il avait fait une exception parce que c'étaient les quarante-cinq ans de sa mère, même s'il ne s'entendait pas avec elle.

Pourquoi pensait-elle ainsi brutalement à son frère ? Elle entendait de nouveau son rire quand le gâteau était arrivé sur la table, la charlotte aux fraises qu'elle avait elle-même confectionnée dans son studio d'Èze au petit matin. Elle s'était levée tôt.

Le rire de Valentin. Le gâteau et ses fraises rutilantes.

Quarante-cinq bougies de couleur rose. Juliette les avait comptées plusieurs fois pour ne pas faire d'erreur. Elle avait refusé d'utiliser ces ridicules bougies en forme de chiffre.

Le souvenir de cette charlotte venait de jaillir dans le cerveau embrumé de la jeune fille en même temps que le rire de Valentin. Les autres souvenirs restaient enfouis. Comme si elle en avait peur.

Elle sortait d'une nuit étrange. Implacable.

Devant elle, éclairée par les premières lueurs du jour, une mer presque lisse jaillissait de l'obscurité. Elle ressemblait à une énorme tombe de granit noir.

Juliette n'était jamais venue ici. Elle était passée directement de la maison de Vence à cette plage mystérieuse.

Elle regarda vers l'intérieur des terres. Sortant de l'obscurité, des pins se dressaient, des palmiers, et d'autres plantes dont elle ignorait le nom.

Au loin, sur une colline, les phares d'un véhicule balayaient les derniers quartiers de la nuit.

La jeune femme ferma de nouveau les yeux. Elle avait fait des cauchemars terrifiants. Des images affreuses trottaient dans sa tête, impossible de les chasser. Elle avait rêvé d'une ville tentaculaire qu'elle ne connaissait pas. Des voitures par milliers. Des autocars. Des camions. Des autoroutes. Des échangeurs. Des églises. Des buildings. Des trains. Des métros. Un fleuve immense.

Un énorme embouteillage étouffait la ville. Les gens couraient. Elle aussi courait, sans savoir pourquoi, sans savoir où elle allait.

Elle essayait alors de fuir la ville qui lui faisait peur en prenant un bateau. Au milieu du fleuve, l'embarcation avait fini par couler. C'est à ce moment-là que le rêve s'était arrêté. Elle avait eu l'impression de se noyer et s'était réveillée avec la sensation d'étouffer.

Sur la plage, elle avait énormément de mal à rassembler ses idées.

La lumière grandissait.

Les images de l'anniversaire se faisaient à présent de plus en plus nettes. Juliette se souvenait des applaudissements quand elle avait apporté la charlotte piquée de ses quarante-cinq bougies scintillant comme des feux follets. On avait chanté à tue-tête « *Happy Birthday to You!* ».

Maman souriait comme elle n'avait pas souri depuis des mois. Elle avait ce beau regard intense qui faisait d'elle une femme qu'on remarque dans la rue.

Dans la villa de Vence. À un quart d'heure en voiture de la côte.

La maison de famille.

La famille Carpenter.

Juliette supposait que ces images dataient de la veille, mais elle n'en était pas certaine. Elle ne savait pas combien de temps, de jours, elle avait dormi. Elle avait la sensation d'un sommeil inhabituel, comme si l'anniversaire de sa mère s'était passé il y a très longtemps.

L'avait-on déposée sur cette plage ? Si oui, qui ? Quand et pourquoi ?

Ou bien était-elle venue ici d'elle-même dans un état second ?

Des images explosèrent alors dans sa tête.

Violentes comme des bâtons de dynamite.

Comme des décharges de mille volts.

Pendant l'anniversaire, tout avait basculé en quelques centièmes de seconde.

Des tirs avaient retenti.

Elle ne revoyait pas le visage du tireur. Un homme ? Une femme ? Quelqu'un assis autour de la table qui aurait sorti une arme de sa poche ?

Elle entendit de nouveau le fracas des balles.

Elle n'avait pas été touchée. Pourquoi ?

Elle se souvenait qu'à un moment, juste après les tirs, dans un état cotonneux, elle avait regardé autour d'elle. Il y avait du sang partout. Sur la nappe, sur la charlotte aux fraises.

Elle n'avait pas vu de corps blessés ou morts. À moins que son cerveau ait décidé de ne pas s'en souvenir. De ne pas les revoir.

Le sang ressemblait à une décoration d'Halloween. Ce n'était pas une décoration, c'était du vrai sang, un sang tout frais.

Le sang de ses proches.

Sur la plage, Juliette se mit debout. La pluie avait cessé. Les nuages s'effilochèrent, laissant paraître le ciel infini. La mer était triste dans l'aube naissante.

Le soleil, peu à peu, s'était levé. Il avait inondé la mer de sa lumière incandescente.

Juliette se dirigea vers le haut de la plage afin de se dégourdir les jambes, avant de s'asseoir sur une grosse pierre au pied d'un tamaris.

Pourquoi se retrouvait-elle là, si loin de la maison familiale ? Elle essaya de se rappeler ce qui s'était passé entre les coups de feu et le moment présent.

Elle se souvenait de paroles échangées avec son frère Valentin au moment où elle était arrivée dans la villa. Elle avait demandé :

— Sérieusement, tu es venu ?

— Tu es aveugle ou quoi ? Oui, c'est bien moi.

Sa voix était ironique.

— D'habitude, tu ne viens jamais !

— Je n'allais pas rater l'anniversaire de ma vieille.

Ce dernier mot avait choqué Juliette. Heureusement que sa mère n'avait pas entendu, elle s'était absentée un instant de la salle à manger.

Ma vieille.

Devant la mine étonnée de sa sœur, il avait ajouté :

— Oh, tu sais, ce n'est pas méchant. Je dis ça par affection. Ne connais-tu pas la chanson de Daniel Guichard ?

Non, elle ne la connaissait pas. Daniel Guichard, c'était une autre époque. Elle écoutait de la musique tout le temps, dans ses oreillettes, son groupe préféré était Maroon 5, pas les chansons des années 1970.

Sur la plage, elle n'avait ni ses oreillettes ni son téléphone. D'habitude, elle les mettait dans la poche de sa veste, mais elle n'avait pas de veste. Elle n'avait aucun souvenir de son départ de la maison. Elle avait retiré son vêtement en arrivant là-bas.

Sans portable, Juliette ne pouvait appeler personne à l'aide. Allait-elle avoir la force de reprendre sa marche ?

Elle avait faim, elle avait froid. Des larmes coulaient parfois sur ses joues.

Elle avait débarqué en retard à l'anniversaire.

On l'avait attendue, puis on avait commencé le repas. Oh non, elle n'était pas arrivée la dernière. D'autres invités étaient annoncés pour le goûter.

Au départ, la grand-mère maternelle, Isabel Gomez, devait partager le déjeuner avec le reste de la famille, mais Valentin s'était mis en colère en apprenant la nouvelle, et, finalement, Flavia avait téléphoné à sa mère le matin même en lui demandant de venir en fin d'après-midi.

— Désolée pour le retard, avait dit Juliette en arrivant. J'ai eu un problème avec ma voiture.

Elle avait menti. Elle avait traîné, c'est tout. Ou plutôt, elle avait eu un contretemps dont elle n'avait pas voulu parler. Juliette avait eu le plus grand mal à confectionner la charlotte, et après, il avait fallu qu'elle la laisse plusieurs heures au frais.

— Bon anniversaire, maman ! Tu n'as jamais été aussi belle !

Elle ne croyait pas un mot de ce qu'elle disait. Elle trouvait que sa mère avait beaucoup vieilli ces derniers mois, à cause des problèmes qu'elle traversait. Et puis elle avait changé de coiffure, un jour, sans demander l'avis de personne. Elle avait coupé ses longs cheveux noirs qui descendaient jusqu'à sa poitrine, avait adopté une coupe plus classique effaçant le romantisme argentin de son allure.

— J'ai apporté la charlotte et une fiole de cognac, avait ajouté Juliette. Et voici ton cadeau !

Elle avait dit cela sans enthousiasme, même si elle adorait sa mère.

Elle lui avait tendu un paquet noué d'un joli ruban rouge, avant d'aller placer le gâteau dans le réfrigérateur.

Puis elle s'était assise à côté de sa petite sœur Jennifer, qu'elle adorait.

Elle l'avait embrassée affectueusement.

— Quel plaisir de te voir ! Ça va, ma belle ?

Les convives avaient avalé le plat principal, une blanquette de veau, et attaquaient à présent le plateau de fromages.

Juliette avait discuté un instant avec sa mère, puis avait annoncé d'une voix forte :

— Bon, puisque vous ne m'avez pas attendue, je vais démouler la charlotte et allumer les bougies à la cuisine.

Ces images-là, inoffensives, repassaient dans sa tête.

Au bout d'un quart d'heure, elle était revenue avec le gâteau, sa mère avait soufflé les bougies, son père avait découpé les parts et placé un morceau dans chaque assiette, avant que les cadeaux ne soient déballés. Juliette avait offert un tableau ancien, sans valeur marchande, représentant le vieux port de Nice.

— Tu as fait une folie, ma chérie ! Il ne fallait pas. C'est trop gentil.

— Je l'ai acheté dans une brocante près de la place Masséna.

Elle avait alors lu de la tristesse sur le visage de sa mère. Fallait-il l'attribuer à l'émotion, à la fatigue, ou à ses problèmes ?

Flavia avait déballé les autres cadeaux : un ouvrage sur les grands fonds publié par le musée océanographique de Monaco, un autre consacré à la famille princière, une médaille représentant Albert II et Charlène, ainsi que quelques babioles. Flavia était passionnée par la principauté.

On avait commencé à déguster la charlotte. Puis rempli les verres de cognac. C'était une tradition dans la famille.

On ne buvait pas de champagne lors des fêtes, mais du cognac. Chacun avait apporté sa fiole. Le temps d'une fête, l'alcool effaçait les blessures, les ressentiments, les désirs de vengeance.

L'anniversaire aurait dû être un moment de partage et de réconciliation. Mais la vie ne se déroule jamais comme prévu.

Assise au pied du tamaris, Juliette repensait à la fête, ou à la pseudo-fête.

Après les coups de feu, plus rien.

Le noir.

Le vide.

Les brumes de la nuit sidérale.

Mais d'autres bribes du déjeuner revenaient.

Le tango argentin.

Sa mère était originaire d'Argentine. Elle avait quitté le pays des décennies plus tôt, elle adorait le tango, mais aussi la littérature de là-bas, Julio Cortázar, Jorge Luis Borges, Alfonsina Storni Martignoni.

À un moment, Valentin avait pris sa mère par la main, alors qu'ils se détestaient.

Effet de l'alcool ?

Juliette se demandait si ce souvenir était bien réel, ou s'il était le produit de son imagination tourmentée.

Valentin avait dit à Flavia :

— Je ferai tout pour te rendre heureuse. Tout. Tu le sais.

Il avait murmuré cela sur un ton étrange, comme s'il pensait le contraire.

Le père ne disait rien, comme toujours. Il écoutait les autres, engoncé dans une sorte de sommeil permanent.

— Encore un peu de cognac, maman ? avait ajouté le frère en affichant son plus beau sourire.

Juliette ne l'avait jamais vu sourire ainsi à sa mère. S'étaient-ils donc réconciliés sans qu'elle le sache, ou était-ce le sourire du diable ?

Sur la plage, Juliette eut un haut-le-cœur : et si c'était elle qui avait tiré… Non, elle n'avait pas d'arme sur elle. Quelqu'un en avait-il placé une dans sa main en l'obligeant à commettre un acte répugnant ?

Juliette n'avait pas d'argent sur elle, ses poches étaient vides. Rien. Comment repartir d'ici ? Elle n'allait pas faire du stop…

Elle n'avait toujours pas la moindre idée de l'endroit où elle se trouvait. *A priori*, au bord de la Méditerranée, ça se voyait à la végétation, mais c'était vague. France ? Italie ? Espagne ?

Au loin, elle apercevait une petite ville et, à droite sur la mer, un archipel. Elle avait l'impression que c'étaient les îles d'Hyères, mais sans certitude. La jeune femme restait persuadée qu'elle n'était jamais venue ici, sur ce sable, même s'il existait des centaines, des milliers de plages sur la côte.

Elle marcha vers des maisons noyées dans les arbres, qu'elle n'avait pas vues tout à l'heure à cause de l'obscurité et de l'épaisse végétation. Elle arriva près de voitures garées sur une promenade longeant le rivage. À son grand soulagement, elle constata que les plaques d'immatriculation étaient françaises. Trois véhicules l'un derrière l'autre, tous marqués du chiffre 83. Département du Var. Vence se trouvait dans les Alpes-Maritimes.

Comment avait-elle effectué le trajet ?

Elle resta figée de longues minutes, transie de froid et pétrie de tristesse. Que faire ? Frapper à une porte ? Pour dire quoi ? Qu'elle avait dormi sur une plage ? C'était absurde.

Y avait-il vraiment eu des coups de feu ? Du sang versé ? Elle n'en était plus certaine. Juliette vivait une situation étrange : elle avait vraisemblablement assisté à une tragédie mais ne trouvait aucune explication à sa présence ici. Pourquoi en avait-elle réchappé ?

A priori, elle était indemne. En dehors du fait que son cerveau était embrumé, tout semblait normal sur le plan physique.

Le soleil montait dans le ciel.

Sur la route, elle aperçut une femme qui venait de descendre d'une voiture garée un peu plus loin. Elle avançait vers Juliette d'un pas décidé, un sac de sport à la main. Peut-être allait-elle se baigner.

Juliette pensa lui demander de l'emmener à la gendarmerie la plus proche. Elle ne voyait pas d'autre possibilité. Elle dirait la vérité aux forces de l'ordre : elle s'était inexplicablement retrouvée sur une plage à des dizaines de kilomètres de chez elle et souhaitait qu'on la raccompagne à son domicile. Elle verrait bien ce qu'on lui répondrait…

Elle ne parlerait pas des coups de feu, du sang. D'ailleurs, n'avait-elle pas rêvé tout ccla ?

Juliette regarda attentivement la jolie promeneuse et fixa ses yeux. Elle voulait qu'on la rassure.

— Bonjour, dit-elle d'une voix tremblante. Je me suis perdue… Un ami m'a abandonnée ici, sans me préciser où j'étais…

Les yeux de Juliette se remplirent de larmes. Elle se sentait minuscule. Penaude. Fragile. Paumée. Désemparée.

Elle n'articulait pas comme d'habitude. Les mots avaient du mal à sortir de sa bouche.

L'inconnue poussa un cri.

— Mais enfin ! s'écria Juliette. Que se passe-t-il ? Je vous fais peur ?

— Du sang, vous avez du sang sur les mains !

— Mais non, voyons, je vais très bien, je ne suis pas blessée.

La touriste matinale l'observait avec consternation.

— Regardez vos mains ! Vous saignez ?

Juliette n'avait rien remarqué. Elle baissa les yeux et découvrit alors ses doigts maculés de rouge.

Il n'y avait aucun doute, il s'agissait de sang frais piqueté de sable.

— Je ne ressens aucune douleur. Je ne comprends pas.

— Quelqu'un vous abandonne sur une plage, vous avez du sang sur les mains et vous n'êtes pas blessée. Étrange… Avez-vous eu un accident ? Voulez-vous que j'appelle un médecin ?

Juliette bredouilla :

— Inutile. Où sommes-nous ?

— Vous ne le savez pas ?

— Du tout.

La jeune femme dévisagea Juliette des pieds à la tête, cherchant à comprendre.

— Plage de Gigaro, à La Croix-Valmer, département du Var.

— Ça alors ! Comment ai-je fait pour débarquer ici ?

— Venez-vous de loin ?

Juliette montra l'horizon, vers l'est, incapable de prononcer une parole. Puis elle se mit à sangloter, le souffle coupé.

— Allons, courage, je vais vous aider ! murmura l'inconnue.

Puis, après un silence :

— Vous ne savez pas d'où vous venez ?

Juliette reprit sa respiration.

— De Vence. Vence ! Près de Nice.

Elle n'arrivait plus à parler. Une énorme boule nouait sa gorge.

La promeneuse, stupéfaite, demanda :

— Vence ? Vraiment ?

— Eh bien ? demanda Juliette, incrédule.

— Vous n'êtes pas au courant ?

— Non.

— Un massacre a eu lieu là-bas. Les chaînes d'infos passent en boucle les images de « la maison de l'horreur ».

Juliette eut l'impression que le sol se dérobait sous ses pieds et tout devint flou autour d'elle.

— Quelque chose ne va pas ? lui demanda la promeneuse en lui touchant la main.

— Mais si, tout va très bien ! s'exclama Juliette d'une voix éperdue de tristesse. Je ne sais pas ce que je fais là, et vous m'annoncez qu'un massacre a eu lieu à l'endroit d'où je viens !

— Lavez-vous les mains, poursuivit la jeune fille. Il y a un robinet à quelques mètres.

Elle accompagna Juliette, qui frotta longuement ses doigts sous l'eau fraîche et pure.

— Je vous emmène chez le médecin, intima l'inconnue. Je voulais me baigner, mais ce sera pour une autre fois ! Venez, suivez-moi, on va prendre la voiture.

Juliette ne ressentait aucune douleur en dehors de celle qui broyait son cerveau, mais elle n'arrivait plus à marcher. Et brusquement, elle s'évanouit.

Quand Juliette ouvrit les yeux, elle aperçut des uniformes bleu marine autour d'elle. Trois hommes. Elle était allongée sur un brancard, dans une sorte de camion. Un pompier était penché sur elle.

— Tout va bien ?

— Je ne sais pas.

— Comment vous appelez-vous ?

— Juliette. Juliette Carpenter.

— En quelle année sommes-nous ?

Il devait la prendre pour une folle.

— 2019. Pourquoi cette question ?

— Où êtes-vous ? Dans quelle ville ?

— Une jeune femme vient de me le dire : La Croix-Valmer.

— Vous ne le saviez pas ?

— Non.

— Pourquoi ?

— J'ai perdu la mémoire.

Il lui prit le pouls, puis la tension. À son visage, elle comprit que quelque chose clochait.

Il examina son corps.

— Comment vous sentez-vous ?

— Perdue.

Les deux autres pompiers observaient la scène sans rien dire.

— Restez couchée. Je vais appeler un médecin.

Il composa le 15. Elle était sonnée. Elle entendit des bribes de la conversation.

— Oui, elle est faible. Non. Elle n'est pas…

Il parlait très doucement.

Il raccrocha.

— Madame, on vous conduit à l'hôpital car vous…

— L'hôpital ? Ah non, sûrement pas ! Emmenez-moi chez les flics.

— Les flics ?

— Oui. J'ai vraisemblablement été victime d'un enlèvement.

Le pompier semblait dubitatif.

— Vraiment ?

— Hier, j'étais chez moi, je fêtais l'anniversaire de ma mère, et tout à coup, plus rien. Ce matin, j'ouvre les yeux et me retrouve sur cette plage.

— On vous a assommée ? Avez-vous des douleurs à la tête ?

— J'ai l'impression que mon cerveau a été compressé.

Le pompier échangea quelques mots avec ses collègues, puis expliqua :

— Normalement, on n'a pas le droit de vous emmener quelque part, sauf à l'hôpital. Mais bon, pour cette fois, on va faire une exception. La gendarmerie se trouve à côté. Vous allez signer une décharge disant que vous ne voulez pas être hospitalisée.

Il lui demanda son nom, son adresse, sa date de naissance, et remplit le rapport d'intervention.

Elle resta couchée sur le brancard et le véhicule de secours démarra.

La route était sinueuse et Juliette avait mal à la tête.

La Croix-Valmer était un petit village provençal regroupé autour d'une placette et d'un amphithéâtre moderne. Le véhicule de secours s'arrêta devant la gendarmerie. La porte arrière s'ouvrit. Le pompier qui avait questionné Juliette l'accompagna jusqu'au bâtiment couvert de panneaux solaires.

Elle titubait, comme si elle avait ingurgité des litres d'alcool ou avait été droguée.

À l'intérieur du bâtiment, le pompier se dirigea vers une table où officiait un gendarme ventripotent qui portait des lunettes sales.

— Cette jeune femme a fait un malaise à Gigaro, dit-il. Elle ne veut pas aller à l'hôpital. Elle m'a demandé qu'on l'accompagne ici. Je repasserai plus tard pour vous donner davantage de détails, nous venons d'être appelés en urgence sur un autre site, je ne peux pas m'attarder.

Une fois le pompier parti, Juliette s'adressa au gendarme :

— Monsieur, bredouilla-t-elle d'une voix blême, j'ai été enlevée…

L'homme l'observa des pieds à la tête, étonné.

— Ah bon, vraiment ? Qui êtes-vous ?

Elle reprit sa respiration.

— Juliette Carpenter. Je participais à l'anniversaire de ma mère à Vence. Quelqu'un a tiré sur nous et…

Elle n'arrivait pas à poursuivre. Elle était secouée de sanglots.

L'homme retira ses lunettes.

— Madame, calmez-vous. Asseyez-vous là.

Il désigna une chaise en plastique près d'une table basse couverte de prospectus. La lumière était laide comme dans toutes les administrations du monde.

Il s'assit sur un autre siège.

— Hier soir, nous avons reçu une alerte. Une grosse affaire. Il est possible qu'elle vous concerne…

Elle baissa les yeux, regardant fixement le carrelage grisâtre.

— J'ai soif, murmura-t-elle dans un souffle.

Il attrapa une bouteille d'eau et remplit un gobelet. Elle but d'une traite.

— Vous venez donc de Vence ?

— Oui.

— Vous avez assisté à…

Il ne trouvait pas ses mots.

— … cette chose terrible ?

— Peut-être.

— Entendu, vous allez rencontrer le major. Il vient d'arriver.

Il l'emmena dans un bureau où se trouvait un homme plus âgé, à qui il répéta les propos de Juliette.

— Je vous écoute, murmura le gradé. Nous avons été informés d'un drame qui s'est déroulé là-bas…

D'une voix blanche, elle réussit à bafouiller :

— Du sang… Du sang partout…

— Avez-vous assisté à la scène ?

— Sans doute.

— Une alerte a été diffusée sur l'ensemble du territoire français…

Juliette écarquilla les yeux :

— Et que dit-elle, cette alerte ?

Il toussa.

— Ah ça, je ne peux pas en parler. C'est une note interne. Si vous voulez apprendre ce que disent les médias, allumez votre télé. Ils en savent souvent plus que nous. Je devrais vous interroger moi-même, mais vu la gravité des faits…

Il marqua un temps avant de poursuivre :

— En cas d'infos sur le sujet, nous devons appeler le juge d'instruction chargé de l'affaire. Il est épaulé par des OPJ, les officiers de police judiciaire de la gendarmerie.

— A-t-on retrouvé des corps ?

— Madame, je le répète : je ne peux rien vous dire. Le magistrat vous informera le moment venu. Je vais l'appeler.

— Mais c'est ma famille ! Mon père, ma mère, mon frère, ma sœur ! Ma famille ! Vous comprenez ou pas ?

Il avait l'air très embarrassé.

— Oui, je comprends, je comprends… Mais je ne veux pas en dire plus. Et puis, de toute façon, je ne sais pas tout. Nous ne sommes pas informés en temps réel.

Il composa un numéro.

— Allô ! Gendarmerie de La Croix-Valmer. Une jeune femme est arrivée à l'instant, elle prétend s'appeler Juliette Carpenter…

La victime essayait d'écouter ce que disait le correspondant, très bavard, mais elle n'entendait qu'un murmure.

Le major raccrocha.

— Les enquêteurs vont arriver. En attendant, je dois rédiger un procès-verbal que vous allez signer, puis vous raconterez la suite au magistrat instructeur. L'affaire est classée « prioritaire ».

— Connaissez-vous le nom du juge ? demanda-t-elle sans conviction.

— Je ne peux rien vous dire d'autre, désolé.

— Racontez-moi ce qui s'est passé à Vence ! Je vous en prie…

Il hésita, avant de lui tendre un journal. Il semblait gêné. *Var-Matin* faisait sa une sur l'événement :

Massacre à Vence
Trois morts et deux disparus

Dans l'après-midi du 4 avril, la gendarmerie a découvert un carnage dans une maison située sur les hauteurs de Vence, rue des Micocouliers, au cœur d'un quartier résidentiel. Le corps sans vie d'un jeune homme gisait sur une pelouse. Deux autres corps auraient été retrouvés dans la salle à manger. L'intérieur de la maison était éclaboussé de sang. Selon les informations dont nous disposons, le drame aurait eu lieu au cours d'un anniversaire qui réunissait une famille. Les restes d'un gâteau trônaient sur la table.

Les autres convives n'ont, pour l'instant, pas été retrouvés. Ils seraient vraisemblablement au nombre de deux. Ont-ils été tués eux aussi ? Se sont-ils enfuis ?

Les enquêteurs n'écartent aucune hypothèse. Cambriolage qui a mal tourné ? Drame familial ?

Ils s'étonnent qu'une partie de la famille se soit volatilisée sans donner de nouvelles.

Les disparus ne sont pas joignables par téléphone.

Toute personne ayant des informations est priée d'appeler le numéro d'urgence ci-dessous.

(suite pages 2 et 3)

Le journal ne précisait pas qui étaient les victimes.

Juliette explosa en sanglots.

— Trois membres de ma famille sont morts !

— Comment savez-vous qu'il s'agit d'eux ?

— La maison de mes parents se trouve rue des Micocouliers. On fêtait les quarante-cinq ans de ma mère. Il n'y avait pas d'invités. Le jeune homme, c'est mon frère, forcément ! Valentin… Les deux autres, je n'en sais rien.

Ignorer l'identité des morts accentuait sa détresse.

— Madame, tant que l'ADN n'aura pas parlé, il est impossible de savoir. Les enquêtes réservent parfois des surprises auxquelles on ne s'attend pas.

Un véhicule de la police judiciaire déboula une heure plus tard, suivi par deux voitures bleu marine de la gendarmerie. Plusieurs hommes entrèrent dans le bâtiment, certains cagoulés et armés de fusils d'assaut.

Juliette s'étonnait d'un tel déploiement de forces.

— Que se passe-t-il ? s'écria-t-elle. Venez-vous m'arrêter ?

— Du tout, répondit un homme au physique imposant.

Il désigna son arme.

— Principe de précaution. On est là pour vous protéger !

Elle ne savait s'il disait la vérité ou si elle faisait partie d'une liste hypothétique de suspects.

On ne me menotte pas, constata-t-elle, soulagée.

Mais pourquoi devait-on la « protéger » ? Un tueur rôdait-il dans le secteur ?

Choquée, en larmes, elle monta dans un véhicule qui démarra, gyrophare allumé. On lui posa une couverture sur les épaules.

Les questions tournaient en boucle dans son esprit : pourquoi avait-elle survécu ? Qui d'autre était encore vivant ?

Le jeune homme était forcément son frère Valentin, il n'y avait qu'un seul jeune homme dans la famille. Même si elle était en conflit avec lui, même s'ils ne se parlaient plus, elle était dévastée. Valentin n'existait plus. Comment était-ce possible ? Le garçon un peu fou, égoïste, mais aussi souriant et plein de vie, avait été assassiné. Il était débordant d'énergie, sportif, tombeur de filles. Il avait une copine qui n'était pas venue à l'anniversaire. Pas invitée. À moins qu'elle n'ait pas souhaité venir. D'ailleurs, Juliette ne l'avait jamais vue. Valentin était très secret, il parlait peu de ses amis, de ses conquêtes. Il était professeur de sport à Draguignan.

L'autoroute était lisse comme une moquette, elle apercevait les puissants rochers de l'Esterel.

Sa sœur tant aimée était-elle parmi les victimes ?

Jennifer… Quatre ans de moins qu'elle.

Complices depuis l'enfance. Elles avaient passé des moments délicieux ensemble, elles discutaient pendant des heures. La petite sœur était le seul être que Juliette aimait sans la moindre réserve.

— On s'arrête dans la maison de Vence ? demanda-t-elle d'une voix fluette.

Elle connaissait la réponse. Elle imaginait la villa envahie d'hommes en combinaison blanche, membres de l'identité judiciaire, chargés de récolter des indices. La maison et le jardin étant relativement vastes, cela pouvait prendre un certain temps.

— Ah, madame, rétorqua le policier, ce n'est pas possible. Les techniciens bossent. Tout est bouclé.

— En sait-on plus ? demanda-t-elle, en sachant qu'on ne lui dirait rien.

D'une voix glaciale, il répondit :

— L'enquête est en cours. Je ne suis pas chargé d'en dire davantage. Le juge d'instruction va vous informer.

Ils quittèrent l'autoroute et arrivèrent à Nice. Le convoi s'arrêta devant le palais de justice, une construction néoclassique où officiait le magistrat chargé de l'enquête. Juliette fut emmenée dans son cabinet. Un certain Gilbert Loiseau, individu de grande taille, une cinquantaine d'années, portant des lunettes.

— Asseyez-vous, je vous en prie, susurra-t-il aimablement.

Après lui avoir posé les questions d'usage relatives à son identité, il la regarda d'un air navré.

— D'abord, madame, je vous adresse toute ma sympathie. Toutes mes condoléances. Comment vous sentez-vous ?

— Je suis effondrée. Épuisée.

— Je comprends, dit-il d'une voix douce, je comprends. Nous mettrons à votre disposition une cellule psychologique.

Elle ne réagit pas, ne sachant pas ce que cela signifiait. De toute façon, ce qui lui importait était de savoir ce qu'étaient devenus ses proches.

— Alors comme ça, vous vous êtes réveillée sur une plage de La Croix-Valmer ?

Elle ne répondit pas.

Le magistrat enchaîna :

— Un drame horrible vient de se produire dans la maison de vos parents. Êtes-vous au courant ?

Elle se demandait si la question comportait un sous-entendu.

Un grand froid l'enveloppa subitement.

— Un gendarme de La Croix-Valmer m'a montré le journal. J'ai appris que trois personnes avaient été tuées, dont un jeune homme. Je suppose que c'est mon cher et tendre frère, répliqua-t-elle en mentant sur son attachement présumé à Valentin.

— Nous n'avons aucune certitude quant à l'identité des victimes. Des analyses sont en cours. Participiez-vous à ce déjeuner ?

— Oui.

— Qui étaient les invités ?

— Au moment du dessert, en dehors de moi, il y avait mon frère, ma sœur et mes parents. Nous attendions du monde pour le goûter.

— Quelle heure, le goûter ?

— Maman avait dit vers 17 heures.

Son phrasé était lent et haché.

— Qui était attendu ?

— Ma grand-mère maternelle, Isabel Gomez, et un ami. Peut-être d'autres personnes, mais je ne suis pas au courant.

— Quel ami ?
— Frank Miller.
— C'est noté. Nous parlerons d'eux plus tard, mais revenons à vous. Apparemment, vous êtes saine et sauve…
Elle se mit à rire nerveusement, trouvant la remarque idiote.
— Non, je suis morte.
Il continua, sans relever l'ironie mordante.
— Une chose m'échappe… Vous participez à l'anniversaire, vous n'êtes pas touchée par les tirs, puis vous vous rendez à La Croix-Valmer comme si de rien n'était.
Elle inspira un grand coup.
— Je ne me suis pas rendue à La Croix-Valmer. Quelqu'un m'a emmenée là-bas.
— Qui ?
— Je l'ignore. J'ai perdu connaissance chez mes parents et me suis retrouvée ce matin sur une plage. Entre les deux, c'est le noir complet.
— À Vence, nous avons retrouvé un gâteau et des bougies. Nous en avons déduit qu'il s'agissait d'un anniversaire. Lequel ?
— Celui de ma mère.
Le visage du magistrat était impassible.
— Avez-vous assisté au massacre ?
— Je ne sais pas.
— Comment ça, vous ne savez pas ?
D'un bond, Juliette se leva et s'exclama :
— Quand le massacre a eu lieu, je dormais sur le canapé du salon ! Ça vient de me revenir…
— Vous somnoliez pendant l'anniversaire de votre mère ?
Elle essayait de rassembler ses souvenirs.
— Après le dessert, j'ai eu un énorme coup de fatigue. Je ne sais pas pourquoi. Je me suis assise et me suis assoupie. Oui, c'est bien cela…
— Soit. Puis quelqu'un sort un pistolet, tire dans le tas et vous épargne.

— Oui.

— Très étrange. Comment expliquez-vous que vous soyez la seule à être réapparue vivante ?

Elle toussa.

— Je ne l'explique pas.

Elle reprit dans un cri :

— Je ne comprends rien à cette histoire ! Absolument rien ! La seule chose qui m'importe est de savoir qui est vivant et qui est mort ! Et vous n'avez aucune réponse à me donner…

— À votre avis, que s'est-il passé ?

— Aucune idée.

— Connaissez-vous l'identité du tueur ?

Après un silence, il précisa :

— Ou des tueurs…

— Je ne sais rien.

— Votre famille avait-elle des ennemis ?

En guise de réponse, à bout de nerfs, Juliette poussa alors un cri empli de colère et de désespoir.

L'audition avait été épuisante. Juliette était ébranlée. Elle n'avait même pas son portable pour appeler ses amis. Il était sans doute resté sur la scène de crime, tout comme son portefeuille. Elle n'osait pas demander la permission de téléphoner, par crainte que ses conversations soient écoutées, enregistrées, et que les enquêteurs les utilisent contre elle.

Loiseau lui proposa de se reposer quelques instants avant de reprendre l'audition.

On l'emmena dans une pièce au dernier étage comportant un canapé, des fauteuils, une table où trônaient une bouteille Thermos et des gobelets en plastique. Une fenêtre donnait sur une rue bruyante.

Au loin, elle apercevait la mer. Des voiles blanches glissaient dans la lumière d'avril, c'était une belle journée de printemps, après des mois de vent et de pluie.

Elle ferma les yeux, essayant de se souvenir. Était-elle frappée d'amnésie ?

Dans certaines tragédies, des victimes connaissent un trou noir. Une bombe explose, un camion écrase la foule, les survivants partent en courant, hébétés. On leur demande de raconter ce qui s'est passé, ils ne savent pas. Si ce n'est qu'ils se promenaient tranquillement, puis plus rien. Ils se réveillent loin, sans savoir pourquoi ils sont là.

Un journal traînait sur la table. *Nice-Matin.*

La première page était quasiment la même que celle de *Var-Matin.* À La Croix-Valmer, elle n'avait pas eu le temps de lire les pages intérieures :

Suite de la première page

Rue des Micocouliers, à Vence, hier vers 17 heures, devant la villa de la famille Carpenter, des invités se sont présentés pour le goûter. La grille étant fermée à clé, ils ont sonné plusieurs fois, sans obtenir de réponse. Pensant que le carillon était en panne, ils ont tenté de téléphoner aux gens se trouvant à l'intérieur de la maison mais sont tombés directement sur les répondeurs. Ils se sont adressés à la voisine qui, d'une fenêtre latérale, a jeté un œil sur la propriété. Et là, stupeur, elle a aperçu un jeune homme couché sur la pelouse. Elle a supposé que c'était grave. Les pompiers ont été alertés. Ils sont arrivés très rapidement, ont forcé la grille du jardin puis la porte de la maison. Ils ont découvert trois cadavres, un dehors, deux autres dedans. Il y avait tellement de sang dans la salle à manger qu'on suppose qu'il y a peut-être eu d'autres victimes, mais jusque-là, elles n'ont pas été retrouvées. La gendarmerie est arrivée peu après.

D'après le voisinage, les Carpenter sont une famille sans histoire. Le père est professeur au collège de Vence, la mère médecin dans une clinique de Nice. Ils ont trois enfants, un garçon et deux filles.

Des téléphones portables ont été découverts sur les lieux du crime, tous éteints.

Aucune trace d'effraction.

Deux personnes de la famille manquent à l'appel. Étaient-elles présentes lors du drame ?

Le mystère est total.

— Alors, comme ça, vous êtes la seule personne retrouvée vivante ?

L'audition avec le magistrat avait repris, lourde de sous-entendus.

Il radotait.

Elle se défendit mollement.

— Oui, et alors ? Vous avez perquisitionné mon domicile ?

— Hier, on a cherché à vous joindre à plusieurs reprises. Des inspecteurs sont allés frapper à votre porte à Vence. Pas de perquisition, nous ne savions pas si vous aviez participé à ce déjeuner. C'est vous qui êtes venue à notre rencontre. Vous n'avez pas cherché à fuir. À ce stade, aucune charge ne pèse sur vous.

« À ce stade. »

Elle haussa les épaules, agacée.

— Au lieu de me soutenir dans ce drame, vous m'incriminez ! Je suis anéantie, vous n'avez pas l'air d'en avoir conscience…

— Je vous ai proposé un soutien psychologique, vous l'avez refusé. Mon rôle est de faire avancer l'enquête, j'en suis bien désolé, mais c'est mon travail. Une personne de votre famille a disparu. Dans votre intérêt, je souhaite la retrouver très vite. Vous l'ignorez sans doute, mais dans ce genre d'affaire, les premières heures sont décisives.

Il se leva et lui proposa de boire un jus de fruits ou de l'eau, mais elle n'avait pas soif. Il se tut plusieurs minutes, comme s'il réfléchissait à la meilleure stratégie pour tenter de la faire parler.

— Je suis navré de vous demander ça, mais fouillez dans votre mémoire et racontez-moi ce que vous avez vu au moment précis où les coups de feu ont été tirés.

Elle soupira, excédée.

— Monsieur, je vous l'ai déjà dit ! Je somnolais sur le canapé du salon et j'ai été réveillée par des détonations.

— Combien ?

— Je ne sais pas.

— Vous n'avez pas compté ?

— Non.

Que cherche-t-il à savoir ?

— Ensuite ?

— Je me sentais très faible, mais j'ai réussi à me lever. Dans la salle à manger, j'ai vu du sang partout. Je me suis alors évanouie.

— Vous ne savez pas qui a tiré ?

— Je vous ai déjà répondu.

— Vraiment pas ?

— Je n'ai aperçu personne.

— Avez-vous vu les…

Il hésitait sur le mot.

— … corps couchés ?

— Si je les ai vus, je ne m'en souviens pas.

Une moue dubitative se dessina sur la bouche du magistrat.

— Finalement, vous avez assisté au massacre et n'avez rien vu.

— On peut dire les choses comme ça.

— J'arrête de vous poser des questions. Essayez de me raconter la suite.

Elle inspira un grand coup, comme pour avaler l'oxygène dont elle avait besoin.

— Eh bien, c'est très simple. Après m'être évanouie, j'ai traversé un trou noir de plusieurs heures. Je me suis réveillée avant l'aube sur une plage. Entre les deux, j'ignore ce qui s'est passé. Je radote, non ?

— Vous n'avez pas vu la personne qui vous a emmenée sur la plage de Gigaro ?

— Non.

— Plus de vingt heures sans vous rendre compte de rien ? C'est assez incroyable.

— Je partage votre point de vue.

— J'ai appris que des pompiers vous avaient secourue en haut de la plage mais que vous avez refusé d'aller à l'hôpital. Pour quelle raison ?

— Physiquement, je ne me sentais pas si mal que ça, et surtout, je voulais témoigner auprès des gendarmes, car pour moi, j'avais été emmenée sur cette plage contre mon gré. J'ai été enlevée. Je ne vois pas d'autre explication.

— C'est une hypothèse.

Il avait dit « hypothèse », pas « certitude ».

— Quand vous vous êtes réveillée sur la plage, vous souveniez-vous du drame ?

— Vaguement. Une femme rencontrée à cet endroit m'a dit qu'il y avait eu un massacre à Vence. J'étais horrifiée.

— Vous le saviez, non ? Vous avez entendu des coups de feu, vous avez vu du sang ! Vous venez de me le dire…

Elle n'avait pas envie de répondre à ses insinuations. Mais après tout, il faisait son boulot d'enquêteur. Sur le fond, elle ne pouvait pas le lui reprocher.

— J'avais l'esprit embrouillé. Comme si je sortais d'une beuverie…

— Aviez-vous bu ?

— À peine. Un peu de cognac après avoir mangé le gâteau. Pas de quoi me saouler.

Il était dubitatif.

— Même si vous vous sentez physiquement bien, nous allons procéder à des analyses : prise de sang, tension, prélèvement ADN. Entretien avec un psychiatre. Vous allez être prise en charge par l'UMJ de Nice, l'unité médico-judiciaire.

Je vous demande d'accepter, dans votre intérêt. Vous avez dormi énormément. À votre âge, ce n'est pas normal.

Il appela l'hôpital, parla quelques instants puis raccrocha.

— Quelqu'un vient vous chercher. Vous verrez, tout se passera bien. On se revoit plus tard. Je vous conseille de prendre un avocat et de vous constituer partie civile pour avoir accès au dossier le moment venu.

Avant qu'elle ne s'en aille, il ajouta :

— Je voulais vous signaler également que nous avons retrouvé le téléphone et le portefeuille de votre père, de votre sœur et de votre frère… Et les vôtres ! Il manque seulement ceux de votre mère. La maison n'a pas été dévalisée. Vous voyez où je veux en venir ?

— Vous écartez la piste d'un rôdeur qui aurait voulu nous cambrioler…

— Les enquêteurs n'excluent rien, mais cette hypothèse n'est pas privilégiée. La voiture de vos parents était garée devant la maison et plusieurs véhicules se trouvaient dans la rue juste devant le portail. Peu probable qu'un type ait essayé de vous braquer en sachant qu'il y avait du monde à l'intérieur. À l'évidence, un tueur a tiré sur une famille sans motif crapuleux. Ce pourrait aussi être une femme, d'ailleurs. Reste à savoir qui. Est-il extérieur ou pas à la famille ?

Après des examens médicaux divers, Juliette fut ramenée à son studio d'Èze par un véhicule des forces de l'ordre.

On lui avait ausculté les mains avec un appareil pour savoir si des traces de poudre s'y trouvaient. Cela n'avait rien donné. On avait prélevé son ADN. On lui avait fait une prise de sang et une batterie d'autres analyses.

On lui avait proposé de rester en observation quelques jours, elle avait refusé.

Sa voiture, retrouvée devant la maison de Vence, avait été saisie par l'identité judiciaire.

Son portable lui serait rendu le moment venu mais son portefeuille lui fut restitué.

Le magistrat lui avait précisé que les obsèques n'étaient pas envisageables pour l'instant. Les trois corps étaient autopsiés à l'institut médico-légal. Un jour prochain, elle serait invitée à les reconnaître.

Elle avait l'impression qu'une éternité s'était écoulée entre l'anniversaire de sa mère et le moment présent.

Une bombe nucléaire avait dévasté son existence.

Elle pensa à la plage de Gigaro : pourquoi avait-elle été déposée à cet endroit ? Y avait-il une signification au choix de ce lieu, ou était-ce un hasard, le fruit d'une coïncidence ? Par rapport à d'autres plages de la Côte d'Azur, elle était isolée. L'avait-on choisie parce qu'il était facile d'y laisser quelqu'un sans se faire remarquer ?

Et à quel moment avait-elle été déposée ? La veille, en plein jour ? Dans la nuit ?

Juliette essayait de fouiller dans ce noir de plusieurs heures. Dans ce tunnel insondable.

Elle se demandait si elle avait quitté la maison de gré ou de force. Si on l'y avait forcée, de quelle manière ? Menacée avec un pistolet sur la tempe ? Entravée ? Hypnotisée ?

Rien, absolument rien ne permettait de le savoir, comme si elle avait été plongée dans un coma artificiel.

Dans le véhicule qui la ramenait à Èze, village perché très haut sur un piton rocheux au-dessus de la mer, le conducteur ne disait rien. Elle était assise à l'arrière, perdue dans ses pensées.

Une fois chez elle, un joli studio situé dans une grande maison donnant sur une ruelle, elle consulta son téléphone fixe : elle y avait reçu plusieurs appels. La mère de sa mère, Isabel Gomez, avait laissé une dizaine de messages. Sa voix était affolée. Elle avait attendu à la grille à 17 heures avec Frank Miller, qui avait aussi essayé de la joindre à maintes reprises.

Juliette rappela sa grand-mère.

Elle supposait que les conversations étaient écoutées par les enquêteurs. Forcément. Tout comme ses mails devaient être scrutés.

— Mamy ?

— Chérie, tu es vivante ? Ça me réjouit tant que tu m'appelles ! Je suis dans tous mes états. Ce qui vient d'arriver est terrible… J'ai entendu à la radio que tu avais été retrouvée sur une plage.

Les nouvelles allaient vite.

Juliette supposait que les gendarmes de La Croix-Valmer avaient alerté les médias.

— Comment te sens-tu ? ajouta-t-elle.

Juliette ne savait que répondre. Dire qu'elle allait mal aurait été un euphémisme, mais par rapport à ceux qui avaient reçu une balle dans le corps, elle était en grande forme.

— Je ne comprends pas ce qui est arrivé, finit-elle par répliquer laconiquement. Je suis dans un état second, hébétée. Dévastée.

— Je pleure tout le temps, ânonna Isabel d'une voix décomposée. Je suis entrée dans la maison avec les pompiers, j'ai vu des corps couchés sur le ventre, je ne sais même pas qui c'était... J'ai détourné les yeux.

Elle se tut.

Juliette supposait que l'émotion l'empêchait de décrire ce qu'elle avait vu. Elle imaginait la scène : le sang, les corps. Ça avait dû être un choc épouvantable.

— Je n'oublierai jamais, poursuivit-elle. Jamais !

Juliette sentit son cœur tambouriner dans sa poitrine, elle avait la gorge sèche, les mains moites.

Son téléphone faillit lui échapper des mains.

Elle ne voulait pas que sa grand-mère lui parle des cadavres.

Le magistrat ne l'avait pas invitée à reconnaître les corps, pas encore. Aurait-elle la force d'y aller ?

— Tu n'es pas blessée ? continua Isabel.

— Physiquement, non. J'ai fait des examens à l'hôpital. J'attends les résultats, à supposer qu'on me les communique.

Elle avait honte de dire qu'elle était indemne, alors que des proches avaient été assassinés. Elle éprouvait un confus sentiment de culpabilité d'être encore en vie.

— On ne va pas discuter davantage au téléphone, murmura la grand-mère. J'ai encore beaucoup de mal à parler de ce drame. Mais j'aimerais bien te voir. Quand serait-ce possible ?

Elle habitait le village d'Agay à l'est de Saint-Raphaël.

— Ta voiture a-t-elle été saisie ? demanda Juliette.

— Oui. Au moment où les gendarmes ont découvert le massacre, ils ont tout « gelé », comme on dit dans le jargon. La maison, le jardin, les voitures. Tout ce qui se trouvait sur la scène du crime est analysé par la police scientifique. J'ai découvert comment elle procédait. C'est impressionnant. Ces hommes en combinaison blanche, tout ce raffut ! Mais bon, je ne suis pas restée longtemps. On m'a embarquée pour m'interroger.

Elles étaient toutes deux privées de leur véhicule.

— Comment fait-on pour se voir ? demanda la jeune fille.

— Eh bien, dès qu'on récupère notre voiture. Là, je ne peux plus parler. Du tout. Trop dur…

Juliette trouvait étonnant que sa grand-mère ne veuille pas prolonger la conversation.

Elle avait pourtant une foule de questions à lui poser sur ce qui s'était passé à 17 heures lors de son arrivée. Elle voulait savoir. Essayer de comprendre. À supposer qu'il y ait quelque chose à comprendre.

Ce que les médias avaient raconté n'était pas forcément le reflet exact de la réalité. Ils se trompaient souvent.

Elle savait que Frank Miller l'avait rejointe, et qu'il avait lui aussi assisté à l'arrivée des pompiers.

Frank était le nouveau petit ami de Juliette, il avait été invité au goûter. Elle voulait le présenter à ses parents qui ne le connaissaient pas. C'était raté…

Juliette n'arrivait pas à imaginer que sa grand-mère puisse être impliquée dans le drame. Et elle ne pouvait non plus se représenter son père ou sa mère en bourreau sanguinaire.

Elle n'y croyait pas. Ça ne collait pas. Rien ne collait. Tout était inexplicable.

Comme le fait qu'elle ait survécu.

Comme le fait qu'elle ne se souvienne de rien.

Comme le fait qu'une autre personne ait disparu. Envolée. Évaporée.

Comme le fait qu'on ait retrouvé le téléphone de son père et pas celui de sa mère.

Juliette appela Lucia Ricci, sa meilleure amie, qui travaillait avec elle au musée océanographique de Monaco. Lucia l'avait aidée à trouver un poste au sein de l'aquarium, elle était soignante de poissons et de tortues. Très vite, elles avaient éprouvé l'une pour l'autre une grande affection.

C'était une fille épatante, une confidente. Depuis des mois, elles étaient inséparables.

Elle était originaire d'Italie, biologiste réputée, spécialiste des méduses, une espèce qui proliférait à cause du réchauffement climatique.

Toutes deux adoraient la nature. Il leur arrivait de marcher ensemble dans l'arrière-pays au-dessus de Sospel, dans la vallée des Merveilles célèbre pour ses gravures rupestres.

— Allô, Lucia ?

— Tu es vivante ?!

— As-tu vu ce qui s'est passé à Vence ?

— Tout le monde ne parle que de ça ! La nouvelle tourne en boucle à la télé. Tu m'avais dit que tu allais à l'anniversaire de ta mère. J'ai pensé que tu étais morte... Depuis ce matin, j'essaie de te joindre.

— Sur mon portable ?

— Oui.

— La police me l'a confisqué.

Lucia sanglotait.

— Comme je suis heureuse que tu aies survécu ! Tu ne peux pas imaginer.

Elles se turent un instant, l'émotion étant trop forte.

Juliette essayait de reprendre sa respiration, elle avait des difficultés à parler.

— Le mieux serait de se voir, finit-elle par lâcher. Au téléphone, je ne peux pas. Je suis trop émue.

— Je comprends. *Idem* pour moi. Mes doigts en tremblent. Tu es chez toi ? Je passe maintenant ?

— Pas tout de suite. Je vais d'abord dormir. Je suis épuisée. À l'hôpital, un psychiatre m'a prescrit un anxiolytique et un somnifère, je vais les avaler après avoir raccroché.

— Je suis de tout cœur avec toi.

Juliette trébuchait sur chaque mot.

— Peux-tu dire au directeur du musée que je ne viendrai pas travailler pendant plusieurs jours ? Je n'ai pas le courage de l'appeler.

— Pas de problème ! Tu sais, ici, on pense à toi très fort. Le drame alimente toutes les conversations. Nous sommes bouleversés.

— Je suis touchée, sincèrement. Les enquêteurs n'ont eu aucune parole de compassion. Ils cherchent à savoir ce qui s'est passé, le reste ne les intéresse pas. Ils sont payés pour trouver les coupables, pas pour consoler les victimes.

— Penses-tu qu'il existe plusieurs coupables ?

— Sans doute !

— Comment sais-tu ça ?

— Un seul individu ne peut pas tuer plusieurs personnes avant d'en faire disparaître deux autres. C'est rigoureusement impossible ! À mon avis, deux, trois, voire quatre individus, sont dans le coup.

— As-tu une idée de leur identité ?

— Je vais y réfléchir. On en parlera quand on se verra. Je raccroche, ma loutre.

« Ma loutre », un diminutif affectueux. Lucia ressemblait à un animal rassurant, toujours prêt à rendre service.

Elles s'adressèrent des baisers, puis s'envoyèrent des cœurs par textos.

Ensuite, exténuée, Juliette s'endormit après avoir pris ses deux cachets.

Après une nuit agitée de rêves affreux, Juliette alluma son ordinateur. En fond d'écran se trouvait une photo de Cap-Martin, la presqu'île enchantée qui s'avance dans la mer à l'est de Monaco. Le dernier promontoire avant l'Italie. La jeune fille aimait se promener là quand elle n'avait pas le moral. Elle aimait contempler la principauté et, au loin, la côte ligure. C'est le seul endroit de France où l'on voit en même temps trois pays et la mer.

Elle revint à la dure réalité. Elle était surprise qu'il n'y ait pas eu de perquisition à son domicile, que son matériel informatique n'ait pas été saisi. Le magistrat l'avait-il exclue d'emblée de la liste des suspects ? Attendait-il le moment propice pour agir ? La jeune femme était la seule survivante d'un massacre familial, en tout cas la seule connue, et, à ce titre, la première suspecte.

Elle n'avait aucun alibi, étant sur place quand les crimes avaient été commis.

Loiseau la surveillait-il à distance ?

Les investigations commençaient à peine.

Il n'existait aucune preuve contre elle. Elle avait échappé sans savoir pourquoi à un massacre, mais cela ne suffisait pas pour l'incriminer.

Elle jeta un œil sur son profil Facebook. Elle avait reçu des dizaines de messages, de la part de personnes qu'elle ne connaissait parfois même pas.

L'événement enfiévrait la France.

Son « mur » était couvert de commentaires affectueux, de petits cœurs, de messages d'encouragement :

Bisous Juliette.

On pense à toi.

Courage.

Tiens bon !

Saloperie de tueur !

Je suis avec toi.

Juliette adorée, je t'embrasse.

Elle n'arrivait pas à lire tous les commentaires tant ils étaient nombreux, mais ils lui faisaient chaud au cœur.

Puis elle regarda le profil des gens de sa famille.

Valentin. Le frère assassiné. Ses beaux cheveux noirs. Son sourire. Ses allures de play-boy. Ses lunettes Vuarnet qu'il gardait éternellement sur son nez, comme une star.

Jennifer. La sœur qu'elle aimait tant. Jennifer, la douce Jennifer. Une jeune fille sans histoire. Amoureuse de la vie. Elle jouait du piano. Elle faisait de la natation, c'était sa passion. Elle allait à la piscine chaque semaine. Elle nageait parfois dans la mer avec Juliette dans la rade de Villefranche. L'étudiante habitait encore chez ses parents, plus pour longtemps, car elle avait trouvé une chambre à Villeneuve-Loubet. Elle commençait des études de médecine à la fac de Nice. Elle voulait travailler dans un établissement hospitalier, comme sa mère. Être au service des autres. Des malades. Des pauvres. Juliette regarda les dernières photos qu'elle avait postées. La toute dernière, juste avant le carnage, avait été prise sur une plage, la veille de l'anniversaire. Jennifer souriait en regardant la mer, les cheveux dans le vent. Elle semblait heureuse. Elle ne s'attendait pas à vivre le cauchemar du lendemain, dans sa propre maison. Des amis avaient liké sa photo, certains avaient mis des commentaires le jour où le cliché avait été publié.

D'autres commentaires, des dizaines, affolés, avaient été rédigés après le massacre :

Tu vas bien ?

Contacte-moi !

Un signe de vie stp.

Donne des nouvelles !

Courage !

Les médias n'ayant pas révélé le nom des victimes, personne ne savait si Jennifer était vivante ou morte. Au mieux, elle avait disparu. Des dizaines de gens avaient tenté de la joindre par téléphone sans doute, mais son portable avait été confisqué par la police.

Était-elle en vie ? Juliette l'espérait. De tout son cœur. Mais c'était le portable de sa mère qui avait disparu. Pas celui de sa sœur. Lequel était resté dans la maison, avait dit le juge, ce qui était de mauvais augure.

Elle regarda le profil de son père. Aucune publication depuis le drame. De toute façon, David utilisait très peu Facebook. La dernière fois, c'était en février. Il avait commenté l'actualité locale, avait posté une photo du maire de Nice en disant qu'il s'opposait à son projet de réaménagement de la promenade des Anglais.

Elle observa ensuite le compte de sa mère. Rien depuis le carnage. Avait-elle survécu ? Elle publiait sans arrêt sur Facebook, une véritable addiction : les vacances, les sorties, les balades le long de la mer ou dans la montagne. Elle aimait se faire prendre en photo à l'endroit où elle se trouvait. Flavia sur le port de Nice. Flavia dans un village de l'arrière-pays. Flavia au Marineland d'Antibes. Flavia à l'aéroport. Flavia en vacances. On ne voyait pas David sur les photos, jamais. Était-ce lui qui photographiait sa femme ? Juliette n'en savait rien, elle n'avait jamais demandé. Sur un cliché, on voyait Juliette à côté de sa mère, à La Colle-sur-Loup, elles avaient fait le marché ensemble, avaient parlé de l'anniversaire qui approchait. Flavia était à la fois heureuse et inquiète d'avoir déjà quarante-cinq ans. La vie passait tellement vite !

Une foule de commentaires sous les photos. Les enquêteurs étaient sûrement en train de les éplucher.

Depuis le drame, les amis lui demandaient si elle allait bien. Ce qu'elle était devenue.

Le silence comme seule réponse.

Juliette repensa au déjeuner, ou plutôt au dessert qu'elle avait partagé avec les siens. Une chose l'avait étonnée : sa mère, si friande de photos, n'en avait pris aucune… Du moins pas une seule après l'arrivée de Juliette. Elle avait toujours son appareil avec elle, un compact Sony, elle ne s'en séparait jamais, mais ce jour-là, pour ses quarante-cinq ans, sa fille ne l'avait pas vu.

Elle regarda de nouveau les photos précédant la tragédie.

Quand la vie était belle. Quand tout allait bien. En apparence.

Après chaque attentat, on dit que les victimes menaient jusque-là une existence paisible, idyllique, que leur bonheur s'était brisé en quelques secondes, à cause d'un camion fou, d'une rafale de Kalachnikov. On idéalise le passé.

Juliette savait que la souffrance minait Flavia depuis des mois, même si les photos publiées sur Facebook donnaient l'impression du contraire.

La famille parfaite était une famille en miettes.

Sa mère donnait d'elle l'image d'une femme épanouie, rieuse, heureuse. Sur les clichés, on avait le sentiment qu'elle croquait la vie à pleines dents. C'était un leurre.

Sur Facebook, il n'y a que des gens heureux.

Il faut se méfier des trop belles photos. Elles mentent.

Juliette regarda ensuite le nom des gens qui lui avaient écrit sur sa propre messagerie privée. Elle passa rapidement en revue les mots envoyés, tous disant à peu près la même chose.

Elle n'avait pas l'intention de répondre, ni même de publier quoi que ce soit sur son « mur ». Pour écrire quoi ? Raconter ce qui s'était passé ? Elle ne le savait pas. Dire qu'elle avait survécu ? Qu'elle allait bien alors qu'elle allait très mal ? Ça n'aurait eu aucun sens.

Elle aperçut alors le nom de quelqu'un qui ne lui disait rien : Florent Denis.

Elle ouvrit le message par curiosité.

Il commençait par : *Je suis le pompier qui vous a secourue. Vous m'avez donné votre nom…*

Pourquoi ce pompier lui écrivait-il ?

Savait-il des choses qu'il n'avait pas pu dire ?

Le message était court.

… J'espère que tout va bien. J'aimerais avoir de vos nouvelles.

Il était connecté. Voyant vert. Elle lui répondit.

— *Ça va. Merci. Du moins physiquement. Le reste…*

Elle ne voulait pas s'étendre.

— *Tant mieux ! J'ai pensé qu'une hospitalisation était nécessaire. J'étais inquiet pour vous.*

— *J'ai fait des examens médicaux. Tout est normal.*

Elle n'en savait rien. Elle n'avait eu aucun résultat.

Elle préférait taire pourquoi le magistrat l'avait envoyée à l'hôpital, mais le pompier devait s'en douter. Après un drame pareil, des analyses sont pratiquées dans l'intérêt de la victime et pour les besoins de l'enquête.

— *Pardonnez-moi de vous demander ça, mais j'ai entendu à la radio qu'une jeune fille avait survécu au massacre de Vence et qu'elle avait été retrouvée sur une plage...*

— *Vous vous doutez que c'est moi, non ?*

Que pouvait-elle dire d'autre ? De toute façon, puisqu'il connaissait son nom, il était évident qu'il savait déjà la réponse.

— *Je suis de tout cœur avec vous.*

Elle ne comprenait pas pourquoi il la recontactait.

Il poursuivit le dialogue.

— *Ça me ferait plaisir de vous revoir.*

C'était direct.

Dans quel but ? Elle échafaudait diverses hypothèses. Avait-il découvert des indices sur la plage de Gigaro ? Voulait-il en savoir plus sur une affaire qui passionnait l'opinion publique ? Était-il attiré par elle ? Avait-il de la sympathie, une naïve sympathie de pompier secourant une jeune fille ?

Elle le trouvait plutôt beau garçon et affable. Que risquait-elle ?

— *Pourquoi pas ?* répondit-elle simplement. *Mais vous êtes loin, non ? La Croix-Valmer se trouve à plus de cent kilomètres. En ce moment je n'ai pas de voiture. La PJ me l'a confisquée.*

— *J'habite à Nice trois jours par semaine chez mes parents. Et vous ?*

— *Èze. Juste à côté !*

— *On se voit ? Je voudrais vous parler de choses qui pourraient vous intéresser...*

— *Ah ?*

Elle avait eu du nez. Il l'avait recontactée pour lui faire des révélations. Les enquêteurs l'avaient-ils questionné ?

Elle lui donna ses deux numéros de téléphone et son mail, avide d'en savoir davantage.

— *Je suis injoignable sur mon portable pour l'instant.*

— Je serai bientôt en congé. Je peux venir vous chercher à Èze. Je vous appellerai avant. Si vous le souhaitez, je vous emmènerai dans un café que j'aime bien.

— OK, on se recontacte rapidement. Je coupe.

Juliette le trouvait à la fois étrange et charmant. Ils ne se connaissaient pas, et il lui proposait déjà d'aller boire un verre.

En d'autres circonstances, elle aurait trouvé ça romantique. Un beau pompier la secourt, et quelque temps plus tard, il l'invite à un tête-à-tête.

Elle se demandait s'il avait des arrière-pensées. Elle se méfiait des hommes. Elle était jolie et savait qu'elle ne laissait pas la gent masculine indifférente. Elle avait d'ailleurs été harcelée à plusieurs reprises.

S'il cherchait à coucher avec elle, dans un contexte pareil, ce serait déplacé.

De toute façon, depuis quelques semaines, son cœur était pris.

Elle avait rencontré un homme dont elle était éperdument amoureuse.

Elle se regarda dans le miroir de la salle de bains. Ses longs cheveux étaient ébouriffés. Elle ne s'était pas coiffée depuis le drame. Hier, en rentrant, elle n'avait pas eu la force de prendre une douche et avait des grains de sable sur tout le corps.

Juliette était frappée par la tristesse de son visage. D'habitude si joviale, si enthousiaste, si rieuse, elle avait des traits figés et suintait l'angoisse. Elle avait du mal à se reconnaître.

La jeune femme prit une longue douche brûlante, se savonna plusieurs fois, se shampouina avec application, comme si elle voulait extirper le drame de son corps. Extirper le sang et les larmes. Extirper les cadavres qui gisaient dans la salle à manger, couchés près de la table où trônait la charlotte qu'elle avait cuisinée avec tant d'amour.

Juliette s'apprêtait à téléphoner à Frank. La veille, après la conversation avec sa grand-mère, elle était si épuisée qu'elle n'avait pas eu le courage de joindre l'homme qu'elle aimait, mais elle avait pensé à lui très fort. En cet instant, il était le seul être à pouvoir atténuer son malheur.

Le jour du drame, Juliette voulait qu'il partage un moment de convivialité avec ses proches. C'était la première fois qu'elle le présentait à sa famille, même si elle avait parlé de lui à plusieurs reprises. Elle avait envoyé des photos de son chéri à sa mère et à sa sœur.

Jusque-là, on s'était moqué d'elle car elle était une éternelle célibataire, et elle en avait souffert. Elle était tellement jolie, fraîche, intelligente, sensible. Ses grands yeux noirs étaient si beaux. Mais elle était pourtant seule. Pourquoi ?

Elle avait bien rencontré des garçons, mais ça n'avait jamais marché plus d'une semaine. Quelque chose ne passait pas.

Elle avait cru que c'était lié à ses névroses, à des traumatismes de l'enfance. Elle avait consulté un psy, sans succès.

Il y a quelques mois, elle avait rencontré Frank et sa vie avait changé.

Le 4 avril, il était attendu pour le goûter. Juliette avait mis deux parts de charlotte au frais. Elle se sentait nerveuse, ne sachant pas comment sa famille allait réagir, si ça allait coller. Il avait un « défaut », qui était pour elle une qualité : il avait quinze ans de plus qu'elle.

Très bel homme, un charme fou.

À plusieurs reprises, elle s'était dit qu'en amour, elle cherchait un grand frère, ou un père. C'est la raison pour laquelle ça n'avait jamais marché avec les garçons de son âge. Elle les trouvait immatures, minets, préoccupés par des futilités matérielles, leur apparence, leurs fringues.

Avec Frank, c'était autre chose. Elle avait l'impression de le connaître depuis toujours.

Elle composa son numéro, très émue.

— Comment vas-tu ? murmura-t-elle d'une voix éteinte.

La question était idiote.

— Quel plaisir de t'entendre !

— Je suis anéantie…

— Je comprends. Moi aussi.

Un instant de silence. Elle était si bouleversée qu'elle n'arrivait plus à parler. Elle repensait au sang versé, aux cadavres, avec, en prime, la suspicion, la solitude, le mystère.

— Je t'ai laissé plusieurs messages, chuchota-t-il. Je voulais que tu me rappelles. Je ne savais pas ce que tu étais devenue. J'étais fou d'inquiétude. On se voit ?

Elle répéta ce qu'elle avait dit à sa grand-mère.

— Les flics ont confisqué ma voiture. Et la tienne ?

— Réquisitionnée également. Mais je viens de la récupérer. Je ne sais pas ce qu'ils y cherchaient. Si je t'avais emmenée quelque part ? J'ai appris par les médias que tu avais été retrouvée sur une plage.

— N'est-ce pas toi qui m'as déposée là-bas ? lança-t-elle en riant.

— Eh non, hélas, mais j'aurais bien aimé ! Nous serions restés blottis l'un contre l'autre.

Juliette connaissait son humour, même dans les situations les plus noires. Elle appréciait ce trait de caractère.

— J'aimerais te voir !

— Je ne demande pas mieux.

— Tu passes chez moi ?

— J'arrive !

— Dans combien de temps ?

— Cinquante minutes ?
— D'accord.

Frank arriva à l'heure convenue. Il l'appela sur son téléphone fixe après s'être garé.

— Je descends, dit-elle simplement.

Elle était émue de le revoir et se jeta dans ses bras. Il ressemblait à Jean Dujardin. Il aurait pu être acteur de cinéma.

— Je suis tellement heureux que tu sois vivante ! murmura-t-il en l'étreignant.

Elle posa sa tête sur son torse. Des larmes coulaient sur ses joues.

— Je suis en plein cauchemar. Je ne comprends rien. Je suppose que mon frère est mort, je ne sais pas ce que sont devenus les autres. Il y a trois cadavres et un disparu. J'ai vu le juge d'instruction, il refuse de me dire qui c'est. Ou plutôt, il n'en sait rien. Des analyses sont en cours.

Il caressa ses beaux cheveux.

— Sais-tu qui a commis ces crimes épouvantables ?

Elle ferma les yeux. Au loin, un air d'accordéon. Un musicien jouait sur la place du village.

— Je tourne dans ma tête tous les scénarios possibles, mais ne trouve aucune explication. Trois meurtres, une disparition, une rescapée : on dirait un titre de film, mais je ne suis pas scénariste.

— Des pistes ?

— Les enquêteurs ne disent rien. Frank, t'ont-ils interrogé ?

— Très rapidement.

— Qu'est-ce que tu as dit ?

— J'ai raconté ce que j'ai vécu. Je suis arrivé à 17 heures comme prévu. La grille était fermée. Ta grand-mère sonnait en vain. Elle criait dans l'interphone en espagnol.

— Est-ce toi qui es allé voir la voisine ?

— Quand je suis arrivé, elle avait déjà sonné chez elle et appelé les pompiers. Le corps sur la pelouse, je croyais que c'était quelqu'un qui faisait la sieste. Je ne me suis pas inquiété outre mesure, pensant que le carillon était en panne. Mais ta grand-mère était affolée.

Un temps. Il reprit :

— Tu connais la suite ! Les secours sont arrivés. D'abord les pompiers, qui ont forcé la grille, puis, très vite, la gendarmerie.

— Êtes-vous entrés avec eux ?

— Avec les pompiers, oui. Mais quand les gendarmes ont débarqué, ils nous ont demandé de quitter les lieux. On est restés sur le trottoir pas mal de temps. Ta grand-mère pleurait.

— À l'intérieur, qu'avez-vous vu ?

— Je n'ai pas aperçu les corps. Isabel est entrée dans la salle à manger mais, face à l'horreur de la scène, elle en est ressortie immédiatement.

Il baissa la tête.

— Ensuite, au bout d'une demi-heure, alors que nous étions toujours devant la grille, un gendarme nous a informés que la police judiciaire allait arriver. Ta grand-mère a hurlé, demandant qui était mort et qui était vivant, mais personne ne lui a répondu.

Le couple prit place à une table de café, L'Arbousier, au fond de la salle, à l'écart, pour ne pas être dérangé. Juliette ignorait si sa propre photo avait été diffusée dans les médias, mais elle redoutait que des passants lui posent des questions idiotes : « Comment allez-vous ? », « Avez-vous des nouvelles des survivants ? », « Qui a commis les meurtres ? ».

À Èze, on ne la connaissait pas. Elle habitait là depuis peu de temps et croisait ses voisins sans leur parler.

Elle portait d'immenses lunettes noires qui la faisaient ressembler à une actrice de cinéma voulant préserver son anonymat.

Une musique joyeuse jaillissant d'un vieux juke-box enveloppa le couple. Elle contrastait avec la souffrance qui habitait la jeune fille.

— Les enquêteurs t'ont-ils posé des questions sur ton emploi du temps ? demanda-t-elle, avide de tout savoir.

— Ben oui, je viens de te le dire…

— Avant et après ton passage rue des Micocouliers ?

Il semblait étonné par la question. Il fronça les sourcils.

— Ils m'ont interrogé en vitesse, puis, je suis retourné à mon domicile, d'où je t'ai appelée à de nombreuses reprises. Je ne savais pas si tu étais morte ou vivante. J'étais affolé…

Elle lui prit la main, éperdue de tristesse.

Elle ferma les yeux quelques instants, puis les rouvrit. Elle repensa à sa rencontre avec Frank : tout était allé très vite. C'était lui qui l'avait contactée sur les réseaux sociaux. Juliette était surprise qu'un homme plus âgé lui écrive, elle flairait un plan drague, mais il était beau, poli, pas le genre à harceler. Après avoir hésité, elle avait accepté de boire un verre avec lui. Ils s'étaient retrouvés début février au Chez Moi, un restaurant situé rue Paganini à Nice. Elle avait eu un coup de foudre immédiat. Et pourtant, il ne lui avait pas fait d'avances, mais lui avait parlé simplement de sa vie, comme un gentleman.

Grâce à un petit héritage, il n'avait plus besoin de travailler. Il habitait Mougins, était fasciné par la Méditerranée, voulait rencontrer des gens travaillant au musée océanographique de Monaco pour participer à certaines activités, il ne savait pas lesquelles. Il avait cherché sur Internet le nom des employés, leur avait écrit, Juliette y compris. Elle était la première à lui avoir répondu.

Au début, ils s'étaient vouvoyés.

Lors de leur première rencontre, il avait sorti son portable et avait montré une photo de lui sur une vedette au pied du musée océanographique perché sur sa falaise. « Vous reconnaissez ? » avait-il demandé. « Voyons, quelle question ! s'était-elle écriée. J'explore les fonds marins à cet endroit avec Pierre Frolla, le champion du monde d'apnée. Je suis inscrite à l'École bleue sur la plage du Larvotto. » « Ah, formidable ! Vous allez pouvoir m'aider à rencontrer des gens du musée alors ? »

Au début, elle avait été un peu déçue par cette demande, espérant autre chose.

Puis ils s'étaient revus, avaient beaucoup discuté, et elle était définitivement tombée amoureuse.

Un soir, il l'avait emmenée faire une balade en voiture sur la grande corniche. Ils s'étaient garés à l'endroit précis où, dans *La Main au collet* d'Alfred Hitchcock, Cary Grant s'arrête pour permettre à sa passagère, Grace Kelly, de contempler Monaco, dont elle deviendra princesse.

Juliette était émerveillée par le panorama, les lumières scintillantes, la mer immense qui basculait dans la nuit. Elle apercevait le port Hercule, le Rocher coiffé par le palais princier, Monte-Carlo et son casino, les buildings à l'architecture californienne.

Frank lui avait pris la main. Elle avait frissonné. Ils avaient échangé de doux regards. Puis, pour la première fois, ils s'étaient embrassés.

Ce jour-là, ils n'étaient pas allés plus loin. Juste un baiser volé sur une corniche dominant la mer.

À Èze, Juliette commanda deux verres de Martini rouge avec des glaçons, sans même demander à Frank ce qu'il voulait. Elle savait qu'il aimait cette boisson rougeâtre au parfum d'Italie.

Ils trinquèrent sans entrain.

— Dire qu'on s'est rencontrés il y a seulement deux mois, murmura-t-il. J'ai l'impression de te connaître depuis toujours…

Elle trouvait ce genre de propos sans intérêt après ce qui s'était passé, mais peut-être cherchait-il à meubler le silence ? Car que dire en pareille circonstance sinon des banalités ?

Au début, après le coup de foudre, elle hésitait à parler de Frank à ses parents. La jeune femme espérait que ce serait l'homme de sa vie, mais elle n'en était pas certaine. Elle lui avait demandé s'il voulait rencontrer sa famille. Il avait simplement répondu : « Ça me ferait plaisir de les voir un jour. » Et avait ajouté dans un murmure : « De toute façon, c'est d'abord vous que j'ai envie de connaître. »

Le vouvoiement avait cessé très vite, c'était bon signe.

Elle l'avait invité à partager le goûter d'anniversaire de sa mère, afin qu'il fasse connaissance avec les siens. Elle ne savait pas trop comment le présenter à ses parents. Après en avoir discuté avec Frank, elle avait décidé d'annoncer qu'ils étaient « ensemble ». Ce qui voulait dire à peu près tout et rien.

— Ah oui, c'est une bonne idée ! s'était-il exclamé. On va dire cela, ce sera amusant.

Le mot « amusant » ne lui avait pas plu. Elle aurait préféré « sérieux ».

Le soir même, dans une ruelle de Nice, il l'avait à nouveau embrassée. Ils étaient restés longtemps l'un contre l'autre. Puis ils avaient fait l'amour dans le studio d'Èze. Depuis ce jour-là, elle n'était plus seule.

— Tu vois, lui avait-il dit en caressant sa joue, cette fois, nous sommes vraiment ensemble.

Au sortir de L'Arbousier, Frank la raccompagna jusqu'à sa porte. Elle avait envie qu'il monte dans son studio. Pas forcément pour faire l'amour, ce n'était pas le jour, mais pour partager un moment de tendresse. Elle en avait besoin. Follement. Elle se sentait abandonnée.

— On prend un verre chez moi ?

Il acquiesça tout en attrapant sa main droite, qu'il serra fort dans la sienne.

Il revit le studio joliment décoré, tons pastel sur les murs, mobilier moderne bon marché.

Ils regardèrent par la fenêtre. Au pied du village, des centaines de mètres en contrebas, la mer plongeait dans la nuit. Des lueurs de bateaux. Des amas de lumière le long de la côte. À l'ouest, Beaulieu, Saint-Jean-Cap-Ferrat. À l'est, on devinait l'éclat puissant de Monaco.

Très loin, un feu d'artifice.

— L'Italie…, murmura Frank.

Juliette repensa à la tragédie. Elle aurait tant voulu se souvenir avec précision du moment où les coups de feu avaient été tirés… Lorsque tout avait basculé.

Il la serra dans ses bras. Elle sentait ses muscles. Elle était bien. Rassérénée. En confiance.

Elle avait envie de l'embrasser, mais elle se dit que ça ne se faisait pas un jour pareil.

Il lui caressa les cheveux.

Seule une lampe de chevet était allumée.

Le couple s'allongea, ils se serrèrent l'un contre l'autre comme un frère et une sœur.

Dans la rue, un énorme coup de klaxon, au pied de l'immeuble, puis un second déchirèrent le calme de la nuit. Ils sursautèrent.

Frank se détacha d'elle et se leva.

— Je vais rentrer, dit-il. Tu dois être épuisée.

— Un truc à boire avant de partir ? Je te l'ai promis !

— OK !

La jeune fille ouvrit un placard et sortit un cocktail sans alcool car elle savait qu'il conduisait.

Après avoir rempli les verres, elle lui annonça d'une voix solennelle :

— J'aimerais te voir plus souvent. La période que je traverse est éprouvante, je n'ai pas besoin de te faire un dessin…

Il avala une première gorgée.

— Mais oui, on va se voir plus fréquemment. De toute façon, j'imagine que les enquêteurs ne vont pas nous lâcher.

— Pour quelle raison ?

— S'ils ne trouvent pas de piste sérieuse dans les heures qui viennent, ils vont soupçonner les convives, mais aussi les invités, ta grand-mère et moi. En plus de celui ou de celle qui a disparu et dont tu ignores toujours l'identité.

Le lendemain, Juliette fut emmenée sur la scène de crime par le juge d'instruction.

Les enquêteurs étaient venus la chercher d'assez bon matin, sans prévenir.

À Vence, les journalistes étaient tenus éloignés de la grille du jardin, à quelques dizaines de mètres, bloqués par des barrières métalliques placées à chaque extrémité de la rue des Micocouliers.

Des paraboles jaillissaient des voitures de presse.

Des photographes tentaient de mitrailler la jeune fille, qui se recroquevillait pour éviter les objectifs. Elle n'avait pas envie d'être considérée comme une suspecte, même si elle savait que les allégations sans preuve allaient bon train dans les médias.

Elle était la seule rescapée connue à ce jour. Que pouvait-on en déduire ?

Elle avait l'impression qu'elle avait quitté l'endroit des mois auparavant. Comme si le massacre appartenait à une autre époque.

L'événement était tellement irréel.

Elle avait passé son enfance ici, avait été élève à l'école élémentaire, puis au collège, puis au lycée de Vence. Les premières années de sa vie s'étaient déroulées là, tranquillement. Du moins en apparence. Puis elle avait suivi des cours de biologie à la faculté de Nice avant de devenir océanographe.

Pourquoi ce drame jaillissant de nulle part, comme la foudre qui tombe du ciel sans qu'elle ait rien vu venir ? C'était d'autant plus inexplicable que ce jour-là, pour une fois, tout allait bien. On avait mis les ressentiments sous le tapis.

Une parenthèse de paix, de réconciliation, de bonne humeur.

Il faut se méfier des apparences. De la colère et de la haine qui jaillissent des murs comme une eau sale.

Loiseau prit la parole.

— Vous êtes ici comme témoin. Votre statut n'a pas changé. Nous voulons savoir ce que vous avez vu. À supposer que vous ayez vu quelque chose et que vous acceptiez d'en parler.

— Est-ce une reconstitution de scène de crime ? demanda-t-elle nerveusement.

— Pas du tout. La reconstitution se fera en présence du principal suspect, si nous en trouvons un ; et à ce stade, vous n'êtes soupçonnée de rien.

« À ce stade. »

Les trois mots cinglèrent dans le cerveau de Juliette.

Avant d'entrer dans la maison, ils enfilèrent des combinaisons blanches destinées à ne pas polluer la scène de crime.

Elle eut l'impression qu'aucun massacre n'avait eu lieu, malgré des marques laissées par les enquêteurs à l'endroit où ils avaient retrouvé des empreintes digitales, de la salive, des éléments pileux, des cheveux, des ongles, des pellicules, des phanères. Le sang lui-même avait disparu, sans doute conservé dans des récipients hermétiques. Forcément, la maison avait été auscultée dans ses moindres détails, analysée, photographiée. Des centaines de prélèvements avaient été réalisés. Des tubes et des sachets en plastique avaient été remplis d'échantillons.

Elle se souvenait du moment précis où elle était arrivée, vers 13 heures. Elle avait laissé sa voiture dans la rue, comme d'habitude. Il y avait peu de place devant la maison proprement dite, et l'on pouvait difficilement garer plus d'un véhicule dans le jardin. Celle de ses parents n'avait pas bougé après les crimes. Aucun de ses parents n'était parti à bord de leur voiture.

À 13 heures, la grille était ouverte. La porte de la maison également. Car que risquait-on alors que plusieurs personnes se trouvaient à l'intérieur ?

Et pourtant, Flavia était obsédée par les cambriolages. Normalement, elle verrouillait tout, en permanence, même quand elle se trouvait dans la maison.

Sauf ce jour-là.

Le magistrat regarda la jeune fille au fond des yeux tout en lui disant :

— Je sais, ce moment est très difficile. Comment vous aider ?

Elle se demandait s'il faisait preuve d'une sincère empathie à son égard. La croyait-il coupable ? Pouvait-elle l'être d'ailleurs ? À certains moments, Juliette n'excluait pas cette hypothèse, même si elle la trouvait peu crédible. Car comment aurait-elle trouvé un pistolet ? Comment s'en serait-elle débarrassée ? Comment aurait-elle fui ?

Vu l'étrangeté du scénario, elle envisageait toutes les possibilités, y compris celle où elle aurait été frappée de folie avant de tout refouler, ou bien celle où elle aurait été contrainte de tuer, menacée par une tierce personne.

— Je suis innocente, murmura Juliette, les larmes aux yeux. Je ne sais rien…

La voix de Loiseau était douce.

— Ne vous inquiétez pas.

Ils étaient accompagnés par une dizaine de personnes, gendarmes et techniciens de l'identité judiciaire.

La salle à manger.

Il n'y avait plus rien sur la table. Aucune assiette, aucun verre, aucune bouteille, aucune carafe. La magnifique charlotte avait été emportée par les enquêteurs, mise sous scellés.

Un flash la traversa soudain, des images en cascade, comme jaillies des ténèbres.

Le matin, elle se trouvait à Èze, dans sa cuisine dont la fenêtre donne sur un petit jardin planté d'oliviers avec, au loin, la mer. Les images défilaient dans son cerveau. Elle revoyait les ingrédients de la recette : le sucre en poudre, les fraises, les œufs, la crème liquide entière, les feuilles de gélatine, les biscuits.

La voix du magistrat l'extirpa subitement de sa rêverie.

— Racontez-moi ce qui s'est passé.

— Il n'y avait rien d'anormal. Je suis arrivée à la fin du repas avec le dessert.

— Pourquoi si tard ?

— Je vous l'ai déjà dit, monsieur Loiseau ! Je devais réaliser la charlotte la veille et finalement je l'ai faite le matin. Il fallait la laisser plusieurs heures au frais.

— Il est étrange d'arriver seulement pour le dessert alors que c'est l'anniversaire de votre mère…

Elle était décontenancée.

— C'est comme ça, que voulez-vous ? J'étais en retard ! s'écria-t-elle, agacée.

Elle avait l'impression qu'il ne saisissait rien, ou qu'il faisait semblant de ne rien comprendre.

— Est-ce dans vos habitudes d'arriver en retard ou était-ce exceptionnel ?

— Pourquoi cette question ?

— Alors ?

— En famille, je suis toujours en retard car je ne m'entendais pas avec mon père. Je ne venais pas ici de gaîté de cœur !

— Intéressant ! Vous avez utilisé l'imparfait alors que vos parents, jusqu'à présent, ne sont pas considérés comme morts.

— Qui est mort d'ailleurs ? Vous ne me l'avez toujours pas dit.

Il se tut quelques minutes. Son visage s'assombrit.

— Je suis désolé de vous l'apprendre. Il va vous falloir être courageuse. Votre frère Valentin, votre sœur Jennifer et votre père David ont été assassinés. Les analyses médico-légales sont formelles. En revanche, on n'a retrouvé aucune trace de sang de votre mère sur la scène de crime.

Juliette pleurait à chaudes larmes. Que dire après cela ?

Le magistrat l'emmena dans chaque pièce, sans qu'elle comprenne pourquoi. Alors qu'elle se trouvait en état de choc, pourquoi cette déambulation quasi silencieuse ?

— Si quelque chose vous revient, n'hésitez pas.

— Vous me faites visiter une maison que je connais. Dans quel but ?

Il ne répondit pas.

De retour dans la salle à manger, il l'invita à s'asseoir sur une chaise.

— Donc, vous étiez là quand le tireur a surgi.

À l'évidence, il cherchait à la piéger.

— Je n'ai pas parlé de « tireur », mais de tirs. Et je n'ai pas dit qu'il avait « surgi », ou alors vous avez mal compris. Et de plus, je n'étais pas dans la salle à manger, mais endormie sur le canapé du salon, juste à côté.

— Soit. Montrez-moi l'endroit exact dans ce cas.

Elle l'emmena dans la pièce voisine et désigna le canapé. Le magistrat s'y assit. Il constata que, de cet endroit, on ne voyait pas l'intérieur de la salle à manger.

— Vous êtes-vous assoupie là ?

— Exactement. Les coups de feu m'ont réveillée. Je suis restée assise, pétrifiée. J'ai attendu un peu avant de retourner dans…

Elle n'arrivait pas à terminer sa phrase.

Loiseau enfonça le clou :

— Une chose m'étonne…

— Laquelle ?

— Personnellement, si j'avais entendu des tirs, soit je me serais caché, soit je serais parti en courant. Non seulement vous êtes restée, mais de plus, vous êtes allée voir ce qui se passait. Surprenant !

Elle se leva et sortit dans le jardin, outrée par les propos du magistrat. Celui-ci la suivit.

— Je ne porte pas d'accusation, j'essaie de comprendre, ajouta-t-il d'une voix embarrassée.

Elle inspira profondément l'air frais du matin.

— À votre place, je ne ferais pas de psychologie de comptoir. Je vous rappelle que je viens de perdre une partie de ma famille !

— Je ne l'ai pas nié.

— Eh bien, je vais vous répondre, monsieur le grand inquisiteur ! Je suis endormie, des coups de feu me réveillent. Les coups de feu cessent. Mon premier réflexe est de voir si mes proches ont été touchés. C'est tout à fait humain, non ?

— Et qu'avez-vous constaté ?

— Quand je suis entrée dans la pièce, il y avait du sang partout. J'étais horrifiée.

— Avez-vous vu des gens par terre ?

Elle se mit à pleurer.

— Non…

— Vraiment ?

— Je ne sais pas, je ne sais pas. J'ai aperçu du sang dans une sorte de flash puis je me suis évanouie.

— Avez-vous aperçu quelqu'un tenant un pistolet à la main ?

— Négatif !

— Essayez de vous souvenir, c'est très important. Fondamental, même !

— Je n'ai pas eu le temps de regarder. J'ai perdu connaissance. C'était tellement horrible, tout ce sang ! Vous connaissez la suite. Je me suis réveillée sur la plage de Gigaro.

Après un temps qui sembla infini à Juliette, il annonça solennellement :

— Désormais, seule votre mère manque à l'appel. Aucun cadavre dans la maison ou le jardin. Tout a été passé au peigne fin. Nous avons utilisé des chiens capables de retrouver des corps enterrés. Ça n'a rien donné.

— Qu'en déduisez-vous ?

— Rien, mais nous allons lancer un appel à témoin à grande échelle. La photo de Flavia Carpenter va être diffusée dans les médias. Nous voulons savoir ce qu'elle est devenue.

— Moi aussi.

Le magistrat semblait ennuyé.

— Avez-vous en mémoire une affaire nantaise qui défraie la chronique depuis des années ?

— Laquelle ?

— Un père a massacré toute sa famille en l'abattant avec une carabine, cinq personnes au total, puis il s'est volatilisé. Soit il s'est suicidé, soit il a refait sa vie sous une autre identité.

— Qu'en concluez-vous ?

— Rien. C'est une analogie. Ici, trois personnes sont massacrées, une fille survit, l'un des parents disparaît...

— Une mère qui tue ses proches, c'est quand même très rare, non ?

— Le massacre d'une famille l'est tout autant, même si en général c'est plutôt le père qui tue tout le monde. L'enquête ne fait que commencer. Par le plus grand des hasards, connaîtriez-vous le mobile de ce triple meurtre ?

— Pas la moindre idée.

— Je vais vous révéler une nouvelle chose : nous supposons que vous n'êtes pas impliquée dans ce drame, même s'il reste des zones d'ombre vous concernant. Vos analyses sanguines ont démontré que vous avez été endormie par un hypnotique très puissant, lequel explique votre léthargie d'une vingtaine d'heures. Pour cette raison, nous n'avons procédé à aucune perquisition à votre domicile. Jusqu'à preuve du contraire, vous êtes une victime. Reste à savoir pourquoi vous n'avez pas été tuée et pourquoi vous avez été emmenée aussi loin.

Le lendemain, *Nice-Matin* faisait de nouveau sa une sur la tragédie de Vence. Le journal révélait des détails glaçants que le magistrat avait tus à Juliette.

La maison de l'horreur
Trois cadavres et des mystères

À Vence, l'enquête progresse. Alors que certains journalistes avaient émis l'hypothèse que le père, David Carpenter, pouvait être responsable du meurtre de ses proches, ce qui aurait rappelé une célèbre affaire nantaise, nous apprenons que son corps a été retrouvé, une balle fichée en plein cœur, au côté d'une de ses filles, Jennifer, tandis que le cadavre de son fils Valentin a été découvert dans le jardin. Ce dernier a-t-il tenté de fuir en rampant sur la pelouse après avoir été blessé? Une hypothèse parmi d'autres.

À cette heure, seule la mère, Flavia, manque à l'appel.

Trois morts, une survivante, une disparue.

Flavia n'a donné aucun signe de vie. Son téléphone et sa tablette se sont volatilisés. Ils ne sont pas localisables.

La police judiciaire n'exclut aucune hypothèse et n'a pas de piste sérieuse. L'enquête de voisinage a cependant révélé un détail important: M. Gravier, qui habite une maison toute proche, affirme qu'un véhicule s'est garé dans le jardin, et non dans la rue, en début d'après-midi. Il ne l'a pas vu, il n'a aucune idée du modèle, il n'a entendu aucun coup de feu, ce qui laisse supposer que l'arme des crimes était munie d'un silencieux. Environ vingt minutes plus tard, le véhicule est reparti. Le voisin n'a prêté aucune attention à cet événement jusqu'à l'arrivée des enquêteurs. Son témoignage accréditerait l'idée qu'une ou plusieurs personnes autres que les convives auraient été impliquées dans le drame. Les véhicules de ces derniers ont tous été retrouvés : celui des parents garé devant le pavillon, celui de Valentin et celui de Juliette stationnés dans la rue.

M. Gravier reconnaît que son témoignage reste aléatoire.

Les enquêteurs ont lancé un appel à témoin destiné à retrouver Flavia Carpenter. Nous le reproduisons ci-dessous, accompagné d'une photo et d'un numéro d'urgence joignable 24 heures sur 24.

Désemparée, Juliette referma le journal.

Trois morts : David, Valentin, Jennifer.

Une disparue, devenue la principale suspecte : Flavia.

Pour quelle raison cette dernière aurait-elle tué ses proches ?

Loiseau lui avait indiqué qu'elle serait invitée à faire une reconnaissance des corps à l'institut médico-légal le moment venu, même si les enquêteurs n'avaient aucun doute sur l'identité des victimes grâce à une batterie d'analyses.

Elle redoutait énormément ce moment : revoir les siens morts, une balle en pleine poitrine…

Elle se dit que le meurtrier – ou la meurtrière – avait bien visé. À chaque fois, les balles avaient pénétré dans la cage thoracique. La personne n'avait pas tiré plusieurs fois avant d'atteindre sa cible. Les enquêteurs avaient bien retrouvé quelques balles perdues çà et là, sans qu'on arrive à expliquer leur utilité, leur trajectoire.

Les douilles, toutes les douilles, avaient été ramassées par l'auteur des faits.

Un travail de pro.

De retour chez elle, Juliette ouvrit l'armoire contenant les bouteilles d'apéritif. Si elle buvait rarement de l'alcool, elle en possédait de toutes sortes pour ses invités : gin, cognac, porto… Elle se servit un grand verre de whisky. Elle avait envie d'oublier, de changer de monde.

Elle pleurait quasiment sans discontinuer ; et quand les sanglots cessaient, c'était pire. Car les larmes atténuent pour un temps la douleur.

Quelques instants plus tard, la jeune femme alluma son ordinateur. Sa boîte mail était encombrée de spams et autres idioties habituelles. Elle les effaça.

Elle avait reçu des paroles de soutien de ses collègues du musée océanographique, de Pierre Frolla, ce qui réchauffa son cœur. Tous regrettaient de ne pas arriver à la joindre et lui adressaient des messages de réconfort. Ils voulaient la revoir.

Elle découvrit un mail de Dorian Carpenter, le frère de son père. L'oncle détesté…

Elle l'ouvrit.

Un long message.

C'était la première fois qu'il lui adressait un courrier personnel.

Après une carrière de cadre moyen, il habitait une luxueuse villa qu'il avait fait construire à Saint-Tropez. Sa femme était morte dix ans auparavant dans des circonstances étranges.

Chère Juliette, ma chère nièce,

J'ai cherché à t'appeler plusieurs fois, je tombe directement sur ton répondeur.

Ton portable a sans doute été mis hors d'usage dans le drame qui nous bouleverse tous.

Je t'adresse toute mon affection en ce moment tragique.

Je ne trouve pas les mots pour t'exprimer toute ma sympathie, tout mon amour.

Du fond du cœur.

Je souffre avec toi.

J'ai appris dans les médias ce qui s'était passé. Ou, du moins, ce qu'on a découvert dans cette maison que j'aime tant.

Même si je ne m'entendais pas bien avec lui, je suis effondré par la mort de mon frère David.

À ce jour, tu es la seule survivante. Un miracle que tu aies échappé au pire.

Qu'est devenue ta mère ? Un mystère.

Quand survient ce genre de catastrophe, on comprend combien la famille a quelque chose de sacré.

J'aimerais te revoir. Parler avec toi. Prenons rendez-vous. Appelle-moi quand tu veux. En bas de ce message, tu trouveras mon numéro de téléphone, pour le cas où tu l'aurais perdu.

Tendrement,

Dorian

Juliette était stupéfaite. Elle se méfiait de son oncle, même si celui-ci l'avait gâtée quand elle était enfant.

Flavia l'avait invité à son anniversaire par simple politesse, mais pas au déjeuner. Seulement au goûter, vers 17 heures.

Il avait décommandé le matin même en disant qu'il était souffrant.

David avait été soulagé que son frère ne vienne pas. Ils s'étaient brouillés quelques mois plus tôt pour une affaire d'argent. Une sombre histoire d'héritage.

Un énorme héritage que l'un avait spolié à l'autre.

Une pensée fugace traversa le cerveau fatigué de Juliette.

Dorian habitait une villa à Saint-Tropez, commune située à quelques kilomètres seulement de La Croix-Valmer.

Certaines rencontres ressemblent à des fleurs empoisonnées.

Juliette aurait très bien pu refuser de revoir son oncle, mais à quoi cela aurait-il servi ? Que risquait-elle finalement ?

Elle l'avait donc appelé, et il lui avait donné rendez-vous le lendemain midi à Beaulieu-sur-Mer.

Elle l'y rejoignit en taxi, faute d'avoir récupéré sa voiture.

Elle aimait Beaulieu, surnommé la « Petite Afrique » à cause de sa végétation exotique.

La lumière d'avril coulait à flots. Une odeur de mer se mêlait à la senteur des citronniers.

Il arriva au volant d'une Porsche.

Il était vêtu d'un costume élégant en tissu gris, du sur-mesure, et d'une cravate vert bouteille en soie.

C'était un vieux beau, toujours tiré à quatre épingles.

On voyait qu'il ne se privait de rien.

Ils s'installèrent dans un bar, Le Marco Polo, à midi, sur le minuscule port.

— Veux-tu également déjeuner ? lui demanda-t-il d'une voix agréable. Je t'invite.

Elle ne l'avait jamais connu si attentionné.

Dorian la regarda d'un air peiné. Avant même qu'elle ne réponde, il ajouta :

— Je suis en empathie avec toi. Comment te sens-tu ?

— Anéantie.

— Moi aussi.

Puis, après un silence :

— Certes, j'étais en froid avec ton père, je me répète, mais quand survient un drame pareil, les différends semblent dérisoires.

Elle se mit à songer à ces désaccords, tandis qu'il reprenait :

— J'ai été très peiné d'apprendre sa mort...

Une larme coula sur sa joue.

Il regarda sa nièce, les yeux mouillés.

Durant quelques minutes, plus personne ne parla. Puis, de façon déconcertante, il commenta la carte des poissons.

— Si cela ne te dérange pas, je vais commander une sole meunière. Je n'ai rien mangé depuis l'annonce de la tragédie. Disons, presque rien. Si tu as faim, n'hésite pas.

Ses mots sonnaient faux. Il en faisait trop. Il n'était pas triste. À l'évidence, il était indifférent à ce qui venait de se produire.

Mais peut-être se trompait-elle ?

Elle commanda un filet de turbot grillé sauce moutarde et une bouteille d'eau minérale.

Juliette ne savait pas quoi dire. Elle était très mal à l'aise.

Dorian parlait à voix basse, comme s'il avait peur d'être entendu.

— Je suis effondré par la disparition de ton père.

Elle le trouvait gonflé. Depuis des mois, ils ne s'adressaient plus la parole.

Une question la taraudait. Elle se lança :

— Les enquêteurs t'ont-ils questionné ?

Il fronça les sourcils.

— Pourquoi l'auraient-ils fait ?

— En l'absence de piste sérieuse, tous les proches sont interrogés.

Il soupira.

— Eh bien oui, mais rapidement. Dès le lendemain, les gendarmes ont débarqué chez moi. Ils m'ont informé que mon frère avait disparu, sans me dire qu'il était mort, suite au massacre d'une partie de la famille. Ils m'ont posé quelques questions.

— Lesquelles ?

— Tu es curieuse ! Mais je n'ai rien à cacher, absolument rien. Ils voulaient savoir si j'avais une idée… Comment dire ? Ou si j'étais un suspect potentiel. Je l'ai deviné très vite, leurs questions étaient lourdes de sous-entendus. Ils m'ont demandé s'il existait un conflit entre nous. J'ai évoqué la question de l'héritage, en ajoutant que j'étais étranger au massacre. J'ai des défauts, mais je ne suis pas violent. Quel intérêt pour moi de tuer toute une famille alors que ma vie est plutôt agréable ? Franchement, je ne vois pas.

Il avait dit « toute une famille », alors que Flavia, jusque-là, n'avait pas été retrouvée.

— En outre, sache-le, j'ai un alibi. Les enquêteurs m'ont demandé où j'étais au moment des crimes. Eh bien, comme je l'ai dit à ta mère au téléphone le matin même, j'étais souffrant, chez moi, alité, avec…

Il se tut un instant, visiblement ennuyé.

— En ce moment, j'ai une compagne, Anita. On a passé la journée ensemble, du matin au soir, dans ma maison de Saint-Tropez. Elle a témoigné devant les enquêteurs. Elle était avec moi quand les gendarmes sont arrivés. À aucun moment, je ne me suis absenté, j'étais fiévreux, je n'ai pas quitté ma maison. Sauf en toute fin de journée, vers 21 heures, pour prendre l'air avec Anita. On a marché le long du port. Je n'ai rien à voir avec ce drame.

Juliette avala sa salive. Elle voulait lui répondre mais aucun son ne sortait de sa bouche. Il avait quitté sa maison vers 21 heures, et habitait près de La Croix-Valmer. Elle interprétait tout ce qu'il lui disait.

Il avala une bouchée de sole meunière, avant de poser une question en la regardant droit dans les yeux.

— C'est délicat de te demander ça, mais j'aimerais en savoir plus sur ce qui s'est réellement passé dans la maison. Tu étais aux premières loges, non ?

La jeune femme savait des choses que lui ne savait pas. Forcément. Elle était même retournée sur la scène de crime pour les besoins de l'enquête.

— Je ne me suis aperçue de rien. C'est tout.

— Vraiment ? Comment est-ce possible ?

— Ça te semble bizarre, mais c'est la vérité. Je dormais à poings fermés, et quand je me suis réveillée…

Submergée par l'émotion, elle n'arrivait pas à continuer.

— Tu n'as pas vu le meurtrier ? demanda-t-il en enfonçant son regard dans le sien.

Il veut savoir si je le soupçonne, se dit-elle. *Il est venu à Beaulieu pour ça, pour savoir si je l'ai vu, lui ou le tueur à gages qu'il a embauché.*

Juliette bluffa.

— J'ai aperçu une silhouette…

— Une silhouette ? Vraiment ? Sais-tu qui c'est ?

— J'hésite !

Il avait arrêté de manger. Sa voix devint caverneuse.

— Tu hésites ? Que veux-tu dire ?

Elle faisait semblant de ne rien entendre.

— Où est passée ma mère ? demanda-t-elle, en étant certaine qu'il ne lui répondrait pas.

Soit Dorian savait et ne dirait rien, soit il ne savait pas. Il répliqua :

— J'ai lu qu'elle n'avait pas été retrouvée. Je m'inquiète pour elle. Terriblement.

Elle enfonça le clou.

— À ton avis, qu'est-elle devenue ?

Il soupira.

— Puis-je te dire le fond de ma pensée ?

Elle tressaillit.

— J'écoute !

— Attention, je peux me tromper, mais pour moi, ta mère est responsable de cette affreuse histoire. Elle a tué David, Valentin, Jennifer. Elle t'a épargnée parce qu'elle tient à toi, puis elle a disparu dans l'idée de ne jamais reparaître.

Juliette trouvait ses propos d'une grande violence. Odieux. Comment accuser Flavia sans la moindre preuve ?

— Mais pour quelle raison aurait-elle commis une chose aussi abominable ? murmura-t-elle, interloquée.

Il toussota.

— Elle cachait son jeu.

— Quel jeu ?

Elle ignorait s'il connaissait la vérité ou si c'était pure affabulation.

— Je suis venu ici pour te le dire. Je l'ai appris par hasard il y a quelques semaines…

Elle écarquilla les yeux.

Il poursuivit d'une voix monocorde :

— Depuis quelque temps, elle a un amant. Ils vivent une passion torride et scandaleuse. Je ne t'en aurais pas parlé si tu ne m'avais pas posé de questions sur elle.

S'il avait utilisé le présent, c'est qu'il supposait, ou savait, qu'elle était vivante.

— Le problème, poursuivit-il, c'est que ton père venait de s'en apercevoir. Imagine la scène de ménage ! Vingt-cinq ans de vie commune volent en éclats au moment précis où elle fête son quarante-cinquième anniversaire…

Il éclata de rire.

Juliette était abasourdie.

Était-ce la vérité ? Elle n'avait jamais entendu parler de cette histoire. Si elle était vraie, elle ne s'était doutée de rien.

— Comment le sais-tu ? murmura-t-elle d'une voix éteinte.

— Oh, tout finit par se savoir quand on cherche un peu…

— En as-tu parlé aux gendarmes ?

— Surtout pas ! Je n'ai aucune preuve formelle. Mais l'explication est probable. Très probable.

— Probable ou certaine ?

Il ne répondit pas de manière directe.

— Après tout, une femme, même mariée, a le droit de vivre comme bon lui semble. Ce n'est pas moi qui lui en ferai le reproche. Je ne porte pas de jugement sur l'existence secrète des uns et des autres. Ta mère est libre et majeure.

— Maman aurait tué ses proches parce que papa aurait découvert qu'elle avait un amant ?

Ils mangèrent un peu de poisson dans un silence pesant, avant que Dorian ne reprenne :

— Oh, tu sais, rien n'est certain, tout n'est qu'hypothèse, mais on peut imaginer la scène.

— Quelle scène ?

— La scène du meurtre, voyons !

Elle était révoltée.

— Tu dis n'importe quoi !

— Ne te fâche pas, ma chère Juliette. J'essaie juste d'échafauder un scénario. Un scénario parmi d'autres.

Elle n'avait plus faim. Elle tremblait des pieds à la tête et avait envie de partir.

— Essayons de comprendre, reprit-il. Jusque-là, ta mère avait donné d'elle une image irréprochable. Le jour de ses quarante-cinq ans, juste après le dessert, ton père lui annonce qu'il a découvert le pot aux roses.

— Tu as tout faux. Quand je suis arrivée, tout le monde était d'excellente humeur. Papa n'a fait aucun reproche à Flavia.

Juliette ne voulait pas lui répéter qu'elle s'était endormie.

— Dans les réunions de famille, tout peut dégénérer très vite. Les conflits sont latents et, à la moindre occasion, à la moindre remarque maladroite, à la moindre étincelle, tout explose comme un baril de poudre.

Sur ce point très précis, il avait raison.

— Et puis, tu m'as dit que tu t'étais assoupie. J'imagine que le ton est monté rapidement, comme une tornade arrivant de nulle part. Tu ne t'es aperçue de rien. Quand tu t'es réveillée, c'était trop tard.

Il avait réponse à tout.

— Après le dessert, ton père déballe ce qu'il a sur le cœur. Il se dit révolté par la double vie de ta mère. Celle-ci nie tout en bloc. David en rajoute une couche. Flavia est ulcérée, elle ne supporte pas que son existence secrète soit révélée au grand jour devant ses enfants, d'autant qu'on vient de fêter ses quarante-cinq ans. La fête bascule dans le cauchemar…

Juliette l'interrompit sèchement :

— Tu penses qu'elle avait dans sa poche un pistolet pour tirer sur sa famille en cas de nécessité ? Cette hypothèse est loufoque.

— Mais non ! Je ne dis pas ça.

— Je ne comprends rien à ton scénario.

Elle était hors d'elle.

Il avala un peu de sole meunière. Il semblait calme, comme détaché de ce qu'il disait.

— Ma chérie, ne t'énerve pas. Je suis comme toi, je ne sais pas ce qui s'est passé. Je suis perdu. J'aimerais savoir. J'envisage les choses à partir d'éléments factuels…

Elle se demandait s'il fallait rester ou partir.

— Et donc, d'où sort le pistolet ? demanda-t-elle, interloquée. Il descend du ciel ? Ma mère n'en a jamais eu, j'en suis certaine. Elle n'avait pas de port d'armes. Elle ne savait pas tirer.

— Elle, non. Mais son amant ? Il est possible qu'il habite le quartier. Face à la colère de ton père, elle a envoyé un texto, il a rappliqué avec une arme. Le voyant, ton père serait devenu fou. La suite est facile à imaginer, non ?

— L'amant caché flingue mon père, ma sœur, mon frère, et m'épargne. Rocambolesque !

— Flavia t'adore, tu le sais. Mais surtout, comme tu dormais, tu n'as rien vu. Rien entendu. Tu ne peux témoigner ni contre elle, ni contre lui.

— Ma mère est incapable de faire du mal à une mouche. Impossible. Tuer ses propres enfants ? C'est du délire !

— Tout est possible. La preuve, ce massacre a eu lieu. N'as-tu jamais entendu parler de l'affaire Jean-Claude Romand ? Un bon père de famille a tué sa femme, ses deux enfants et ses parents parce qu'ils s'apprêtaient à découvrir qu'il avait menti pendant des années. Il avait fait croire qu'il était médecin à l'OMS alors qu'il n'en était rien. Tu vois, tout peut arriver.

Elle haussa les épaules, excédée. Dorian était un as de la manipulation mentale.

— Je ne crois pas à cette hypothèse.

Il prit un air solennel.

— Oh, tu sais, depuis le début, tout est inimaginable ! Un massacre dans une famille, ce n'est déjà pas très courant. Mais en plus, nous avons une survivante qui n'a rien vu et une maman qui a disparu corps et âme. Je t'en supplie : reconnais avec moi qu'on ne peut rien exclure.

La jeune océanographe était bouleversée par cette conversation. Elle ne comprenait pas pourquoi Dorian tenait tant à lui faire ces révélations. Soit elles ne reposaient sur rien, et c'était ignoble, soit sa belle-sœur avait effectivement un amant, mais dans ce cas, pourquoi le dire ? Et surtout, de quel droit pouvait-il porter des accusations aussi graves sans la moindre preuve ? Elle supputait qu'il disait cela pour la lancer sur une fausse piste. Pour prouver qu'il était blanc comme neige dans cette histoire.

Elle imaginait qu'il en parlerait aux enquêteurs.

À un moment ou à un autre.

Forcément.

Elle regarda la mer et, un peu plus loin, le cap Ferrat, les villas blanches, les pins maritimes qui ressemblaient à de grandes ombrelles.

Dans la lumière d'avril, les amandiers étaient en fleur.

Comment poursuivre la discussion après de tels propos ?

Un silence pesant s'installa.

Dorian finissait de manger tranquillement sa sole meunière.

Elle n'avait plus faim, et son regard se perdait dans le lointain.

Elle avait hâte de déguerpir mais ne pouvait rentrer à pied. Appeler un taxi ? La jeune fille regrettait d'avoir accepté cette rencontre. Pour elle, ces révélations étaient un fatras d'insinuations sans fondement.

Elle n'arrivait pas à croire que sa mère avait un amant. Elle savait que des gens, partout dans le monde, menaient des existences parallèles, sans que personne n'en sache rien. La chose était d'une grande banalité. Une femme avait le droit d'aimer un autre homme que son mari.

Mais pas sa chère mère, pas celle avec qui elle avait passé tant de beaux moments, une femme si délicieuse, si douce… C'était rigoureusement inconcevable pour Juliette.

Flavia Carpenter menait une vie de famille normale en plus de son travail dans une clinique niçoise.

Un amant, ça ne collait pas du tout avec le personnage.

Quant à imaginer qu'elle ait pu tuer une partie de sa famille suite à des reproches émis par son époux, c'était du grand n'importe quoi.

Dorian demanda l'addition, paya, avant de prononcer d'une voix chaleureuse :

— Ça m'a fait plaisir de te revoir. Je ne devrais pas utiliser le mot « plaisir » vu les circonstances, mais c'est la vérité. Et puis, je me sens aussi seul que toi en ce moment. J'ai perdu mon frère. Dans notre jeunesse, nous avons passé de beaux moments ensemble.

Étant donné les conflits de ces dernières années, elle n'arrivait pas à imaginer qu'ils aient pu s'entendre… Même si elle ne savait finalement rien ou presque de leur passé.

David lui avait dit que ses propres parents étaient décédés de façon prématurée, l'un après l'autre, à quelques mois d'intervalle. Le père s'était suicidé et la mère était morte de chagrin. Les deux fils avaient vingt ans à peine, ils s'étaient débrouillés par eux-mêmes pour entrer dans leur vie d'adulte.

Une question brûlait les lèvres de Juliette.

— Vous vous entendiez bien, et tout à coup, vous vous êtes fâchés ?

— Oh, ça ne s'est pas fait du jour au lendemain. Quand on avait vingt ans, on avait les mêmes amis, on draguait les mêmes filles.

— Vraiment ?

— Ton père s'est assagi après son mariage, mais dans sa jeunesse, on se ressemblait !

Encore un détail qu'elle ignorait, en supposant qu'il soit vrai. Pour elle, son père était un homme austère, attaché aux valeurs familiales. Elle n'avait jamais discuté avec lui, mais c'est ainsi qu'elle le percevait.

— Vous vous ressembliez ? Que veux-tu dire ?

— Tu ne le sais pas ? On multipliait les conquêtes féminines, mais ça n'avait rien d'original. On était beaux, on habitait la Côte d'Azur, on avait touché un petit héritage qui nous avait permis d'acheter des voitures de sport, on n'allait pas se priver. Imagine un peu ! C'était la fin des années 1980. À l'époque, on croyait encore à l'avenir.

Elle ne savait pas s'il cherchait à lui prouver quelque chose.

— À quel moment les choses ont-elles commencé à dégénérer ?

— Quand il a commencé à fréquenter Flavia. Je ne le lui reproche pas, mais il est devenu sérieux. Trop sérieux. Il a changé. Fini les soirées folles dans les boîtes de Saint-Trop'.

— Ça ne suffit pas pour se brouiller.

— Je viens de te le dire. On a pris peu à peu nos distances. Plus tard, des différends ont… Comment dire ? On s'est disputés pour des broutilles. Voilà. C'est tout. Je n'ai rien à cacher. Ça ne fait pas de moi un meurtrier. Dans toutes les familles, il existe des fâcheries.

Il poursuivit d'une voix quasi inaudible :

— Et aujourd'hui, j'essaie de comprendre pourquoi mon frère a disparu dans des circonstances aussi dramatiques.

Il posa sa serviette sur la table, se leva, avant d'ajouter :

— Si tu veux, Juliette, je te raccompagne.

Elle n'avait d'autre choix que de le suivre.

Ils montèrent dans la Porsche.

Un long silence.

Puis l'oncle parla de choses qui n'avaient rien à voir avec le drame.

— Quand j'étais jeune, je rêvais d'une vie idéale, sans défaut. Je regardais l'avenir avec confiance. J'avais foi en moi. Eh bien, rien ne s'est passé comme prévu. Tout s'est grippé très vite, tout a merdé. Je n'aurais jamais imaginé que l'existence serait si compliquée.

Il oubliait de rappeler qu'il avait hérité d'une des plus grandes fortunes de la Côte d'Azur et que beaucoup de gens auraient aimé partager son sort.

Juliette se remit à penser à l'affaire du Rococo, l'un des derniers palaces Belle Époque de la promenade des Anglais, blanc comme une meringue, surmonté par des coupoles colorées. La plupart des hôtels avaient été détruits, remplacés par des bâtisses modernes dans le style international très en vogue dans les années 1970.

Le Rococo avait résisté à l'assaut des promoteurs véreux grâce à ses propriétaires tenaces d'origine normande, les Marty, qui en avaient fait l'un des plus beaux palaces du monde. Mme Joséphine Marty était la grand-tante de Juliette côté paternel ; elle l'aimait bien malgré ses airs de vieille rombière et ses coups de gueule contre le monde entier. Elle était morte récemment. Elle n'avait jamais eu d'enfants.

Dorian avait roulé tout le monde dans la farine en devenant son unique héritier.

L'oncle déposa Juliette jusque chez elle en lui souhaitant une agréable soirée.

Elle lui dit au revoir poliment, sans lui révéler ce qu'elle pensait de lui : odieux.

Elle se réfugia dans son studio, de nouveau face à sa solitude.

La jeune femme alluma RMC, la « radio pas comme les autres » qu'elle aimait tant depuis son enfance. C'était l'heure des nouvelles.

Le massacre était évoqué en boucle. Il passionnait la France. C'était le fait divers de l'année. Juliette n'avait pas acheté de journaux, mais tout à l'heure, en passant devant un kiosque à Beaulieu, elle avait vu une couverture qui l'avait fait frémir : la photo de sa mère en grand format.

À l'écoute de RMC, après la météo qui annonçait un temps radieux, elle sursauta :

« Massacre de Vence. On vient de l'apprendre : la grand-mère maternelle de la seule survivante du carnage, Isabel Gomez, a été longuement interrogée par le juge d'instruction en tant que témoin assisté. C'est elle qui a prévenu les forces de l'ordre à l'heure du goûter, suite au témoignage de la voisine qui avait aperçu un corps allongé dans le jardin. Selon nos sources, son téléphone aurait borné dans la ville à l'heure du déjeuner, puis tout l'après-midi, alors qu'elle habite à une quarantaine de kilomètres. Par ailleurs, les enquêteurs auraient découvert un courrier extrêmement compromettant dans lequel elle menace de mort son petit-fils Valentin. D'où vient cette haine ?

Rappelons que Flavia Carpenter, sa fille, n'a pas été retrouvée. On ignore ce qu'elle est devenue.

Isabel Gomez reste libre de ses mouvements. Jointe par téléphone, nous lui avons demandé ce qu'elle pensait de cette affaire. »

« Témoin assisté » : Juliette connaissait le sens de cette expression. Elle n'était pas mise en examen, mais suspectée. Elle ne savait pas si un témoin assisté avait le droit de répondre à des questions de journalistes, mais Isabel Gomez était une femme qui n'obéissait à personne, quelles que soient les conséquences de ses actes. Elle était arrivée en France des décennies auparavant, après le coup d'État militaire de 1976 en Argentine, avec son mari et sa fille unique. Opposants farouches à la dictature des généraux, ils avaient fui l'enfer de la répression dans le dénuement le plus total. Ils étaient repartis de zéro, en commençant par apprendre une langue qu'ils ne connaissaient pas. Par mesure de sécurité, ils avaient même changé de nom. Ils avaient craint d'être retrouvés par les commandos de l'opération Condor qui traquaient les dissidents.

Sur les ondes, Juliette reconnut sa voix veloutée, chatoyante, son bel accent argentin :

« Oh, vous savez, c'est du grand n'importe quoi. Les enquêteurs sont perdus, ils n'ont aucune piste. Ils me soupçonnent sans avoir un début de preuve. Oui, c'est vrai, j'étais à Vence au moment où le massacre a eu lieu. Je suis arrivée en début d'après-midi. J'ai fait quelques emplettes, j'ai acheté des tartelettes pour le goûter et un cadeau pour ma fille. Puis je me suis promenée non loin de la maison. C'est tout. Je ne vois pas pourquoi on m'accuse de quelque chose. C'est invraisemblable.

— Et la lettre dont les enquêteurs parlent ?

— Je suis originaire d'Amérique du Sud, j'ai du tempérament. Le sang chaud. Je suis parfois très directe. Je ne m'entendais pas avec mon petit-fils Valentin pour des raisons dont je ne vais pas parler ici. J'ai tout expliqué aux enquêteurs, je n'ai rien à leur cacher. Si nécessaire, je leur montrerai les mails odieux que ce garçon m'a adressés.

— Malgré cette haine réciproque, vous étiez quand même conviée à l'anniversaire auquel participait votre petit-fils ? Ne trouvez-vous pas bizarre d'avoir accepté cette invitation ?

— Attention, c'est ma fille qui m'a invitée, pas mon petit-fils. Et ma fille, je l'adore. Vous avez remarqué que je n'étais pas invitée au déjeuner. Valentin a exigé que je ne vienne pas. Cela m'a fait de la peine, car c'étaient les quarante-cinq ans de Flavia.

— Où est passée votre fille ?

— Oh, j'ai ma petite idée, mais je n'en dirai pas plus. Je n'ai aucune certitude.

— Vous en avez parlé aux enquêteurs ?

— Peut-être. »

Juliette ferma les yeux. Elle était dans le brouillard de l'hiver. Tout ce qu'elle venait d'entendre la perturbait au plus profond d'elle-même, comme si des torrents de boue la submergeaient. Elle étouffait et nageait dans l'horreur.

Elle savait pourquoi sa grand-mère haïssait Valentin.

Cinq ans plus tôt.

Sur une route des Alpes. Les vacances d'été. La famille avait loué un chalet à Saint-Paul-sur-Ubaye, à quelques kilomètres de Barcelonnette, au pied des aiguilles de Chambeyron coiffées de neiges éternelles. On marchait sur les sentiers de randonnées. Des randonnées plus ou moins longues, plus ou moins vertigineuses.

Sacs à dos. Pique-niques. Sandwichs, œufs durs, gourdes d'eau fraîche.

Dans les lacs se reflétaient les belles montagnes de l'Ubaye.

Tout le monde marchait, le père, la mère, les trois enfants, la grand-mère maternelle. Et Luis, le grand-père maternel.

Il était vivant à l'époque et restait un bel homme malgré son âge. Un Argentin aux cheveux noirs, au regard ténébreux.

Il était encore vivant mais c'étaient ses dernières vacances.

Juliette n'oublierait jamais.

Le drame avait eu lieu sur le pont du Châtelet, une arche en pierre enjambant un torrent situé cent mètres plus bas. En descendant de Fouillouse, un hameau niché dans la montagne au pied d'énormes falaises.

Deux voitures l'une derrière l'autre. La première était conduite par Valentin, qui roulait trop vite. Il venait d'obtenir son permis. Il était excité par la vitesse.

On revenait d'une randonnée au lac des neuf couleurs.

Dans la seconde se trouvaient David, Flavia et leurs deux filles.

Dans la première, Luis était à l'avant, Isabel à l'arrière.

À un moment, paraît-il, Luis avait protesté en disant que son petit-fils roulait trop vite. Le vieil homme n'avait pas bouclé sa ceinture.

Le pont du Châtelet comporte une seule voie, il faut céder le passage si un véhicule se présente en face, ce que Valentin n'a pas fait.

Une voiture était arrivée au même moment dans le sens inverse. Le jeune conducteur aurait dû piler, parce que son véhicule descendait et que l'autre montait. Selon le Code de la route, celui qui monte est prioritaire.

Au lieu de s'arrêter, Valentin avait accéléré pour forcer le passage ; l'autre véhicule avait fait de même.

La collision était inévitable. Au milieu du pont, les deux voitures s'étaient encastrées de face… Un miracle qu'elles ne soient pas tombées dans le précipice.

Seul Luis avait été tué.

Le choc avait été si violent qu'il avait été projeté.

De la voiture qui suivait, Juliette avait assisté à la scène.

Cela avait été d'une rapidité inimaginable, à peine trois secondes.

Première seconde : les deux voitures se télescopent dans un bruit terrifiant.

Deuxième seconde : un corps transperce le pare-brise et s'envole.

Troisième seconde : un cri désespéré résonne dans le précipice.

Puis plus rien.

Aucun bruit.

Le silence de la mort.

La stupeur et l'effroi.

Les témoins pétrifiés avaient été changés en statues, incapables de réagir.

Le corps avait été retrouvé quelques heures plus tard, disloqué, au fond de la gorge, par des chasseurs alpins.

Il avait chuté d'une centaine de mètres.

Luis Gomez était tombé la tête la première. Son crâne avait explosé sur un rocher, la cervelle s'était répandue dans le torrent.

Les vacances étaient finies pour tout le monde. La belle entente entre la grand-mère et son petit-fils s'était transformée en haine indescriptible.

Isabel avait considéré que Valentin avait tué son mari en roulant trop vite.

Valentin avait répondu que son grand-père était mort parce qu'il avait refusé de boucler sa ceinture.

Les autres occupants des deux voitures impliquées dans l'accident, attachés, n'avaient été que légèrement blessés.

Isabel avait vu son mari mourir sous ses yeux.

Elle n'avait jamais pardonné à Valentin. Jamais.

À Vence, Valentin avait été tué d'une balle en pleine tête, on avait retrouvé son corps sur la pelouse.

Une vengeance ?

Isabel allait-elle exulter quand elle verrait le cercueil basculer dans la tombe ?

Juliette pensa à cette femme âgée qu'elle connaissait mal et qui avait la réputation d'être cachottière.

Mais elle ne l'imaginait pas en train de tirer sur ses petits-enfants, sur son gendre. À l'extrême rigueur, sur Valentin…

Elle ne connaissait pas le détail des investigations, les éléments factuels, les indices retrouvés. Contrairement à certaines affaires, la PJ dissimulait des éléments.

Pour Juliette, les soupçons à l'encontre d'Isabel Gomez étaient un aveu de faiblesse des enquêteurs. Ils n'avaient rien à se mettre sous la dent. Ils voulaient simplement signifier à la population chauffée à vif qu'ils travaillaient.

Elle éteignit la radio, fondit en larmes, puis respira profondément pour tenter de remonter à la surface.

Elle regarda une photo de sa mère placée sur une étagère.

Jusque-là, les pistes partaient dans tous les sens.

La jeune femme appela Isabel car elle voulait la revoir dès le lendemain, même si elle n'avait pas récupéré sa voiture. Elles ne parlèrent pas longtemps, conscientes que les enquêteurs écoutaient les conversations téléphoniques.

Isabel habitait Agay, dans une jolie maison entourée d'un jardinet où poussaient des citronniers, non loin de rochers rouge feu plongeant dans la mer, sur la corniche de l'Esterel, un massif montagneux à la beauté stupéfiante.

Enfant, adolescente, Juliette venait là souvent. Elle y avait vécu de bons moments avec ses grands-parents, puis les rapports s'étaient distendus, elle avait grandi, ils avaient vieilli, elle avait commencé des études à l'Université.

La dernière fois qu'elle avait vu sa grand-mère, c'était au mois de février à Nice. Le vent gonflait la mer, les vagues étaient hautes, blanches, elles s'écrasaient sur la plage, tapaient contre la digue, éclaboussaient la promenade. Elles avaient pris un verre à L'Excelsior, et Juliette avait trouvé Isabel fatiguée, en pleine déprime, incapable de dire ce qui n'allait pas. Depuis la mort accidentelle de son mari, elle avait des moments de détresse entrecoupés de colères noires.

Et elle n'en démordait pas : son époux avait été assassiné.

Un taxi emmena Juliette à destination.

Malgré le beau soleil d'avril, le vent soufflait fort, et la jeune fille, les cheveux décoiffés, entendait le vacarme des vagues. Elle avait l'espoir que sa grand-mère lui ferait aujourd'hui des révélations. Les morts n'allaient pas ressusciter, mais elle voulait trouver une explication à ce drame.

Elle se jeta dans les bras d'Isabel en arrivant. Les deux femmes s'étreignirent comme elles le faisaient rarement.

— Mamy ! Je suis heureuse de te revoir !

— Moi aussi, chérie. Nous vivons un enfer. Un enfer sans solution.

Juliette n'osait pas l'interroger sur sa découverte macabre de la scène du crime.

Isabel avait récupéré le chien qui avait survécu à la tuerie de Vence. Un adorable labrador prénommé Phosphore. Il avait aboyé dès qu'il avait entendu la sonnette. Il jappa en apercevant Juliette, qui se baissa et lui caressa le museau. Il lécha ses mains, puis son visage, fou de joie. L'impulsivité et l'émotion brute des animaux…

— Il a tout vu ! s'écria la jeune fille. Ah, s'il pouvait parler ! Pourquoi n'a-t-il pas été tué ?

— Les enquêteurs m'ont dit que des balles avaient été découvertes dans le jardin. L'auteur des coups de feu a cherché à le descendre pour être tranquille, mais il n'a pas réussi. Phosphore a été retrouvé blotti dans un buisson, terrorisé.

Juliette haussa les épaules.

— À quoi cela aurait-il servi de tuer un chien ?

— À quoi cela a-t-il servi de tuer trois personnes et d'en faire disparaître une quatrième ? Je me demande ce qu'est devenue Flavia.

Elle se mit à pleurer en se tenant la tête entre les mains.

Les deux femmes s'assirent dans des fauteuils en cuir. Une baie vitrée donnait sur un jardinet. On entendait la mer au loin.

Juliette se souvenait d'une scène vécue à cet endroit, elle avait dix ans. Un citronnier poussait devant la fenêtre et, une fois par an, il donnait naissance à un citron, un seul, un petit citron rabougri. Et cette année-là, quand le citron fut assez gros pour être cueilli, Juliette décrocha le fruit le jour de son anniversaire. Sa famille l'entourait : ses grands-parents, ses parents, son oncle, son frère, sa sœur. Ils avaient applaudi au moment où elle avait détaché le citron. L'enfant en avait ressenti une grande émotion. C'était l'époque où tout le monde s'entendait, avant les trahisons, avant les drames.

La gamine avait goûté au fruit tant convoité, et avait trouvé son goût amer, moins agréable qu'un citron de supermarché. Elle avait été déçue.

A posteriori, elle se disait que le citron de ses dix ans était à l'image de sa vie. Elle l'avait désirée puis détestée.

Le décor de la maison était triste, à l'image d'Isabel. Comme si la vie s'était arrêtée un jour d'été, à la mort de Luis, et qu'elle n'avait jamais recommencé. Tout était figé. Des photos en pagaille décoraient les tables, les guéridons, les meubles, les murs. Certaines en couleurs. D'autres en noir et blanc.

Tout était rance, les odeurs, les teintes.

On voyait Isabel jeune, on voyait son mari, sa fille. Certaines photos avaient été prises en Argentine. Sans doute.

Juliette les avait souvent regardées, dans cette pièce, ou dans les albums de ses grands-parents.

Des photos de la vie d'avant, la vie heureuse. La grande époque.

— Ma chérie, dit la grand-mère. C'est adorable d'être venue. Nos voitures ont été confisquées, un comble ! Le taxi ne t'a pas coûté trop cher ?

— Un prix astronomique ! Mais tant pis. Je voulais te voir.

Le labrador continuait à lui léchouiller les doigts.

Isabel sortit d'un placard une bouteille de cognac.

— Tu ne vas pas conduire, tu peux picoler ! dit-elle en souriant.

Le cognac, c'était aussi une histoire de famille. On en buvait quand on se retrouvait, depuis un voyage dans les Charentes, des années plus tôt. Luis était encore vivant, et chaque été on faisait un périple à travers la France, tous ensemble, les grands-parents, les parents, les petits-enfants. C'était chouette.

De beaux souvenirs.

Avant que la guerre n'éclate.

Un jour, dans une cave de la ville de Cognac, on avait instauré un rituel. Chacun avait versé une fiole dans une immense carafe en cristal, en disant : « Unis pour toujours ! » C'était une idée d'Isabel, pour affirmer que la famille était une et indivisible, et depuis, malgré les ressentiments, on procédait de la sorte à chaque grande occasion. Il n'y en avait presque plus, de grandes occasions, mais le rituel avait survécu.

On avait mélangé plusieurs fioles de cognac lors de l'anniversaire de Flavia. Dans une immense carafe qu'on avait secouée.

Puis on avait rempli des petits verres.

On avait trinqué.

Tchin-tchin !

Il n'y aurait désormais plus de rituel. Plus jamais.

Isabel versa le cognac dans des dés à coudre. Les deux femmes l'avalèrent, avant de se regarder sans rien dire.

Juliette observait sa grand-mère : elle avait pris dix ans en quelques jours, ses traits étaient ravinés par la tristesse.

Était-elle mêlée au drame ?

— J'ai appris à la radio que tu avais été questionnée en tant que témoin assisté…

— Les enquêteurs n'ont aucune piste. Alors, comme j'étais dans le secteur au moment du déjeuner, ça les arrange de me soupçonner. Témoin assisté, c'est une procédure purement administrative. Aucun sens.

La lettre adressée par Isabel à son petit-fils avait motivé les soupçons. Juliette le savait.

— D'après toi, que s'est-il passé le 4 avril ?

Isabel regarda Juliette d'un œil étonné.

— C'est moi qui devrais te poser cette question ! Tu étais aux premières loges !

— Je dormais. Je ne me suis aperçue de rien. Presque rien. Tu vas trouver ça bizarre, mais c'est comme ça…

Elle ne voulait pas dire qu'elle avait été droguée.

Elle observa les photos en noir et blanc dispersées dans la pièce. Certaines étaient très anciennes et avaient jauni.

Une question lui traversa la tête. *A priori*, elle n'avait rien à voir avec le drame, mais Juliette voulait en avoir le cœur net :

— Pourquoi avoir quitté l'Argentine ?

Le visage d'Isabel exprima la surprise.

— Pourquoi me demandes-tu ça ? Tu le sais, non ?

— Pas de manière précise.

Isabel pencha la tête légèrement de côté. Elle ne disait plus rien.

— Il faut envisager toutes les pistes, Mamy, poursuivit Juliette. Flavia m'a dit que vous aviez fui la dictature.

— Exact ! En 1976, juste après le coup d'État, comme beaucoup de gens. Nous n'avions plus le choix. Les opposants étaient arrêtés par milliers, torturés, certains disparaissaient. Une guerre sale ! As-tu entendu parler des Mères de la place de Mai ?

Elle semblait très émue.

— Ces femmes qui se réunissaient sur la grande place de Buenos Aires devant le siège du gouvernement pour demander qu'on leur rende leurs enfants ?

— Oui, c'est ça. Des milliers de jeunes ont disparu. Ils se sont évaporés. Enlevés par les militaires. La plupart ont été tués, mais l'armée n'a jamais voulu le reconnaître. Les corps n'ont jamais été restitués.

— Et grand-père, quel rôle a-t-il joué ?

— C'était un farouche opposant à la dictature. Il était sur une liste noire d'hommes à abattre. Un miracle qu'il n'ait pas été arrêté.

— Et s'il avait été arrêté, qu'est-ce qui se serait passé ?

— Il aurait été torturé, comme tant d'autres. On aurait essayé de le faire parler. À la fin, cassé en mille morceaux par les escadrons de la mort, il aurait été tué. Son corps aurait disparu. On ne l'aurait jamais retrouvé. Il existe un terme en espagnol pour désigner ces hommes ou ces femmes supprimés par les militaires : les *desaparecidos*.

Juliette essayait de nouer un lien entre ce passé argentin et la tragédie de Vence.

— Et un jour, vous êtes partis en exil ?

— On a fui, plutôt. Du jour au lendemain. Luis a échappé de justesse à une arrestation. On a tout laissé. Tout. Un moment terrible.

Elle baissa les yeux. Juliette lui prit la main.

— Allons, allons, c'est le passé.

Elle regrettait de lui avoir posé des questions qui ravivaient une tristesse inutile en ces jours d'horreur.

Elle se leva et fit quelques pas dans la pièce, observant les photos. Jeunes, ses grands-parents étaient très beaux, des cheveux noirs intenses, des regards de braise. Flavia était un gros bébé rieur.

Comment avaient-ils fui ? Que s'était-il passé à leur arrivée en France ? Personne n'avait jamais rien dit à Juliette. Une trop forte souffrance expliquait-elle ce silence ?

Elle savait que sa mère n'était pas allée à l'école jusqu'à l'âge de sept ans, ses parents ayant peur qu'il lui arrive quelque chose. Elle avait appris le français très tard, avait gardé son accent argentin, ou plutôt *rioplatense*, égayé de sonorités italiennes, chantant et chaleureux.

Juliette réfléchissait à la piste argentine. Un ancien membre des escadrons de la mort avait-il massacré une famille qu'il traquait depuis des années ? Cette famille était-elle détentrice d'un secret ?

Quel rapport entre un événement vieux de plusieurs décennies et le temps présent ? La junte avait chuté en 1983, au moment de la guerre des Malouines. Pourquoi les militaires auraient-ils continué à vouloir la peau d'un opposant qui, de toute façon, était mort dans un accident de voiture ? Cette piste était d'autant plus improbable qu'Isabel n'avait pas participé à ce fameux déjeuner. Juliette avait beau y songer, elle ne voyait aucun lien entre la dictature argentine et le massacre du 4 avril.

Les deux femmes se promenèrent sur les rochers d'Agay plongeant dans la mer blanche d'écume. Des mouettes criaient. Leur chant joyeux contrastait avec la tristesse infinie de Juliette. Le vent soufflait en rafales. Malgré le soleil éclatant, il faisait presque frais.

Tout à l'heure, la jeune fille avait été trop curieuse, blessante sans doute, mais qu'importe. Elle agissait en enquêtrice. Car elle voulait tout savoir du passé, n'exclure aucune hypothèse. Elles s'assirent sur un rocher à l'abri du vent. Il faisait bon à cet endroit, comme en plein été.

Juliette aurait aimé savoir ce que contenait la lettre de menace dont la radio avait parlé.

Elle concernait forcément la mort de Luis Gomez cinq ans plus tôt, le 7 août 2014, sur une route des Alpes.

La question lui brûlait la gorge comme un acide, mais elle ne la posa pas. Pas pour l'instant.

Isabel regardait la mer, les yeux perdus dans l'immensité bleutée.

Elle s'exprima d'une voix si basse que Juliette eut du mal à l'entendre :

— Le passé ne meurt jamais. L'eau ressemble au sang versé…

— Que veux-tu dire ?

Le bruit des vagues en guise de réponse. Le chant triste de l'eau.

Les minutes s'écoulèrent. Le vent secouait les cheveux des deux femmes.

— Oh rien ! Rien ! C'est sorti comme ça de ma bouche. Je ne sais pas pourquoi j'ai dit ça.

En rentrant chez elle, Juliette reçut un message de Florent sur Facebook au moment où elle s'installait devant son ordinateur. Elle avait la tête pleine de sa rencontre avec sa grand-mère.

— *Je te recontacte comme prévu. Je passe chez toi tout à l'heure ? Possible ? J'ai un truc à te dire. Je suis à Nice.*

Le pompier s'était mis à la tutoyer. Elle était flattée, mais surprise. Pourquoi ce brusque tutoiement ?

En d'autres circonstances, elle aurait trouvé cela normal, ils avaient le même âge ; mais il était pompier, elle était victime.

Cette soudaine familiarité signifiait un passage vers autre chose. Qu'attendait-il ?

— *Je suis dispo. Je viens de rentrer.*

Il était en ligne.

— *Je peux être là dans vingt minutes.*

— *OK.*

Elle lui donna son adresse, intriguée. Pourquoi tenait-il tant à la revoir ? Elle pensa de nouveau à la plage de Gigaro. À son réveil dans le véhicule de secours.

Elle avait ouvert les yeux sur Florent. Il était attentionné, très doux.

Elle n'avait pas imaginé qu'elle le reverrait.

À Èze, le pompier avait garé sa voiture sur la place de l'église, puis il avait couru comme s'il avait craint d'être en retard. Il était légèrement essoufflé.

Qu'avait-il donc à lui dire ? Elle s'attendait à une déclaration d'amour.

Il était en tenue civile. Il avait troqué son uniforme contre un jean délavé, un tee-shirt blanc et une veste bleue, ce qui lui allait à merveille.

— Content de te revoir ! s'écria-t-il d'une voix joyeuse.

Il esquissa un sourire. Juliette le fit entrer.

— Assieds-toi sur le canapé, on ne va pas rester debout les bras ballants. Je t'offre un truc à boire ?

— Ce que tu veux, mais pas d'alcool.

Elle ouvrit une bouteille de jus d'ananas pressés.

Cela l'apaisait de le revoir. Après tout, c'était lui qui l'avait ranimée. Qui plus est, elle le trouvait séduisant, le visage avenant, même s'il fallait souvent se méfier des apparences.

Il la regarda avec sympathie.

— Comment te sens-tu ?

Elle sourit.

— Vas-y, prends-moi la tension !

Elle avait retrouvé un peu d'humour à la vue du jeune homme, ce qui ne pouvait qu'être bénéfique en ces temps morbides.

— Je ne vais pas très bien, poursuivit-elle, mais tu dois t'en douter. En tout cas, c'est sympa de m'avoir recontactée.

Elle trouvait la situation incongrue. Un pompier qui l'avait secourue venait la voir chez elle… Un jeune homme qui lui apportait unc bouffée d'oxygène salutaire.

Il avala le verre de jus d'ananas d'un coup puis la dévisagea de ses grands yeux noirs. Elle était quelque peu intimidée et émue.

Elle posa la première question qui lui passait par la tête :

— Dans quelle caserne es-tu pompier ?

— Cavalaire-sur-Mer. Tu vois ?

Elle s'était rendue là-bas trois ans plus tôt.

— Dans mon souvenir, c'est là qu'a eu lieu le débarquement d'août 1944.

— Tu connais ?

— À peine.

Le massacre de Vence l'envahit à nouveau…

Florent lui dit, d'un ton apaisant :

— Tu dois te demander pourquoi j'ai cherché à te revoir.

— Je n'osais pas te poser la question.

— Eh bien, pour tout te dire, quand nous t'avons allongée dans le véhicule de secours, j'étais très soucieux. Un pompier ne devrait pas s'inquiéter, ça ne fait pas partie de son job, mais de temps en temps, il m'arrive d'éprouver de la compassion pour la victime. J'ai décidé de reprendre contact avec toi. Je veux t'aider. Voilà ce que je voulais te dire.

« Compassion ». Le mot avait été lâché. Il en faisait trop.

— Revois-tu souvent ceux que tu ramasses à la petite cuillère ?

— Première fois !

Un grand sourire illumina son visage.

Elle se demanda si ce n'était pas là une déclaration d'amour masquée.

Il poursuivit, en baissant les yeux :

— J'étais d'autant plus inquiet que tu as refusé une hospitalisation, alors que…

Elle lui coupa la parole.

— Sais-tu pourquoi ? Je voulais voir les gendarmes en priorité.

— Tu es la survivante d'un drame horrible. Je propose de t'aider. Si tu veux.

La voix de Juliette se fit légèrement ironique :

— Tu travailles pour la police ?

— Ah, ah ! Du tout. Et je suis ici à titre personnel.

— Et donc, tu me revois pour m'aider à percer le mystère de cette tragédie ?

— Tu as tout compris. Je veux savoir si…

Florent ne trouvait plus ses mots. Il croisa les jambes et se servit un nouveau verre de jus d'ananas.

— Si tu veux, Juliette, je peux te donner un coup de pouce. Je suis bouleversé par cette tragédie. Totalement. Et je ne suis pas le seul. Tu regardes les chaînes d'infos ?

— Surtout pas !
— Eh bien, on ne parle que de ça. Les experts défilent sur les plateaux. Chacun donne son point de vue. Les enquêteurs sont sous le feu des critiques.
— Ah bon, pourquoi ?
— Ils n'ont aucune piste sérieuse. Ils tournent en rond. Ce drame est incompréhensible.
Incompréhensible ?
Elle avait pris un avocat, Maître Augier. Il l'accompagnerait à certaines auditions chez le juge d'instruction si nécessaire. Elle l'appellerait régulièrement pour lui demander son avis. Elle s'était constituée partie civile, ce qui lui permettrait d'accéder au dossier d'instruction le moment venu.
Elle avait reçu plusieurs messages de journalistes qui voulaient l'interviewer mais n'avait pas donné suite, n'ayant rien à leur déclarer.
Personne, en dehors des enquêteurs, de son employeur et de ses proches, ne savait qu'elle habitait Èze, ce qui lui permettait une paix relative. À sa connaissance, sa photo n'avait pas été diffusée sur les réseaux sociaux. Elle avait effacé celles qui se trouvaient sur son profil Facebook. Seul le visage de sa mère avait été publié partout.
— Si tu veux essayer de comprendre, je peux t'emmener sur la plage de Gigaro, proposa le pompier.
Elle était surprise par cette idée saugrenue.
— Pour quoi faire, Florent ?
— Es-tu retournée là-bas depuis l'autre jour ?
— Pas pour l'instant.
Il se servit lui-même un troisième verre.
— Je ne me suis aperçue de rien jusqu'à mon réveil ! précisa-t-elle. Comment me suis-je retrouvée à une centaine de kilomètres de Vence ? Mystère total !
Elle ne voulait toujours pas révéler à qui que ce soit qu'elle avait été droguée.
— En repassant à certains endroits, des souvenirs peuvent remonter à la surface, dit-il. Ces choses arrivent après certains

traumatismes. Tu n'as rien à perdre ! Et puis, tu verras combien de temps a duré le trajet.

Elle ne voyait pas l'intérêt d'un tel projet. Quant au temps passé dans le véhicule, il suffisait de regarder sur une application pour avoir la réponse.

Elle tapa sur Google : *distance Vence, La Croix-Valmer.*

Elle lut à voix haute :

— 1 h 12 (87,7 km) *via* A8. Il faut ajouter quelques kilomètres jusqu'à la plage. En tout, moins de cent kilomètres. J'ai fait le trajet en sens inverse avec les enquêteurs.

Mais que voulait ce jeune homme, cet inconnu ? Elle trouvait d'ailleurs qu'il ne ressemblait pas à un pompier. Il était raffiné, charmant, il aurait pu lui aussi être un acteur de cinéma. Ou un indicateur de la police cherchant à savoir si elle était de mèche avec le tueur. Ou bien encore un complice du massacre.

Elle changea de conversation.

— Tu habites le coin de Cavalaire une partie de la semaine et à Nice le reste du temps chez tes parents, c'est bien ça ?

Il n'avait pas entendu.

— Comment te convaincre de m'accompagner ? En fait, je sais quelque chose que je ne t'ai pas révélé…

Juliette était dubitative. Elle secoua ses beaux cheveux en signe de désapprobation.

— Alors, cette fois, tu m'accompagnes ? insista-t-il.

— Pourquoi se rendre sur place ? Ta révélation, tu peux la faire ici, non ?

Elle se méfiait à présent de tout de monde, y compris de ce sympathique pompier.

— Juliette, ça sera plus parlant de te montrer les choses sur le terrain. Voilà, c'est tout.

Elle faisait semblant de ne pas entendre.

— « Montrer les choses » ? Je t'écoute. J'ouvre grand les oreilles.

La jeune femme restait butée. Il pouvait parler ici, puis l'emmener là-bas. Elle en avait assez des mystères !

— Entendu. Je te raconte en deux mots. Plusieurs heures avant qu'on te prenne en charge, un feu s'est déclaré non loin de la plage, quelqu'un a prévenu la caserne. Et des collègues m'ont raconté une anecdote étrange.

Il lui prit affectueusement une main avant de poursuivre.

— C'était un feu de broussailles pas bien méchant. Rien à voir avec les grands incendies de la période estivale. Les flammes ont été contenues très vite. L'équipe est restée sur place une heure pour s'assurer que tout était éteint.

Elle ne voyait pas le rapport entre le feu de broussailles, le carnage et son propre enlèvement.

— Accouche, Florent ! Accouche !

— Après l'incendie, quand mes collègues sont retournés à la caserne de Cavalaire, ils ont croisé un véhicule qui les a intrigués. Il roulait au pas le long de la plage de Gigaro, phares éteints. Un utilitaire. Un Kangoo blanc avec vitres tôlées à l'arrière. Vois-tu à quoi ça ressemble ?

— Tu me prends pour une imbécile ? On en voit partout. Ça n'a rien d'extraordinaire de tomber sur un Kangoo.

— En pleine nuit, à cet endroit, à cette vitesse, feux éteints, c'est louche. D'habitude, dans le coin, à cette heure-là, il n'y a personne.

— Quelle heure ?

— 3 heures.

— Tes collègues se sont-ils arrêtés ?

— Les pompiers ne sont pas habilités à faire des contrôles d'identité. Ce n'est pas leur job. Du coup, ils ont continué leur chemin.

— Ont-ils appelé les flics ?

— On ne les sollicite pas pour si peu, ce serait grotesque. Les gendarmes ont assez de boulot comme ça.

— Tes amis pompiers ont-ils vu le conducteur ?

— D'après eux, si j'ai bien compris, c'était une femme. Mais ils n'en sont pas certains. Ils n'ont pas mis pleins phares pour ne pas l'éblouir.

— Un passager à l'avant ?

Il marqua une hésitation.

— Ils ne m'en ont pas parlé.

— Et à l'arrière ?

— Les vitres étaient masquées, je viens de te le dire.

— Ont-ils relevé le numéro ?

— On ne le fait jamais, sauf en cas d'absolue nécessité. Quand ils ont vu que c'était une femme, ça les a soulagés.

— Soulagés ? Que pouvait faire une femme seule à cette heure-là dans un endroit aussi paumé ?

— Ce n'est pas non plus le Sahara ! Vu le véhicule, ils ont pensé que c'était une prostituée qui avait rendez-vous avec un client. On en trouve de temps en temps dans le secteur.

Du coup, mes collègues sont rentrés à Cavalaire. Ce n'est que le lendemain, une fois que tu as été retrouvée, qu'ils m'ont parlé de ce Kangoo. Tu t'es réveillée dans la zone où il a été aperçu.

— En déduis-tu que j'étais couchée dans le coffre ?

— Aucune certitude, mais c'est une hypothèse qu'il ne faut pas exclure.

— Imaginons que ce soit le cas. À quoi cela va-t-il servir d'aller sur place ? Tu penses que la conductrice est revenue et qu'elle nous attend avec une boîte de chocolats ?

— J'aimerais que tu essaies de reconnaître l'endroit précis où tu t'es réveillée…

— Après ce qui m'est arrivé, tes collègues ont-ils parlé aux gendarmes ?

— Ils sont passés à la caserne. Ils ont interrogé les gars qui ont vu le véhicule, mais je n'ai pas assisté aux auditions. Puis ils m'ont posé des questions sur toi…

— Quel genre de questions ?

— Ils m'ont demandé ce qui s'était passé au moment où je t'ai secourue. J'ai tout raconté de manière factuelle.

— Florent ! J'imagine que les enquêteurs ont ratissé l'endroit où je me suis réveillée. Il est donc inutile de retourner sur place !

— Si vous raisonnez ainsi, vous ne saurez jamais ce qui s'est passé.

Il s'était remis à la vouvoyer et semblait agacé.

Doucement, elle se leva et le regarda fixement.

— Écoute, même si je ne comprends pas trop ta démarche, je vais te suivre. À vrai dire, au point où j'en suis, je n'ai plus rien à perdre.

Dans la Citroën de Florent, ils regardèrent un atlas routier. Il existait plusieurs itinéraires pour atteindre La Croix-Valmer. C'était plus rapide de prendre l'autoroute mais ils décidèrent d'emprunter la route côtière en passant par la jolie station d'Agay où habitait Isabel. Ils imaginaient, à tort ou à raison, que le supposé véhicule ayant transporté Juliette avait suivi ce chemin plutôt que l'autoroute truffée de caméras.

Ils traversèrent Nice, Cannes. Ils atteignirent la corniche de l'Esterel. La route zigzaguait au pied du massif.

— Tu ne te souviens de rien ? demanda-t-il.

— Tu plaisantes, je suppose ? Je dormais à poings fermés !

Ils se connaissaient à peine mais parlaient comme deux vieux copains. L'affinité avait été instantanée.

— Oui, je plaisante, répondit-il, un peu vexé.

Elle eut un rire nerveux, incontrôlé.

Elle continuait à se méfier de lui. Était-ce légitime ? Il était trop gentil. Trop attentif. Elle était trop naïve.

On dit parfois : « Trop poli pour être honnête. »

J'arrête d'être parano, pensa-t-elle. *Mais comment ne pas l'être en ce moment ?*

Elle essayait de se détendre. La lumière d'azur lui faisait du bien. Pas assez pour la sortir de l'enfer, mais c'était toujours ça de pris. Un sympathique pompier. Une jolie route. Un agréable soleil.

Les virages étaient nombreux, elle en avait presque mal au cœur. Ils avaient ouvert les vitres et sentaient l'odeur de la mer mêlée à celle du maquis.

Florent roulait à vive allure.

Il poussa un cri.

— Attention, accroche-toi ! Ça va tanguer !

Avec le soleil aveuglant, il n'avait pas vu un énorme nid-de-poule.

Juliette crut que le véhicule allait faire une embardée tant le choc avait été violent.

— Tu ne vois pas clair ? s'écria-t-elle.

— Pardon. Trop de lumière dans les yeux. Je connais pourtant cet itinéraire. Je passe là souvent…

Juste après commençait une zone en travaux. La voiture roula sur des cailloux, ça secouait drôlement. Des dos-d'âne empêchaient les véhicules de prendre de la vitesse.

Plusieurs kilomètres de route défoncée.

Tout à coup, un flash dans la tête de Juliette. Un incroyable flash. Elle poussa un hurlement.

— Ça me revient ! Je me suis réveillée là, dans le noir, dans le coffre d'une camionnette !

Florent semblait dubitatif.

— Ah bon ? Comment sais-tu que c'était là ?

— Un nid-de-poule m'a fait sortir de ma léthargie. Un énorme choc. Puis j'ai senti la zone de travaux, les cailloux. J'avais oublié, mais là, ça remonte à la surface.

Des larmes jaillirent de ses yeux pâles. Des yeux magnifiques. Une émotion incroyable la parcourut.

— Vraiment ? Tu es passée par là ? Certaine ?

— Il me semble, oui. Mais comment en être sûre ? J'étais dans le cirage.

— Voyais-tu quelque chose ?

— Rien, tout était noir, mais cette série de chocs m'a fortement secouée. La voiture roulait très vite.

— Faisait-il nuit ?

Elle marqua une pause.

— Je ne sais pas, mais j'étais dans l'obscurité. J'ai ouvert les yeux à ce moment. Quelques secondes.

— Et sinon ?

— Sinon ?

— Rien remarqué d'anormal ?

Il était très curieux. Trop ? Elle baissa les yeux.

— Eh bien…

— Quoi ?

— Quelqu'un était à mes côtés.

— Vraiment ?

— Je ne suis sûre de rien. Une sensation. Quelques dixièmes de seconde. J'ai tendu la main, j'ai touché la peau d'une personne dans le noir. Ou quelque chose qui y ressemblait.

— Un homme ? Une femme ?

Elle se mit à pleurer.

— Aucune idée. Je ne sais pas si la personne était éveillée. Elle n'a rien dit. Était-elle assise ? Couchée ? L'instant d'après, j'ai sombré de nouveau dans le sommeil.

Juliette, sous le choc de cette réminiscence, ne put prononcer une parole durant le reste du voyage.

Le rivage défilait sur la gauche.

À Saint-Raphaël, Florent s'arrêta à la Maison de la presse pour y acheter *Var-Matin*, où s'étalaient en première page les dernières informations sur le carnage vençois. Il discuta quelques instants avec les sympathiques libraires qu'il connaissait bien. Le journal, qui consacrait quatre pages au drame, annonçait que l'enquête était au point mort.

La voiture arriva sur la plage de Gigaro, à la limite de Ramatuelle et de La Croix-Valmer. Des rafales de vent. Le sable volait. Quelques promeneurs emmitouflés. Pas de transat. Aucun parasol.

— En été, c'est noir de monde, précisa Florent.

— Je ne reconnais rien, chuchota Juliette, dépitée. Es-tu sûr que ce soit la bonne plage ?

— Forcément ! Je vais te montrer l'endroit où je t'ai ranimée.

Sur le rivage, la végétation était abondante. Des maisons se nichaient derrière les feuillages.

Il roula lentement, puis s'arrêta.

— Là !

Il montra le bord de la route, près d'un grand arbre qui poussait quasiment dans le sable.

— Une femme nous a appelés, poursuivit-il d'une voix sourde. Elle avait discuté avec toi, tu t'étais évanouie, elle t'avait poussée sur le bord pour éviter qu'une voiture te roule dessus. Tu te souviens ?

— Peut-être…

Ils sortirent du véhicule. Le vent se mit à souffler dans les beaux cheveux de Juliette.

La mer scintillait, secouée par la houle.

Un couple, au loin, trempait ses pieds à la lisière des vagues. Des vagues blanches dans le soleil.

Juliette était dubitative.

— Le véhicule utilitaire aperçu par tes collègues s'est-il garé ici ?

— Oui, dans ce coin.

Ils marchèrent sur l'immense plage.

Comment reconnaître le lieu où elle s'était réveillée ? Il aurait fallu qu'il y ait un détail précis, mais il n'y en avait pas. Elle avait senti le sable sous son corps, mais du sable, il y en avait partout.

— La plage où j'ai ouvert les yeux était horrible à voir, il faisait froid et gris, et là, je trouve l'endroit très agréable.

— Allons, Juliette, concentre-toi. C'est important.

— Pourquoi ?

— Parce que…

— Ce n'est pas une réponse.

— Il ne faut rien négliger.

— Florent, fais-tu partie de la police ?

— Arrête tes marottes ! Tu me l'as déjà demandé.

Elle observait le paysage gorgé de soleil quand, soudain, elle crut reconnaître le tamaris au pied duquel elle s'était assise.

— Là-bas…, dit-elle sans conviction en montrant le sable. Je me suis réveillée un peu plus loin, puis suis remontée vers la route…

— Es-tu certaine ?

— Du tout.

Florent prit quelques photos avec son portable : la plage, la mer, le rivage, les collines.

Il n'y avait rien de particulier sur le sable. Simplement du beau sable fin, celui sur lequel on aime lézarder en été. Pas d'indices, pas de traces de sang, pas d'objet oublié, pas de carte de visite. Cela aurait été trop beau. De toute façon, les gendarmes avaient tout ratissé. Forcément.

Juliette aurait aimé que son ravisseur ait signé l'enlèvement, mais cela n'arrive que dans les livres pour enfants. On retrouve un chapeau avec les initiales du criminel, ou une carte de visite, et le meurtrier est confondu. Mais pas dans la vraie vie.

Elle jeta à Florent un regard désabusé qu'il trouva empli de tendresse.

— Bon, on n'est pas très avancés !

— Revoir ce lieu ne te rappelle rien ?

Elle se souvenait de son réveil, de la mer grise, de l'immense balafre de lumière qui annonçait l'arrivée du jour.

— À part le paysage, rien du tout.

— Ferme les yeux. Quelqu'un t'a transportée ici, obligatoirement. Tu n'as pas fait cent kilomètres à pied !

— J'ai la mémoire qui flanche.

— Juliette, te souviens-tu si un individu t'a traînée jusqu'ici ? Ça permettrait de faire un grand pas !

Elle était lasse de toutes ces questions.

— Oh, tu sais, le magistrat m'a déjà demandé. Si j'avais vu quelqu'un, je lui en aurais parlé.

— On t'a proposé des séances d'hypnose ?

— Quoi ?

— Si tu as vu quelque chose, c'est resté gravé dans ton subconscient, même si tu as tout refoulé.

— Je ne sais pas si la police utilise ces méthodes.

— Penses-tu qu'une femme aurait pu te traîner ici toute seule ?

— Pourquoi une femme ?

— Parce que mes collègues ont vu un visage féminin dans le Kangoo. Pas d'homme. Est-ce une femme qui t'a emmenée ici ? Ta mère ?

— Ma propre mère ? Mais pourquoi diable aurait-elle fait ça ?

Florent paraissait sûr de lui. Elle ne comprenait pas sa passion pour une affaire qui ne le concernait pas.

— Écoute, dit-elle. Je ne sais pas. Je ne sais rien. Et il faudrait maintenant que je consulte un hypnotiseur comme si j'étais au spectacle !

Sa voix était sarcastique.

Ils franchirent un bloc de rocher, progressèrent sur le sable, en plein soleil, avant de revenir à l'ombre des arbres. Elle trouvait Florent gentil, serviable, mais cette expédition était selon elle un coup d'épée dans l'eau.

La jeune femme eut soudainement une idée :

— Avant de rentrer, on va sonner chez les gens.

Il fronça les sourcils.

— Quoi ?

— Je ne me souviens de rien, mais il y a des maisons. On tombera peut-être sur des témoins.

— Certes, mais j'imagine que les flics les ont déjà questionnés.

— Peut-être, mais si c'est le cas, je ne suis pas au courant. Tu m'accompagnes ?

Cette fois, il semblait embarrassé.

— Oh, tu sais, ici, les gens me connaissent sûrement... Au bal des pompiers du 14 juillet, il y a plein de monde.

— Eh bien, raison de plus pour m'accompagner ! En te voyant, ils seront en confiance.

Un silence.

Il esquissa un sourire navré en secouant la tête.

— Vois-tu, Juliette, je ne suis pas censé enquêter. Un pompier n'est pas un gendarme. Si des témoins me reconnaissent, ils ne vont pas comprendre…

— Tu penses donc qu'il y a des témoins ?

— Peut-être.

— Florent, tu ne viens pas avec moi ?

— Je vais t'attendre dans la voiture. Prends ton temps. Je ne suis pas pressé.

Après avoir tant fait pour elle, Juliette ne comprenait pas pourquoi il ne voulait pas l'accompagner. Redoutait-il des ragots sur le fait qu'on les voie ensemble ?

— OK, dit-elle. J'ai compris. Je vais y aller seule. On verra bien.

Juliette sonna au portail d'une jolie villa noyée dans les frondaisons. Une fois, puis deux, puis trois. Au bout d'un temps très long, un homme ouvrit la grille. Il avait bien la soixantaine, très gros, chauve.

Sa voix n'était pas aimable.

— Vous me dérangez. Je faisais ma toilette. Que voulez-vous ?

— Ah, désolée ! J'aimerais vous poser quelques questions.

— À quel sujet ?

Juliette se sentait idiote, mais tant pis.

— Il y a quelques jours, quelqu'un m'a déposée sur cette plage devant chez vous.

Son visage exprimait à présent la stupeur.

— Est-ce vous la survivante du massacre de Vence ?

— Oui.

— Ah, pardon, je ne savais pas… Les gendarmes sont déjà passés. Moi, je n'ai aucune information à vous donner, j'étais absent. Mais demandez à la voisine, elle a vu quelque chose, elle me l'a dit. Je vais l'appeler. Ah, ma pauvre, si vous saviez ! On ne parle que de ça par ici. Je ne connaissais pas votre visage. On a vu celui de votre mère partout. Mais le vôtre, jamais.

Il sortit de sa poche un portable.

— Brigitte ? Je suis avec la survivante du massacre de Vence. Elle m'a posé des questions. Es-tu chez toi ? Peut-elle passer ?

Trois minutes plus tard, Juliette était accueillie dans la maison d'à côté. La prénommée Brigitte l'invita à s'asseoir dans le salon.

— Je n'aurais jamais imaginé vous rencontrer, lui dit-elle en guise de préambule. Ici, on a été chamboulés par le drame. On a appris à la télévision que le meurtrier vous avait déposée ici.

— « Le » meurtrier ? Pensez-vous que ce soit un homme ?

— Ah ça, je ne sais pas ! Mais comment une femme aurait-elle pu commettre une chose pareille ? Impensable.

— Votre voisin m'a dit que vous saviez quelque chose.

— La nuit où votre corps a été déposé, j'ai…

Juliette lui coupa la parole.

— Comment savez-vous que mon corps a été déposé ?

Brigitte paraissait surprise.

— Toutes les chaînes l'ont dit ! Une survivante du massacre de Vence a été transportée inconsciente sur la plage de Gigaro. C'est vous ?

— Oui, c'est moi. Et donc ?

— Eh bien, cette nuit-là, je ne dormais pas, j'ai d'abord entendu une sirène de pompiers. Inquiète, j'ai enfilé une robe de chambre, chaussé mes pantoufles et suis allée sur la route. Au loin, j'ai vu des flammes. Vous savez, ici, on a très peur des incendies, même si ce n'est pas la saison. Certains étés, le massif des Maures est ravagé par les feux.

— Ensuite ?

— Une autre voisine est sortie. On a discuté un moment. En regardant au loin, on essayait de deviner où était l'incendie et s'il pouvait nous atteindre. Mais bon, ça n'avait pas l'air bien méchant. Au bout d'une heure, la voisine est partie, et je m'apprêtais à rentrer, d'autant que le camion de pompiers était de retour, ce qui signifiait que le feu était sous contrôle. Au moment où j'ai fermé la grille du jardin, j'ai vu un Kangoo blanc passer lentement devant chez moi, phares éteints, à plusieurs reprises. Il faisait des allées et venues. J'ai trouvé ça étrange, mais sans plus. J'ai pensé que c'était un couple qui venait passer du bon temps sur la plage et qui cherchait un coin tranquille.

— Croyez-vous que le conducteur ait noté votre présence ?

— J'étais en retrait, cachée par les feuillages. Ça m'étonnerait qu'il m'ait remarquée.

Le cœur de Juliette battait à tout rompre.

— Et après ?

— La voiture s'est garée plus loin, le long de la plage. Un homme et une femme en sont sortis.

— Un homme et une femme ? En êtes-vous sûre ?

— Pas complètement.

— Seriez-vous capable de les reconnaître ?

— Les gendarmes m'ont posé la même question ! Impossible de savoir ! Ils étaient trop loin. En tout cas, ils étaient deux, c'est certain. L'homme a ouvert le coffre et en a extirpé un gros paquet.

— Un corps ?

— Je voyais très mal. Pas de lampadaire. J'ai pensé que c'était un matelas ou quelque chose comme ça. Vous allez me trouver obsédée, mais cela m'a confortée dans l'idée qu'ils allaient faire des coquineries sur la plage. Après, je suis retournée dans ma maison. Ce n'est que le lendemain, en écoutant la radio, que j'ai fait le rapprochement avec…

Elle semblait émue. Elle n'arrivait pas à continuer.

— J'ai compris, dit Juliette dans un sanglot. Vous avez vu ceux qui ont massacré ma famille…

Un homme et une femme ? Un couple ?

Florent avait affirmé que ses collègues n'avaient remarqué qu'une personne au volant. Avaient-ils mal vu ?

Quelqu'un mentait-il ?

De retour chez elle, Juliette appela Lucia, qui lui avait laissé plusieurs messages.

— Comment vas-tu ? demanda l'Italienne.

— Je ne vais pas te dire à nouveau que tout va mal, tu t'en doutes.

— On se voit ?

— Même si je ne reprends pas le travail, je vais passer à Monaco, mais écoute-moi. Ouvre bien tes oreilles.

— As-tu retrouvé ta mère ?

— Non, hélas. Mais un type m'intrigue…

Juliette ne savait pas comment amener les choses.

— Alors ?

— Un pompier m'a contactée sur Facebook, celui qui m'a secourue sur la plage.

Juliette lui raconta sa virée jusqu'à Gigaro.

— Et alors ! s'écria Lucia. Il essaie de t'aider, c'est tout. Normal pour un pompier !

— As-tu déjà vu un pompier contacter personnellement une victime ?

— Ça n'a rien de choquant ! Au contraire, je trouve ça plutôt sympa. Comment s'appelle-t-il ?

— Florent Denis. Il bosse à la caserne de Cavalaire.

— C'est chouette.

Juliette se tut un instant, avant d'ajouter :

— Quelque chose ne colle pas dans son attitude. Je ne sais pas quoi, c'est une intuition.

— Et donc ? Tu en déduis quoi ?

— Soit il bosse pour la police, soit…

Elle se tut. Une boule d'émotion comprimait sa gorge.

Face à son silence, Lucia prit les devants.

— Tu imagines qu'il est dans le coup ?

— Tout est possible…

— À sa place, si j'étais impliqué dans cette histoire, je me ferais tout petit. Je ne serais pas venu vers toi. Je ne vois pas l'intérêt pour lui de se manifester.

Juliette réfléchit un instant.

— Il a beaucoup insisté pour savoir ce que j'avais vu sur la plage. À mon avis, quelque chose ne s'est pas passé comme prévu. Il flippe. Il a peur que je devine un certain nombre de choses…

— Ah bon ? Qu'est-ce que tu lui as dit ?

— Que pour l'instant, je ne me souvenais de rien. Ce qui est vrai. Cela dit, si des souvenirs étaient remontés à la surface en revoyant la plage, je n'en aurais pas parlé.

— Tu es perturbée, je comprends, mais rien ne prouve qu'il a du sang sur les mains.

— Je m'interroge, c'est tout. Il est étrange. Il m'a dit que ses collègues avaient vu un utilitaire la nuit précédant mon réveil. Il roulait le long de la plage, phares éteints. Une femme était au volant. J'ai parlé à une habitante qui possède une maison à cet endroit. Elle aussi a vu cette voiture, un Kangoo.

— Tout colle, alors !

— Sauf qu'elle a vu aussi un homme.

La voix de Lucia se fit moqueuse.

— Bon, dans ce cas, ce n'est pas Florent qui s'est trompé, ce sont ses collègues ! Toute la caserne est dans le coup ?

— Arrête de me charrier. Je te répète ce qu'il m'a dit.

— Essaie de contacter les autres pompiers, tu en auras le cœur net !

— Je me vois mal débarquer à la caserne.

Après un instant de silence, Lucia dit, caustique :

— En plus, les flics écoutent sûrement notre conversation en ce moment ! Tu les as mis sur une piste ! Ah, ah ! Bon, on se voit vite, Juliette. Quand passes-tu à Monaco ?

— Demain à 10 heures ?

— Parfait ! J'ai un truc important à te dire moi aussi. Je n'ai pas le temps de t'en parler maintenant.

Quelques instants plus tard, le téléphone sonna dans le studio. Le greffier du juge d'instruction annonçait de manière laconique à Juliette qu'elle pouvait récupérer sa voiture et son portable.

Elle se demanda si quelque chose avait retenu l'attention des enquêteurs. Ses textos ? Les numéros qu'elle avait composés ?

Elle se rendit à Nice en taxi, reprit sa voiture, son Samsung, et rentra chez elle. Elle essayait de ne plus penser au massacre pour moins souffrir, mais il revenait la hanter malgré elle. Combien de temps avait-il duré ? Quel mobile ? Quel scénario ?

La seule explication « logique » était que sa mère, dans un accès de folie furieuse, avait tué des membres de sa famille et que, face au spectacle atroce des siens ensanglantés, elle avait disparu sans laisser de trace.

Si la vérité était telle, Juliette se refusait à y croire.

Le lendemain, à Monaco.

Ciel radieux.

Juliette se gara devant le musée océanographique qui dominait la Méditerranée d'une hauteur vertigineuse à la façon d'une forteresse en sentinelle sur le rivage. Le prince Albert Ier, son bâtisseur, l'avait surnommé le Temple de la Mer. Elle gagna la partie administrative au rez-de-chaussée, à droite de l'accès principal, celui où s'engouffrent les touristes du monde entier, et entra sans frapper dans le bureau de Lucia.

Elles se serrèrent l'une contre l'autre. Pendant plusieurs minutes, elles ne dirent rien, au bord des larmes.

L'Italienne prit la parole :

— Je pense à toi tout le temps. Je me répète, je sais !

— C'est vraiment adorable de ta part !

— Comment te sens-tu ?

— Chaque instant est un enfer. Seule bonne nouvelle, je viens de récupérer ma voiture et mon téléphone.

— Les enquêteurs ont-ils une piste ?

— Ils sont discrets, mais j'imagine qu'ils ont leur petite idée.

— Et toi ?

— Chacun a sa petite idée.

Elle pensait au scénario qui lui était venu hier à l'esprit, sans le moindre début de preuve : sa mère tue tout le monde dans un accès de folie avant de s'évaporer.

— Mais encore ?

— Oh, tu sais, je préfère ne rien dire. Je tâtonne. Il y a cette histoire de pompier, je t'en ai parlé hier…

Lucia changea de conversation.

— Tu sais, ici, tout le monde pense à toi, toute l'équipe. On a eu une réunion hier. Les gens ont décidé de respecter ta tranquillité, de ne pas te poser de questions. Nous sommes océanographes, pas journalistes !

— Je suis touchée. Ça me rassure.

— Le jour où tu décideras de reprendre le boulot, si tu as besoin d'un aménagement d'emploi du temps, le directeur est prêt à te l'accorder.

La fenêtre du bureau était grande ouverte. Juliette aperçut la mer gorgée de soleil.

— Je vais essayer de revenir travailler. Pas tout de suite. Mais le jour venu, ça me fera du bien. Ça me permettra de penser à autre chose.

Elle se demandait si ce serait possible, vu l'état de déliquescence dans lequel elle se trouvait.

— Veux-tu qu'on aille boire un verre sur la terrasse ? demanda Lucia. À cette heure-ci, il ne devrait pas y avoir grand monde. On sera tranquilles.

Juliette acquiesça de la tête. Elle aimait cet endroit, sur le toit, à plus de quatre-vingts mètres au-dessus de la mer. Un restaurant italien proposait des plats de poissons, des pâtes et des pizzas. Un bar invitait au farniente et à la contemplation.

Elles commandèrent deux limonades et s'installèrent au bord du vide, en pleine lumière. Elles avaient mis des lunettes de soleil pour ne pas être aveuglées.

Il n'y avait presque personne, elles pouvaient parler en toute quiétude.

Juliette regarda son amie, cherchant à percer ses pensées, avant de se lancer :

— Hier au téléphone, tu m'as dit que tu avais quelque chose à me dire…

— J'ai entendu que ta grand-mère était soupçonnée. Elle est venue ici il y a quelque temps. Elle a visité l'aquarium. Le savais-tu ?

— Tu ne m'en avais jamais parlé…, murmura Juliette sur un ton de reproche.

— Jusqu'à hier, je l'ignorais. Quand son nom a été révélé dans la presse, l'un des gardiens du musée m'a dit qu'il avait discuté avec elle l'hiver dernier. Elle voulait te voir mais tu ne travaillais pas ce jour-là.

Juliette était surprise. Elle ne comprenait pas pourquoi Isabel ne l'avait pas appelée avant de venir. Les choses auraient été plus simples.

— Était-elle seule ?

— Un jeune homme l'accompagnait. Elle avait du mal à marcher, il lui tenait le bras. Elle a posé toutes sortes de questions sur toi au gardien.

— Quel genre de questions ?

— Elle a demandé si ton travail te passionnait, ce que tu faisais exactement. Des questions banales.

— Pourquoi le gardien ne m'a-t-il rien dit ?

— Je ne sais pas. Il a trouvé cette scène insignifiante. Une grand-mère vient au musée océanographique en pensant y trouver sa petite-fille, mais elle se trompe de jour. Elle voulait sans doute te faire une surprise. Raté ! Elle t'en a parlé ?

— Jamais. De toute façon, on ne se voit presque pas. Je lui ai rendu visite après le drame, mais tu penses bien qu'on a discuté d'autre chose que de Monaco.

— Pour toi, elle serait dans le coup ?

Juliette marqua un temps d'arrêt avant de répondre.

— Pourquoi cette question ? Je n'en sais rien. Elle a été interrogée, oui, comme pas mal de gens.

Juliette se tut un instant puis regarda son amie bien en face.

— Et toi, Lucia, as-tu un avis ?

— J'en ai un, comme tout le monde.

— Je t'écoute.

La belle Italienne à la chevelure soyeuse inspira longuement.

— Cette histoire est un drame familial. Une vengeance !

— Ah bon ? Comment le sais-tu ?

— D'après les médias, il n'y a pas eu d'effraction. Pas de vol. Juste des gens froidement assassinés. Excuse-moi d'être aussi franche, et sans vouloir t'offusquer, mais ça sent le règlement de comptes à plein nez.

Juliette était surprise par l'aplomb de son amie. Elle avait l'impression qu'elle enquêtait elle aussi.

— Tu en déduis quoi ?

— Rien. Je constate.

Où voulait-elle en venir ?

— L'autre jour, au musée océanographique, ta grand-mère parlait en espagnol à l'homme qui l'accompagnait.

— Rien d'étonnant ! Elle a passé sa jeunesse en Argentine. L'espagnol est sa langue natale.

— Le gardien est colombien, il a entendu une phrase qui l'a surpris. Il m'a révélé ça hier, tu pourras en discuter avec lui.

— Quelle phrase ?

— Elle était en train de contempler le grand bassin où évoluent les requins, lorsqu'elle a dit en regardant un squale : « La vengeance nous tuera tous. »

Juliette était décontenancée.

— Elle parlait sûrement des requins. Leur extermination par l'homme est préoccupante. L'ensemble de l'écosystème marin en est perturbé.

— Certes. Mais pourquoi user du terme « vengeance » ? Les requins vont-ils se venger ?

— Sans doute une métaphore, Lucia. Tu as vu *Les Dents de la mer* de Spielberg. Les requins passent à l'attaque !

La survivante tourna la tête vers le large. Des yachts glissaient comme de grands cygnes. Un hors-bord striait l'eau d'une balafre blanche.

— Il n'y a pas de conflits dans ma famille, ajouta-t-elle. Aucune histoire. Ou alors, je n'en ai pas eu vent.

Elle se refusait d'évoquer l'accident dans les Alpes et le différend entre son père et son oncle.

Mais Lucia n'en démordait pas :

— Je te le répète : d'après les médias, rien n'aurait été volé dans la maison. Ni les portefeuilles, ni les ordinateurs, ni les téléphones, rien…

— Peut-être…

— Ce drame ressemble à une vendetta, ça saute aux yeux, non ? Ça t'ennuie que je sois aussi affirmative ? Je ne devrais pas parler comme ça, mais j'aimerais percer ce mystère. Depuis le drame, mon cerveau bouillonne…

— Quelle vendetta ? Je ne comprends pas.

Lucia posa une main sur l'épaule de son amie.

— Tu ne veux pas tout dire, je le sens, mais qu'importe. Pose des questions à ta grand-mère, tu verras bien.

— Si elle est impliquée, elle ne dira rien.

Après un temps de silence, Juliette reprit :

— Moi aussi j'ai un truc à te dire. Depuis quelque temps, maman n'était pas dans son état normal. Une chose la tracassait. Je ne sais pas quoi, mais je l'ai senti…

Elle ne voulait pas lui parler de la révélation, ou de la pseudo-révélation, que lui avait faite Dorian : l'amant caché.

— Juliette, as-tu parlé au magistrat hier soir ?

— Non. Quand je suis passée au palais de justice, je n'ai vu personne, juste une employée qui m'a rendu les clés de la voiture et le téléphone. Elle m'a indiqué où le véhicule était garé, j'ai signé un récépissé et suis repartie.

— As-tu écouté la radio en venant ici ?

— Non.

— Une nouvelle vient de tomber. Un truc incroyable.

— Ah ?

— Je pensais que tu étais au courant.

— Pas allumé la radio, désolée.

— Quelqu'un affirme avoir croisé ta mère vivante pas très loin d'ici…

Après un crime atroce suivi de la disparition du principal suspect, l'appel à témoin provoque immanquablement une cascade de témoignages, le plus souvent fantaisistes. Les enquêteurs reçoivent des coups de téléphone émanant de toute la France, de toute l'Europe, parfois du monde entier.

Une moue dubitative se dessina sur les lèvres de Juliette.

— Un témoignage sérieux ?

— Je n'en sais rien. Mais si la radio en parle, c'est qu'il a retenu l'attention.

— Que dit-il ?

— D'après ce que j'ai compris, quelqu'un a vu une femme correspondant au signalement de ta mère près de Vintimille la nuit dernière.

Elle sursauta.

— Vintimille ? Mais c'est tout près ! De l'autre côté de la frontière. Quoi d'autre ? demanda-t-elle d'une voix tremblante.

— Il faudrait que tu demandes des éclaircissements au magistrat instructeur. J'ai entendu ça très rapidement dix minutes avant que tu arrives.

— Le témoin a-t-il parlé à ma mère ?

— Non.

— C'est mince comme témoignage !

— Attention, ce n'est pas tout. Les enquêteurs français ont demandé à la police italienne de visionner les vidéos prises par les caméras de surveillance du secteur. Et là, surprise ! Un bref instant, on aperçoit ta mère courant sur la jetée d'un port dans la nuit, comme si elle était poursuivie. J'imagine que le magistrat va te montrer les images. Étonnant qu'il ne t'ait pas déjà appelée !

— Quand je conduis, je coupe mon téléphone.

Elle extirpa son portable de sa poche et écouta le répondeur. Elle avait en effet reçu un appel du juge lui enjoignant de le rappeler en urgence. Elle composa le numéro et tomba sur une secrétaire.

— Juliette Carpenter, murmura-t-elle simplement.

— Ah oui, merci pour votre appel. Le magistrat aimerait vous recevoir rapidement. Désolée de vous faire déjà revenir.

L'enquête était-elle sur le point d'être résolue ?

Elle savait que dans ce genre d'affaires, *a fortiori* quand les enquêteurs procèdent de façon discrète, les investigations semblent piétiner. Et puis, tout à coup, un beau jour, un coup de théâtre se produit.

Sa mère était-elle sous emprise ? Avait-elle cherché à échapper à son ravisseur ? L'avait-il rattrapée sur la digue du petit port ?

Juliette raccrocha, après avoir annoncé qu'elle passerait en début d'après-midi.

— Alors ? lui demanda Lucia, la mine inquiète.

— Je n'en sais pas plus.

— Étrange que ta mère ait été aperçue en Italie. Elle connaît l'italien, au moins ?

— Pas à ma connaissance. Elle parle espagnol avec sa mère, mais les deux langues ne sont pas très éloignées. Elle a gardé son bel accent argentin malgré toutes les années passées en France.

Lucia soupira.

— Est-ce vraiment elle ?

— J'espère surtout qu'elle est vivante et innocente. Que te dire de plus ?

Trois heures plus tard, Juliette débarqua dans le cabinet du magistrat. Celui-ci se montra très affable.

— Nous avançons, dit-il en préambule. Lentement mais sûrement.

— Avez-vous une piste sérieuse ?

— Je l'espère ! Cette affaire, disons-le, est extraordinaire. Par son ampleur, par son scénario. Par le nombre de victimes. Par le mystère qui l'entoure. Une histoire comme ça, il en existe une par décennie. Par certains côtés, elle rappelle la tuerie de Chevaline. Voyez-vous de quoi il s'agit ?

— Cette famille massacrée sur un parking dans les Alpes ?

— Quatre morts, deux survivantes ! Mais attention, il n'existe pas deux histoires identiques. Le scénario ne se répète jamais. Jamais ! Il faut recommencer au début à chaque fois. Une affaire n'aide pas à résoudre la suivante.

Juliette avait hâte qu'il en dise plus.

— Venons-en au dernier rebondissement, continua-t-il d'une voix exaltée. Vous avez peut-être écouté la radio. Les médias viennent de le révéler : hier soir, tard dans la nuit, une personne ressemblant à votre mère a été aperçue près de Vintimille par un touriste français. À cet endroit, grâce à une caméra de surveillance, on a repéré une femme qui pourrait correspondre à son signalement. J'utilise sciemment le conditionnel. Je reste très prudent. Êtes-vous prête à visionner le film en question ?

Juliette avait la gorge nouée.

— Je ne demande pas mieux.

Un écran plasma s'alluma sur la gauche.

— Regardez bien, c'est très bref. Je repasserai les images plusieurs fois.

La résolution était mauvaise. Juliette aperçut une jetée éclairée par des lampadaires, où s'arrimaient des petits bateaux.

Des chiffres, en bas à droite, indiquaient la date et l'heure.

23 h 32 et une poignée de secondes. La nuit précédente.

Tout à coup, une femme apparaît sur la droite. Elle court comme si elle était poursuivie. Elle porte une robe blanche piquetée de pois rouges. Elle traverse le champ de la caméra puis disparaît sur la gauche. Puis plus rien. Plus personne. La vidéo continue encore une bonne minute.

Juliette s'attendait à voir quelqu'un la poursuivre, mais il n'y avait personne.

— On va de nouveau la visionner, annonça le magistrat.

Il la repassa deux fois à vitesse normale, puis au ralenti.

Il arrêta l'image sur la femme et la grossit.

Juliette aperçut une silhouette en gros plan, mais elle était très floue.

— Alors, est-ce votre mère ?

— Elle lui ressemble.

— Est-ce elle ou pas ?

Juliette scrutait l'écran, observant chaque détail.

— Je ne sais pas.

— Vous ne reconnaissez pas votre propre mère ? Faites un effort.

— On voit son visage de côté et l'image est très mauvaise.

— Sa façon d'être habillée vous rappelle-t-elle quelque chose ?

— Je reconnais la robe qu'elle portait le jour de son anniversaire, blanche avec des pois rouges, oui. Est-ce la même ? Est-ce ma mère ?

Le magistrat passa une nouvelle fois les images, de manière encore plus lente. La scène avait quelque chose d'étrange et de terrifiant. La nuit. Un petit port éclairé par des lampadaires.

Des bateaux minuscules qui tanguent dans la semi-obscurité. Et tout à coup, cette silhouette qui fonce de droite à gauche sans qu'on sache pourquoi, avant de disparaître.

— On dirait un fantôme, murmura Juliette.

— Vous ne pouvez donc pas affirmer avec certitude qu'il s'agit de votre mère ?

— Non.

Le magistrat grimaça.

— Je comprends votre position. S'il s'agit de votre mère, c'est qu'elle a échappé au massacre, elle n'est pas morte, mais bien vivante. Si elle n'est pas morte, elle est en cavale et devient suspecte, n'est-ce pas ?

Juliette renifla bruyamment.

— Si elle est vivante, elle est suspecte, oui. Si elle est morte, je ne la reverrai jamais. Dans les deux cas, pour moi, c'est un cauchemar.

Elle ajouta, les yeux embués de larmes :

— Oh, mais comme vous le savez, on peut avoir échappé à un massacre et être innocent. J'en suis la preuve.

Le magistrat ne voulait pas statuer sur le cas de Juliette Carpenter, ce n'était pas l'objet de cette audition.

— À supposer que ce soit bien elle sur la vidéo, qu'est-elle devenue ? demanda Loiseau. Pourquoi est-elle en Italie ? A-t-elle de la famille là-bas ? Des amis ?

— On le voit clairement sur les images, non ? Elle a assisté au massacre de son mari et deux de ses enfants. Traumatisant, non ? Elle a quitté la scène du crime dans un état de panique totale. Et depuis, elle erre, totalement folle. Si ça se trouve, elle est comme moi : elle ne se souvient plus de rien.

Le magistrat autorisa Juliette à faire un tour en ville, il avait un travail urgent à terminer.

Après ce visionnage éprouvant, elle avait de toute façon besoin de se détendre. Elle marcha vers la mer. Le soleil était encore haut dans le ciel. Les premières chaleurs de l'année venaient. Les touristes se reconnaissaient à leur allure nonchalante, ils se dirigeaient sans se presser vers la plage gorgée de lumière.

Elle s'assit sur un banc le long de la promenade des Anglais, ce croissant de lune long de plusieurs kilomètres face à la baie des Anges. Ces anges-là n'étaient pas des créatures ailées, mais de petits requins aux nageoires dorsales en forme d'ailes, d'où leur nom.

Elle n'avait pas fait exprès de marcher jusque-là, mais elle se retrouva non loin du Rococo, reconnaissable à sa haute silhouette blanche. Le magistrat lui ayant accordé une petite heure, elle décida de boire un verre dans le bar du palace.

Elle s'assit sur une banquette en cuir vert bouteille devant une petite table. L'endroit était feutré, tapissé de boiseries en acajou. Une douce musique de jazz berçait une clientèle habillée de manière élégante. Elle commanda un Perrier.

À sa grande surprise, elle aperçut Dorian sur sa gauche, de dos. Elle faillit partir, n'ayant tout d'abord pas envie de lui parler. Mais elle se ravisa. Pourquoi le fuir ? Elle n'avait rien à se reprocher.

Juliette se souvenait des visites à sa grand-tante Joséphine, propriétaire du palace, des visites régulières, amicales, ici, dans ce bar, ou dans son appartement au dernier étage de l'hôtel.

Elles s'entendaient bien. Une complicité les unissait, mais les dernières années avaient été éprouvantes. La tante souffrait d'une maladie neurodégénérative incurable et n'avait plus toute sa tête.

Elle se souvenait qu'un jour, après le déjeuner, la tante avait reçu sa nièce dans le salon François Ier, appelé encore salon Chambord, orné du portrait du roi par Jean Clouet. Joséphine était descendue en chaise roulante de son appartement grâce au large ascenseur en bois.

Le maître d'hôtel avait apporté des cafés et de délicieux gâteaux marbrés, l'une des spécialités de l'établissement.

La conversation avait été agréable, la tante avait parlé de son enfance dans le pays de Caux, sous les pommiers, entre les deux guerres mondiales. Elle était venue ici par hasard, avec ses parents, car sa mère ne supportait pas le climat de la pluvieuse Normandie.

À un moment, la vieille dame s'était épanchée.

— Oh, tu sais, ma pauvre, je suis quasiment séquestrée dans mon appartement.

— Séquestrée ?

— En dehors des rencontres avec les membres de ma famille, et elles sont peu nombreuses, Dorian m'empêche de descendre et de sortir. Il dit que c'est mauvais pour ma santé. Et comme je ne peux pas me déplacer seule…

À ce moment-là, par hasard, l'oncle était apparu dans le salon François Ier. Il avait regardé froidement Juliette avant de lui dire d'une voix glaciale :

— Qu'est-ce que tu fais là ? Je suis étonné de te voir. Tu ne m'as pas annoncé ta venue. Ta tante est attendue par son kiné dans cinq minutes.

— Mais non ! avait rétorqué Joséphine. La séance a lieu ce soir. Laisse-moi avec Juliette.

Celle-ci avait senti que sa présence, étrangement, dérangeait Dorian. Quelque chose de nauséabond se passait dans ce palace, et l'oncle ne voulait pas que ça se sache.

Quelque temps plus tard, après la mort de Joséphine, Dorian avait hérité de la totalité de ses biens : une fortune immense. Non seulement le palace, mais aussi les œuvres d'art qu'il contenait, des villas, des hôtels, des immeubles, des yachts, sans parler d'un colossal portefeuille d'actions.

Dans le bar, Juliette observait Dorian de dos. Il parlait avec une femme qu'elle ne connaissait pas, elle ignorait s'il s'agissait d'une employée de l'hôtel, d'une amie, d'une cliente. Ou de la compagne dont il lui avait parlé. Elle était jeune et jolie.

Juliette tendit l'oreille, retenant des bribes de conversations.

— Oh, tu sais, ce massacre bouleverse tout le monde, à commencer par moi…

Elle était tombée pile au bon ou au mauvais moment.

Devait-elle rester ou s'en aller ? De toute façon, elle savait qu'il ne ferait aucune confidence décisive dans un lieu public.

Une phrase, toutefois, la fit sursauter.

— La solution de l'énigme se trouve chez l'Argentine.

Était-ce une manœuvre destinée à faire croire qu'il n'était pas dans le coup ?

Il avait dit « chez l'Argentine », et non « en Argentine »…

Parlait-il de sa mère ? D'Isabel ?

Puis Dorian parla de choses qui n'avaient rien à voir. Il raconta ses derniers achats auprès d'antiquaires. Il raffolait de peintures de maîtres et l'hôtel regorgeait de tableaux. Sa tante était férue d'œuvres d'art. Elle avait acheté des Picasso, des Gauguin, des Corot, des Dalí, des Renoir. L'hôtel était une immense galerie d'art dans l'un des plus beaux palaces du monde. Dorian était devenu milliardaire alors que son frère n'avait hérité de rien. Ce dernier s'apprêtait-il à l'attaquer en justice ? Il pouvait l'accuser d'abus de faiblesse sur une femme qui n'avait plus eu toute sa tête à la fin de sa vie.

Juliette se leva. Elle ne pouvait l'ignorer. Si elle s'enfuyait et qu'il la remarquait, il prétendrait qu'elle était venue l'espionner.

Après avoir laissé l'argent de sa consommation sur la table, elle effectua un grand détour vers l'entrée pour faire croire qu'elle venait d'arriver, puis se dirigea vers son oncle.

— Ça alors, Dorian, quelle bonne surprise ! s'exclama-t-elle. Je ne te dérange pas ?

Elle sourit à la jeune fille assise face à lui.

En voyant sa nièce, Dorian pâlit.

— Que fais-tu là, ma chérie ? s'écria-t-il d'une voix faussement enjouée. Est-ce moi que tu cherches ?

— Je faisais quelques courses à Nice pour me changer les idées, je suis entrée boire un verre ici un peu par hasard. Je ne savais pas que tu étais là…

— Montre-moi ce que tu as acheté !

Elle ne savait pas mentir. Elle n'avait rien dans les mains.

— Oh, j'ai fait du lèche-vitrines. Je vais me procurer quelques babioles en sortant d'ici. Je viens de récupérer ma voiture.

La jeune fille accompagnant Dorian observait Juliette avec attention.

— As-tu revu le magistrat instructeur ? dit-il d'une voix si faible que Juliette eut du mal à l'entendre.

Elle ne voulait surtout pas évoquer la vidéo. Annoncer que sa mère était peut-être vivante aurait conforté l'oncle dans son hypothèse : Flavia Carpenter avait tué sa famille avant de fuir avec un amant. Et de toute façon, RMC l'avait annoncé sur ses ondes : « Quelqu'un avait aperçu une femme ressemblant à la principale suspecte. »

— Très rapidement, pour des formalités administratives.

Elle pensait aux images effrayantes qu'elle avait aperçues sur l'écran plasma.

D'une voix toujours aussi basse, il reprit :

— Je sais que tu ne dis pas tout. Assieds-toi, je t'en prie.

— Et toi, Dorian, tu ne caches rien ?

Il esquissa un sourire qu'elle trouva mauvais, puis, d'une voix redevenue normale :

— Au fait, je te présente Victoria, une jeune fille charmante que j'ai rencontrée il y a quelques semaines. Victoria, voici ma nièce Juliette, dont les proches ont été affreusement assassinés à Vence, sauf sa mère.

Ce n'était donc pas la « compagne » dont il avait parlé et qui lui avait fourni son alibi du 4 avril, la fameuse Anita.

Juliette la dévisagea. À ses lèvres rougies d'un gloss exagérément voyant et à son maquillage qui manquait de discrétion, elle supposait que c'était une fille aux mœurs légères que son oncle récompensait pour ses bons et loyaux services. Depuis qu'il avait hérité, il avait la réputation d'entretenir une myriade de belles poupées venues d'Amérique du Sud ou des pays de l'Est.

Juliette n'osa pas lui demander si elle était française.

— Veux-tu boire quelque chose ? demanda Dorian à sa nièce d'une voix douce.

— Un porto.

Elle n'avait pas soif, venant de boire un Perrier, mais un verre d'alcool lui permettrait de se détendre.

— As-tu du nouveau ? demanda-t-elle.

— De mon côté, rien, mais ma conviction n'a pas changé.

Elle était effarée qu'il puisse de nouveau sous-entendre que sa mère était dans le coup.

Un élégant serveur apporta le porto.

Elle avala le verre presque d'une traite, comme si elle n'avait rien bu depuis des heures.

— Ça me touche de te voir ! dit-il. Au fait, sais-tu quand a lieu l'enterrement ?

Elle était scandalisée par son manque de tact, à moins que ce ne soit une nouvelle preuve de méchanceté.

— Je l'ignore. Il n'aura pas lieu avant que le médecin légiste n'ait terminé son travail.

Les yeux de Dorian étaient sombres comme un ciel d'orage.

— Victoria a quelque chose à te dire, si elle accepte de parler.

Il regarda avec des yeux insistants la jeune femme, comme s'il était en train de lui donner un ordre.

Après un instant d'hésitation, elle prit la parole, avec un accent espagnol :

— Avant-hier, je me promenais à Menton et j'ai croisé une femme qui ressemblait à votre mère.

Menton n'était qu'à quelques kilomètres de Vintimille. Les deux villes se trouvaient chacune d'un côté de la frontière. Disait-elle la vérité ?

Colère et excitation s'emparèrent de Juliette.

— Mais comment savez-vous que c'était elle ? Vous la connaissez ? Et pourquoi vous…

— Calme-toi, ma chérie, susurra Dorian. Elle ne dit pas que c'est elle, pas du tout. Elle dit qu'une femme lui ressemblait…

— Oh, tu sais, s'étrangla Juliette, quand quelqu'un est recherché, des centaines de témoignages affluent. Ça ne veut rien dire. Rien du tout ! Il faudrait qu'un élément précis… Avez-vous remarqué comment elle était habillée ?

— Mais oui, je m'en souviens parfaitement. Elle portait une robe blanche avec des pois rouges. Qu'elle était belle dans cette tenue !

Sur le visage de Dorian se dessina un sourire odieux.

Juliette ne voulait pas rester un instant de plus dans l'antre du démon. Elle avait l'impression que Dorian était indifférent à la mort de ses proches et qu'il enfonçait sa mère dans le purin. Croyait-il en sa culpabilité ou était-ce, pour lui, la seule façon de se disculper ?

Et qui était cette Victoria sortie de nulle part comme un diable jaillissant d'une boîte ? Une femme payée pour témoigner contre Flavia ?

Avait-elle participé au crime ?

Ce qu'elle disait sur sa mère soi-disant rencontrée à Menton pouvait être une affabulation : la fameuse vidéo avait circulé sur Internet et Victoria s'était tout simplement inspirée de ces images pour débiter son histoire. Ou bien les enquêteurs avaient parlé de cette robe à pois rouges aux médias.

Menton était tout près, à quelques kilomètres. Des manchettes énormes barraient la première page des quotidiens, la photographie de sa mère avait été reproduite à des millions d'exemplaires ; on la voyait partout, non seulement dans la presse écrite, mais aussi à la télé et sur la Toile. Des avis de recherche avaient été placardés dans les commissariats et les gendarmeries.

En France, en ce moment, tout le monde connaissait le visage de Flavia Carpenter, une femme de quarante-cinq ans aux cheveux bruns, aux yeux marron, de beaux yeux profonds, intenses. La photographie utilisée par les enquêteurs avait été prise quelques semaines auparavant, à La Londe-les-Maures, pendant un séjour à l'hôtel Beau Rivage. Juliette se souvenait très bien de ce voyage. La mère et sa fille aînée avaient passé deux jours ensemble pour discuter, comme cela arrivait rarement. Elles avaient parlé du passé, de l'avenir. Flavia avait raconté à sa fille qu'elle n'allait pas bien en ce moment, qu'elle souffrait à cause de son mari. C'était la première fois qu'elle se confiait avec une telle sincérité. Elle avait pleuré. Juliette avait senti qu'elle n'arrivait pas à tout dire, et elle n'avait pas insisté.

La jeune femme quitta sans regret le bar du palace, en saluant froidement les deux compères qui lui faisaient face. Elle vit sur son portable que Frank avait tenté plusieurs fois de la joindre, mais elle n'avait pas le temps de le rappeler.

Après avoir marché sur la promenade, elle retourna dans le cabinet du magistrat qui lui avait donné rendez-vous à 17 heures précises.

— Merci d'être revenue, et désolé, j'avais une réunion importante. Votre balade s'est-elle bien passée ?

Elle n'évoqua pas sa rencontre inattendue avec son oncle, préférant s'en tenir à des banalités :

— Très bien, merci. Le soleil est agréable.

— Bien. Revenons à notre affaire. Imaginons que ce ne soit pas votre mère sur l'écran. Dans ce cas, qu'est-elle devenue ?

— Monsieur le juge, cela fait des jours que je me pose cette question. Comment voulez-vous que je le sache ?

— La croyez-vous innocente ?

— Elle n'a pas pu commettre un crime pareil.

— Vous êtes très affirmative. Comment le savez-vous ?

— Une intuition. Une simple intuition. Je n'ai aucune preuve.

— Et dans ce cas, qui est l'assassin ?

— Pas la moindre idée !

Elle répétait inlassablement la même chose, n'ayant pas l'intention de parler de Dorian pour l'instant. Juliette n'avait de toute manière aucune preuve contre lui.

Il soupira.

— Nous voilà bien avancés !

Il se leva et effectua quelques pas dans la pièce, raisonnant à voix haute.

— Une partie de votre famille est massacrée, deux personnes sont épargnées, votre mère et vous, mais vous n'êtes ni l'une ni l'autre responsables du drame. Et de plus, vous ne savez rien. Tout cela est très…

Il cherchait le mot qui convenait le mieux :

— … kafkaïen !

— Je vous l'accorde. Qu'en déduisez-vous ?

— Pas grand-chose. Et c'est bien le problème.

Il marqua un temps.

— Je ne peux pas vous révéler le résultat de toutes les analyses scientifiques faites sur la scène de crime, et certaines sont toujours en cours, mais sachez que nous n'avons rien découvert qui nous mette sur une piste extérieure à vos proches.

Elle fronça les sourcils.

— Pourriez-vous être plus clair ?

— On n'a découvert aucune trace ADN significative en dehors de celles de votre famille dans la maison. Nous sommes en train d'étudier les balles trouvées sur place. À un moment, nous avons eu une terrible intuition…

Elle écarquilla les yeux.

— Laquelle ?

— Nous avons imaginé que votre frère avait tué votre père et votre sœur avant de se suicider.

Elle était interloquée.

— Comment ça ?

— Eh bien, on a décelé de la poudre sur ses mains, comme s'il avait lui-même tiré.

— Incroyable !

— Le problème, c'est qu'on n'a pas trouvé le pistolet. S'il s'était suicidé, le pistolet aurait été entre ses doigts, ou juste à côté. Un mystère de plus ! À moins que votre mère l'ait emporté avec elle… Mais dans ce cas, pourquoi ? Nous nous posons énormément de questions, nous n'avons aucune réponse.

Juliette quitta le juge. Décidément, plus les jours passaient, plus le mystère s'épaississait.

Elle remonta dans sa voiture et reprit la route d'Èze. Elle allait s'enfermer chez elle, manger un peu, boire un verre, puis prendre un bain chaud aux huiles essentielles en écoutant les chansons de son groupe préféré, Maroon 5. Ensuite, elle essaierait de dormir.

Arrivée dans son studio, elle alluma sa tablette et regarda si elle avait reçu des mails.

Des dizaines lui avaient été envoyés, des amis qui s'inquiétaient, qui demandaient des nouvelles.

Elle n'avait pas la force de les lire, encore moins d'y répondre.

Mais soudain, un message la fit sursauter. Il avait été envoyé une heure plus tôt.

Elle l'ouvrit en tremblant comme jamais. Elle connaissait bien cette adresse mail, et pour cause…

C'était celle de sa mère.

Ma chère Juliette,

J'ai longuement hésité avant de t'écrire. Cette histoire insensée n'aurait jamais dû arriver. J'ai détruit ma vie et la tienne, et aujourd'hui, je le regrette. À chaque seconde je le regrette. Mais je ne peux pas revenir en arrière. C'est trop tard, bien trop tard, les morts ne reviennent pas à la vie. David, Valentin et Jennifer n'existent plus. Je ne peux pas t'expliquer ici pourquoi j'ai commis ce geste irréparable et inexcusable, mais cela faisait des années que je possédais un petit pistolet caché dans ma chambre. Il était destiné à me défendre contre d'éventuels cambrioleurs. J'ai décidé de l'utiliser le jour de mes quarante-cinq ans, cette envie est venue de manière irrépressible après une remarque immonde de ton père. Tu somnolais dans le salon, je ne sais pas si tu as entendu. Hors de moi, j'ai pris le pistolet et j'ai tiré sur tout le monde.

Sauf sur toi, ma chérie.

Tu es la seule que j'aime.

Tu es la seule qui ne m'a jamais fait aucun mal.

Qui ne m'a jamais trahie. Qui m'a toujours aimée.

Depuis des années, ma vie est un enfer. Un enfer de chaque instant. Je ne peux pas tout te raconter ici, tant j'ai souffert, tant je souffre.

Ce geste n'était pas prémédité. Je n'aurais pas dû tirer. Mais je l'ai fait. Je me retrouve dans une situation encore pire qu'avant. Invivable. Je suis obligée de fuir et de me cacher.

J'aurais pu tuer aussi ma propre mère, qui m'a fait énormément de mal. Mais tu le sais, elle n'était pas là, pas encore.

Je pense à toi, à tes yeux merveilleux. Je pense à tous les instants extraordinaires que j'ai passés avec toi. À ta naissance. À ton enfance.

Je t'ai toujours aimée.

N'essaie pas de me retrouver.

Maintenant, tout est fini.

Pour l'éternité.

Je t'adore ma douce, ma petite princesse.

Ta maman qui t'aime.

Juliette était abasourdie. Pendant plusieurs minutes, elle resta pétrifiée devant son écran. C'était tellement soudain, tellement inattendu.

Une vague de terreur et d'apaisement mêlés submergea son corps et son âme fragilisée.

Au moins, cette fois, elle savait que sa mère était impliquée dans le drame. Elle reconnaissait qu'elle avait elle-même tiré. Tiré plusieurs fois sous le coup de la colère, à cause d'une souffrance accumulée depuis des années. Elle ne donnait aucune explication, mais elle avait avoué.

Quelle remarque infâmante avait bien pu lui adresser son mari pour déclencher une réaction aussi démesurée ?

La jeune fille n'imaginait pas sa mère en train de tirer sur son père, son frère et sa sœur. Elle n'imaginait pas qu'une femme aussi douce ait pu commettre un geste aussi insensé.

Et pourtant…

Quand un criminel est retrouvé, on entend à chaque fois la même rengaine : « Un individu comme lui n'a pu commettre ce crime. Il est si gentil. Tellement agréable. Tout le monde l'adore. C'est un type bien. Il ne ferait pas de mal à une mouche. »

Flavia Carpenter, une mère aimante, avait donc tué une partie de sa famille. De quel enfer parlait-elle dans son message ?

Elle savait que sa mère avait des moments de cafard, mais de là à commettre un massacre…

Juliette se dirigea vers une fenêtre qu'elle ouvrit en grand. Elle avait besoin de respirer, de reprendre ses esprits. Elle observa l'horizon. Le soleil se couchait, embrasant le ciel.

Elle retourna devant son ordinateur.

Un doute l'assaillit : finalement, qu'est-ce qui prouvait que ce message avait été bien écrit par sa mère ?

Elle reconnaissait l'adresse mail, sa mère utilisant la même depuis des années. Elle reconnaissait sa façon d'écrire, certaines de ses expressions. Sa mère terminait toujours ses lettres par : « Je t'adore ma douce, ma petite princesse. »

Était-ce vraiment elle, ou quelqu'un qui l'imitait à la perfection ? Sur un écran, il n'y a pas la chaleur de la calligraphie, pas de traces d'ADN, juste la froideur des caractères typographiques.

Il est facile d'usurper l'identité de quelqu'un sur Internet.

Elle relut le mail, s'arrêtant sur chaque mot.

À certains moments, elle se disait que c'était vraiment elle ; à d'autres, que c'était un subterfuge, qu'un faussaire était à la manœuvre.

Perplexe, elle se demandait s'il fallait répondre ou se taire. Si c'était sa mère, que répondre ? Qu'elle la haïssait ? Qu'elle comprenait son geste ? Si ce n'était pas elle, elle ne voulait pas donner l'impression d'être crédule et de tomber dans un piège.

Elle s'assit sur le canapé. Elle n'avait personne à qui se confier.

Appeler Lucia ? Mais celle-ci n'en saurait pas plus qu'elle. Elle balbutierait quelques conseils qui ne serviraient à rien.

Frank ? Il en profiterait pour venir, sûrement, car il aimait passer du temps avec elle, mais à quoi bon ?

Elle relut une dernière fois le mail, lentement, en décortiquant chaque mot, chaque phrase. Elle analysa la ponctuation. Sa mère n'utilisait jamais de points-virgules, jamais de points de suspension, jamais de points d'exclamation, Juliette avait remarqué cela, et il n'y en avait pas dans le message qu'elle avait reçu.

C'était dur à admettre, mais elle ne pouvait qu'en conclure que sa mère avait vraiment écrit ce mail signant sa culpabilité.

Elle essaya de l'appeler une fois encore sur son téléphone, histoire d'en avoir le cœur net. Elle l'avait déjà fait à plusieurs reprises. Répondeur.

Elle sanglota un bon quart d'heure. Jusque-là, elle se raccrochait à l'idée que Flavia était innocente, qu'elle avait été transportée comme sa fille, ailleurs, contre son gré, et qu'elle réapparaîtrait un jour en révélant qu'elle n'avait commis aucun massacre.

Après avoir hésité une nouvelle fois, Juliette décida de répondre à ce mail étrange, en écrivant ce qu'elle avait sur le cœur.

Ma chère maman,

Je viens de lire ton message, je suis abasourdie, émue, sans voix, j'avais peur que tu aies été tuée toi aussi, comme papa, Valentin et Jennifer.

Je te dis les choses telles que je les ressens, sans rien te cacher.

D'abord, je ne suis pas certaine que tu aies bien écrit ce mail. Comment savoir ? Sur Internet, n'importe qui peut écrire un courrier en se faisant passer pour un autre. Tout le monde a reçu un jour un mail d'un proche appelant au secours et demandant qu'on l'aide, alors que la boîte avait été simplement piratée.

Je me répète, rien ne prouve qu'il s'agisse de toi.

Si c'est bien toi, alors je suis stupéfaite.

Je ne t'imagine pas en train de tirer sur ceux que tu aimes.

Je sais qu'il existait des conflits dans la famille, mais je ne peux pas concevoir que tu aies commis ces meurtres abominables. Comment aurais-tu été capable d'accomplir une chose pareille ? Ça ne te correspond pas. Je ne t'ai jamais vue faire le moindre mal à personne. Tu es une femme d'amour et de paix.

Je me souviens de notre week-end à La Londe-les-Maures, tu étais radieuse, éclatante, nous avions passé un moment extraordinaire. Tu te souviens de notre dîner dans le petit restaurant le long de la mer ? Nous avions mangé de délicieux rougets parfumés aux herbes de Provence. Je me souviens très bien de tout ce que tu m'avais dit. Tu m'avais parlé de ton enfance en France, élevée par des parents qui avaient fui la dictature argentine.

C'était la première fois que tu te confiais avec tant de franchise. J'ai compris, ce jour-là, combien tu m'aimais.

J'en déduis que cet amour m'a protégée des balles de l'enfer.

Tu m'avais confié combien tes rapports avec papa étaient difficiles, je le savais déjà. Mais cela n'explique pas pourquoi tu as tué aussi Valentin et Jennifer de manière si soudaine.

Dans mon souvenir, l'anniversaire se déroulait dans la bonne humeur. Malgré les haines, chacun avait décidé de faire un effort. Tu semblais réconciliée avec toi-même. Je suis arrivée en retard, c'est vrai, mais je ne voulais pas débarquer les mains vides. Tu te souviens de la charlotte aux fraises ? L'as-tu au moins goûtée ? Je ne sais plus.

Tout se brouille dans mon esprit.

Je me souviens que chacun est arrivé avec sa fiole de cognac et l'a versée dans l'immense carafe en cristal, comme on le fait depuis des années en signe de partage et d'amour.

Je me souviens que tu as soufflé les quarante-cinq bougies, que tu as ri et que nous t'avons applaudie.

Je me souviens que tu as versé un verre à chacun et que nous avons trinqué.

Cela faisait des années que nous n'avions pas trinqué ensemble !

J'étais moi-même surprise de l'excellente humeur de chacun.

Après, je ne me souviens de rien.

De presque rien.

Comme si j'avais effacé de ma mémoire cet affreux moment.

Juliette s'arrêta d'écrire, à bout de forces. La rédaction de ce message lui était très douloureuse. Mais elle avait encore tant de choses à dire, à comprendre ! Pourquoi et comment était-on passé en quelques secondes de la fête à la tragédie ?

Elle se leva, recommença à marcher dans la pièce, comme pour évacuer le trop-plein d'angoisse qui meurtrissait son cœur.

Elle avala un verre de cognac, le même que celui qu'elle avait bu avant que tout bascule dans l'horreur.

Elle s'installa de nouveau devant l'écran et parvint à écrire quelques dernières lignes.

Où es-tu, ma chère maman ? Je devrais te haïr pour ce que tu as fait, mais j'aimerais te revoir. J'aimerais que tu m'expliques tout. J'aimerais comprendre. Appelle-moi, s'il te plaît.

Je te le promets, je ne dirai rien aux enquêteurs. Tout restera entre nous.

Appelle-moi. Tu connais mon numéro de téléphone.

Je t'en supplie.

Appelle-moi.

J'ai besoin d'entendre ta voix.

Juliette

Entendre sa voix était le seul moyen de savoir si c'était elle, ou si tout ça n'était qu'une immonde tromperie.

Avec sa souris, après avoir longuement hésité, elle cliqua sur le bouton « Envoyer ».

Elle était épuisée. Elle ferma les yeux et respira profondément.

Juliette ne s'attendait pas à avoir une réponse immédiate, elle voulait simplement que sa mère lui téléphone. Un autre mail ne prouverait rien. Rien du tout.

Mais sur l'écran s'affichait déjà une réponse.

Ma chérie,

Merci, je t'aime.

Je n'oublierai jamais le merveilleux week-end à La Londe-les-Maures.

Ni la promenade en bateau jusqu'aux îles d'Hyères.

Le soleil inondait ta robe turquoise et tes beaux cheveux de jeune fille magnifique.

Je t'adore ma douce, ma petite princesse.

Ta maman qui t'aime.

Juliette était hébétée. Quelque temps avant le massacre, elles avaient effectué une promenade en bateau jusqu'aux îles d'Hyères, avec un pêcheur, d'abord à Porquerolles, où elles avaient accosté, puis elles avaient navigué tout autour de Port-Cros, véritable éden, terre grecque à quelques kilomètres des côtes françaises.

Juliette portait une robe turquoise.

Seule Flavia pouvait le savoir. Avait-elle publié une photo sur Facebook ? Celui ou celle qui se faisait passer pour elle avait-il vu le cliché ? Elle regarda immédiatement les photos sur le compte de sa mère. Il n'y en avait aucune en lien avec le week-end à La Londe-les-Maures.

Seule sa mère avait vu la robe turquoise, presque transparente, que Juliette avait spécialement achetée pour cette escapade ensoleillée.

Elle observa l'écran de son téléphone. Elle espérait que sa mère allait l'appeler. Rien. Elle regarda ses textos. Aucun.

Si c'était bien sa mère qui écrivait les mails, pourquoi ne l'appelait-elle pas ? Avait-elle honte de lui parler de vive voix ou peur d'être géolocalisée ?

Pendant les deux jours à La Londe-les-Maures et dans les îles, Flavia avait dit une chose étrange. Le souvenir revenait tout à coup dans le cerveau surchauffé de Juliette.

Elles avaient accosté sur l'île de Porquerolles, avaient marché dans le maquis jusqu'au phare d'où la vue embrassait les collines, le sémaphore, les falaises du sud. Au loin, la presqu'île de Giens et la rade d'Hyères.

Sa mère s'était assise sur un parapet et, à un moment, elle avait avoué :

— Oh, tu sais, ma chérie, tout n'a pas été reluisant dans la vie de mes parents. Je ne sais pas pourquoi je te dis ça, alors que je suis heureuse d'être là, avec toi. Mais c'est comme ça, des souvenirs remontent à la surface à certains moments, comme des bulles de soufre…

Elle avait baissé la tête et versé une larme.

— Tu m'en dis plus, maman ?

— Pas maintenant. Pas en ce beau jour ensoleillé. Une autre fois peut-être.

Après ce demi-aveu, un voile de tristesse avait fugacement baigné le visage de sa mère avant de disparaître, balayé par l'insolente lumière.

Trois jours après avoir revu le procureur à Nice, Juliette assista à l'enterrement de David, Valentin et Jennifer.

Peu de temps auparavant, à la morgue, elle les avait identifiés. Autopsiés puis recousus, les corps avaient été placés dans une chambre froide. Les balles ayant percé les chairs du côté du cœur, les visages étaient bien conservés.

Le médecin légiste ayant terminé ses analyses, Juliette avait reçu le permis d'inhumer.

À l'église de Vence, la foule était immense : cousins, amis, milliers de curieux qui ne connaissaient pas les victimes et qui étaient là par sympathie ou voyeurisme. Ce genre de tragédie attire toutes sortes d'individus. Les médias, fidèles au poste, étaient reconnaissables aux antennes paraboliques sur les véhicules garés à proximité.

L'affaire avait un retentissement international.

Un père assassiné.

Un fils assassiné.

Une fille assassinée.

Une mère disparue.

Une fille rescapée qui ne se souvenait de rien.

Après des jours de soleil, un plafond de nuages bas avait recouvert la côte ; le mistral soufflait, des larmes de pluie tombaient du ciel, comme si la nature avait voulu s'associer à la douleur collective. Les cercueils arrivèrent l'un après l'autre devant l'église, livrés par les corbillards. Le glas sonnait.

Sur l'esplanade, Juliette aperçut Dorian en costume sombre, et sa grand-mère, de noir vêtue, qu'elle salua d'un mouvement de tête.

Elle avait demandé à Lucia et Frank de ne pas venir, elle ne voulait pas pleurer dans leurs bras. Pas pleurer tout court. Elle voulait rester digne.

Après la messe et l'inhumation, les proches se réunirent dans un café.

Juliette s'assit à côté de sa grand-mère, tandis que Dorian discutait avec un inconnu un peu plus loin.

— Ma chérie, murmura Isabel dans l'oreille de sa petite-fille, comment te sens-tu ?

La survivante trouvait la question idiote.

— La vie est belle ! répondit-elle, ironique.

— Tu sais, rien ne serait arrivé si nous avions été plus unis, ajouta la grand-mère d'une voix quasi inaudible.

Elle se tut un instant, avant d'ajouter :

— On ne revient pas en arrière. Les crimes restent des crimes.

Juliette ne comprenait rien à son charabia. Avait-elle toute sa tête ?

Elle ne voulait pas lui poser de questions devant tout le monde, ayant peur d'être entendue par d'autres. Autour de la table, il y avait des gens qu'elle ne connaissait pas. Des policiers en civil ?

« On ne revient pas en arrière. Les crimes restent des crimes. »

Isabel avait vu son mari mourir sous ses yeux. Elle n'avait jamais pardonné à Valentin.

Valentin avait été tué d'une balle en plein cœur, et elle venait d'assister à son enterrement.

Juliette se demandait si elle faisait allusion à cet événement qui restait gravé dans la mémoire familiale. Si oui, Isabel s'accusait implicitement des meurtres commis à Vence… Regrettait-elle à présent d'avoir tué une partie de sa famille ?

— J'aimerais te revoir en tête à tête un autre jour, murmura Juliette.

— Oh, ma chérie, je n'ai pas grand-chose à te dire ! Je suis effondrée.

Juliette se jeta alors à l'eau :

— De quels crimes parles-tu ?

Isabel la regarda d'un air éberlué.

— Mais voyons, ma chérie, tu ne te souviens pas de ce qui est arrivé ?

— J'aimerais que nous parlions, s'il te plaît, toutes les deux.

Les crimes de Vence étaient-ils liés à celui de la mort de son mari ? Elle devait en avoir le cœur net. D'autant qu'aujourd'hui, elles étaient les seules survivantes de l'accident survenu sur le pont du Châtelet.

— Te souviens-tu de nos vacances dans les Alpes il y a cinq ans ? demanda l'océanographe.

Le visage d'Isabel s'empourpra.

— Oui. Eh bien ?

— Comme ça…

Elle observa les yeux de sa grand-mère, avant d'ajouter :

— En veux-tu toujours à Valentin ?

— Il a tué l'homme que j'aimais. L'homme de ma vie. Ce n'est pas rien. Je n'ai plus fréquenté ton frère pendant des années. Maintenant, je ne le reverrai plus jamais… Ah, je vois ! Tu penses que je l'ai tué ? C'est ça ?

— Mais non, je n'ai pas dit ça, voyons !

— Eh bien, si je l'avais tué, je n'aurais pas abattu par la même occasion ta sœur, ton père et ta mère.

« Ta mère ». Pourquoi insinuait-elle que Flavia était morte ?

Juliette se sentait tellement mal à l'aise qu'elle décida de changer de place. Une chaise s'était libérée à côté de Dorian. Elle n'avait pas envie de lui tenir compagnie mais n'avait guère le choix.

Il discutait vivement avec des gens qu'elle ne connaissait pas.

La fille qu'elle avait rencontrée au Rococo n'était pas là ; peut-être attendait-elle plus loin, dans la Porsche.

— Ah, ma chérie, ça me réjouit de te voir ! Je t'ai aperçue discutant avec ta grand-mère. Dans ce moment terrible, je suis en empathie avec toi.

Il cultivait l'art de la flatterie. Elle ne savait pas s'il était sincère, ou s'il se réjouissait de la situation qui découlait de ce triple meurtre. Son frère ne risquait plus de l'attaquer en justice.

Cherchait-il à circonvenir sa nièce ?

En tant qu'héritière de ses parents, elle avait le droit de poursuivre son oncle au sujet du Rococo, à condition que sa mère soit morte. Sauf qu'elle ne savait pas si c'était le cas.

Dorian l'avait-il fait disparaître pour rendre impossible toute action en justice ? Rien n'était à exclure avec cet homme aussi retors.

Après avoir tué David, Valentin et Jennifer, avait-il assassiné la mère ? L'avait-il lestée au fond de la Méditerranée ?

Juridiquement, Flavia n'était pas morte.

Légalement, Juliette ne pouvait pas hériter d'elle tant que son décès n'avait pas été officialisé. Quand un corps n'est jamais retrouvé, que devient *in fine* l'héritage ? Elle n'en savait rien.

Dans un accès de paranoïa, Juliette voyait des suspects partout et nulle part.

Son oncle avait le visage maquillé. Il reprit :

— Ma Juliette, tu es toute pâle.

Avait-il passé un accord secret avec Isabel pour se débarrasser, l'un et l'autre, de ceux qu'ils détestaient ? Mais pourquoi Isabel aurait-elle orchestré la mort de sa propre fille et celle de Jennifer ?

Des scénarios fous jaillissaient de son cerveau désemparé. Elle échafaudait des hypothèses sans avoir le moindre début de preuve.

— Mon chaton !

La voix de Dorian l'extirpa de ses idées noires.

Il ne l'avait jamais appelée par ce petit nom. Voulait-il l'amadouer ?

— Que veux-tu boire ?

— Un verre d'eau gazeuse.

Quelques instants plus tard, un garçon apporta une bouteille de Badoit.

Elle avala par petites gorgées. Dorian la regardait d'un air qui se voulait bienveillant.

— On ne va pas parler de l'enquête un jour pareil, murmura-t-il. Nous sommes pétris de tristesse. Les vivants se recueillent en pensant aux morts.

Elle le trouvait très emphatique. Inutilement. Faussement.

Elle ne savait pas s'il était impliqué dans l'affaire, mais elle était certaine que la mort de son frère et toute la tragédie le laissaient indifférent. Il feignait d'être éploré, pour faire bonne figure. Elle le connaissait. C'était un pervers narcissique qui n'aimait que trois choses : lui-même, l'argent et les jolies femmes. Pas les femmes en tant qu'êtres humains, mais leur chair, leurs seins, leurs cheveux, leurs yeux, leur intimité. Telles des machines à plaisir.

Il consommait les jeunes femmes en grande quantité, comme un ogre. Des femmes avec de grosses lèvres et un maquillage outrancier. À chaque fois le même type de poupée. Jamais la même poupée. Presque jamais.

Pour les entretenir, il fallait de l'argent. Avant d'hériter de sa tante, il était cadre moyen. Sa vie avait totalement changé à cinquante ans. Il était passé de la gêne matérielle à l'opulence sans limites. Il avait vendu son deux-pièces des années 1960 pour une immense villa à Saint-Tropez.

Juliette savait qu'il avait sa part d'ombre. Ou plutôt son royaume de ténèbres.

Elle le regarda de nouveau. Il souriait d'un rictus si forcé qu'il en était laid.

Mais après tout, il était aimable. Il l'avait toujours bien traitée, contrairement aux autres membres de sa famille. Était-ce pour cela qu'il l'avait épargnée ?

Quand elle était enfant, il l'avait emmenée un jour à Monaco. Ils étaient montés dans un hélicoptère à l'aéroport de Nice, sept minutes de vol en longeant la côte. Atterrissage à l'héliport de Fontvieille, à la lisière des vagues.

Ils avaient visité le musée océanographique. Juliette avait touché le dos d'un requin dans une sorte de nurserie dédiée aux jeunes squales.

Sa vocation d'océanographe lui était venue ce jour-là. Elle avait été émerveillée par le musée et s'était passionnée pour les fonds marins. Elle avait commencé à pratiquer la plongée, d'abord avec des bouteilles, puis en apnée, à l'École bleue.

Enfant, elle aimait bien Dorian. Ça s'était gâté plus tard, à l'adolescence.

— Sois attentive à ce que je vais te dire, ma chérie, lui murmura-t-il à l'oreille. Je viens d'être de nouveau questionné par le juge d'instruction. Il m'a dit des choses importantes. Je ne peux pas t'en parler ici mais il faut se voir dès demain, toi et moi. Je te donne rendez-vous dans un café tranquille, en journée. Au Poulpe, près du port Hercule de Monaco, ça te va ? 17 heures ?

Elle frissonna. Elle le détestait mais elle acquiesça. Si elle voulait en savoir plus, elle devait accepter.

Le lendemain, Juliette avait passé la journée au musée océanographique. Histoire de se changer les idées, elle s'était remise à travailler un peu. Ses collègues avaient été adorables avec elle. Ils lui avaient exprimé leur compassion, sans poser de questions indiscrètes. Elle avait accueilli une classe de collégiens de Monaco qui s'intéressaient aux requins et leur avait montré le grand bassin où évoluaient les prédateurs. Puis ils avaient visité le nouveau centre de soins des tortues, elle avait répondu à leurs questions. Ils avaient ensuite rencontré Pierre Frolla, l'homme qui nage au milieu des requins blancs, sans protection, afin de prouver leur caractère inoffensif.

Les requins cruels, affirmait Juliette, c'est dans le genre humain qu'on les trouve. Au cours des siècles, les hommes ont tué des centaines de millions d'autres humains. Les requins n'ont tué presque personne.

Le café Poulpe est agréablement situé sur le port Hercule où s'alignent yachts de luxe et simples bateaux de pêche.

Elle arriva en retard. Dorian était déjà installé dans un large fauteuil, vêtu d'un élégant costume blanc. Il était seul. Pas de louloute à ses côtés. Il portait un nœud papillon sur une chemise bleue d'une parfaite tenue. Il se leva en apercevant la jeune fille.

— Je suis désolé, mais hier, il était difficile de parler en toute franchise.

Il passait étrangement son temps à s'excuser.

— Comment te sens-tu ? poursuivit-il.

— Aujourd'hui, je me suis réfugiée dans le travail. Ça m'a évité de penser.

Elle s'installa en face de lui sans savoir combien de temps elle allait rester.

Ils commandèrent des bières Corona, bien qu'elle n'ait pas soif.

— Alors ? dit Juliette avec impatience.

— Eh bien, murmura-t-il d'une voix laconique, j'ai été de nouveau entendu par le magistrat instructeur…

— Tu me l'as déjà dit.

Elle reprit, sans tact :

— Te soupçonne-t-il de quelque chose ?

Il semblait vexé.

— Du tout. Et puis, de toute façon, j'ai un alibi en béton.

Il regarda autour de lui si personne n'écoutait.

— Je ne devrais pas t'en parler, mais il m'a posé des questions sur toi.

Elle frissonna.

— Eh bien ?

— Il m'a dit que tu es la seule survivante de ce drame. À ce jour, il n'existe aucune preuve formelle que ta mère ait survécu.

Juliette n'évoqua pas la fameuse vidéo. Ni les mails. À quoi bon ?

— Je croyais que Victoria l'avait croisée à Menton ?

— Elle ne sait pas si c'était elle. Je n'ai pas parlé de ce témoignage au magistrat.

— Pourquoi n'avoir rien dit ? s'écria la jeune femme, ironique. C'est pourtant un indice qui accable Flavia !

Il semblait mal à l'aise.

— Si elle est vivante, c'est qu'elle a tué tout le monde. Je ne veux pas l'accuser sans preuve.

Juliette avala une gorgée de bière.

— Ensuite ?

— Il m'a demandé si tu avais des problèmes psychologiques.

Elle était furieuse.

— Depuis le massacre, oui. Ça t'étonne ? Mais avant, tout allait bien.

Elle n'avait pas l'impression qu'il avait entendu.

— À mon avis, il cherche à savoir si tu n'as pas eu un coup de folie.

Vexée, elle rétorqua :

— Impossible, je m'en serais souvenue.

— Je te rassure : il pense que tu es sincère. Il a juste émis cette hypothèse parmi d'autres.

Elle se demanda s'il n'inventait pas tout cela pour la déstabiliser car il semblait étrange que le magistrat lui fasse des confidences alors qu'il était lui-même suspect.

Dorian poursuivit :

— Il ne m'a rien révélé explicitement, mais j'ai compris, à ses questions, où il voulait en venir. Dans certaines affaires, le meurtrier commet son crime de manière brutale, sans l'avoir prémédité. Il ne sait même pas pourquoi il tue. C'est une pulsion de mort qui jaillit comme ça…

— Peut-être…

— Quand il se rend compte de ce qu'il a fait, il est effondré, dévasté. Il n'a pas pu faire une chose pareille ! C'est contraire à sa morale ! Alors, à défaut de ressusciter les morts, il nie à lui-même son acte insensé. Il devient amnésique ! Ça arrive, surtout quand le crime est monstrueux : les massacres de masse, les meurtres d'enfants. L'assassin refoule. Il oublie tout.

Elle était lassée de l'entendre. Elle avait l'impression qu'il cherchait à l'enfoncer davantage, alors que le magistrat avait bien signifié à Juliette qu'elle ne faisait pas partie des suspects dans la mesure où elle avait été droguée.

— Je n'ai rien à voir dans cette histoire ! Rien ! Je suis une victime collatérale.

Il avala à son tour une gorgée de bière.

— Attention, mon ange, je ne dis pas que tu es impliquée. Mais j'ai eu l'impression que le juge envisageait cette hypothèse parmi d'autres. Ce que tu vivrais serait alors une amnésie traumatique.

— Je pensais que seules les victimes éprouvaient ce genre de chose…

Il hocha la tête.

— Les bourreaux aussi. Parfois.

Elle était perplexe, désemparée. Et sceptique.

— Il existe des criminels prétendant ne se souvenir de rien alors qu'ils ont tout en mémoire. Je ne suis pas de ceux-là.

— Ah oui, ça, c'est un autre scénario ! Malgré des preuves accablantes, certains sont de ceux-là.

— Et dans ton cas, cette hypothèse a été envisagée par le magistrat ? s'écria Juliette, cinglante.

— On me soupçonne, je l'ai bien compris. Mais je suis innocent.

Après cet échange lourd de sous-entendus, ils ne dirent plus rien. Juliette n'avait rien appris et s'apprêtait à le laisser. Elle observa les bateaux qui glissaient dans le port, éclairés par le couchant. Un yacht immense avançait vers le large, des gens se tenaient sur le pont, regardaient les quais. Elle avait envie de les rejoindre et de partir loin, très loin, à l'autre bout des mers, sur une île paradisiaque.

Ils se quittèrent en se serrant la main de manière molle, comme si tout était fini entre eux.

Dans un état de grande détresse, Juliette appela Lucia.

— On dîne ensemble ? demanda-t-elle.

— Je viens de rentrer chez moi. Tu veux passer ?

Elle habitait avenue de la Princesse-Alice, non loin du casino, dans le quartier de Monte-Carlo, à quelques centaines de mètres du port.

Elle louait un studio d'où l'on apercevait la vieille ville.

Quand Juliette arriva chez elle à la nuit tombante, le palais princier était éclairé par une belle lumière blanche qui lui donnait un aspect féerique.

Lucia avait dressé la table avec simplicité, des assiettes bleues, une bougie parfumée. Elle avait préparé un poulet au curry au fumet appétissant.

— Tu es rapide comme l'éclair ! s'écria Juliette. Je t'ai appelée il y a trente minutes et tout est déjà prêt.

Lucia se mit à sourire.

— Oh, ça n'a rien d'extraordinaire. Ça sort du congélateur. Mon micro-ondes est efficace !

Malgré la gentillesse et la douceur de son amie, elle pensait à sa petite sœur. Depuis la veille et pour toujours, elle reposait dans le cimetière de Vence, enfermée dans son cercueil aux côtés de son père et de son frère. C'était une torture insupportable.

Après une tragédie pareille, elle trouvait ignobles les insinuations de son oncle à son encontre.

— Assieds-toi, chère amie, suggéra Lucia. Je t'offre un apéritif ?

— Allez, oui. Tu proposes quoi, ma loutre ?

Elle prit place devant la table joliment dressée.

— Porto ? Gin ? Whisky ? *Soft drink* ?

— Allez, un petit gin ! J'ai besoin d'oublier.

Lucia remplit deux demi-verres dans lesquels elle ajouta des glaçons.

Elles trinquèrent en se regardant droit dans les yeux.

Pendant quelques minutes, elles ne dirent rien. Le silence faisait du bien. Par la fenêtre, on apercevait le port illuminé.

Après avoir évoqué les funérailles de la veille, Juliette avoua dans un murmure :

— Pour moi, mon oncle Dorian est dans le coup.

— Qu'est-ce qui te fait dire ça ?

— Son attitude m'intrigue. Je n'ai pas de preuves concrètes, mais tout sonne faux chez lui. Je viens de passer un moment avec lui. Après avoir insinué que ma mère avait tout organisé, il sous-entend maintenant que je ne suis pas étrangère à la tragédie. Quant à lui, il prétend n'être mêlé d'aucune manière à cette histoire. Il a un alibi. Il en parle à tout le monde. C'est sa marotte.

Lucia ne semblait nullement étonnée par les propos de sa meilleure amie.

— Je l'ai vu répondre aux questions d'un journaliste à la télévision, et je pense qu'il ment. Un alibi ne prouve rien. Et il a les moyens de se payer un tueur à gages, non ?

— Ah ça, oui, il a les moyens ! Cette affaire pourrait en rappeler une autre : il y a quelques années, une riche Monégasque a été abattue par des tueurs à gages. Un guet-apens savamment organisé ! Eh bien, sais-tu qui avait commandité le meurtre ?

— Le compagnon de sa fille ! Je connais cette affreuse histoire.

— Absolument ! Le gendre voulait hériter de sa belle-mère, il l'a fait assassiner par une équipe de tueurs recrutés à Marseille. Lui-même n'était pas sur place, il avait un solide alibi. Dorian a-t-il utilisé le même stratagème pour se débarrasser de mon père ?

Lucia la dévisagea.

— Dans cette hypothèse, que serait devenue ta mère ?

Juliette baissa les yeux, avant de poursuivre d'une voix triste :

— J'ai envie qu'elle soit vivante. Tellement envie ! Tu ne peux pas imaginer… Je me refuse à l'idée que mon oncle ait pu la supprimer. Tu as vu la vidéo qui traîne sur les réseaux sociaux, celle dont tu m'avais parlé ?

— Je l'ai visionnée. On aperçoit une silhouette dans la nuit. Ça dure quelques secondes. Reconnais-tu ta mère ?

Juliette haussa les épaules.

— Je ne sais pas. Elle lui ressemble. C'est tout.

— Dorian a peut-être trouvé un sosie qu'il exhibe pour faire croire que Flavia est vivante et qu'elle est dans le coup, tandis que la vraie Flavia est séquestrée quelque part. Tout est envisageable.

Lucia apporta le dessert, un délicieux *gelato* italien fourré de morceaux de citron.

— Tu me gâtes ! s'écria la spécialiste des requins en s'efforçant de sourire.

Puis elle reprit, après un silence :

— Que me conseilles-tu de faire, chère Lucia ?

Celle-ci réfléchit un instant.

— Au lieu de rester les bras ballants, tu devrais essayer d'enquêter par toi-même.

— Certes, mais comment ?

— On peut réfléchir ensemble.

C'était une suggestion un peu vague. Les gens ont toujours des millions d'idées, mais dès qu'il faut agir de manière concrète, plus rien.

— Tu peux demander à Frank de t'aider. Tu m'as souvent parlé de lui. Il t'adore.

— Pour quoi faire ?

Frank avait essayé de la joindre plusieurs fois aujourd'hui, elle n'avait pas décroché. Sans doute aurait-elle dû, elle l'aimait.

— Après tout, rappela Lucia, c'est lui qui a découvert la scène de crime avec ta grand-mère. Il était proche de tes parents ?

— Ils ne se connaissaient pas.

— L'avais-tu invité à l'anniversaire ?

— Je lui avais dit de passer à l'heure du goûter. Jusque-là, je n'avais ramené aucun de mes copains. Je voulais le présenter à ma famille. Après cette histoire, je sens qu'il commence à prendre ses distances, nous ne dormons plus ensemble. J'espère ardemment qu'il ne va pas me larguer… Je l'invite chez mes parents et il tombe sur des cadavres : avoue que ce n'est pas très glamour !

Lucia scrutait le visage de son amie, comme si elle cherchait à découvrir quelque chose.

— Tu penses qu'il est impliqué ?

Juliette sursauta.

— Impliqué ? Pourquoi impliqué ? Il n'avait aucune raison de s'en prendre à ma famille ! Tu le suspectes ?

— Pas du tout, mais j'envisage toutes les hypothèses, sans la moindre exception.

Décontenancée, Juliette avala une grande cuillérée de *gelato* au citron.

— Il est arrivé après Isabel. Mais surtout, je ne vois pas pourquoi il aurait tué trois personnes avant de faire disparaître ma mère. Le mobile ? Je n'en vois aucun.

— En tout cas, il connaissait Flavia ! Un jour, je les ai vus ensemble à San Remo.

Juliette était stupéfaite.

— Tu plaisantes ? Je suppose que c'est une blague ! Frank connaissait ma mère ?

— J'hésitais à t'en parler...

— À quel moment les as-tu croisés ? Depuis le drame ?

— Bien avant. Il y a un mois.

Elles avaient l'une et l'autre posé leur fourchette et ne mangeaient plus. Elles se dévisageaient.

Coup de théâtre.

Un de plus dans cette histoire sans queue ni tête.

La sirène puissante d'un bateau retentit dans le port.

Face au visage incrédule de son amie, Lucia reprit la parole :

— Une partie de ma famille habite San Remo. J'y vais de temps en temps. Mon père est patron d'une pizzeria, ce n'est pas très original, juste à côté du front de mer.

— Je suis au courant. Tu m'en as déjà parlé. Et un jour, ma mère débarque avec mon copain à la pizzeria ? Invraisemblable ! Tu les as salués au moins ? Tu connais Frank ?

— Ben oui, il est venu plusieurs fois au musée océanographique. As-tu oublié ? Tu me l'as présenté. Tu perds la mémoire ou quoi ?

Lucia avait raison sur ce point, mais Juliette était tellement perturbée que certains souvenirs s'étaient estompés.

L'Italienne poursuivit :

— Écoute, pour être très franche, je ne suis pas certaine qu'il s'agissait bien d'eux. Je les ai croisés dans une rue, rapidement. J'ai failli revenir sur mes pas pour leur dire bonjour, mais si je m'étais trompée, j'aurais eu l'air d'une cruche.

Juliette hocha la tête, dubitative.

— Tu les connais à peine. Ma mère, tu l'as rencontrée deux fois avec moi, tu te souviens ?

— Absolument. Une fois au musée, une fois chez toi. Une femme très sympathique !

— Tu as passé du temps avec Frank en dehors de moi ?

Lucia devinait le sous-entendu.

— C'est un fan d'océanographie. J'ai discuté avec lui au musée. On a échangé des banalités, c'est tout.

— Et un jour tu tombes sur ma mère et lui à San Remo ? Ils t'ont reconnue ?

— Je viens de te le dire : je n'étais pas sûre de moi. Il ne m'a pas regardée. Ça a duré quelques secondes. Je ne t'en ai pas parlé jusque-là car, sur le moment, j'avais trouvé ça sans importance. Mais après ce qui s'est passé, je te dis tout.

— À quoi cela m'avance-t-il de savoir ça ? Tu n'es pas certaine que c'étaient eux. À supposer qu'ils aient été ensemble à San Remo, que peut-on en conclure ?

Nouvelle impasse.

Même si Juliette adorait son amie, elle se demandait si elle ne cherchait pas à la lancer sur une fausse piste, allez savoir pourquoi.

— Je n'en déduis rien, conclut Lucia. Ils se connaissaient peut-être, mais je les crois l'un et l'autre innocents.

Après avoir terminé sa glace, intriguée par ce qu'elle venait d'entendre, Juliette reprit la route d'Èze.

Lucia, la belle Lucia dont le visage rappelait les femmes de Botticelli, savait-elle des choses qu'elle ne voulait pas révéler à son amie ? Tout était possible dans cette histoire à multiples facettes…

Depuis le massacre, Juliette n'avait plus confiance en quiconque. Tout le monde lui semblait suspect, même si elle n'avait aucune preuve contre personne. Comment y voir clair ? Elle n'aurait jamais imaginé qu'un jour elle se retrouverait dans l'œil d'un cyclone aussi dévastateur. Sa vie était un naufrage. Elle avait coulé avec le navire, était coincée au fond de la mer mais, bizarrement, elle arrivait encore à respirer.

Elle se disait parfois qu'elle ferait mieux d'en finir. Elle pourrait se jeter du haut d'une falaise, le choix ne manquait pas dans la région. Mourir comme son grand-père était mort. Sauter dans le vide.

Elle imaginait la chute. Quelques secondes. Puis le crash. Sentait-on quelque chose quand on s'écrasait ? Mourait-on instantanément ? Souffrait-on ? Revoyait-on sa vie défiler avant d'entrer dans un long tunnel de lumière, comme certains le prétendent ?

Elle se souvenait de l'enterrement de son grand-père, au cimetière de Saint-Raphaël. Elle était traumatisée, comme tout le monde. Ce corps jaillissant d'un pare-brise comme un boulet de canon… Elle n'oublierait jamais cette scène d'une brièveté inouïe. Et on ne peut rembobiner le temps.

La journée précédant la mort de Luis s'était bien passée. On avait pique-niqué au soleil près d'un lac. Juliette se souvenait fort bien du repas. Personne n'imaginait que ce serait le dernier.

Valentin n'avait pas été poursuivi en justice. Juridiquement, le responsable, c'était Luis, il n'avait pas bouclé sa ceinture.

Valentin n'était pas venu à l'enterrement. Isabel lui avait signifié que sa présence n'était pas souhaitable.

Lors des obsèques en plein mois d'août, tout le monde était bronzé.

Au cimetière, anéantie, Isabel n'avait pas eu la force de rester debout. On avait apporté un pliant pour qu'elle puisse s'asseoir.

Quand le cercueil avait basculé dans la fosse, Juliette l'avait entendue prononcer une phrase terrible : « Un jour ou l'autre, je ferai la peau à ce salopard. »

Juliette était rentrée tard dans la nuit à Èze. Elle avait alors allumé son portable. Frank et Florent, parmi d'autres, lui avaient laissé des messages chaleureux.

Le lendemain, au réveil, elle appela le juge d'instruction pour savoir où en était l'affaire. Au début, le greffier lui dit qu'il fallait passer au palais de justice en prenant rendez-vous, le juge ne répondant pas au téléphone. Elle insista. Il finit par la prendre.

— Vous allez bien ? demanda Loiseau.

Elle était étonnée par le ton presque familier.

— Je n'arrive pas à émerger du cauchemar, répondit-elle simplement.

— Eh bien, les investigations progressent ! lui annonça-t-il avec enthousiasme. J'allais vous demander de passer.

À chaque fois, la même rengaine. L'enquête était au point mort, il disait qu'elle avançait. Quel manque de modestie !

Un silence au bout du fil, qu'elle ne comprit pas.

— Allô ? Avez-vous raccroché ?

— Du tout. Je dois juste vous prévenir d'une chose. Ce que je vous dis n'est pas officiel. Je vous serais reconnaissant de ne rien divulguer. Vous vous êtes constitué partie civile, je m'autorise à vous communiquer certains éléments.

Pourquoi lui faisait-il des confidences dans ce cas ?

— Alors ?

— Hier, un homme est passé au palais de justice. Il insistait pour me voir. Je l'ai reçu.

— Je le connais ?

— Je l'ignore. Un habitant de Vence. Le jour du crime, il affirme avoir aperçu votre mère au volant d'une voiture. Vers 15 heures. Soit juste après l'heure supposée du massacre.

Juliette était incrédule.

— Je ne veux pas le croire…, se contenta-t-elle de dire, brisée par l'émotion.

Sans doute le juge s'attendait-il à cette réaction. Sa réponse semblait toute préparée :

— Nous étudions ce témoignage avec circonspection.

— Le mettez-vous en doute ?

— Nous vérifions tout. C'est notre métier.

— Le témoin est-il certain d'avoir vu ma mère ?

— C'est ce qu'il affirme. Elle conduisait un Kangoo blanc. Vous voyez de quoi il s'agit.

— Bien sûr ! répondit-elle d'une voix blanche. Un utilitaire Renault.

La jeune femme était intriguée par ce témoignage.

— Comment sait-il que c'était ma mère ? La connaît-il ?

— Madame, si vous le souhaitez, passez au palais de justice, je vous lirai le procès-verbal d'audition dans sa totalité. Nous avons interrogé l'individu pendant près d'une heure.

Juliette n'arrivait plus à respirer, à parler.

— Vous avez raccroché ? demanda à son tour le juge.

— Navrée, mais je ne me sens pas bien…

Par la fenêtre, elle regardait l'horizon, son téléphone à la main, les doigts tremblants.

Sa mère au volant d'un Kangoo juste après le massacre. Cette révélation était un choc.

— Comment sait-il que c'était ma mère ? répéta-t-elle d'une voix quasi inaudible.

Le juge n'hésita pas un instant :

— Tout le monde connaît son visage. L'appel à témoin a été diffusé partout en France. L'avez-vous oublié ?

Elle était au courant, mais elle essayait de se raccrocher à quelques branches, aussi minces soient-elles.

Si sa mère était au volant d'un utilitaire, c'est qu'elle avait échappé au massacre. L'avait-elle pour autant commis ?

À supposer que le témoin ait dit la vérité, Flavia n'avait pas été transportée inconsciente loin de Vence. Elle n'avait pas été droguée. Elle avait conduit un véhicule qui n'était pas le sien.

Elle repensa à ce que Brigitte lui avait dit sur la plage de Gigaro : une femme et un homme avaient été vus près d'un Kangoo blanc.

Juliette était-elle dans le coffre ? Entre son endormissement sur le canapé et son réveil sur le rivage, elle ne s'était aperçue de rien, à part quelques secondes, quand elle était passée sur le nid-de-poule.

Avec sa main, elle avait touché un corps. Si sa mère était au volant, ce n'était pas le sien.

— Alors, monsieur le juge, qu'en déduisez-vous ?

— Pas grand-chose. Les enquêteurs consignent les témoignages. Dans ce type d'affaire, nous recevons des centaines d'appels. Nous essayons de tout vérifier. La plupart du temps, les gens fabulent sans le savoir, leur imagination est sans limites, mais il ne faut jamais fermer aucune porte. Certains crimes sont élucidés grâce à l'appel à témoin.

Une question brûlait les lèvres de Juliette.

— En quoi ce témoignage est-il plus fiable qu'un autre ?

Le juge semblait hésiter.

— Eh bien, je vais vous révéler autre chose. Des traces de pneus ont été trouvées devant la maison de vos parents. Elles ne correspondent à aucune des voitures de votre famille. S'agit-il de celles du Kangoo ? Impossible de savoir.

Juliette botta en touche.

— Mes parents ne possèdent pas de Kangoo, ce n'était donc pas ma mère au volant ! Si elle avait fui, elle aurait pris la sienne, une Peugeot ! Avez-vous lancé une recherche dans la région pour savoir qui possède ce type de véhicule ?

— C'est un des modèles les plus courants en France. De plus, on peut conduire un véhicule qui n'est pas le sien.

— Vous l'accusez ?

— Nullement !

Juliette avait l'impression que Loiseau avait décidé une fois pour toutes que sa mère était coupable.

— Mais ce n'est pas tout, ajouta-t-il sobrement. Une caméra de surveillance a repéré un Kangoo blanc ce jour-là à quelques dizaines de mètres de la villa.

— La caméra a-t-elle filmé le conducteur ?

Son cœur battait à tout rompre dans sa poitrine.

— Hélas, non. On ne le voit pas. Mais la coïncidence entre le témoignage de l'individu et la vidéo est troublante.

— Il a peut-être vu quelqu'un qui ressemblait à ma mère, voilà tout ! De plus, le Kangoo est un modèle hyper courant, vous venez de le dire. Rien d'extraordinaire donc à ce qu'un de ces véhicules soit filmé dans le quartier. Sait-on dans quelle direction il se dirigeait ?

— Nous l'ignorons. Nous n'avons pas épluché toutes les images, cela va prendre du temps.

— La plaque d'immatriculation a-t-elle été filmée ?

— Non.

Une question démangeait Juliette.

— Pardonnez-moi, mais une chose m'échappe.

— Je vous écoute.

— Le massacre a eu lieu il y a un certain temps. Dès le lendemain, les médias ont fait leur une sur l'événement. La photo de ma mère était diffusée partout, vous l'avez rappelé vous-même. Des jours plus tard, tout à coup, quelqu'un se manifeste. Il est un peu lent à la détente, vous ne trouvez pas ?

— J'étais certain que vous alliez émettre cette objection. Je vous explique : le jour du massacre, ce témoin partait en vacances. Il attendait un taxi devant chez lui pour gagner l'aéroport de Nice.

— Où allait-il ?

— Île Maurice. Là-bas, personne ne lui a parlé du drame de Vence.

— Pas de connexion internet ?

— Il n'a pas regardé les actualités françaises. C'est en rentrant hier qu'il a découvert l'affaire. Il a vu la photo de votre mère et s'est souvenu du Kangoo.

Juliette éclata de rire, un rire nerveux, désespéré.

— Il part en vacances et au retour, il se souvient d'une personne qu'il aperçoit subrepticement au volant d'un véhicule parmi des milliers d'autres. Pas très crédible !

— En fait, je ne devrais pas vous le dire, mais ce témoin connaît votre mère. En la voyant, même rapidement, il l'a immédiatement reconnue.

Juliette était déboussolée et en larmes. Si, le jour du drame, sa mère était au volant d'un utilitaire, par quel moyen celui-ci était-il arrivé jusqu'à la maison ? Flavia avait-elle un complice ? Le véhicule avait-il été stationné un peu plus loin, juste avant, dans la rue ? En se garant, Juliette n'avait rien remarqué, ou alors elle avait mal regardé.

Elle n'avait pas envie d'aller travailler au musée océanographique aujourd'hui. Elle envoya un texto à Lucia, dans lequel elle la remerciait pour le dîner et la chargeait de prévenir la direction qu'elle ne viendrait pas.

Elle n'évoqua pas la discussion téléphonique avec le juge. À quoi bon ?

La piste de la culpabilité de sa mère se renforçait de jour en jour… Les mails… Ce témoignage…

Pourquoi Flavia aurait-elle assassiné une partie de sa famille ?

Dans un meurtre, il existe toujours un mobile, mais là, Juliette n'en voyait aucun.

Un accès de folie ? Les mails accréditaient cette hypothèse, mais si elle avait massacré ses proches sur un coup de tête, elle n'aurait pas utilisé un utilitaire pour prendre la fuite. Elle serait partie dans sa voiture. Or, cette dernière avait été retrouvée devant la maison. Pourquoi ?

Avait-elle un amant qui serait arrivé à bord d'un Kangoo ?

Cette affaire était une succession d'énigmes impénétrables.

Et ce fameux témoin mystérieux, avait-il vraiment vu sa mère ? Le témoignage humain est fragile, c'est un fait avéré. Dans toutes les affaires criminelles, certaines personnes portent des allégations alors qu'elles n'ont rien vu.

Juliette appela Frank, le seul homme qui pouvait lui remonter le moral dans cet océan de malheur.

— Je n'arrive plus à respirer, gémit-elle.

Elle ne voulait pas en dire trop au téléphone, se pensant sur écoute.

Elle n'avait entre autres pas l'intention d'évoquer le témoignage de Lucia prétendant l'avoir vu avec sa mère à San Remo. Elle le trouvait peu crédible, voire rocambolesque.

— Je ne travaille pas aujourd'hui. Tu es dans le coin ?

— Je randonne dans l'arrière-pays, près du col de Tende, à la frontière italienne.

Ce sportif se baladait en pleine nature dès qu'il le pouvait.

— C'est loin ?

— Je comprends le sous-entendu. Tu as envie qu'on se voie, c'est ça ?

— Tu as tout compris.

— Eh bien, pour te faire plaisir, je propose de nous retrouver dans un café de Nice en début d'après-midi. Ça te va ?

Il parlait comme un grand frère, un père.

Trois heures plus tard, ils étaient attablés à la terrasse du bar L'Orangeraie, face aux bateaux de pêche et de plaisance qui coloraient le port. C'était l'endroit de la ville que Juliette préférait, à l'ombre de l'énorme rocher du château. Les maisons pastel entouraient un bassin à l'abri de toutes les tempêtes.

Frank portait un tee-shirt qui moulait son corps. Ses lunettes de soleil masquaient ses beaux yeux. Elle était irrésistiblement attirée par lui.

— J'aimerais te voir plus souvent, dit-elle en lui touchant une main.

— Si tu en es d'accord, je ne demande pas mieux.

Il retira ses lunettes et la regarda de ses yeux ardents, irrésistibles.

Ils commandèrent des Canada Dry.

— J'ai énormément pensé à toi ces dernières heures, murmura-t-il, mais j'ai peur de te déranger. Je n'ose pas insister pour te voir. J'ai essayé de te joindre à plusieurs reprises…

— Mais si ! Tu peux insister, au contraire !

Juliette avait mal, elle souffrait, et ce moment lui réchauffait le cœur.

Dans le lointain, au-delà du goulet, la mer scintillait. Des voiles blanches passaient comme des rêves de bonheur.

Ils burent une première gorgée. Le soleil brillait si fort qu'il remit ses lunettes.

— Ta mère a-t-elle été localisée ? murmura-t-il.

Elle ne répondit pas.

— Ma question est-elle absurde ? ajouta-t-il.

— Oui.

— Ah, désolé. J'espérais qu'elle se manifesterait à l'occasion de l'enterrement de…

Il ne termina pas sa phrase.

— Pourquoi l'aurait-elle fait ? Penses-tu qu'elle soit vivante ?

— Rien ne prouve qu'elle est morte, mais bon, je n'en sais rien.

Ils se turent, comme si aucun des deux n'arrivait plus à trouver ses mots.

Après avoir vidé son verre, Juliette reprit la parole.

— Tout est ubuesque. Personne ne comprend rien. Quand un massacre survient, il existe d'ordinaire toujours un suspect principal, un mobile ! Là, rien.

Elle n'avait pas la force de lui rapporter ce que le juge venait de lui révéler, l'histoire du Kangoo rue des Micocouliers.

Frank lui prit une main.

Tendrement.

La jeune fille ferma les yeux.

— Tu ne sais pas ce qui s'est passé, Juliette ?

— Je change d'avis tout le temps. Parfois je me dis que ma mère est impliquée, parfois je pense le contraire. Je suis perdue. À Nice, les enquêteurs ne sont pas des pros. Ils se contentent de remplir des formulaires. Je ne les sens pas très motivés.

— Ah bon ?

— Je parle au juge de temps en temps. Il dit qu'il ne sait rien. Ou alors il me donne des informations qui ne présentent aucun intérêt.

— Quel genre ?

— En gros, résuma-t-elle, il me dit qu'en dehors d'un cambriolage qui a mal tourné ou d'un crime de rôdeur, aucune piste n'est exclue. Très vague !

Elle passa les mains dans ses cheveux, machinalement.

— Pourquoi pas un crime gratuit ? Un cinglé arrive par hasard, il tue pour le plaisir, puis s'en va.

Elle répondit du tac au tac :

— Oh, j'y ai pensé. Mais comment expliquer que je me sois retrouvée à des dizaines de kilomètres et que maman ait disparu ?

— Les enquêteurs te l'ont dit eux-mêmes, il ne faut jamais rien exclure.

— Eh bien, pour ma part, à ce stade, j'élimine l'hypothèse d'un tueur fou. Pourquoi aurait-il fermé la porte et le portail à clé derrière lui ? Et surtout, s'il prend plaisir à massacrer des gens, pourquoi n'a-t-il pas tué tout le monde ?

Juliette se demandait si Frank envisageait sérieusement la piste d'un tueur fou...

Un bateau entrait dans le port, toutes voiles dehors, un magnifique navire de plaisance avec, à son bord, plusieurs personnes qui agitaient les bras. Juliette ne savait pas si elles saluaient des gens de leur connaissance, sur les quais, ou si elles saluaient la ville, les passants inconnus. Elle leva les mains en signe d'amitié.

Le téléphone de Frank sonna à cet instant. Un nom s'afficha sur l'écran, que Juliette aperçut : *Lucia.*

Elle sursauta.

La sonnerie s'arrêta, puis reprit.

Lucia.

La jeune fille insistait.

Lucia.

Lucia.

— Décroche si tu veux ! s'écria Juliette avec rage. Ne te gêne pas.

Il était cramoisi.

— Pas maintenant...

Il éteignit le téléphone.

Juliette était surprise que Lucia appelle Frank, ils s'étaient vus à l'aquarium, certes, mais la jeune fille ignorait qu'ils avaient échangé leurs numéros. Se voyaient-ils sans qu'elle le sache ? Étaient-ils devenus amants ? La jalousie la taraudait à présent.

Car Lucia était une très belle femme, brune, au regard envoûtant, aux seins magnifiques. Aucun homme ne pouvait être insensible à ses charmes.

— Quelque chose ne va pas, Juliette ? murmura-t-il en lui touchant le bout des doigts.

Elle essuya une larme.

— Mais si, tout va très bien. Je suis seule au monde, c'est tout.

— Qu'est-ce que tu racontes ?

— Tu aimes Lucia, c'est cela ? demanda-t-elle sans détour.

Il la regarda d'un air attendri.

— Je suis désolé pour cet appel. Je n'y peux rien. Elle est tombée amoureuse de moi. Mais sois tranquille, ce n'est pas réciproque.

Un couple avait pris place à côté d'eux, une femme portant un chapeau et un jeune homme en tee-shirt bleu.

Juliette se jeta à l'eau.

— Qu'y a-t-il entre vous ?

Pour elle, la réponse était primordiale.

— Un semblant d'amitié. Rien de sérieux. Je l'ai vue au musée océanographique, on a gentiment discuté, on a bu des verres, j'ai compris qu'elle avait envie qu'on aille plus loin. Je n'ai pas donné suite, mais elle insiste. On reprend un truc à boire ?

Si c'était vrai, Lucia était une garce. Elle savait que Juliette était plongée dans le désespoir, elle n'en harcelait pas moins pour autant son copain.

Était-ce par pure méchanceté qu'elle avait inventé le fait qu'elle aurait aperçu Frank et sa mère à San Remo ?

Une heure plus tard, Juliette remonta dans sa voiture garée place Masséna. Elle était déçue que Frank ne lui ait pas proposé de passer la soirée avec lui. Ils auraient pu rentrer ensemble. Il aurait bien voulu, avait-il assuré, mais il avait promis à sa vieille maman, qui habitait sur les hauteurs de Nice, de dîner avec elle. Juliette était déprimée. Une partie de sa famille avait été décimée, sa mère restait introuvable, elle se raccrochait à un homme qu'elle avait du mal à cerner, sa meilleure amie jouait un jeu qu'elle ne comprenait pas, certains de ses proches étaient soupçonnés de meurtre. On ne pouvait imaginer destin plus funeste…

Elle roula sur la corniche en direction d'Èze ; la lumière était belle, le trajet aérien. Le printemps explosait de lumière et de senteurs. Sur la mer, les bateaux étaient de plus en plus nombreux : hors-bord, voiliers, yachts, paquebots, Zodiac. Certains jours, quand il n'y avait pas de vent, la Méditerranée ressemblait à un lac immense où se reflétait l'azur du ciel. Rien à voir avec l'Atlantique et ses tempêtes furieuses.

Elle avait toujours habité là, dans ce paradis. Le paradis s'était transformé en enfer par une belle journée d'avril.

Elle alluma RMC, c'était l'heure des informations.

En ce moment, elle renâclait un peu à les écouter.

« Bonjour à tous, RMC info, il est 17 heures. Du nouveau du côté du massacre de Vence. On vient de l'apprendre : le procureur de la République de Nice a révélé qu'un puissant hypnotique avait été découvert dans le corps des victimes, ce qui signifie qu'elles ont sans doute été endormies avant d'être tuées. Endormies par qui ? À quel moment ? De quelle manière ? Pour quelle raison ? On l'ignore. »

Dès les premiers jours, Juliette savait qu'elle-même avait été droguée, le juge l'en avait informée. Elle ignorait toutefois que les autres avaient subi le même sort. Jusque-là, elle n'avait pas envisagé cette hypothèse.

Un scénario se dessinait : Flavia avait pu endormir ses proches pour agir plus facilement, avant de s'enfuir dans un Kangoo, le corps de Juliette couché dans le coffre.

Après tout, c'était elle qui avait préparé le déjeuner.

Elle était médecin, elle avait accès à toutes sortes de somnifères.

Juliette s'arrêta le long de la route, sur un petit parking, ébranlée. Elle fit quelques pas pour essayer de se vider la tête.

À ses pieds s'avançait le cap Ferrat, énorme proue rocheuse déchirant les flots. Le soleil était encore haut, insolent.

La radio ne disait pas comment l'hypnotique avait été administré aux victimes. D'ailleurs, le savait-on ? Mélangé à la nourriture ? Par sa mère ?

Quand la jeune fille était arrivée, tout le monde semblait en grande forme. Elle n'avait pas touché au repas à cause de son retard, en dehors de la charlotte qu'elle avait cuisinée.

Flavia avait-elle injecté le somnifère dans le gâteau sans que personne s'en aperçoive ?

Juliette l'avait elle-même démoulé. Elle revoyait très bien la scène. Puis elle l'avait apporté dans la salle à manger, surmonté de ses quarante-cinq bougies. Comment sa mère aurait-elle détourné l'attention ?

L'océanographe craignait d'être accusée d'avoir endormi tout le monde après avoir introduit le médicament dans la charlotte. Mais elle avait en réserve un argument de poids : si elle avait agi de la sorte, elle ne l'aurait pas mangée.

Le somnifère avait-il été mélangé au cognac ? Si oui, par qui et à quel moment ?

Elle arriva chez elle en larmes. Une boue sale s'accumulait dans son cœur et son cerveau. Après cette journée éprouvante, ses nerfs lâchaient. Soudain, le téléphone sonna. Elle avait changé sa sonnerie « Donkey », qu'elle trouvait trop joyeuse vu les circonstances, par « Beep Once », un bip régulier, doux, inoffensif.

Elle regarda l'écran.

Frank.

Ils venaient de passer un long moment ensemble. Pourquoi la rappelait-il alors qu'il dînait avec sa mère sur les hauteurs de Nice ?

— Allô ? Quelle bonne surprise ! s'écria-t-elle. Tu as changé d'avis ?

— Pourquoi dis-tu ça ?

— Je te taquine. À peine on se quitte, tu me téléphones. J'en déduis que tu as annulé le repas avec ta maman.

— Ça te fait plaisir que je t'appelle si vite ?

— Très.

Juliette était comme ça, spontanée, impulsive.

— Je voulais te dire une chose importante, poursuivit-il.

Il semblait hésiter. Sa voix était chaude et sensuelle.

Elle espérait que ce serait une déclaration d'amour, ou du moins quelque chose s'en approchant. Elle avait envie de se blottir dans ses bras après ce qu'elle venait d'entendre à la radio.

— Je t'écoute.

— J'ai été très heureux de te revoir.

Ça commençait plutôt bien, mais pour l'instant, ce n'était pas extraordinaire.

Le cœur de Juliette battait fort.

— Moi aussi, dit-elle, la voix enrouée.

— Je regrette de ne pas être avec toi ce soir. Je m'en veux.

— Es-tu chez ta mère ?

— Je suis dans ma voiture devant chez elle. Je voulais t'appeler avant de couper le téléphone. Je pense à toi souvent. Sache-le. Toute cette histoire est dégueulasse. Je ne trouve pas les mots.

Juliette se renversa sur le canapé.

— Eh bien, ajouta-t-il, depuis tout à l'heure, je réfléchis. J'ai un conseil à te donner, une proposition à te faire…

— Vas-y !

Voulait-il habiter chez elle ?

— Ne fais pas confiance à la police, murmura-t-il d'une voix grave.

— Je n'ai confiance en personne. La police est incompétente. Quoi d'autre ?

— Je propose de t'aider. De chercher avec toi la vérité. De fouiller partout. Je me mets à ton service.

Qu'allait-il proposer qui permette de faire avancer l'enquête ? Elle n'en avait pas la moindre idée.

— Concrètement ?

— On va explorer toutes les pistes, une par une. On va repartir de zéro. Si ça te dit. Ensemble.

Le mot « ensemble » lui mettait du baume au cœur.

— On se revoit vite ? dit-elle.

— Je passe demain. Si tu veux. D'ici là, écris tout ce qui te passe par la tête au sujet de ce drame.

Sur un point, Frank avait raison. Tout récapituler par écrit permettrait d'éclaircir les choses. Son cerveau était en ébullition. Des soupçons, des pistes, des personnages étranges défilaient dans son crâne. Des fantômes. Aucune certitude.

Elle était persuadée que les différents « témoins », comme on les appelle en langage judiciaire, mentaient aux enquêteurs.

Elle avait coupé son téléphone.

Elle savait que des gens considéraient qu'elle était impliquée dans la tuerie car elle était la seule survivante. Des ragots, des médisances, des jacasseries.

Elle attrapa le stylo-plume que lui avait offert sa mère l'an dernier à l'occasion de son anniversaire, un Montblanc à la belle encre bleue. En écrivant, les idées se déliaient, devenaient plus claires, plus consistantes.

Elle voulait synthétiser sur le papier les différentes hypothèses, de manière froide, chirurgicale, comme si elle menait elle-même l'enquête, comme si elle était extérieure à l'histoire qui la tourmentait. Elle avait décidé de parler d'elle à la troisième personne du singulier, pour créer une distance : se poser en observatrice et non en victime.

Le 4 avril dernier, un massacre a eu lieu au 7 rue des Micocouliers à Vence (Alpes-Maritimes) à la fin d'un déjeuner d'anniversaire, les quarante-cinq ans de Flavia Carpenter. L'heure des meurtres ne peut être déterminée avec certitude, mais les enquêteurs supposent que le drame s'est déroulé vers 14 heures.

Au cours de cet anniversaire étaient présents : les parents, David et Flavia Carpenter, et leurs trois enfants, Valentin, Juliette et Jennifer.

Un ou plusieurs individus dont on ignore l'identité ont tiré une dizaine de coups de feu sur plusieurs membres de la famille.

Le voisinage n'ayant entendu aucune détonation, on suppose, sans certitude, que le pistolet était muni d'un silencieux.

Trois cadavres ont été retrouvés par la gendarmerie.

Deux dans la salle à manger : David et Jennifer.

Un sur la pelouse du jardin : Valentin.

Ce dernier a-t-il été déposé là ou a-t-il essayé de s'enfuir ? A-t-il été blessé avant de ramper à l'extérieur ?

Juliette s'arrêta un instant. Ses mains tremblaient. Elle n'arrivait plus à écrire. Elle essayait de rester en dehors de l'affaire, mais ce n'était pas possible. Elle pensait à sa petite sœur adorée, à tous les moments qu'elles avaient partagés, à leur complicité.

Un jour, Jennifer était venue à Èze, elles avaient passé la journée ensemble. Elles avaient visité le village haut perché et longuement discuté. Un mois avant le drame, Jennifer lui avait dit que quelque chose avait changé dans la famille. Papa n'était pas le même, maman n'était pas la même. Valentin rendait la vie infernale à ses parents.

L'océanographe se remit à écrire :

Deux personnes ont survécu.

Elle réfléchit un instant, puis barra cette phrase inexacte.

Une personne a survécu, Juliette ; une autre a disparu, Flavia.

Juliette a été retrouvée vivante sur une plage du Var, sur la commune de La Croix-Valmer.

Elle ne parla pas de son réveil face à la mer. À quoi cela servirait-il ?

Les différentes pistes et les différents suspects

*Piste 1 : un tueur fou (*serial killer *ou psychopathe). Un individu s'introduit dans la maison restée ouverte pendant l'anniversaire, ouvre le feu avant de repartir en fermant à clé la porte de la maison et celle du jardin pour retarder la découverte des cadavres. Pas impossible mais peu probable. Comment expliquer que Juliette ait été épargnée, transportée sur une plage, et que la mère ait disparu ? Aucun élément factuel ne permet d'accréditer cette thèse.*

Piste 2 : un cambrioleur. La piste du cambriolage qui a mal tourné, même si on ne peut l'exclure, est hautement improbable. Pourquoi un individu aurait-il cherché à dévaliser une maison visiblement occupée (plusieurs voitures étaient garées devant), aurait tué trois personnes sur cinq, puis serait reparti en fermant toutes les portes sans rien voler (seuls la tablette et le téléphone de Flavia Carpenter ont disparu) ? Aucun élément factuel ne permet d'accréditer cette thèse.

Piste 3 : Isabel Gomez. La mère de Flavia, grand-mère de Valentin, Juliette et Jennifer, est arrivée vers 17 heures pour le goûter, c'est du moins ce qu'elle prétend, soit plusieurs heures après le triple meurtre. Elle aurait sonné plusieurs fois à la grille de la maison, fermée à clé, avant de s'adresser à la voisine qui, de sa fenêtre, a alors aperçu un corps sur la pelouse. Isabel a appelé les pompiers, est entrée avec eux dans la maison où le massacre a été découvert. Grâce au bornage téléphonique, les enquêteurs savent qu'elle était à Vence à l'heure du déjeuner, ce qu'elle n'a pas nié. Elle prétend qu'elle se promenait en attendant le goûter. On a retrouvé des traces de son ADN sur la scène du crime mais elle a pénétré dans la villa avec les pompiers avant que la scène ne soit gelée. Ces traces ne prouvent rien. Mobile ? Il existait une haine profonde entre elle et son petit-fils Valentin, suite à un accident dans les Alpes. Valentin conduisait une voiture à toute vitesse, et, après une collision, le mari d'Isabel,

Luis Gomez, a été tué. Elle a toujours considéré que Valentin était son meurtrier. Cette piste n'explique pas pourquoi David et Jennifer ont été assassinés eux aussi, ni pourquoi deux personnes ont disparu. D'autres éléments liés à la vie de l'intéressée expliquent-ils le crime? Plusieurs confidences indiquent qu'elle cache quelque chose, mais quoi?

Piste 4: Dorian Carpenter. Le frère de David a annulé au dernier moment sa venue à l'anniversaire. Comme Isabel, il était invité au goûter. Pas au déjeuner, à cause d'un lourd différend qui l'opposait à son frère. Pourquoi avait-il été invité malgré tout? Parce que dans la famille Carpenter, comme dans beaucoup d'autres, dans les grandes occasions, on invite même ceux qu'on n'aime pas: certains anniversaires, les mariages et les enterrements. Dorian prétend ne pas être venu au goûter car il était souffrant, alité une partie de la journée, dans sa villa de Saint-Tropez, ce que confirme sa compagne actuelle. Mais disent-ils la vérité? Mobile? Il a hérité de la fortune colossale de sa tante Joséphine Marty, propriétaire du plus grand palace de la Côte d'Azur, alors que son frère n'a rien obtenu. Ce dernier s'apprêtait sans doute à l'attaquer en justice pour tenter de récupérer une partie de l'héritage. Dorian a-t-il payé un tueur à gages? Cette piste n'explique pas pourquoi il aurait épargné deux personnes, sa belle-sœur et une nièce, qui peuvent à leur tour déposer un recours en justice contre lui.

Piste 5: Flavia Carpenter. Elle est la seule à ne pas avoir été retrouvée. C'était son anniversaire, elle a accueilli sa fille Juliette avec le sourire, rien dans son attitude ne permettait de deviner qu'elle s'apprêtait à massacrer une partie de sa famille. Son téléphone et sa tablette ont disparu, ils sont désactivés, elle n'aurait pas utilisé ses moyens de paiement après le massacre, mais plusieurs indices (témoignages, vidéo, mails) accréditent l'idée qu'elle est encore vivante et qu'elle est responsable du massacre. Elle aurait tué trois personnes sur un coup de tête avant de disparaître. Mobile? Il est difficile à cerner, et c'est le problème.

Selon son beau-frère Dorian, elle aurait un amant caché et son mari venait de s'en apercevoir. Une remarque de David après le dessert aurait déclenché sa colère, elle aurait assassiné trois membres de sa famille avec un pistolet qu'elle possédait mais aurait épargné sa fille préférée qui dormait dans le salon. Elle aurait recommencé sa vie ailleurs.

Juliette était découragée. Elle avait fait le tour des principaux suspects, mais aucune piste n'était concluante. C'était un cahier de coïncidences, comme on dit dans le jargon policier, sans qu'on puisse parvenir à une conclusion. *Yes, but…* Il y avait toujours un élément qui clochait, qui empêchait de répondre à toutes les questions. Pour chacune des pistes, il existait autant d'éléments à charge qu'à décharge. Comment déchiffrer ce rébus ?

Les trois principaux suspects – Flavia, Isabel, Dorian – étaient-ils complices ? Avaient-ils scellé un pacte ? Était-ce un complot de famille ?

Il fallait qu'elle envisage d'autres pistes, y compris les plus incertaines et les plus farfelues. Celles auxquelles personne n'avait jamais pensé.

Dans une affaire criminelle, les enquêteurs n'excluent jamais aucune hypothèse. Elle avait lu un livre expliquant la façon dont la police judiciaire travaillait : tous les possibles étaient envisagés, même les plus aberrants.

Piste 6 : Frank Miller. Il était invité au goûter. À 17 heures, juste après l'arrivée de la grand-mère, il s'est présenté à la grille, qui était fermée. Il a découvert la scène de crime en entrant avec Isabel Gomez et les pompiers, puis il est retourné chez lui. Au moment du déjeuner, son téléphone a borné loin de Vence. Depuis le début de l'affaire, il est très présent dans l'enquête aux côtés de Juliette, comme s'il voulait tout savoir. Connaissait-il Flavia ? Une amie de Juliette, Lucia Ricci, prétend avoir croisé l'un et l'autre à San Remo quelque temps avant le drame, mais elle n'en est pas certaine.

Juliette arrêta un instant d'écrire. Elle ne voyait pas du tout pourquoi Frank aurait tué une partie d'une famille qu'il ne connaissait pas, tout en épargnant deux personnes.

Mobile ? Inconnu.

Elle poursuivit :

Piste 7 : Lucia Ricci. La jeune fille de nationalité italienne connaissait de loin certains membres de la famille, mais pourquoi aurait-elle assassiné des gens qui, en apparence, ne lui avaient rien fait de mal ?

Piste 8 : Florent Denis. Le jeune pompier a réanimé Juliette sur la plage de Gigaro, avant de la recontacter sur Facebook, comme s'il cherchait à en savoir davantage. Son attitude intrigue. Il semble vouloir s'impliquer dans une affaire qui ne le concerne pas et pour laquelle il n'est pas mandaté, ce qui pose question. Complice ? Tueur à gages ? Impossible de savoir. Mobile ? A-t-il été payé par l'un des suspects pour commettre l'irréparable ?

Juliette n'envisageait pas l'hypothèse d'être mêlée involontairement au crime. Une femme sous l'emprise d'un stupéfiant peut-elle réaliser des atrocités qu'elle n'aurait pas commises en temps normal, avant de tout oublier ? Elle n'en savait rien.

Elle rangea les feuillets dans une chemise plastifiée. Elle n'excluait pas de les compléter pour le cas où des indices seraient découverts. Aucune piste n'était convaincante mais aucune n'était à exclure non plus. Il manquait quelque chose, un indice, une révélation. L'élément qui dévoilerait tout.

Un homme ou une femme non identifié et auquel elle n'aurait pas pensé tirait-il les ficelles de cet imbroglio ?

Le lendemain, de bon matin, Frank passa chez elle à l'improviste. Elle ne s'attendait pas à le voir, mais elle était ravie. Il était chaudement vêtu malgré un soleil resplendissant.

— Que me vaut ta visite ? s'écria-t-elle en le faisant entrer dans le studio.

Il lui prit les mains.

— D'abord, je voulais te voir.

— C'est gentil.

— Hier, je n'ai pas été cool avec toi. J'aurais dû annuler le dîner chez ma mère, vu l'état dans lequel tu te trouvais.

— Pas grave.

Elle était sous le charme. Ils échangèrent un long baiser.

— Je pense sans cesse à cette horrible tragédie, murmura-t-il.

— Un avis ?

— Aucune certitude, mais aujourd'hui je pense que ta grand-mère est impliquée.

— Comment ça ?

— Tu ne lui diras rien, mais je me suis remémoré le moment où les crimes ont été découverts...

Juliette retenait sa respiration.

— Devant la grille, je l'ai trouvée anormalement affolée. Comme si elle jouait un rôle.

— Elle en faisait trop, c'est ça ?

— Exactement ! Moi, j'ai pensé à un problème de sonnette. Si j'avais été à sa place, j'aurais commencé par appeler tous les gens de la famille au téléphone.

— Elle ne l'a pas fait ?
— Pas devant moi.
— Elle a peut-être téléphoné avant que tu arrives.
— Possible, mais le plus troublant n'est pas là, Juliette. Quand nous sommes entrés avec les pompiers, nous avons vu du sang partout, tu le sais !
— Et donc ?
— Eh bien, à ma grande surprise, elle n'avait pas l'air effondrée. Et même pire !
— Pire ?
— Ne lui en parle pas, mais quand elle a aperçu le cadavre de Valentin dans le jardin, elle a eu un petit sourire satisfait.
— J'ai du mal à te croire !
Juliette ne voulait pas admettre qu'Isabel ait pu se réjouir du meurtre de son petit-fils, même si celui-ci avait causé la mort de son mari.
— Si elle est dans le coup, comment expliquer qu'il y ait eu d'autres victimes ? Les autres ne lui avaient rien fait.
— Ah ça, je n'en sais rien ! Je ne suis pas enquêteur. Je te raconte simplement ce que j'ai vécu.
— Êtes-vous restés longtemps dans la maison ?
— Cinq minutes, pas plus. Je n'ai pas vu les corps dans la salle à manger. Nous n'avons vu que Valentin couché dans le jardin. Après avoir appelé les gendarmes, les pompiers nous ont demandé de sortir et d'attendre devant la grille.
— Et là ? Comment a-t-elle réagi ?
— Aucune parole. Un silence de mort.
— Elle était sans doute sous le choc. Assommée par la douleur ! Les gens traumatisés n'ont parfois aucune réaction.
— Possible. Mais pour moi, elle avait quelque chose à se reprocher. D'ailleurs, si j'ai bien compris, elle est soupçonnée par les enquêteurs.
— Comment une femme de cet âge a-t-elle pu tuer trois personnes, avant d'évacuer dans le plus grand secret les deux survivantes du massacre ?
— Penses-tu que ta mère soit encore vivante ?

— Jusqu'à preuve du contraire, elle n'est pas morte. Aucun cadavre n'a été retrouvé.

Frank secoua la tête.

— Sans doute. Mais pour en revenir à Isabel, on ne peut pas exclure qu'elle ait eu un ou plusieurs complices.

Juliette ne voyait pas sa grand-mère fomenter un complot de cette ampleur, sauf si Dorian était dans le coup.

Elle repensa à l'horrible accident de voiture sur une route des Alpes. Au hurlement désespéré de son grand-père.

— Crois-tu que ce meurtre soit lié à la mort de Luis ?

— Une hypothèse. S'entendait-elle bien avec ton père et ta petite sœur ?

Juliette inspira un grand coup.

— Je ne devrais pas te le dire, mais elle détestait David et Jennifer car ils ressassaient que Valentin n'était pas responsable de la mort de Luis. Ils disaient que s'il avait attaché sa ceinture, il serait encore en vie. Elle est obsédée par cet accident.

— Et toi, qu'en penses-tu ?

— Je disais comme ma mère. Si Valentin avait conduit prudemment, il n'y aurait jamais eu d'accident.

Frank esquissa un timide sourire.

— Eh bien voilà, on approche de la vérité. Ta grand-mère a massacré les trois personnes qui clamaient que Luis était responsable de sa propre mort. Elle a épargné celles qui mettaient en cause Valentin.

Juliette servit un verre de Coca à Frank.

Elle était circonspecte.

— Ça semble incroyable…

— Tout est incroyable dans cette histoire. Trois morts, une survivante, une disparue au sein d'une même famille. Un scénario inédit.

— Comment en savoir plus ?

— J'ai pensé qu'on pourrait aller sur les lieux de ce fameux accident.

Une moue dubitative se dessina sur les lèvres de la jeune fille.

— Pour quoi faire ?

— Pourquoi pas ? Ce n'est pas absurde de retourner à l'endroit où tout a commencé…

La perspective de revoir ce lieu de mort effrayait la jeune fille.

— Tu me diras réellement comment s'est produit le drame, ajouta-t-il d'une voix qui cherchait à la convaincre, et je me ferai ma propre opinion. Après, ça ne va peut-être servir à rien, mais en restant chez soi toute la journée, l'enquête n'avance pas.

— Soit, dit-elle sans conviction. Quand part-on ?

— Maintenant. Ça te va ? Tu bosses aujourd'hui ?

— J'ai décidé de ne pas retourner au travail pour l'instant.

Ils descendirent dans la rue, la Volkswagen de Frank n'était pas garée loin. Il demanda :

— Redonne-moi le nom du patelin.
— Saint-Paul-sur-Ubaye.
Il le rentra sur le GPS.
— Comme toujours, il existe plusieurs itinéraires. On va prendre le plus court en termes de kilométrage, par la montagne. Ça risque de tourner. Deux cents bornes, quatre heures de route. On va rentrer tard. Sauf si on dort sur place.
La voiture remonta les vallées, longea les torrents, escalada des cols, roula au bord de l'abîme. Juliette était émerveillée par la beauté du paysage même si, depuis l'accident, elle était réticente à se balader en montagne.
Ils passèrent sur la cime de la Bonette, vertigineux belvédère sur les Alpes.
Après Jausiers, ils arrivèrent à Saint-Paul-sur-Ubaye, dernier village avant le Piémont italien.
Un monde sauvage de montagnes aux falaises gigantesques.
La neige coiffait les sommets.
— Crois-tu que la route soit ouverte ? demanda-t-elle.
Ni l'un ni l'autre n'avaient pensé au problème de l'enneigement.
Elle aperçut le panneau « Fouillouse », hameau minuscule au pied des aiguilles de Chambeyron. Elle reconnut la route maudite. De la neige sur les bords, mais la chaussée était dégagée.
Ils atteignirent le pont du Châtelet.
Juliette avait les larmes aux yeux.
— C'est là ! Là…, murmura-t-elle.
Frank s'arrêta sur un minuscule parking qui dominait la gorge.
L'endroit était grandiose et terrifiant. Un torrent bondissait entre deux immenses falaises reliées entre elles par un étroit pont de pierre.
Ils regardèrent par-dessus la rambarde. Le torrent se voyait à peine, on entendait son grondement amplifié par l'écho.
— Explique-moi comment ça s'est passé !
— Eh bien, on arrivait par le haut…

Elle montrait avec sa main.

— Après avoir randonné jusqu'à des lacs, on était redescendus dans deux voitures. Mon frère avait pris le volant de la première, il roulait à tombeau ouvert, c'est le cas de le dire. Ma grand-mère se trouvait sur la banquette arrière, elle avait bouclé sa ceinture, mon grand-père était à l'avant…

Elle baissa la tête, visiblement émue. Elle avait du mal à parler.

Frank observa la route, le pont. Il prit quelques photos.

— C'est très étroit. Ton frère n'a-t-il pas ralenti pour traverser ?

— Au contraire, il a accéléré. Il a vu une voiture qui montait, il pensait passer avant elle, sauf que le type en face était persuadé qu'il allait s'arrêter. Priorité à ceux qui grimpent ! Sur un pont, la collision était inévitable ! Les deux voitures auraient pu tomber dans le précipice. Valentin et ma grand-mère ont été projetés en avant, mais leurs ceintures les ont sauvés.

Elle n'arrivait plus à continuer et fondit en larmes.

— Courage ! murmura Frank. Je comprends que ce soit douloureux…

Juliette reprit, en hoquetant :

— Mon grand-père, pas attaché, a traversé le pare-brise. La voiture dans laquelle je me trouvais roulait derrière. Je revois le corps projeté dans le ravin. Une scène irréelle et épouvantable ! Ça a duré un très court instant mais je m'en souviendrai jusqu'à ma mort.

— Montre-moi très exactement l'endroit où les voitures se sont encastrées.

Elle ne comprenait pas pourquoi Frank lui demandait cela, mais s'exécuta :

— Je pense que c'était là, à la sortie du pont. Le pont lui-même n'a rien à voir avec l'accident. Valentin aurait pu percuter la voiture à un autre endroit, dans un tournant. La plupart du temps, les gens klaxonnent quand il n'y a pas de visibilité. Mais là, mon frère roulait sans klaxonner.

Il a accéléré en traversant le pont. Il aurait voulu tuer mon grand-père, il ne s'y serait pas pris autrement.

Elle cria. L'écho de sa voix lui fut renvoyé par la gorge.

Frank scruta son visage décomposé.

— Penses-tu que ce soit un meurtre ?

— Je n'ai pas dit ça, mais bon, ça y ressemble…

Elle commençait à avoir le vertige. Elle tourna alors la tête vers la falaise. À sa grande surprise, elle aperçut une plaque commémorative incrustée dans le rocher.

On pouvait y voir une inscription en espagnol, la langue natale de ses grands-parents, précédée d'une croix :

†
Para Luis Gomez
Mi Amor
Dolor
Vengaza
Paz
Flavia
Isabel

Juliette connaissant l'espagnol, elle traduisit à voix haute : « Pour Luis Gomez mon amour. Douleur. Vengeance. Paix. Flavia. Isabel. »

Puis :

— Une initiative de ma grand-mère.

Frank semblait interloqué.

— Connaissais-tu l'existence de cette plaque ?

— Du tout. Mais ça ne m'étonne pas. Ma grand-mère aime bien ce genre de choses. Elle a fait enterrer son mari dans un mausolée orné de statues d'anges en pleurs. Sans parler des fleurs en plastique avec de fausses gouttes d'eau. C'est d'un kitch !

— Elle a écrit « *Vengaza* ». J'espère que les flics n'ont pas découvert cette inscription, sinon, elle est fichue.

Juliette était dubitative.

— Je ne sais pas s'ils sont venus ici. Je ne pense pas. En tout cas, je ne dirai rien.

À l'aquarium de Monaco, en regardant les requins, Isabel avait parlé de « vengeance », Lucia lui avait raconté la scène. Ça faisait beaucoup…

— Pourquoi ne pas prévenir Loiseau ? demanda Frank.

— Même si elle avait envie de se venger, je l'imagine mal en train de flinguer trois personnes.

— Tu as raison. J'ai trouvé son comportement bizarre, mais je ne l'ai vue qu'une seule fois. Le jour des crimes !

Ils marchèrent quelques centaines de mètres. Frank prenait de nombrcuscs photos, Juliette se disait que ça ne servait à rien, mais c'était la mode d'en faire.

Ils observèrent la vallée, les sommets enneigés. Le paysage aurait pu servir de décor à un opéra de Wagner.

La voix de Frank s'assombrit soudain :

— Qu'est-ce qui prouve que Valentin n'a pas fait exprès de tuer ton grand-père ?

Juliette et Frank avaient repris le chemin de la côte.

« Qu'est-ce qui prouve que Valentin n'a pas fait exprès de tuer ton grand-père ? » Pourquoi avait-il dit cela ?

Elle était tellement émue qu'elle n'avait pas réussi à répondre. L'accusation était très grave. Quel intérêt pour Valentin d'assassiner son grand-père ? Certes, ils ne s'appréciaient pas, Luis trouvait Valentin grossier, sale, mal élevé, mais cela n'expliquait pas pourquoi le jeune homme aurait commis un crime aussi horrible. Un acte gratuit ?

Existait-il un conflit caché ? Un secret de famille ? Luis s'était-il mal comporté avec son petit-fils ?

Pour elle, c'était un banal accident, si l'on peut qualifier de « banale » une collision ayant provoqué la mort d'un homme.

Ils arrivèrent dans la vallée de la Tinée qui coule vers la Méditerranée.

Depuis le départ de Saint-Paul, Frank ne disait rien lui non plus. Il semblait préoccupé et roulait assez vite, les yeux rivés sur le bitume. Était-il attendu par Lucia ? Juliette imaginait le pire.

— Quelque chose ne va pas ? hasarda-t-elle.

— Tout va bien, pourquoi ? Je me concentre sur la route.

— Tu as raison ! Moi j'ai peur qu'on rate un virage. Je suis une froussarde. Sais-tu pourquoi ?

— Ne t'inquiète pas. Si j'avance à cette vitesse, c'est parce que je ne veux pas être surpris par la nuit en montagne. Mais je maîtrise tout.

Elle devint ironique.

— J'espère que tu ne cherches pas à me tuer. Ça sera difficile, car j'ai accroché ma ceinture. Ou alors tu mourras avec moi en plongeant dans le précipice !

Il se mit à rire.

Elle ajouta :

— Si on meurt tous les deux, les enquêteurs seront encore plus déroutés !

— Ils ne verront pas le lien entre cet accident et la tuerie de Vence.

— Oh, tu sais, les flics fabriquent des liens factices entre des événements qui n'ont rien à voir…

Frank tourna subrepticement la tête vers elle et demanda :

— Pourquoi dis-tu ça ?

— Ils soupçonnent ma grand-mère, que je crois innocente. Je ne vois toujours pas le rapport entre…

— Peut-être, mais dans ce cas, il ne faut pas leur parler de la plaque mortuaire. Le mot « *Vengaza* » est gravé dessus. C'est du lourd !

— Je ne dirai rien. Je fais ma propre enquête. Avec toi. Je réponds aux convocations du juge et ça s'arrête là.

Elle se tut, essuya une larme sur sa joue gauche, avant de reprendre :

— Je n'ai toujours pas compris pourquoi tu soupçonnais mon frère d'avoir attenté à la vie de mon grand-père ! Ça me trotte dans la tête depuis tout à l'heure.

— Je ne le soupçonne pas. J'envisage tout. Ce n'est pas la même chose.

— Je ne privilégie pas cette piste. Je n'aimais pas mon frère, mais je ne le vois pas tuer quelqu'un.

Oh, comme elle souffrait de penser à son grand-père ! Elle l'aimait tant.

— Le problème, soupira Frank, c'est qu'on a quatre morts et tu n'envisages aucune piste. Es-tu dans le déni ?

— Quatre morts ? Penses-tu que ma mère soit décédée ?

Il précisa :

— Je compte aussi ton grand-père : Luis, David, Valentin, Jennifer, ça fait quatre. Je compte bien ?

— Oui, mais les deux événements ne sont pas liés. Je me répète.

— Que s'est-il passé rue des Micocouliers ?

Elle bredouilla :

— Je ne sais pas…

— On est bien avancés !

Un nid-de-poule fit tanguer la voiture, il s'en fallut de peu pour qu'elle ne quitte la route.

Le fond de la vallée, dominé par d'imposantes falaises, s'assombrissait. Mais la nuit était encore loin.

Juliette soupira.

— Pour moi, le suspect numéro un reste Dorian. Il est venu me voir juste après le massacre pour me démontrer qu'il était innocent, c'est louche.

— Soit.

— Tu ne sembles pas très convaincu.

— Je n'ai pas d'éléments pour juger.

— Le mobile, c'est l'héritage de tante Joséphine, les milliards du Rococo. Il a tout raflé !

— Il a hérité, non ? C'est ton père qui aurait pu essayer de se venger.

— Il s'apprêtait à l'attaquer en justice, il me l'a dit et redit.

— Comment prouver son implication ?

Elle réfléchit un instant.

— Allons voir sa villa à Saint-Tropez, je ne la connais pas.

— Penses-tu qu'on tombera sur une plaque indiquant qu'il est le meurtrier ?

— Ne te moque pas, cher Frank. C'est toi qui m'as suggéré d'aller à Saint-Paul. Pourquoi pas à Saint-Tropez ?

— As-tu l'adresse ?

— Mon père me l'avait donnée.

— Demain, est-ce possible ?

— Pourquoi pas ce soir ?

— Il est tard et Saint-Tropez n'est pas tout près. On ne va pas débarquer en pleine nuit !

— Qu'est-ce que tu fais ce soir ? On dîne ensemble ?

Elle rêvait de partager un repas avec lui, dans la nuit, puis de dévorer sa bouche. Puis d'ouvrir sa chemise, lentement, bouton par bouton, et de se blottir contre son torse.

— Je ne peux pas. Je dîne avec des amis.

Elle imaginait que « les amis », c'était Lucia, forcément.

— À Monaco ?

Il ne répondit pas.

D'une main, il toucha les doigts de Juliette, avant d'ajouter :

— À quclle heure se voit-on demain ?

— Je suis déçue. Très déçue.

— Je te dépose chez toi. Je propose de passer à 14 heures, tu auras ainsi le temps de te reposer. Ne dis rien à ton oncle, surtout !

Elle se demanda si Dorian continuait à être cuisiné par les enquêteurs…

Dorian Carpenter habitait une immense villa dans une pinède à l'écart de la mer, à mi-chemin entre Saint-Tropez et Ramatuelle.

En consultant le GPS, Juliette se rendit compte que la maison n'était qu'à quelques kilomètres de la plage où elle avait été retrouvée. Jusque-là, elle n'avait pas réalisé que c'était si près. Elle pensait que la villa de son oncle donnait sur le port connu dans le monde entier.

La propriété se trouvait dans la campagne, entourée de hauts murs doublés d'épaisses haies. Un véritable bunker.

À moins d'escalader l'enceinte, Juliette ne verrait pas ce qui se tramait à l'intérieur.

Ça sentait le maquis, le printemps, le soleil. Elle redoutait de tomber sur son oncle alors qu'elle venait l'espionner.

À la taille de la propriété digne d'un prince arabe, cela se voyait qu'il avait touché le jackpot.

Après être passée devant le portail métallique fermé, la voiture s'arrêta une centaine de mètres plus loin.

Juliette avait enfilé une tenue de sport, survêtement Adidas, casquette et lunettes de soleil. De loin, son oncle ne la reconnaîtrait pas, elle n'avait pas l'habitude de ce genre d'accoutrement.

— Que faire ? demanda-t-elle. On ne voit rien. Tu vas sonner ?

— Pour dire quoi ?

— Tu annonces que tu es inspecteur de police et que tu viens perquisitionner, dit-elle en plaisantant.

Elle se mit à rire, cela lui faisait du bien. Un rire nerveux, irrépressible.

— Quelle bonne blague ! Mais bon, on peut tout essayer. Tu penses qu'il va me faire la visite de sa villa en me montrant les indices permettant de l'incriminer : l'arme du crime, ta mère dans une cellule, le Kangoo blanc ?

— Ce serait trop beau !

Ils se turent un instant. Une voiture arrivait. Ce n'était pas Dorian au volant.

— J'ai une meilleure idée ! s'exclama alors Frank d'une voix mystérieuse.

— Laquelle ?

— On va s'éloigner de la maison.

— Mon chéri, c'est idiot.

Elle avait dit « mon chéri », cela lui avait échappé.

Il tourna la clé de contact et la voiture roula doucement jusqu'à un parking, à plusieurs centaines de mètres, où il n'y avait personne. Un lieu isolé, à la sortie de la ville, au pied d'une colline.

Il s'extirpa du véhicule. Elle ne comprenait pas ce qu'il avait en tête. De là, ils ne voyaient plus la maison, même s'ils utilisaient une paire de jumelles.

Elle marcha sur le goudron, il se dirigea vers le coffre de la voiture.

— As-tu préparé un pique-nique ?

— En quelque sorte, oui.

Elle aperçut une boîte noire qui ressemblait à une caisse à outils.

— C'est quoi ?

Il ouvrit le couvercle. Elle comprit immédiatement.

— Un drone ! s'écria-t-elle. Riquiqui !

— Riquiqui, mais drôlement efficace. Une caméra haute définition, une maniabilité exceptionnelle. Quasi silencieux. Idéal pour espionner une propriété privée.

— On a le droit ?

— Je m'en fiche. Le but est de savoir si Dorian est dans le coup. On ne va pas demander une autorisation de survol à un supposé assassin.

Après avoir opéré quelques réglages, Frank alluma son ordinateur et se connecta à la caméra de l'engin volant.

— Décollage imminent !

Il effectua un essai au-dessus de la voiture.

L'appareil, bleu clair, se confondait avec le ciel. Ses hélices le faisaient ressembler à un mini-hélicoptère. Il s'éloigna comme un gros insecte.

Sur l'écran de l'ordinateur, Juliette aperçut une première maison, puis le grand mur qui entourait la propriété. L'image était d'une netteté à couper le souffle.

Le parc.

Deux piscines, pas tout à fait à la même hauteur, reliées par une cascade.

Des statues inspirées de l'Antiquité, blanches, très grandes.

Des bosquets.

Plusieurs terrasses entourées de balustrades.

Des palmiers.

Un parking extérieur où stationnaient cinq voitures, dont un énorme 4×4 et la Porsche.

Tout était d'un mauvais goût inouï.

— Dire qu'il vivait dans un petit deux-pièces avant d'hériter…, murmura la jeune fille.

Pour ne pas être repéré, le drone volait assez haut. Il faisait des allers-retours au-dessus de la propriété en zoomant sur certains détails.

— C'est qui, ça ? demanda Frank en apercevant une silhouette.

À l'évidence, c'était une jeune fille, mais impossible de la dévisager. Elle était exagérément blonde et portait un bikini.

— Une poupée ! pouffa Juliette. Ça ne m'étonne pas !

— Et là, c'est qui ?

Dans un coin du jardin, sur des transats, trois autres femmes. Entièrement nues. Elles bronzaient sous le soleil.

Une cinquième, en maillot de bain, passait un jet d'eau sur les bords de la piscine.

— Ça ressemble à un lupanar ! ricana Frank. C'est le quartier général des call-girls de Saint-Tropez ou quoi ?

Juliette était stupéfaite. Elle savait que son oncle aimait les femmes, au sens charnel du terme, mais elle n'imaginait pas qu'il en hébergeait autant à la fois. Et apparemment, ce n'était pas pour leur donner des cours de philosophie.

La maison était une villa en forme de U.

Dorian était-il sur place ? Si oui, butinait-il une jeune beauté ?

— Regarde ! s'écria Juliette. Un garage est ouvert. Pourrais-tu faire descendre le drone pour observer l'intérieur ?

— Je vais essayer, mais les jeunes femmes risquent de l'entendre.

— Qu'est-ce qu'elles pourraient bien faire ? Rien !

L'appareil se plaça face au garage à une dizaine de mètres du sol.

— Ça alors ! s'exclama Juliette.

— Quoi ?

— Un Kangoo blanc !

— Tu as l'œil, toi…

— Ben oui, tu ne vois pas ?

La caméra zooma.

— Tu as raison !

— Vois-tu la plaque d'immatriculation ? Prends-la en photo !

— N'aie pas peur, tout le film est enregistré. On pourra se le passer en boucle. Ça sera rigolo. Après la maison de l'horreur, la maison du porno.

Juliette n'appréciait guère ce genre d'humour, mais elle ne dit rien. Elle n'était plus à ça près.

— Bon, voilà, continua-t-il. Le petit tour est terminé. On se refait un passage ?

Dans le jardin, une jeune fille avait repéré l'appareil. Elle le montra du doigt et se mit à crier. Les autres femmes regardèrent à leur tour.

Un homme sortit de la maison.

Juliette le reconnut sans peine. Dorian. Il était en slip, torse nu. Avait-il été interrompu dans des ébats ? Elle n'en savait rien. Il n'avait pas l'air content.

Il rentra dans la maison, disparut quelques minutes, puis revint. Il tendit une main vers le ciel. Juliette aperçut alors distinctement un pistolet serré entre ses doigts.

Un premier coup de feu partit, puis un deuxième, mais le drone était trop loin pour être atteint et, à l'évidence, Dorian n'était pas un tireur chevronné.

— Zoome sur le pistolet, zoome ! hurla Juliette. Ce serait formidable si c'était l'arme du crime.

— Je vais essayer ! s'exclama Frank. Je ne te promets rien.

Dorian tira de nouveau. Le drone devait s'éloigner, sinon il finirait par être touché.

Frank décida de le faire voler à l'opposé de l'endroit où se trouvait sa voiture, de façon que Dorian, ou l'un de ses sbires, ne vienne pas du côté où il s'était garé. L'appareil effectua une grande boucle avant de rentrer à sa base.

— Et voilà ! s'écria Frank. Mission accomplie ! On a vu des choses intéressantes, non ? On pourra se passer le film au ralenti autour d'un bon pastis, pour le cas où quelque chose nous aurait échappé.

— Le Kangoo ! Le Kangoo ! ânonna Juliette. Et puis ce pistolet…

Frank essayait de relativiser.

— Le Kangoo est un modèle courant. Quant au pistolet, tous les millionnaires en possèdent un, même s'ils n'ont pas le droit. Ils ont une peur bleue des cambriolages.

— On agrandira l'image pour savoir si…

— Ça va être compliqué. Il faudrait filer la vidéo à la police judiciaire. Mais bon, je n'ai pas fait un truc réglo, pas envie d'avoir d'emmerdes…

— On pourrait confier le film à une société privée, ça doit bien exister.

— C'est une bonne idée, ça ?

Ils se turent un instant.

Frank replia le drone et le rangea dans la caisse.

Ils n'avaient pas envie de s'attarder.

Même s'ils avaient le droit d'être là, ils ne voulaient pas tomber sur Dorian.

Ils s'installèrent dans la voiture. Frank alluma le GPS avant de démarrer.

— Pas de chance ! À cause des sens uniques, on est obligés de repasser devant la maison de ton oncle. Mets tes lunettes teintées, enfonce ta casquette et rabats le pare-soleil. Fais-toi toute petite !

La voiture longea le mur blanc.

Le portail métallique, large et haut, n'était plus qu'à quelques mètres. Il s'ouvrit brutalement. Juliette, affolée, aperçut l'avant d'une voiture qui s'avançait sur la chaussée.

Pour éviter de la percuter, Frank la laissa passer.

La jeune fille s'aplatit sur son siège.

Ce n'était pas la Porsche de Dorian, mais un véhicule plus simple, une Citroën d'un modèle courant.

Au volant se trouvait un jeune homme au regard perçant.

Il remercia Frank en le saluant de la main gauche.

Derrière ses lunettes noires, Juliette le reconnut. Sans l'ombre d'un doute. C'était Florent Denis.

Juliette ne s'attendait pas à tomber sur lui. Pas un instant elle n'aurait imaginé qu'il connaissait Dorian. Désormais, elle savait qu'ils se fréquentaient. Il n'était pas là en tant que pompier, il portait une tenue civile, un tee-shirt vert, et il roulait dans la voiture qui les avait transportés jusqu'à La Croix-Valmer.

Elle l'avait trouvé sympathique. Sincère. Dévoué. Amical. Et empathique. Jouait-il un double jeu ?

Apparemment, il ne l'avait pas vue, engoncée sur son siège.

Il s'éloigna. Dorian lui avait-il ordonné de chercher l'endroit d'où était parti le drone ?

— Quelque chose ne va pas ? demanda Frank en la regardant de côté.

— Tout baigne.

— Tu es toute pâlotte.

Elle hésitait à lui parler du pompier. Elle avait peur de rendre jaloux l'homme qu'elle aimait. Et celui-ci se donnait actuellement beaucoup de mal pour l'aider.

Elle finit malgré tout par lâcher :

— C'est le pompier qui m'a réanimée à La Croix-Valmer.

Ça ne mangeait pas de pain. Elle préférait taire la suite, à savoir le fait que Florent l'avait recontactée en un temps record.

Frank haussa les épaules.

— Oh, tu sais, La Croix-Valmer, c'est juste à côté. Rien d'extraordinaire de tomber sur un pompier qui bosse dans le coin.

— Sauf qu'il sort de chez mon oncle !

— Qu'est-ce que tu en déduis ?

— Qu'il lui a donné un coup de main, qui sait. Tu vois ce que je veux dire ?

S'il était mêlé au drame, pourquoi l'avait-il recontactée ? C'était le meilleur moyen d'attirer l'attention sur lui ! Pour savoir si elle avait souvenir de ce qui s'était passé en arrivant à Gigaro ? L'avait-il transportée dans le Kangoo ? Était-il le tireur de Vence ?

Autant d'hypothèses qui la faisaient frissonner.

Elle se souvint qu'il n'avait pas voulu l'accompagner chez les habitants le long de la plage, ce qu'elle avait trouvé étrange. Avait-il craint d'être reconnu ?

La voix de Frank l'extirpa de sa rêverie.

— Tu as l'air ailleurs.

— Aujourd'hui, je pense que mon oncle est le grand organisateur de cette machination. Il existe un mobile, des indices graves et concordants : le Kangoo, le pompier, le pistolet…

— Il a un alibi ! Son téléphone n'a pas borné à Vence au moment de la tragédie. Les médias en ont parlé.

— Tu as vu sa baraque ? Il a les moyens de se payer un tueur à gages au-dessus de tout soupçon ! Un pompier par exemple.

— Ce beau pompier, qu'est-ce qu'il aurait fait de ta mère ?

— Il l'a tuée sur ordre de Dorian.

Ça lui brisait le cœur de penser qu'un homme en apparence si charmant avait pu massacrer Flavia.

— Tuée ? Mais quelqu'un l'a aperçue vivante. Elle a même été filmée.

— À ce stade, rien ne prouve qu'il s'agissait de ma mère. Les sosies, ça existe !

En arrivant à Èze, Juliette appela Florent. Elle voulait crever l'abcès.

Frank était reparti de son côté, la laissant à ses interrogations et à son désespoir. Cette fois, c'était elle qui voulait être seule : elle ne souhaitait pas que son amoureux assiste à une conversation qui risquait d'être orageuse.

Elle s'attendait à tomber sur le répondeur du pompier, mais il n'en fut rien. Il décrocha tout de suite.

— Comme c'est gentil de me téléphoner ! dit-il d'une voix joviale. Je pense souvent à toi.

Elle était déboussolée. Elle s'attendait à ce qu'il soit surpris, méfiant. Depuis la virée avec lui, il ne l'avait pas rappelée. Après tout, s'il était mêlé à la tragédie, il avait accompli sa mission : il s'était assuré que Juliette n'avait aucun souvenir de son ravisseur en se rendant avec elle jusqu'à la plage où elle avait été déposée. Pourquoi l'aurait-il rappelée ? Il n'avait plus rien à attendre d'elle.

— Je viens aux nouvelles, murmura tristement la jeune femme.

— Oh, tu sais, pour moi, c'est la routine. Des accidents de voitures, des aides à la personne, des départs de feu. Et toi, comment te sens-tu ?

Elle ne répondit pas à la question.

— Suite à notre…

Elle ne trouvait pas le mot adéquat.

— … balade de l'autre jour, je me suis posé une question toute bête.

— Je t'écoute, Juliette.

— Pourquoi ne t'es-tu pas rendu sur le lieu de l'incendie la nuit où mon corps a été déposé sur la plage ?

Silence au bout du fil.

Puis, après un temps qui sembla une éternité à Juliette :

— Je ne comprends pas la question.

— Tes collègues sont partis éteindre un incendie. Pourquoi n'étais-tu pas avec eux ?

— Tout simplement parce que je n'étais pas en service ! Tu penses qu'un pompier travaille nuit et jour ?

Voilà la pièce qui manquait : il n'était pas en service, il n'était pas à la caserne, il n'avait pas d'alibi. Il ne pouvait pas prétendre qu'il travaillait au moment où Juliette avait été déposée sur la plage.

— Mais bon, poursuivit-il, ça ne change pas grand-chose…

— Où étais-tu ?

— Chez moi, à Saint-Tropez, dans mon studio. Quand je bosse à Cavalaire, je dors là-bas.

— Tout seul ?

— Oui, tout seul. Pourquoi ?

— Florent, si tu avais été sur la plage lors de la fameuse nuit, tu aurais pu voir la femme qui m'a transportée. Et l'homme qui était avec elle. Tu es très observateur, toi !

Elle se voulait ironique.

— Oui, c'est vrai !

— As-tu demandé de nouveau à tes collègues ce qu'ils avaient réellement aperçu ? Une ou deux personnes dans le véhicule ?

Un autre silence.

— Désolé, je n'ai pas pensé à leur poser la question…

S'il était présent dans le Kangoo, en voyant la lumière bleue du camion de pompiers, il avait dû se faire tout petit. Se recroqueviller dans l'habitacle afin de ne pas être reconnu par ses propres copains de caserne.

De toute façon, à supposer qu'il soit impliqué, il ne dirait rien de plus.

Savait-il ce qu'était devenue Flavia ?

Cette question tourmentait la jeune femme.

Elle changea de conversation.

— Au fait, dit-elle d'un ton détaché, un ami t'a aperçu l'autre jour à Saint-Tropez ! Il te connaît de vue.

— Oh, ça n'a rien d'extraordinaire ! J'habite là-bas une partie de la semaine, je viens de te le dire. Je ne peux pas rentrer tous les soirs chez mes parents à Nice, c'est trop loin. Et un peu d'indépendance, ça ne fait pas de mal à un jeune célibataire comme moi !

Elle prit son courage à deux mains.

— Il ne t'a pas vu n'importe où !

Il répondit d'une voix étonnée :

— Que veux-tu dire ?

Elle se jeta à l'eau.

— Tu sortais de chez Dorian Carpenter. Le connais-tu ?

Elle crut qu'il allait lui raccrocher au nez.

— Oui.

La réponse ne pouvait pas être plus brève.

— Tu me l'as caché, Florent ! Tu sais pourtant que c'est mon oncle. Les médias ont parlé de lui. Nous avons le même nom.

Le silence qui suivit sembla interminable à la jeune fille. Elle-même n'arrivait plus à parler.

— Je préférerais qu'on se voie pour en discuter, murmura-t-il d'une voix penaude.

Elle était en colère.

— Tu as peur des écoutes, c'est ça ? Eh bien non, je ne veux plus te voir tant que tu ne m'auras pas donné d'explication ! Maintenant. Tout de suite.

— Je vais tout te révéler. Je connais beaucoup de monde à Saint-Tropez. Forcément. Et de plus, je suis pompier dans le secteur. Voilà, c'est tout. Je rends des services à ton oncle de temps en temps : je nettoie sa piscine, je fais un peu de jardinage, je brique ses voitures. Ça arrondit mes fins de mois.

— Pourquoi me l'avoir caché ? Tu savais que j'étais sa nièce, non ?

— Il faut voir le problème autrement. J'ai dissimulé à ton oncle que je t'avais secourue sur la plage et que je t'avais recontactée. Qu'on s'était vus. D'autant que…

— Quoi ?

— J'ai appris qu'entre ton père et lui, c'était compliqué… Voilà pourquoi je n'ai rien dit à personne, ni à l'un ni à l'autre.

Il semblait ennuyé.

— Mais à moi ? Pourquoi ne m'as-tu rien dit ?

— J'avais peur que tu le lui répètes. C'est tout. Je redoutais qu'il le prenne mal et qu'il ne fasse plus appel à moi. C'est un type généreux. La paye de pompier n'est pas terrible, et dans le coin tout est très cher. Tu vois ce que je veux dire ?

Elle était décontenancée. Connaissait-il les mœurs libertines de Dorian ? Si oui, car c'était vraisemblable, était-il son rabatteur ?

Il ajouta :

— Juliette, tu ne parles pas de ça. S'il te plaît. À personne.

— Pourquoi ?

Pas de réponse.

Il botta en touche.

— On se voit bientôt. Ça me ferait tellement plaisir.

En pleurs, elle s'écria :

— Et ma mère ? Sais-tu ce qu'elle est devenue ? Vas-tu me le dire, espèce de salopard ?

La conversation n'alla pas plus loin. Elle lui raccrocha au nez.

La minute suivante, elle regretta son geste. Et s'il lui avait dit la vérité ?

Elle imaginait qu'il travaillait au noir. Il ne s'en vantait pas. Dorian devait lui remettre des enveloppes remplies de billets.

Allait-elle parler du pompier au juge ? Elle hésitait.

De toute façon, Florent Denis était dans les radars des enquêteurs depuis le jour où il l'avait secourue. La discussion qu'ils venaient de partager au téléphone avait forcément été écoutée.

Comment voir clair dans ce capharnaüm ?

Elle revint sur une hypothèse envisagée plusieurs fois : existait-il un pacte secret unissant plusieurs personnes pour se débarrasser de David, de Valentin et de Jennifer, en éloignant la mère, en épargnant Juliette ? Un mobile existait pour comprendre le meurtre du père et du frère. Mais Jennifer ? Il n'existait *a priori* aucune explication à sa mort.

Juliette voulait l'avis de son amie Lucia, et cela faisait longtemps qu'elle ne lui avait pas parlé.

Et tant pis si les enquêteurs espionnaient ses conversations téléphoniques. Tant pis si l'Italienne sortait avec Frank. Tant pis s'ils faisaient l'amour dans son dos.

Il fallait qu'elle avance dans son enquête, coûte que coûte.

— Allô ? Lucia ?

— Ah, Juliette ! Contente de t'entendre. Comment vas-tu ? J'allais t'appeler justement.

— Je viendrai peut-être bosser demain après-midi. Je ne sais pas.

— Là, tu es chez toi ?

— Je mène mon enquête.

— Et ça donne quoi ?

— Tu passes me voir ? Je n'aime pas trop parler au téléphone.

— Maintenant ?

— Si tu veux. Ou demain matin, si tu es libre.

— Je viens tout de suite.

Une heure plus tard, elle était à Èze.

Juliette avait préparé un plat de pâtes au parmesan.

Malgré des doutes à son encontre, elle était contente de voir son amie.

Elle lui raconta en quelques mots son voyage dans la montagne, puis s'attarda sur la visite à Saint-Tropez.

— Frank m'a accompagnée là-bas, précisa-t-elle.

Elle scruta la réaction de son amie. Elle avait l'impression qu'elle se raidissait légèrement sur sa chaise mais elle n'en était pas certaine.

Elle parla de Florent Denis.

— Il me porte secours sur la plage de Gigaro, me recontacte, me ramène sur cette même plage, puis je le vois sortir de la propriété de mon oncle. Ça fait beaucoup, non ?

— Je m'intéresse aux enquêtes policières. Dans certains cas, de nombreux indices accablent un innocent. Parfois, il est condamné à la perpétuité alors qu'il n'a rien fait !

— Pour toi, il ne serait pas impliqué ?

— Je n'en sais rien. Je dis juste qu'il ne faut pas s'emballer avec ces seuls indices.

Juliette trouvait l'avis de son amie bien étrange, mais qu'importe. Elle hasarda :

— Et de ton côté ? Quoi de neuf ? Je veux dire : penses-tu que mon oncle soit dans le coup ?

— C'est une hypothèse possible. Les médias parlent beaucoup de lui et de l'affaire du Rococo. Mais depuis notre dîner, j'ai longuement réfléchi à la question. J'ai discuté avec un avocat spécialiste des affaires criminelles. Il me dit que si ton oncle avait décidé de se débarrasser de ton père qui le menaçait d'un procès, il t'aurait également tuée, ce qu'il n'a pas fait. De plus, même s'il avait été attaqué en justice par ton père, avec de bons avocats, il ne risquait pas grand-chose. Comment prouver qu'il avait abusé de la faiblesse de ta tante ? Après tout, légalement, elle avait le droit de faire hériter son neveu préféré, dans la mesure où elle n'avait pas d'enfants. Il faut continuer à explorer cette piste au cas où de nouveaux éléments apparaîtraient, mais pour moi, il est plus vraisemblable que ta mère soit impliquée dans ces crimes, même si c'est dur à admettre, avant de se suicider ou de recommencer sa vie ailleurs. Ce serait un remake de l'affaire Dupont de Ligonnès, avec quelques variantes…

Juliette trouvait odieux d'incriminer ainsi sa mère. Elle répliqua :

— As-tu changé d'avis ? D'abord tu soupçonnes ma grand-mère, puis mon oncle, et c'est maintenant au tour de ma mère ! Je ne comprends rien à ton jeu.

— Attention, je n'accuse personne. J'émets des hypothèses. Je ne suis certaine de rien. J'ai changé de position, c'est vrai, après avoir consulté un spécialiste, mais seuls les imbéciles ne changent pas d'avis.

Juliette avait le sentiment confus que Dorian avait acheté Lucia. Il venait de lui remettre en douce une enveloppe afin qu'elle convainque sa nièce de son innocence.

— Aujourd'hui, poursuivit Lucia, le scénario le moins improbable est celui de la mère qui tue une partie de ses proches, même si cette explication te révolte.

— Ma mère est innocente…

Juliette disait cela malgré les mails qu'elle avait reçus et dont elle ne parlait pas.

— Pardonne-moi de te le dire, reprit l'Italienne, mais tu es dans le déni le plus total. Tu adules ta mère, tu n'acceptes pas qu'elle ait commis des crimes atroces, et je te comprends ! Mais les autres pistes sont bancales. Penses-tu que Dorian séquestre ta mère ?

— Il l'a sans doute…

Elle n'arrivait pas à terminer sa phrase.

Elle inspira profondément pour tenter de continuer, en vain.

— Tu crois qu'il l'a massacrée, c'est ça ? murmura Lucia.

Des larmes coulaient sur les joues de Juliette. De lourdes larmes, épaisses comme des perles de pluie.

— Ce type est prêt à tout…

— Ça ne tient pas la route ! Il massacre ton père, soit. Puis il tue ton frère et ta sœur ? Puis il élimine ta mère en cachant son cadavre, tout en t'épargnant. Ce scénario n'a aucune logique. Il faut partir des faits, rien que des faits.

— J'en conviens, mais certains massacres sont irrationnels.

— Je ne suis pas d'accord avec toi ! Dans certains crimes, la rationalité nous échappe. Mais il existe toujours une explication !

— Sûrement, sauf que là, il n'y en a aucune, et c'est le problème.

L'océanographe servit une assiettée de pâtes à son amie, qu'elle saupoudra de parmesan. Elles mangèrent en silence.

Au bout de plusieurs minutes, Lucia reprit la parole :

— Comment expliques-tu que ta mère ait été aperçue en Italie ? Je ne parle pas de la rencontre fortuite à San Remo, je ne suis certaine de rien. Je parle de l'homme qui l'a vue à Vintimille et de la vidéo…

Juliette tenta d'éluder en répondant :

— Quand la police lance un avis de recherche, elle reçoit des milliers d'appels. C'est toujours la même chose ! Le fuyard est vu aux quatre coins du monde. Je suis sûre que les flics ont reçu un paquet de témoignages dont ils ne m'ont pas parlé. Il y a quelques années, un médecin, le Dr Yves Godard, a disparu avec ses enfants sur un bateau. Il a été vu en Écosse, en Afrique du Sud, en Nouvelle-Calédonie. Les gens ont dit n'importe quoi ! Ils prennent leurs désirs pour des réalités.

— Pour toi, ta mère est vivante ?

Juliette aurait voulu répondre par l'affirmative, mais elle voyait très bien où son amie voulait l'entraîner. Si sa mère était saine et sauve, c'est qu'elle se cachait. Et si elle se cachait, c'est qu'elle avait quelque chose à se reprocher.

Cette histoire était un sac de nœuds. Un plat de spaghettis assaisonné de sang.

Lucia avala une nouvelle bouchée de pâtes, avant d'ajouter :

— Le jour où j'ai rencontré ta mère au musée océanographique, elle m'a dit une chose étrange.

Juliette se montra ironique.

— Le musée de Monaco est le lieu de tous les secrets et de toutes les confidences ! Ma grand-mère a prononcé une phrase sibylline en contemplant les requins, et aujourd'hui, c'est ma mère qui prend la suite. Jusque-là, tu ne m'en avais rien dit !

— J'ai longtemps hésité à t'en parler, c'est vrai. D'une fenêtre, elle a regardé la mer. Son visage était triste. J'étais à côté d'elle, tu discutais plus loin avec un visiteur.

— Et alors ?

— Sa voix était à peine audible lorsqu'elle a dit : « Si j'avais le courage, je me jetterais d'une falaise pour mourir. »

— Pourquoi m'avoir caché ce propos sinistre ?

— Après le massacre, je n'ai pas eu la force de t'en parler. De plus, dans un premier temps, dans cette affaire, j'ai soupçonné ta grand-mère, puis ton oncle. Pour moi, sur le moment, cette phrase n'était pas significative. Aujourd'hui, avec le recul, je pense que Flavia était dépressive, au bout du rouleau, qu'elle a pété les plombs, tué une partie de sa famille avant de disparaître. Je ne dis pas que c'est un classique dans les annales judiciaires, mais ce genre de scénario s'est produit plusieurs fois.

— Sur la vidéo, c'est elle, tu crois ?

— Probablement. Elle courait sur la digue d'un petit port. Elle est peut-être montée dans une embarcation d'où elle s'est jetée dans la mer, le corps lesté. Si c'est le cas, on ne la retrouvera jamais.

— Si ton hypothèse est la bonne, comment expliques-tu que mon corps ait été déposé sur la plage de Gigaro ?

— Sans doute a-t-elle voulu t'épargner. Ou alors, elle n'avait plus de balles dans son pistolet.

— Dans ce cas, il aurait été plus simple de me laisser dans la maison avec les autres. À sa place, je n'aurais pas pris la peine de faire une centaine de kilomètres pour transporter quelqu'un d'endormi. Ça n'a aucun sens !

— Elle t'aimait, elle ne voulait pas que tu te réveilles au milieu de trois cadavres ensanglantés. Par affection pour toi, elle a préféré que tu te réveilles sur une belle plage de sable fin.

La nuit fut courte. Lucia partie, Juliette avait essayé de s'endormir mais n'y était pas parvenue, se retournant sans cesse. Elle avait mis son visage sur son oreiller pour tenter de mettre fin aux images défilant dans sa tête. Hélas, la bobine tournait, tournait, elle s'arrêtait, elle revenait en arrière, c'était toujours le même film, la même ambiance de mort et de désolation.

Les coups de feu.

Le sang.

Le sable de Gigaro.

Le visage de Florent dans le véhicule de secours.

Et le reste.

Tout le reste.

Aucune pause dans le film.

Une femme affolée court sur la jetée d'un port dans la nuit.

Les mails signés « Ta maman qui t'aime ».

Les trois cercueils basculés dans l'abîme de la tombe.

La plaque mortuaire au-dessus du précipice.

Le corps de son grand-père explosant le pare-brise.

Les images n'étaient pas dans l'ordre chronologique.

Son cerveau était trop petit pour abriter tant de choses, tant d'horreurs, tant de malheurs.

À un moment, elle crut que quelqu'un frappait à la porte.

Plusieurs fois.

Elle se leva, tremblante.

Sa mère ?

Elle marcha jusqu'à l'entrée de son studio.

Elle murmura : « C'est qui ? » Aucune réponse. Rien.

Elle ouvrit la porte.

Personne.

Le silence de la nuit.

Le bruit avait été provoqué par son esprit tourmenté. Anéanti. Brutalisé. Lacéré. Transpercé par les balles d'un pistolet.

Elle trouva le sommeil alors que les premières lueurs de l'aube arrivaient. Par la fenêtre, elle aperçut le ciel qui changeait de couleur, elle n'avait pas fermé les volets.

Elle dormit alors profondément, épuisée. Elle aurait voulu ne jamais se réveiller. Elle aurait voulu mourir, rejoindre ceux qui étaient passés de l'autre côté, dans la nuit éternelle…

Mais un son la sortit de sa torpeur. Son réveil. Il était près de midi.

Et au même moment, quelqu'un frappait cette fois vraiment à la porte.

Avec insistance.

Juliette se leva et s'habilla en vitesse.

Qui pouvait bien venir ? Elle n'attendait personne.

D'habitude, les gens prévenaient par téléphone avant de débarquer.

Depuis le massacre, elle ne coupait pas son portable. La nuit, elle le mettait en mode vibreur. S'il avait vibré, elle aurait été réveillée. Par acquit de conscience, elle regarda son écran. Aucun appel.

Sa mère était-elle de retour ?

Tremblant des pieds à la tête, elle se précipita vers la porte.

Elle n'avait pas de judas pour découvrir l'identité de son visiteur…

— C'est qui ? demanda-t-elle d'une voix chevrotante.

— Êtes-vous Juliette Carpenter ?

— Oui.

— Pourriez-vous ouvrir ? Police judiciaire !

La voix était aimable. Or, s'il s'était agi d'une perquisition, les flics n'auraient pas fait dans la dentelle. Au besoin, ils auraient cassé la porte.

Elle tourna la clé dans la serrure.

À sa grande surprise, elle découvrit deux hommes en civil, derrière lesquels se tenait le juge d'instruction.

Jusque-là, sauf le jour où ils s'étaient rendus à Vence, elle l'avait rencontré dans son cabinet de Nice. Mais un juge d'instruction peut se déplacer comme bon lui semble. « C'est un souverain soumis uniquement à sa conscience et à la loi », écrivait Balzac.

— Je ne vous dérange pas ? demanda Loiseau.
— Je dormais. Je suis épuisée.
Les trois hommes entrèrent.
Le juge balaya la pièce du regard.
— Une perquisition ? demanda la jeune fille, intriguée.
— Une simple visite. Vous auriez refusé de nous ouvrir, nous ne serions pas entrés.
Il fixa Juliette droit dans les yeux en annonçant :
— Il y a du nouveau.
— Encore ?
— Un rebondissement. Plutôt que de vous faire venir au palais de justice, j'ai préféré passer. J'ai beaucoup de dossiers à traiter, mais cette affaire est de très loin la plus importante. Et puis, vous devez être exténuée par ces incessants allers-retours entre Èze et Nice.
Elle écarquilla les yeux.
— Peut-on s'asseoir ? murmura-t-il.
Elle leur montra le canapé et les fauteuils.
— Alors ?
— Eh bien, comme je vous l'ai dit, nous avons reçu des centaines d'appels nous indiquant que votre mère avait été vue partout dans le monde. Quelqu'un prétend l'avoir croisée dans un bowling de Buenos Aires, un autre à l'aéroport de Glasgow. Nous essayons de tout vérifier, quand cela est possible, mais n'avons rien trouvé de concluant. Sauf ce matin.
Le cœur de la jeune fille se mit à battre comme une énorme cymbale dans une cage thoracique trop petite.
— L'avez-vous appréhendée ?
— Un homme est passé au palais de justice avec une photo. Cette fois, c'est de la haute définition. Nous l'avons avec nous.
Un des policiers portait une sacoche.
— Avant de vous la montrer, nous aimerions savoir si vous avez des nouvelles de votre maman.
Un lourd silence s'ensuivit.

Elle ne voulait toujours pas parler des mails qu'elle avait reçus, même si les enquêteurs devaient déjà en avoir pris connaissance.

— Montrez-moi ce cliché, répondit-elle simplement.

— N'avez-vous pas entendu ma question ?

— Je n'ai rien à dire.

Si Flavia avait vraiment envoyé ces fameux mails, cela signifiait qu'elle était coupable, ce que Juliette ne pouvait concevoir.

— C'est noté, murmura le juge. Vous ne voulez pas répondre… On verra ça plus tard. Mais avant de vous montrer la photo, je vais vous dire où elle a été prise.

La jeune femme retint sa respiration.

— Un touriste français, photographe professionnel, se trouvait à Portofino il y a quelques jours. Vous voyez où c'est ?

— Vous me prenez pour une ignare ? C'est la station chic du rivage ligure. Une sorte de Saint-Tropez version italienne.

— Eh bien, ce photographe était en train de mitrailler la côte en vue d'un reportage pour le magazine *Géo*. Sur le moment, il n'a rien remarqué d'anormal, mais en rentrant chez lui, il a fait défiler sur son écran ses centaines de clichés. L'un d'eux l'a fait réagir.

— Vraiment ?

— Il a photographié les terrasses de café avec un zoom. Et sur l'une des images, on aperçoit votre mère.

Juliette haussa les épaules en répliquant sèchement :

— On a l'impression que vous la connaissez personnellement. Qu'est-ce qui vous permet de dire ça ?

Le juge fit un signe à l'homme portant la sacoche. Celui-ci en extirpa une pochette contenant la photo en format A4. Il la posa sur la table basse. Juliette la saisit de ses doigts tremblants. Le cliché était d'une netteté parfaite.

Une femme aux cheveux bruns était attablée devant une coupe glacée. On ne la voyait pas en totalité car l'homme qui lui faisait face la cachait en partie.

Juliette l'observa longuement. Elle avait la même coiffure, les mêmes yeux, les mêmes traits que sa mère.

Bien que perturbée, elle affirma :

— Non, ce n'est pas elle. Elle lui ressemble mais ce n'est pas elle. Je vous jure.

— Vous ne voulez pas nous dire que c'est elle ? Je vous comprends, mais pour les besoins de l'enquête, ce serait mieux que vous ne nous cachiez rien si vous l'avez reconnue. Vous connaissez mieux votre mère que n'importe qui...

Juliette s'entêtait :

— Je répète que ce n'est pas elle. Et puis, quel serait l'intérêt pour ma mère de s'exhiber dans un endroit aussi fréquenté alors qu'elle est recherchée par toutes les polices d'Europe ?

— Vous faites erreur ! Votre mère n'est recherchée qu'en France, et encore comme simple témoin. Nous n'avons lancé aucun mandat d'arrêt international. Nous voulons juste savoir ce qu'elle est devenue. En Italie, je doute que quiconque la reconnaisse, à part quelques touristes français passionnés de faits divers. Le visage de Flavia Carpenter n'a pas été diffusé dans les médias italiens. Là-bas, elle peut vaquer à ses occupations en toute quiétude. La police italienne ne la recherche pas, et n'est pas habilitée à l'appréhender. Elle ne risque rien. Rien du tout !

— On trouve de nombreux touristes français à Portofino. La preuve ! Ce serait une folie pour elle de se montrer à cet endroit. C'est d'ailleurs un Français qui l'a photographiée !

Le juge fronça les sourcils.

— Vous venez de proférer : « C'est d'ailleurs un Français qui l'a photographiée. » C'est elle alors ? Quel étrange lapsus... Allez, dites-moi que vous reconnaissez votre mère ; ça nous permettrait de faire un grand pas.

— Mais non ! Je voulais dire : c'est un Français qui a photographié cette dame qui ressemble à ma mère !

— Ce n'est pas ce que vous avez énoncé...

Le juge se leva, agacé. Quasiment hors de lui, il poursuivit :

— Je conçois qu'il soit insupportable pour vous d'imaginer votre mère dans la peau d'une tueuse, mais encore une fois, nous ne l'accusons de rien, malgré les mails que vous avez reçus.

Le juge avait-il fait exprès de parler de ces mails ou cela lui avait-il échappé ? Il venait en tout cas de laisser entendre que la messagerie de Juliette était surveillée. Auscultée. Ce qu'elle supputait déjà.

Elle regarda le magistrat instructeur droit dans les yeux, essayant de deviner ses pensées.

— Ma mère m'adresse des mails ?

— Nous le supposons. En tout cas, sa tablette est active, contrairement à son téléphone. Nous savons que vous avez reçu des mails envoyés de sa messagerie. Les a-t-elle elle-même écrits ? Cela reste à prouver.

— J'ai lu dans les médias qu'elle ne touchait pas à son compte bancaire. Elle n'est donc pas libre.

— Avant le drame, il n'est pas exclu qu'elle ait ouvert un compte à l'étranger.

— Qu'est-ce qui vous permet d'avancer cela ?

— Je ne peux en dire plus.

Mais Juliette était têtue.

— Et la tablette, êtes-vous capable de la géolocaliser ?

— Quand elle est allumée, oui. Mais elle ne l'est pas longtemps et change sans arrêt de place. On l'a repérée en Italie, justement, à plusieurs reprises. Or, comme l'appareil se déconnecte sans cesse, il est impossible de coincer votre mère.

— Ce n'est pas ma mère. Ou si c'est elle, elle est sous emprise. Menacée. On l'oblige à faire des choses qu'elle ne veut pas faire.

Le juge marcha jusqu'à une fenêtre.

— Quel temps magnifique ! Cela fait des semaines qu'il n'a pas plu.

Quel rapport avec l'enquête ? C'était incongru. Cherchait-il à détendre l'atmosphère lourde de sous-entendus ?

Il se retourna vers la jeune fille.

— Sous emprise ? Est-ce une nouvelle piste ? Vous n'en avez jamais parlé. Avez-vous des éléments factuels permettant d'étayer cette hypothèse ?

— Je viens d'y penser à l'instant. Si ma mère est vivante, elle est manipulée. Car si elle était libre de ses mouvements, elle viendrait vers moi. Nous nous adorons.

— Par qui et pourquoi est-elle manipulée ? Je vous laisse y réfléchir quelques minutes.

Juliette ne trouvait aucune réponse convaincante.

Elle fouillait dans sa mémoire : quelqu'un avait-il envoûté Flavia ? Elle pensa à ce qu'avait prétendu Dorian : la mère avait un amant caché, elle avait fui avec lui.

L'amour peut rendre fou. La plupart des crimes sont d'ailleurs passionnels.

— À quoi pensez-vous ? demanda le juge, qui venait de prendre quelques photos du studio.

— J'essaie de comprendre mais je n'arrive à rien.

— N'avez-vous pas repéré dans son entourage un homme au comportement bizarre ? Un voisin ? Un collègue de travail ?

— Je connais mal le voisinage. Et j'ignore tout de ses confrères. La clinique où elle travaille est un monde très secret.

— A-t-elle déjà invité un collègue chez elle ?

— Je ne sais pas. Vous savez, cela fait des années que j'ai quitté Vence.

Ils tournaient en rond comme des poissons dans un bocal.

Le juge lui plaça de nouveau la photo sous le nez.

— En face de Flavia se trouve un homme. Le reconnaissez-vous ?

Il était de dos, coiffé d'un large chapeau.

— On le distingue mal. Le photographe a-t-il fait d'autres photos de cette terrasse ?

— Nous avons tout épluché, cela n'a rien donné.

Juliette scruta le cliché.

— De plus, je ne suis pas certaine qu'ils soient ensemble. Il n'est pas en face de celle qui ressemble à ma mère.

— Certes, répondit le juge. Pardonnez-moi de vous le dire, mais j'ai l'impression que vous refusez de répondre honnêtement à mes questions. C'est pourtant dans votre intérêt de coopérer avec nous.

Elle se leva, exaspérée :

— La vérité, voyez-vous, je ne la connais pas ! Je suis désolée, monsieur le juge, mais pour moi, cette tragédie reste un mystère impénétrable. Le mensonge est partout et la vérité nulle part.

— Nous sommes en train de tout envisager. Des dizaines d'enquêteurs travaillent. Nous fouillons dans le passé, dans le présent. Nous vérifions les emplois du temps de chacun.

— Et qu'est-ce que cela donne ?

— Nous communiquons très peu. Jamais le secret de l'instruction n'a été aussi bien gardé. Mais nous avançons.

Voulait-il signifier par là qu'il ne savait rien ?

Avant de partir, il ajouta :

— Pour votre information, nous allons transmettre cette photo aux médias, en espérant que d'autres personnes témoigneront sur le séjour de votre mère à Portofino.

Les trois hommes quittèrent Juliette avant midi.

Elle ouvrit son réfrigérateur, se jeta sur une salade niçoise qu'elle avait préparée la veille. Elle attrapa les morceaux de légumes avec ses doigts et les avala goulûment.

À Vence, le 4 avril, Flavia Carpenter avait-elle organisé un guet-apens avec l'aide de son amant, auquel cas les meurtres auraient été prémédités ?

Juliette, anéantie, se rappelait la femme aimante qui l'avait élevée, adorée, choyée. Comment pouvait-elle être la froide meurtrière à laquelle pensait secrètement le juge Loiseau ? Il ne l'avait pas dit clairement car un juge d'instruction, contrairement à ce qu'on pourrait croire, ne juge pas. Il dirige une enquête. Il coordonne. Il compile. Il questionne. Il fouille. Il diligente. Ce n'est pas à lui de décider qui est coupable et qui ne l'est pas. Mais il oriente les investigations dans telle ou telle direction, en fonction de sa conviction intime. Il peut donc faire fausse route. Nager dans une erreur abyssale. Cela s'était produit dans plusieurs affaires qui avaient bouleversé la France. Un juge reste un homme et aucun homme n'est infaillible.

Juliette ouvrit sa messagerie, une fois de plus. Elle tremblait comme une feuille, redoutant de tomber sur un nouveau message de sa mère – ou de celle qui se faisait passer pour elle.

Aucun mail digne d'intérêt.

Si sa mère était innocente, où était passé le tueur ? Allait-il resurgir des ombres et, après l'avoir épargnée, finirait-il par assassiner Juliette ?

La sonnerie de son portable retentit. *Florent.* Que voulait-il ?

Elle lui avait raccroché au nez, et pourtant il rappelait. Un comble !

Elle était tellement perturbée qu'elle n'avait envie de parler à personne. Mais il insistait.

Elle finit par décrocher, sans même dire bonjour. Après tout, cet homme était peut-être un tueur, ou son complice.

— Que me vaut ton appel ?

— Je n'ai pas compris ta colère de l'autre jour, murmura-t-il d'une voix calme. J'espère que ça va mieux et que tu acceptes de parler avec moi.

— Comment se porte ma mère ?

Elle était tellement furieuse qu'elle ne parvenait plus à contrôler ses paroles.

— Excuse-moi de te dire ça, Juliette, mais tu délires complètement. Je n'ai rien à voir avec cette affaire.

— Comment va mon oncle ?

— Je ne l'ai pas vu depuis quelques jours. Lui as-tu parlé de moi ?

— Je n'ai aucun contact avec lui en ce moment. Il doit être très occupé. Il a un héritage à gérer, des poules à gâter. Passons. En revanche, moi, on ne me lâche pas. Le juge d'instruction vient de me rendre visite.

— Ah ! Tu es une privilégiée ! D'habitude, un juge ne se déplace pas, il fait venir les gens au palais de justice…

Bien que toujours sur ses gardes, la jeune fille sentait qu'elle n'allait pas longtemps pouvoir contenir son besoin de parler.

— Bon, s'écria-t-elle, on ne va pas papoter au téléphone ! Toutes mes conversations sont écoutées. Mes mails sont lus.

— Juliette, j'ai envie de te revoir !

Sa voix était agréable.

Depuis la disparition de ses proches, elle n'avait pas grand monde à qui se raccrocher.

— Je vais être franche avec toi, Florent. Je ne sais pas à quel jeu tu joues. Et on se connaît à peine.

Un silence.

Un long silence.

— Depuis que je t'ai ranimée sur la plage, dit-il d'une voix tranquille, j'éprouve de l'empathie pour toi. Je ne peux pas l'expliquer. C'est comme ça...

Il semblait sincère. Malgré sa méfiance envers lui, la jeune fille était touchée. Et elle n'avait aucune preuve contre lui.

Il poursuivit :

— J'ai parlé à ton amie Lucia.

Elle était surprise.

— Ah bon ? De quel droit ? Tu la dragues ?

Ce dernier mot lui avait échappé.

— J'ai vu que vous étiez amies sur Facebook. En découvrant vos échanges publics, j'ai compris que vous vous entendiez bien. Suite à ma dernière conversation avec toi, je me suis permis de lui écrire sur sa messagerie privée. Je n'osais plus t'appeler, alors j'ai contacté une de tes amies pour lui dire que je n'avais rien à voir avec le drame. Au début, elle n'a pas répondu. J'ai insisté. J'ai proposé d'unir nos forces pour te venir en aide.

Elle se souvint du moment où elle l'avait vu sortir de la propriété de son oncle. Aujourd'hui, il osait parler à sa meilleure amie. Il ne doutait de rien !

— Qu'est-ce que tu fais aujourd'hui ? murmura-t-elle avec réticence.

— Rien de spécial. Je suis à Nice chez mes parents. Si tu veux, je viens te voir. Tu es dispo ?

— Je suis tout le temps dispo en ce moment. Je sèche le boulot, même si j'adore ce que je fais.

— On peut aller se balader à Monaco, si ça te dit. Le juge d'instruction n'a pas le droit de traverser la frontière sans autorisation. On sera tranquilles !

Malgré ses doutes à son encontre, elle trouvait sa voix rassurante. Si elle acceptait sa proposition, elle se jetait peut-être dans la gueule du loup. Mais était-il un loup ou un agneau ?

Elle finit par accepter, pensant que ce serait un bon moyen de le faire parler, à supposer qu'il en sache davantage…

Une heure plus tard, il arriva. Fringant. Aimable. Souriant.

Il s'était parfumé, comme s'il cherchait à lui plaire. Ou à effacer les rides de la suspicion.

Mais Juliette restait soupçonneuse.

— Ça va ? demanda-t-il d'une voix enjouée.

Que répondre à une question aussi idiote ?

Elle le regarda silencieusement des pieds à la tête, puis planta ses yeux dans les siens, essayant de percer ses pensées.

— Bon, finit-elle par lâcher. Allons à Monaco. Ça me détendra. J'aime tellement la principauté ! C'est le seul endroit du monde où je me sens en sécurité.

— Tu as peur ?

— J'ai peur tout le temps.

— Pourquoi ?

Elle le regarda de nouveau droit dans les yeux.

— À ton avis ?

— Dis-moi.

— Eh bien, je redoute que le tueur me flingue à mon tour. Mais attention, je ne me laisserai pas faire !

Il avait deviné le sous-entendu.

— Tu ne crains rien avec moi. Sois tranquille.

Il lui prit la main et la serra très fort.

Ils descendirent jusqu'à la voiture de Florent, la fameuse Citroën qui avait jailli de la propriété de son oncle. En la voyant, elle eut un mouvement de recul, une sorte de réflexe instinctif qu'elle réprima.

Elle hésita : et s'il voulait l'emmener pour la tuer dans un endroit perdu ?

Mais en le regardant, en le dévisageant, Juliette pouvait difficilement croire qu'un tel visage d'ange puisse dissimuler un monstre…

— Je ne sais pas si je dois monter, avoua-t-elle.

— Que crains-tu ?

— Tu me jures que tu n'es pas dans le coup ?

Sa voix était douce.

— Je te le jure.

— Vraiment ?

— Je travaille ponctuellement pour ton oncle, certes, mais je n'ai rien à voir avec ses magouilles.

Finalement, malgré quelques dernières réticences, elle s'installa dans sa voiture, son téléphone allumé à la main, prête à appeler la police en cas de besoin.

Il fallait qu'elle prenne des risques pour continuer à vivre. Pour percer le mystère. Pour savoir si Florent était impliqué.

La voiture roula sur la corniche à faible allure. Des voiliers et des yachts piquetaient la mer tel un immense tapis de fleurs blanches.

Mare nostrum, « notre mer », celle des rêves et des tragédies.

Celle des plus belles histoires d'amour et des naufrages de migrants.

La principauté se trouvait à quelques kilomètres. Juliette était heureuse d'y retourner.

— Allons dans le jardin exotique, Florent, veux-tu ?

Accroché à une falaise rocheuse, ce lieu bénéficie d'un microclimat propice à l'éclosion de plantes tropicales. Son trésor consiste en une collection de cactées. Les couleurs du Mexique et de l'Afrique australe dominent la flore semi-désertique. Juliette appréciait de se ressourcer dans ce parc, elle y aimait ses espèces arborescentes, euphorbes en forme de candélabres, aloès géants, figuiers de barbarie. Au moins, là, elle ne risquait rien, le jardin était surveillé.

Elle avait besoin de parler, de se confier… Elle décida de chasser pour un temps ses soupçons.

— Connaissais-tu cet endroit ? lui demanda-t-elle simplement.

— On m'en avait parlé, mais je n'étais jamais venu.

Ils montèrent un escalier pentu environné de cactus.

— J'ignore ton avis sur l'affaire, poursuivit-elle, mais je trouve bizarre que ma mère s'exhibe à tout-va, à supposer que ce soit elle.

Il était forcément au courant de la mystérieuse vidéo tournée sur une jetée en pleine nuit.

Elle lui parla de la photo qu'elle venait de découvrir et que les médias allaient diffuser dans les prochaines heures.

— Si j'avais commis le crime dont on la soupçonne, reprit-elle, je n'irais pas me balader dans un lieu aussi touristique que Portofino, le Saint-Tropez italien !

— Que ferais-tu ?

— Je m'enfuirais à l'autre bout du monde !

— Portofino, c'est loin. Ta mère ne se balade pas dans les rues de Saint-Tropez justement !

— Portofino, ce n'est pas le Sahara.

— La police italienne s'occupe-t-elle de l'affaire ?

— Du tout. Aucun mandat international n'a été lancé contre ma mère. Elle est recherchée comme simple témoin. Si les carabiniers la croisent, ils ne l'interpelleront pas.

— Cela explique qu'elle se promène en Italie et non en France. Elle nargue les enquêteurs sans rien craindre.

— Dans quel but ? Je ne comprends pas. Veut-elle qu'on l'accuse ?

Une moue se dessina sur les lèvres de Florent.

— À supposer qu'elle soit impliquée dans ce drame, comment expliques-tu qu'elle ait commis l'irréparable ?

Elle hésitait à se confier. Devait-elle lui parler des mails qu'elle avait reçus ? Non, toujours pas. Et si c'était lui qui les avait écrits ?

— Je ne sais pas, murmura-t-elle, la mine déconfite. Je ne vois aucun mobile sérieux. C'est le problème…

Elle ne faisait que lui répéter ce qui torturait son cerveau depuis des jours.

— Et toi, Juliette, elle t'épargne…

— Elle m'épargne parce qu'elle m'aime ? Peut-être. Mais elle tue son autre fille qu'elle chérissait autant que moi.

— Et ton père ? Ton frère ?

— Elle était en conflit avec eux. Mais de là à les descendre…

Elle s'appuya contre un rocher, anéantie par la tristesse.

— Un sosie ! As-tu pensé à un sosie ? demanda le pompier.

— Un sosie exhibé pour faire croire qu'elle est encore vivante ?

— Pas du tout ! Ce sosie n'aurait aucun rapport avec le drame. Une femme ressemble à ta mère, des gens pensent que c'est elle et préviennent la police. Un classique dans ce genre d'affaire ! Ta mère était d'origine argentine, n'est-ce pas ?

Juliette sursauta : Florent avait utilisé l'imparfait. Pour quelle raison ?

— Oui, pourquoi ?

— Réfléchis un peu. Elle a un physique « du Sud », comme on dit. C'est une latino. Des femmes comme elle, il en existe une multitude en Italie.

Il n'avait peut-être pas tort. La femme photographiée avait une ressemblance certaine avec sa mère, et la coiffure était identique ; mais sur un cliché, on a du mal à se faire une idée précise.

Au loin, ils apercevaient la Riviera italienne nimbée de brumes.

La mère de Juliette était-elle en villégiature là-bas ? Avec qui ? Son complice ? Son amant ? Quelle drôle de villégiature ! Savourait-elle ses crimes dans un grand hôtel de Portofino ?

Florent poursuivit :

— Le seul moyen de savoir si c'est elle, à défaut de pouvoir l'appréhender, ce serait de prélever des échantillons d'ADN à l'endroit où elle est passée.

— Je viens de te le dire. Les enquêteurs français n'ont aucun mandat pour procéder à ce genre de vérification.

Ils arrivèrent à l'entrée de la grotte de l'Observatoire creusée dans le calcaire et s'y arrêtèrent, à l'abri de la lumière incandescente du soleil.

Florent lui prit les deux mains et la contempla avec attendrissement et émotion.

Que devait-elle lire dans ce geste et ce regard ? Une simple manifestation amicale ou l'indice d'un désir charnel ?

Après une longue promenade sur les hauteurs de Monaco, ils descendirent vers le port Hercule bordé par le quartier de la Condamine. Le soir venait. Florent lui proposa de dîner au restaurant.

Elle hésitait. Mais elle savait que la principauté était hautement sécurisée, même si c'était fou de partager un dîner avec quelqu'un qu'elle soupçonnait d'avoir trempé dans une affaire criminelle !

Ils s'attablèrent à la terrasse de la pizzeria Papa. Il faisait doux.

— Choisis ce qui te fait plaisir, chuchota aimablement Florent.

La carte proposait des pizzas cuites au feu de bois. Juliette n'hésita pas une seconde.

— Va pour une napolitaine ! s'écria-t-elle. Je n'ai pas très faim, mais bon, ça va me caler l'estomac. Je n'ai rien mangé aujourd'hui.

Florent commanda la même chose, et une bouteille de chianti.

— C'est presque l'Italie ici, murmura-t-il avec un sourire, ça sent bon le Sud, l'huile d'olive, le parmesan, la mozzarella, le risotto, le tiramisu. Il ne manque plus que Pavarotti.

— Tu retournes le couteau dans la plaie, c'est ça ? J'aimerais tellement savoir si ma mère est vivante !

Au moment où les pizzas arrivaient, Juliette aperçut Lucia qui marchait de manière nonchalante. La voyant, elle culpabilisa de ne pas l'avoir informée de sa venue à Monaco. La jeune Italienne découvrit son amie attablée.

— Ah, Juliette, ça alors ! Quelle surprise ! Tu aurais pu me dire que tu étais dans le coin ! Je serais venue à ta rencontre. Mais voilà, c'est fait ! Je suis là !

Elle dévisagea le pompier et le reconnut. S'étaient-ils déjà rencontrés ? Juliette l'ignorait.

— Florent, ça me réjouit de te voir ! s'écria l'Italienne. Tu me contactes sur Facebook et je tombe sur toi !

Elle l'embrassa, comme si elle le connaissait depuis toujours.

Juliette proposa à son amie de s'attabler à leur côté, elle accepta. L'Italienne commanda une salade de la mer composée d'anchois, de saumon et de thon mélangés à une laitue rafraîchissante.

Après avoir échangé des banalités, Lucia regarda son amie droit dans les yeux et lui demanda :

— As-tu écouté les dernières nouvelles ?

Juliette se sentit faiblir. Encore un scoop ? Elle avait l'impression que Lucia avait l'oreille collée à la radio. C'était la deuxième fois qu'elle lui annonçait ce qu'elle venait d'entendre.

— Non ! Qu'est-ce qui se passe encore ?

Elle craignait par-dessus tout d'apprendre que sa mère était morte.

— Un incroyable rebondissement ! Tu te connecteras sur Internet et tu comprendras.

— Vas-y, dis-moi ! Ne me laisse pas mariner.

— Les enquêteurs ont fait une découverte capitale.

Lucia regarda Florent.

— Puis-je parler en toute liberté devant notre ami pompier ?

Pour Juliette, dans la mesure où l'information avait circulé dans les médias, la présence du jeune homme, quel que soit son jeu éventuel, ne changeait rien.

— J'écoute.

— À mon avis, cette révélation explique énormément de choses…

Lucia continua à caqueter sans le moindre signe d'émotion.

— Les enquêteurs ont découvert que tes parents étaient très endettés. Ils ont contracté des emprunts qu'ils ne pouvaient plus rembourser. Des centaines de milliers d'euros !

Juliette secoua la tête, abasourdie :

— Une fois encore, je ne peux pas le croire. Ils gagnaient bien leur vie. Ils menaient une existence quasi monacale. Ils avaient remboursé leur villa depuis longtemps. Je ne vois pas comment ils auraient pu s'endetter. Je n'ai jamais entendu parler de ça. C'est un racontar de plus !

— D'après les médias, la police savait dès le début que tes parents avaient d'énormes problèmes d'argent. Cette piste a été explorée dans le plus grand secret.

Florent écoutait Lucia sans sourciller.

Le silence s'installa entre les trois jeunes gens. Au loin, on entendait un air de banjo.

Juliette n'aurait jamais imaginé que ses parents puissent être criblés de dettes… Ils cachaient bien leur jeu. Des centaines de milliers d'euros ! Pas une seule fois, devant elle, ils n'avaient évoqué ce problème.

— Je ne comprends pas, murmura-t-elle. Comment l'expliquer ?

— Eh bien, jusque-là, d'après ce que j'ai lu et entendu, les enquêteurs ne comprenaient pas non plus. Ils viennent juste de découvrir le pot aux roses.

— Ah ?

— Il leur a fallu un certain temps. Tu liras sur Internet. Tout y est raconté.

— Et donc ?

— Ta mère jouait au casino. Ici même, à Monte-Carlo. Dans le plus grand secret.

— Impossible !

— C'est la vérité. Au début, il y a quelques années, elle a gagné un joli pactole à la roulette. Elle s'est prise au jeu, c'est le cas de le dire. Elle s'est mise à parier de manière compulsive et à perdre des sommes importantes. Ça ne l'a pas empêchée de continuer, au contraire. Une vraie addiction. Les dettes se sont accumulées. On ne sait pas si David était au courant que Flavia jouait de manière compulsive, mais il s'est rendu compte que leur endettement devenait abyssal. Ils avaient un compte joint… Ta mère empruntait de l'argent pour continuer à jouer. Une spirale infernale !

— J'imagine mal maman dans un casino, murmura Juliette, sceptique.

— Une addiction ne s'explique pas. C'est une névrose. À mon avis, Loiseau savait depuis le début qu'elle venait ici. Les enquêteurs ont dû interroger le personnel du casino avec le concours de la police monégasque, qui est très efficace. L'affaire est relancée à la suite de ces révélations.

De nouveau, ils se turent. Des promeneurs braillards déambulaient. Leur vacarme contrastait avec la stupeur silencieuse de Juliette. Elle aurait pu s'agiter, crier, mais elle était prostrée. Elle avait pensé à tout, mais pas à ça. Comme quoi on ne connaît pas ses proches. Tous ont leur part d'ombre.

Flavia s'était-elle enfuie pour échapper à ses dettes ?

L'endettement est le moteur de certains crimes familiaux. Les annales débordent de faits divers où l'on tue pour l'argent.

Juliette secoua lentement la tête.

— Ma chère Lucia, parlons à voix basse mais de manière franche. Pour toi, que s'est-il passé le 4 avril ?

L'Italienne semblait hésiter. Elle regarda Florent, comme si elle cherchait dans ses beaux yeux la réponse à la question.

À cet instant précis, Juliette se fichait de savoir si le pompier était ou non mêlé à cette histoire.

— À mon avis, et cela confirme ce que je t'ai déjà dit, ta mère a voulu recommencer sa vie ailleurs. Loin, très loin. Elle a désiré couper les ponts de manière définitive parce qu'elle était enfoncée jusqu'au cou dans ses dettes et qu'elle ne s'entendait plus avec ton père et ton frère. Elle a voulu tourner la page le jour de ses quarante-cinq ans. Elle avait tout préparé. Une sorte d'adieu ! Un crime prémédité de longue date à l'aide d'un complice.

— Un complice ?

— À l'évidence !

— Comment le sais-tu ?

— Elle n'a pas pu te transporter seule sur une plage. Quelqu'un l'a aidée. Forcément !

— Je refuse d'imaginer ma mère tuant ma sœur…

— Dans ce bas monde, tout est possible. Y compris l'impensable.

— Penses-tu qu'elle avait un amant caché ?

— Elle avait une double vie. Ce que viennent de révéler les médias le prouve. Toi-même, tu n'avais jamais deviné qu'elle jouait au casino. Aujourd'hui, tu ne veux pas admettre qu'elle ait pu avoir un amant. Or, c'est assez banal. Bien plus que de s'endetter autour d'un tapis vert.

Florent avait-il une idée sur la question ? Elle le regarda.

— Tu n'as pas dit un mot depuis tout à l'heure. Qu'en penses-tu ?

— Oh, tu sais, je ne sais rien, moi, je cherche juste à t'aider. Je connais ton oncle, mais ta mère, je ne l'ai jamais vue. Je n'ai aucune opinion sur elle.

Lucia observa le jeune homme sans rien dire, un sourire en coin.

Juliette se fourvoyait peut-être… mais l'un et l'autre paraissaient lui cacher quelque chose.

Le lendemain, à l'aube, Juliette reçut un appel du cabinet du juge. Elle n'était pas très surprise, vu les derniers événements révélés par les médias. On lui demandait de passer de manière urgente, Loiseau voulant l'informer d'un certain nombre de choses.

Une heure plus tard.

— Merci d'être venue ! s'écria le magistrat en lui tendant une main amicale. Allez-vous mieux ?

— Que voulez-vous que je vous réponde ?

— Excusez-moi, j'essaie d'être sympathique dans une affaire qui ne l'est pas...

— Qu'avez-vous à me dire ?

— Je ne vais pas vous répéter ce que les médias ont annoncé hier, à moins que vous ne soyez pas au courant.

— Les dettes ?

— Oui ! Énormes ! Colossales ! Non seulement votre mère a dilapidé les économies familiales, mais elle a lourdement endetté son couple... Impossible de rembourser. Les huissiers s'apprêtaient à saisir la villa de Vence.

— Cela aurait arrangé mon père de toucher l'héritage du Rococo, c'est cela que vous voulez me dire ?

— Nous évoquerons ce sujet à un autre moment, voulez-vous ?

Il pianota sur le clavier de son ordinateur.

— Nous supposons que votre mère a voulu disparaître, pour une raison facile à imaginer.

Juliette se leva d'un coup, furieuse, sans dire un mot.

Il attendit qu'elle se rassoie pour reprendre :

— En fouillant dans ses mails, nous avons retrouvé de nombreux messages où elle se plaint. Elle dit que sa vie est un enfer.

— Je suis très surprise. À qui dit-elle ça ?

— À des connaissances lointaines. À des gens rencontrés sur des forums de discussion. Jamais à des membres de sa famille.

Elle était consternée.

— Avez-vous des exemples concrets à me donner ?

Le juge tourna les yeux vers son écran.

— Nous avons retrouvé des centaines de messages. Je vais vous en lire un, adressé à un homme rencontré sur un site consacré aux problèmes de couple. Attention, c'est très cash : « Bonjour, merci pour ton message, Socrate. On ne se connaît pas, mais je constate que nous vivons le même enfer au quotidien. Toi avec ta femme. Moi avec mon mari. Dois-je encore l'appeler mon mari ? Il est tout le temps absent. Il me déteste. Pour lui, je ne suis qu'un objet. Sa misogynie est effrayante. J'ai eu des enfants avec lui, et maintenant, je ne suis plus rien. Un vieux chiffon. C'est comme si nous vivions sur deux planètes différentes. Jamais un sourire. Jamais une parole aimable. L'autre jour, j'ai découvert qu'il regardait des films porno sur son ordinateur. Vraiment, je ne l'intéresse plus. Ça fait des années qu'il me déteste. Plus de rapports sexuels. Rien. Il a la tête ailleurs. Dire que j'ai été amoureuse de lui. J'espère que c'était réciproque, au moins dans les premiers temps, mais je finis par en douter. Dans une autre vie, nous avons passé de beaux moments. Était-ce bien le même homme que celui que je fréquente aujourd'hui ? Je suis au fond d'un vide abyssal. Ça fait longtemps qu'on ne dort plus dans le même lit. Il occupe la chambre de mon fils qui a quitté la maison. Cette maison est un cauchemar, si tu savais ! Dire qu'il faut sauver les apparences. Les rares fois où l'on va dîner ensemble chez des amis, on donne l'impression d'être un couple sans histoire. Je suis anesthésiste dans une clinique, j'ai d'énormes responsabilités, mes collègues m'apprécient, je ne veux pas qu'on sache que ma vie familiale est un enfer. Je suis au bout du rouleau. J'ai envie de me foutre en l'air. »

Juliette était décomposée. Elle n'avait jamais pensé que sa mère allait si mal, même si elle savait qu'elle traversait une période difficile depuis quelque temps. Mais de là à imaginer l'étendue de sa détresse…

— De quand date ce message ? demanda-t-elle.

— Trois mois. Ce témoignage est l'un des plus évocateurs, mais il y en a des dizaines comme ça. Vous ne saviez rien ?

— Rien.

Elle renifla.

Loiseau ajusta ses lunettes.

— Je ne vais pas tout vous lire, ça prendrait des heures. Sans avoir la moindre certitude, nous supposons que votre mère a voulu disparaître après avoir commis…

Il suspendit sa phrase. Un silence, puis il reprit :

— … Enfin, vous savez ce qui est arrivé. À notre avis, elle n'a pas agi seule. Elle a drogué tout le monde pour faciliter les choses. Un utilitaire est arrivé avec un complice à bord. Elle vous a transportée jusqu'à la plage de Gigaro.

Il toussa.

— Dans ce genre d'affaire, le complice est souvent un amant.

Juliette était dévastée. Elle n'arrivait plus à prononcer une parole.

Le magistrat continua :

— Le gros problème, c'est que nous n'avons aucune trace de lui. Nulle part. Ni sur Internet, ni sur son téléphone. Un mystère total. Avez-vous une idée ? Une piste ?

— Ma mère n'avait pas d'amant.

— En êtes-vous certaine ?

— Après ce que vous venez de me révéler, je ne suis plus sûre de rien.

Loiseau se leva, effectua quelques pas dans la pièce, regarda par la fenêtre, comme s'il essayait de trouver des réponses en observant le vol des oiseaux.

— Je ne vais pas vous mentir : quelque chose nous intrigue.

Il se tut quelques secondes, avant d'ajouter :

— Votre mère utilisait la messagerie cryptée Snapchat. Voyez-vous de quoi il s'agit ?

— Les messages peuvent s'effacer au bout de quelques secondes, c'est ça ?

— Exactement. Ni vu ni connu. Cette messagerie est très utilisée par les adolescents, les dealers de drogue, ou par toute personne ayant des choses à cacher. Malheureusement, la police judiciaire française n'a pas accès aux messages. Il faut suivre une procédure très longue auprès de la société basée en Californie. Juridiquement, à ce stade, elle n'a aucune chance d'aboutir dans la mesure où votre mère est recherchée comme simple témoin.

— Je suis soulagée de vous entendre dire que vous ne l'accusez pas ! Depuis que je suis entrée dans ce bureau, j'ai l'impression du contraire.

Le magistrat haussa les épaules.

— Mais non, voyons ! J'instruis, je dirige l'enquête, je n'accuse personne. Votre mère est présumée innocente. J'essaie juste de comprendre ce qui s'est passé. Donc, vous n'étiez pas au courant qu'elle utilisait Snapchat ?

La jeune fille se raidit sur sa chaise et rétorqua :

— Croyez-vous vraiment que je passais mon temps à lui demander quelles applications elle téléchargeait ?

— Elle aurait pu communiquer avec vous par ce biais.

— Eh bien non !

— Pensez-vous qu'elle avait un amant ?

— Vous m'agacez avec vos questions, toujours les mêmes. Je viens de vous répondre.

— Fouillez dans votre mémoire. Un ami intime peut-être ?

— Maman avait des collègues qu'elle ne voyait jamais en dehors de la clinique. Ou alors, je n'étais pas au courant. Pour le reste, je ne sais rien. Je fréquentais peu ma mère depuis quelque temps. Je me répète.

Elle ne voulait pas s'étendre sur les querelles familiales.

— Je vous encourage à réfléchir à cette importante question dans les jours à venir. Sachez que la maison de Vence n'est plus sous scellés. Vous pouvez désormais y accéder si vous avez la clé. La police scientifique a fait un énorme travail. Nous avons tout épluché, tout récolté, tout analysé. Les conclusions viendront plus tard. Peut-être.

— Avez-vous d'autres pistes que celle de ma mère ?

— Je ne répondrai pas à cette question.

— Moi je réponds, et vous, non !

— C'est moi le juge. J'ai autre chose à vous demander.

— Allez-y.

— Avez-vous revu Flavia depuis le massacre ?

Juliette était estomaquée que Loiseau ose poser cette question.

Elle répondit dans un sanglot :

— J'essaie de savoir ce qu'elle est devenue... J'aimerais bien la revoir, même si elle est coupable, mais jusque-là, rien !

— Elle vous a écrit, n'est-ce pas ?

— Je sais que vous êtes au courant, mais rien ne prouve que ces messages aient été rédigés par elle et vous le savez très bien !

— Je comprends que vous cherchiez à l'innocenter, c'est normal. Elle vous aime et vous l'aimez.

La jeune fille comprenait le sous-entendu : « elle ne vous a pas tuée parce qu'elle tient à vous. »

— Cette histoire est une machination ! Une machination ! hurla Juliette, hors d'elle.

Loiseau tenta de la raisonner.

— Soyez assurée que nous n'accusons en aucune façon votre mère. Je ne vais pas vous le dire toutes les deux phrases. Voulez-vous un café ? Un thé ? Un Coca ?

— Je ne veux rien. Je cherche seulement à connaître la vérité. Pour essayer, si c'est encore possible, de tourner la page et faire mon deuil.

Juliette composa le numéro de Frank dès sa sortie du palais de justice. Il fallait qu'il lui vienne en aide. Tout de suite.

Elle avait envie d'en finir. S'il ne décrochait pas, elle sauterait du haut d'une falaise de l'arrière-pays. Tout lui était insupportable. Les dernières révélations la jetaient en pâture à la mort.

— Aide-moi, s'il te plaît. Viens !

— Qu'est-ce qui se passe ?

— Viens ! Viens !

— Où es-tu ?

— Rejoins-moi à Nice dans le jardin Albert-Ier. Tu vois où c'est ?

— Je connais, bien sûr. Sur la promenade des Anglais.

— Je t'attends sur un banc près du théâtre de verdure. Vite !

Au bout d'une quarantaine de minutes, il arriva. Juliette appréciait sa ponctualité et sa gentillesse, même si elle avait l'impression de le relancer à chaque fois. Elle aurait voulu nouer une relation plus charnelle avec lui mais vivait dans une tristesse morbide pour l'instant. Ça devait le réfréner, forcément. Elle était hantée par l'idée qu'il vivait peut-être une relation secrète avec une autre femme. Lucia ?

Il arriva, lunettes de soleil sur les yeux, blouson noir. Juliette le trouvait très désirable. Rassurant.

Elle se jeta dans ses bras, il la serra contre lui, très fort. Elle fondit en larmes. Entre deux sanglots, la jeune femme lui raconta ce qu'elle venait d'apprendre dans le cabinet du juge.

Elle avait la clé de la villa de ses parents dans la poche, accrochée à son trousseau.

— La police scientifique ne travaille plus sur la scène du crime. Le magistrat m'a dit que je pouvais retourner dans la maison. J'aimerais m'y rendre avec toi.

— Dans quel but ?

— Je ne sais pas. Pour imaginer ce qui s'est passé. J'y suis allée avec le juge, en état de choc, nous avions enfilé des combinaisons pour ne laisser aucune trace. Je voudrais revoir ce lieu maudit.

— Je suppose que les flics ont tout embarqué.

— Certains souvenirs vont peut-être remonter à la surface. Ça t'embête ?

— Pas du tout.

— Qu'est-ce qu'on risque ?

Ils roulèrent jusqu'à Vence. Le cœur de Juliette battait la chamade, elle avait l'impression que sa poitrine était comprimée. Une fois de plus, elle étouffait, comme si elle avait de l'asthme.

Une bonne chose que Frank daigne l'accompagner… Elle n'aurait pas eu la force de retourner seule dans la maison de l'horreur.

— Ma Juliette, chuchota-t-il, on va trouver la solution de l'énigme…

— Ça ne me rendra pas les miens, mais allons-y !

Ils entrèrent dans le jardin en voiture.

Elle repensa à ce jour funeste.

L'allée gravillonnée au milieu des pins.

Les massifs de fleurs.

La villa construite à la fin des années 1970 dans le style provençal.

Le toit de tuiles romaines.

Le garage.

En apparence, rien n'avait changé.

C'étaient la même maison, le même jardin, les mêmes fragrances. Les mêmes chants d'oiseaux. Le même roucoulement des colombes.

Et ce soleil à foison dont les rayons arrosaient les feuillages en d'innombrables lucioles.

Rien n'avait changé et tout avait changé.

La voiture s'arrêta devant la maison.

Toute tremblante, Juliette foula le gravier.

Cette maison où elle avait passé son enfance, son adolescence, était à présent silencieuse comme une tombe.

— Que comptes-tu faire ? demanda Frank.

— Je ne sais pas. L'autre jour, avec le juge, je me trouvais dans un état second, je n'ai rien remarqué tant j'étais bouleversée. J'ai répondu aux questions qu'il me posait de manière factuelle.

— Concrètement, par quelle pièce commence-t-on ? C'est toi qui décides !

— Maman avait d'énormes albums de photos. J'aimerais y jeter un œil. Je ne sais pas si la PJ les a emportés.

— Elle les a peut-être embarqués puis remis en place. Tu penses que ta mère a photographié son amant, c'est ça ?

En pareille circonstance, Juliette n'appréciait pas son humour grinçant, mais cela faisait partie du personnage.

— Arrête… Comme l'a dit le juge, il faut fouiller toutes les pistes, sans la moindre réticence. Y compris celles qui semblent farfelues au premier abord. Sinon, on reste chez soi, les bras ballants, en attendant la mort.

Ils entrèrent.

Juliette s'attendait à ce que tout soit sens dessus dessous, mais rien n'avait bougé. Mieux : tout avait été nettoyé, remis en ordre, rangé.

Elle avait l'impression que ses parents étaient partis en vacances et qu'avant de prendre le large, ils avaient fait le ménage consciencieusement.

Pas une trace de sang.

Seul changement : l'odeur. Ou plutôt, les odeurs. Elles comprimaient la gorge. Pas des odeurs de morts, de cadavres, celles de produits chimiques. Elle savait comment se déroulaient les enquêtes de la police scientifique. Les fluides utilisés révélaient un certain nombre de détails qu'on ne voyait pas à l'œil nu.

Malgré ses efforts, aucun souvenir ne jaillissait, en dehors de ce qu'elle savait déjà.

Elle observa la salle à manger, le salon. Rien ne lui revenait en mémoire.

— Si la police scientifique ne les a pas embarqués, les albums se trouvent toujours dans la chambre de mes parents.

Ils montèrent à l'étage.

Sur une étagère, d'énormes classeurs étaient rangés par année.

— Maman est une maniaque de la photo. Elle mitraille tout ce qu'elle voit. Elle publie beaucoup sur Facebook. Les meilleurs clichés sont développés sur papier.

Ils posèrent les albums les plus récents sur le lit conjugal.

— Allons-nous tout regarder ? demanda Frank sur un ton dubitatif. Ça va prendre des heures.

L'album de la dernière année… Celle d'avant le drame…

Juliette tournait les pages fébrilement.

Les clichés donnaient l'image d'une famille heureuse, sans histoire. Le père, la mère, parfois les enfants.

Des invités autour d'une table. Des amis. Des cousins lointains. Parfois Isabel, mais rarement. Aucun cliché de Dorian. Jamais. Il était *persona non grata*.

Assis à côté de Juliette, Frank regardait les photos les unes après les autres. Il ne faisait aucun commentaire.

— C'est décourageant, dit la jeune fille. Tout est normal. Affreusement banal. On ne se rend pas compte des conflits qui ravageaient la famille. On a l'impression que tout le monde croque la vie à pleines dents. Sourires. Sourires. Sourires !

Elle continua à feuilleter.

Au bout de plusieurs minutes, Frank rompit le silence :

— Crois-tu que ta mère a dessiné un petit cœur sur les lèvres de son amant ?

Elle ne répondit pas. Elle regardait les clichés avec l'énergie du désespoir, essayant de déceler un indice, aussi ténu soit-il.

— Lui !

Elle plaça son index sur un homme d'une cinquantaine d'années et expliqua :

— Il apparaît souvent. Je ne sais pas qui c'est.

— Ça prouve quoi, Juliette ?

— Ce type est bizarre.

— Flavia s'est amusée à coller à plusieurs reprises la photo de son chéri ?

— Ben oui ! Elle a fait croire à papa que c'était un ami ordinaire, un ami de cœur, qu'elle fréquentait en tout bien tout honneur. Elle montre son visage pour prouver qu'il est inoffensif. Un classique ! Tu vois ce que je veux dire ?

— Non.

— Eh bien, cet homme m'intrigue, cher Frank. Il est toujours seul. Aucune femme à ses côtés. C'est un célibataire.

— Tu extrapoles...

On le voyait sur une dizaine de clichés, élégant, souriant, assez bel homme.

— Je ne vois pas qui c'est. Jamais vu. Maman n'en a jamais parlé.

Frank s'exclama :

— Tiens, sur cette photo, il est en blouse blanche ! C'est un médecin, non ?

— Possible. Un collègue ? Maman travaille à la clinique Bon Secours.

— Alors c'est plié. Il s'agit tout simplement d'un médecin qui bosse avec elle...

Juliette arrêta brusquement de regarder les photos. Elle ferma les yeux et se recroquevilla.

— Qu’est-ce que tu as ? murmura Frank en lui caressant les cheveux.

— J’ai compris. Enfin…

Juliette étouffait d'être enfermée dans la maison de l'horreur. Elle entraîna son ami dans le jardin et s'affala sur un petit banc dans une allée. Frank l'imita.

— Alors ?

— Ma mère ne s'entendait pas avec papa, c'est un fait objectif. Elle s'est prise d'affection pour un collègue de travail…

— Ah, tu vois, la piste de l'amant resurgit.

— Pas forcément un amant, Frank ! Mais ils s'aimaient.

— Soit. Et ensuite ?

— Maman ne voulait pas quitter papa, par devoir, tout en fréquentant cet homme.

— Comment le sais-tu ?

— Une intuition.

— Il a tué tout le monde ?

— Une hypothèse. À l'approche de ses quarante-cinq ans, maman a signifié à cet ami que leur histoire était impossible.

— Et pendant l'anniversaire, fou de désespoir et de jalousie, il commet un massacre ? Ça permet de dédouaner ta mère.

— C'est lui le tueur fou !

— Si ce scénario est exact, qu'est devenue ta mère ?

— Il a enlevé celle qu'il aimait.

— Et après ? Zorro l'a enfermée dans une bergerie du maquis ?

— Arrête de te moquer, s'il te plaît !

Elle pensait à l'hypnotique évoqué par le juge. Pour l'anniversaire de la femme inaccessible, l'amant éconduit avait-il offert une bouteille destinée à endormir les convives ? Une bouteille de cognac ? S'il était médecin à la clinique, il avait accès aux somnifères les plus efficaces. Puis il était arrivé sans prévenir et avait tiré sur les gens endormis. Il avait emmené la mère et sa fille aînée assoupies dans un Kangoo.

Il restait des zones d'ombre, mais Juliette considérait qu'il s'agissait d'une piste plausible.

Une de plus.

Sa mère était-elle enfermée quelque part ?

— Tout ce que tu dis reste à prouver, objecta Frank. À partir de simples photos, tu échafaudes un scénario tiré par les cheveux.

— Maman a voulu amasser de l'argent pour partir avec cet homme, elle jouait au casino, mais elle a tout perdu. Pire, ses dettes sont devenues abyssales. La vie dont elle rêvait était désormais impossible. Elle l'a informé que son projet de s'enfuir avec lui tombait à l'eau. Fou de rage et de désespoir, il est arrivé avec un pistolet…

La voix de Frank se fit moqueuse :

— Ne le prends pas mal, mais tu as beaucoup d'imagination, chère Juliette. Concrètement, qu'est-ce que tu comptes faire ?

— Je vais passer à la clinique pour retrouver cet individu. J'imagine que les enquêteurs ont fouillé cette piste, mais ils ne m'en ont jamais parlé. Des centaines de personnes ont dû être auditionnées en secret.

— À quel moment va-t-on là-bas ?

— Maintenant.

— À l'improviste ?

— Ben oui ! On ne va pas passer par la secrétaire médicale. Tu vas m'accompagner, mais tu resteras dans la voiture. Ça te va ?

— Je te l'ai dit, je veux te rendre service. À partir du moment où c'est possible pour moi, je serai toujours à tes côtés.

Ils repartirent.

Elle était suffisamment intelligente pour se rendre compte que cette piste était sans doute vaine, mais le fait d'avoir vu plusieurs fois le même homme dans le dernier album l'avait interpellée.

Elle ne l'avait jamais vu. N'en avait jamais entendu parler.

Quel rôle jouait-il dans cette histoire ?

La clinique Bon Secours se trouve dans un quartier chic de Nice. C'est un établissement de grand standing, très renommé. Juliette avait plusieurs fois attendu sa mère à la sortie, quand elles partaient se balader ensemble comme deux sœurs. Mais elle n'y était jamais entrée, par pudeur, parce qu'elle ne voulait pas la déranger dans son travail.

Elle n'y connaissait absolument personne.

Elle avait arraché une photo de l'album, celle où l'on voyait l'inconnu vêtu de sa blouse blanche.

Elle arriva à l'accueil, un endroit froid. Blanc comme de l'aspirine. Deux secrétaires étaient assises derrière un comptoir ; l'entrée ressemblait à n'importe quel hall d'hôpital français.

La jeune fille sortit la photo de sa poche. Elle la plaça sous les yeux de l'hôtesse de gauche, une blondinette au visage poupin.

Elle, d'habitude si polie, oublia de lui dire bonjour.

— Cet homme, le connaissez-vous ?

— Ben oui. C'est le Dr Hernandez. Anesthésiste.

Dans le mille !

— Je veux le voir.

— Pour prendre rendez-vous, il faut passer par votre médecin référent. Le Dr Hernandez ne reçoit pas directement les patients. C'est à quel sujet ?

La voix de Juliette était sèche et désagréable.

— Je ne suis pas une patiente. Je veux le voir tout de suite. C'est personnel. Urgent. Très urgent.

Elle souhaitait taire qu'elle était la fille du Dr Carpenter. Elle venait là incognito pour parler au Dr Hernandez en face à face. À lui seul. Dans une petite pièce. Sans témoin. En le regardant droit dans les yeux. Elle voulait pousser dans ses retranchements l'homme qui connaissait sa mère et dont elle n'avait jamais entendu parler.

À l'évidence, la secrétaire n'avait pas l'habitude de ce genre d'intrusion dans un endroit aussi feutré.

— Je ne sais pas s'il peut vous recevoir. Il est souvent dans la salle d'opération. Ou en consultation. Dans ce cas, il sera impossible de le rencontrer. Je vais essayer de le joindre.

Elle décrocha son téléphone.

— Votre nom ?

Une idée germa dans sa tête : le surnom de sa mère. Flafla. Si l'anesthésiste était un intime, il le connaissait sans doute.

— Dites-lui que je suis la fille de Flafla. Il comprendra.

La secrétaire parla dans le combiné :

— La fille de Flafla cherche à voir le Dr Hernandez. Est-il disponible ?

Un silence. Quelqu'un parlait à l'autre bout du fil.

Deux minutes d'attente.

— Entendu, c'est parfait ! s'écria l'hôtesse.

Elle raccrocha.

— Vous avez de la chance, il est en pause. Il vient d'opérer un patient, il se trouve dans son bureau et vous y attend. Quatrième étage, pièce 412.

Juliette, sans même la remercier, se précipita vers l'ascenseur, le cœur tremblant.

Il ne l'avait pas fait attendre. Était-ce bon ou mauvais signe ?

Comment allait-il réagir à sa visite ?

Deux minutes plus tard, elle pénétrait dans le bureau.

Il était exactement comme sur la photo. Blouse blanche. Assez bel homme. De grands yeux verts.

Il se leva immédiatement et demanda :

— Êtes-vous la fille de Flavia Carpenter ?

— Exactement !

— Juliette ?

— Vous me connaissez ?

— Votre mère m'a souvent parlé de vous.

L'émotion de la jeune fille était à son comble. Avait-elle en face d'elle l'amant de sa mère ? L'assassin de sa famille ?

— Vraiment ?

Elle essayait de deviner les pensées de l'homme qui se tenait droit comme un piquet. Il la pria de s'asseoir sur un fauteuil et répondit :

— Comme tout le monde, dit-il d'une voix douce, j'ai été bouleversé par le drame. Anéanti !

Il n'allait pas dire le contraire.

— Je voulais vous écrire, poursuivit-il, mais je n'avais pas vos coordonnées. J'ai pensé à vous. Je me demande ce qu'est devenue Flavia. Avez-vous des nouvelles ?

S'il était impliqué dans l'affaire, il jouait bien la comédie.

— Aucune, dit-elle d'une toute petite voix. Et vous ?

Elle était très émue.

Il hocha la tête.

— Malheureusement, non. Vous savez, je suis de tout cœur avec vous. Et avec elle. Passionnément.

Elle ne savait que dire. Porter des accusations contre lui ? Avec quels arguments ?

— Je viens vers vous car j'ai aperçu votre photo dans l'album de ma mère. Je n'avais jamais entendu parler de vous.

— Flavia parlait rarement de ses collègues à ses proches, elle me l'a elle-même avoué. Elle séparait sa vie familiale de sa vie professionnelle.

— Vous veniez à la maison, non ?

— Ça m'est arrivé, mais rarement. Pourquoi cette question ?

— J'essaie de retrouver les amis de ma mère pour tenter de comprendre ce qui s'est passé. J'aimerais tellement savoir ce qu'elle est devenue…

Le visage de l'homme s'assombrit.

— Cette histoire me hante. J'en rêve chaque nuit. Je voudrais moi aussi comprendre.

Elle jeta un œil sur le bureau, puis sur une étagère où traînaient quelques livres et des dossiers. Elle sursauta. Dans un coin, elle aperçut une photo, la seule présente. Avec sa mère encadrée.

N'y tenant plus, elle se jeta alors à l'eau :

— Aimez-vous ma mère ?

— Oui, beaucoup.

— Cette photo…

Il avait l'air embarrassé.

— Ah oui, cette photo ! Nous étions amis de cœur. Son absence est un grand vide. Ça vous gêne que je vous dise cela ?

— Mais non, du tout.

Dans la voix de Juliette perçait un zeste d'ironie. Elle avait décidé d'être directe. Elle reprit :

— Les enquêteurs vous ont-ils interrogé ?

Il sursauta :

— Pourquoi cette question ? Oui, ils m'ont interrogé. Ils ont interrogé quasiment tout le monde ici. Des inspecteurs en civil ont passé plusieurs jours à la clinique. Ils sont allés dans les bureaux. Ils ont recueilli des témoignages. Ils m'ont posé plusieurs fois les mêmes questions, à plusieurs jours d'intervalle, sans doute pour savoir si je me contredisais. Je ne me suis pas contredit. Soyez tranquille, je ne suis pas mêlé à cette histoire.

Ellc n'osait pas lui demander s'il avait un alibi. Elle n'était pas flic.

— Et donc, vous ne savez rien ?

— Rien.

Elle n'était pas surprise. S'il était impliqué, il n'allait pas le crier haut et fort…

— Un café ? proposa-t-il aimablement.

— Non merci.

Il soupira.

— J'aimerais vous révéler quelque chose de confidentiel.

Sa voix était sourde.

Juliette se raidit. Qu'allait-il lui annoncer ?

— N'ayant jamais été son médecin, je ne vais pas trahir de secret médical…

— Avait-elle des problèmes de santé ?

— En quelque sorte. Très dépressive. Depuis des années. Elle s'est souvent confiée à moi.

Ce n'était pas une surprise.

— Conclusion ?

— Elle m'a souvent dit qu'elle n'en pouvait plus. Elle avait des idées noires. J'étais inquiet. Très inquiet.

— L'avez-vous soignée ?

— Non, je viens de vous le dire. Et puis je suis anesthésiste comme elle, pas psychiatre. Mais je l'ai portée. À bout de bras. De tout mon cœur. De toute mon âme.

— Teniez-vous à elle tant que ça ?

— Ça fait des années qu'on se connaît.

Il avait utilisé le présent, ce qui ne prouvait rien.

— Pour vous, elle ne s'est pas suicidée ?

— Je ne sais pas. J'espère que non, mais l'hypothèse n'est pas à exclure. Il ne faut jamais rien exclure.

— Elle aurait tué ses proches dans un accès de désespoir avant de mettre fin à ses jours ?

— Possible. Elle vous a épargnée parce qu'elle vous aimait.

Juliette ne savait pas s'il jouait un jeu ou s'il était sincère.

— Vous avez l'air bien informé, docteur Hernandez.

— J'ai vu votre mère quelques jours avant le drame. Elle n'allait pas bien du tout. Et puis, elle était très angoissée par cet anniversaire. Il venait s'ajouter à une douleur qu'elle traînait comme un boulet.

— Un boulet ?

— Oui, toutes les histoires liées à sa famille. Vous les connaissez, je n'ai pas besoin de les évoquer.

Elle ne savait pas à quoi il faisait allusion. Ce qu'il savait. Ce qu'il ne savait pas.

S'il était impliqué d'une façon ou d'une autre, il ne dirait rien. À quoi bon insister ?

Elle changea de conversation.

— Habitez-vous à Nice ?
— L'arrière-pays. Un petit village. Et vous ?
— Monaco.
Juliette mentait car elle ne voulait pas qu'il sache où se trouvait son studio au cas où il serait le meurtrier.
Épuisée, elle cherchait des indices. Même ténus.
— Et sinon, êtes-vous originaire de la région ?
— Du tout ! Mes parents sont argentins. Comme ceux de votre mère.
— Vraiment ?
— D'ailleurs, je connais un peu votre grand-mère Isabel. Je l'ai rencontrée deux fois. Je ne l'ai pas vue depuis la tragédie, sauf à l'enterrement, mais de loin.
— Vous êtes venu à l'enterrement ?
— Oui. Avec d'autres collègues. Nous étions bouleversés. Nous avons signé les registres de condoléances.
— Et mon grand-père ? Le connaissiez-vous ?
— Vu une fois. Quelques semaines avant l'abominable accident dont il a été victime. J'ai soutenu Flavia dans cette épreuve terrible.
— Et mon père ?
Il semblait embarrassé.
— À peine…
— Pourquoi ?
— Compliqué à expliquer. Mais je l'appréciais.
Il changea brutalement de conversation.
— Je vais devoir reprendre mon travail. Un de mes patients va être opéré.
Après un court silence, Hernandez continua :
— Votre mère ne vous a jamais parlé de moi ?
— Jamais.
— Comment m'avez-vous retrouvé ?
— Une photo.
Elle l'extirpa de sa poche, pliée en deux.
— Ah oui, c'était dans un restaurant à côté de la clinique, La Pampa. On y mange d'excellentes viandes.

— Vous n'avez jamais partagé de repas avec mon père ?

— Non.

Elle sentait que la question le dérangeait.

— Je propose de nous revoir un autre jour. Je vous invite à déjeuner à La Pampa si cela vous tente. Je vous laisse mes coordonnées.

Il lui tendit une carte de visite.

— Merci d'être venue. Je pense à vous. À vos proches. À votre mère. J'espère qu'elle réapparaîtra.

Il semblait sincèrement ému, mais Juliette restait sur ses gardes.

La jeune fille retrouva Frank dans la voiture, en train de suivre les infos à la radio.

— Alors ? murmura-t-il. Du nouveau ?

— Je ne sais pas… Il ne nie pas avoir été proche de maman. Voilà. C'est tout. Il ne m'a pas annoncé qu'il avait tué tout le monde !

— Est-il en contact avec elle ?

— Il dit que non. Mais un truc me chiffonne. Il semblait gêné par certaines questions.

— Lesquelles ?

— Sur mon père.

— Ah oui ?

Ils démarrèrent.

Un silence s'installa dans la voiture. Juliette avait l'impression d'avancer dans un brouillard sibérien et se disait que cette rencontre n'avait pas servi à grand-chose. Si Hernandez était l'amant de sa mère, il ne dirait rien. S'il était le tueur, il n'allait pas le revendiquer. Il avait un visage paisible, mais il ne fallait jamais se fier aux apparences.

Comment le confondre ?

Les enquêteurs l'avaient interrogé, il ne l'avait pas nié. Faisait-il partie de la liste des suspects ? Juliette n'avait jamais rien lu sur lui dans les médias, alors qu'ils n'avaient cessé d'évoquer les autres suspects.

— Qu'en penses-tu, Frank ?

— Pas la moindre idée ! Je ne l'ai pas vu. En tout cas, il a le profil parfait du tueur : il s'entendait bien avec ta mère, il travaillait avec elle, il a accès à des produits anesthésiants, il a pu tout organiser de l'hôpital, mais tout cela ne prouve rien. Lui as-tu demandé s'il était marié ?

— Zut, j'ai oublié.

— Tu essaies de te renseigner ?

Après un instant de silence, Juliette enchaîna, à voix basse :

— À mon avis, ma mère est morte. Il l'a tuée, tout en lui faisant endosser la responsabilité du massacre de ma famille. C'est un drame passionnel. Je vais te faire une confidence, Frank. Pendant longtemps, j'ai hésité à t'en parler…

— Je t'écoute.

— J'ai reçu des mails de ma mère dans lesquels elle reconnaît être responsable de la tuerie. Ne le répète pas, je n'en ai parlé à personne. Je relis ces messages presque tous les jours. Au début, j'ai cru qu'elle les avait elle-même écrits. Puis j'ai douté. Aujourd'hui, je suis persuadée que ce n'est pas elle.

— Qu'est-ce qui te permet de dire ça ?

— Quelqu'un imite sa manière d'écrire à la perfection, mais certaines expressions ne lui ressemblent pas. Je ne vais pas entrer dans le détail, c'est simplement ma conviction. L'auteur de ces lettres lance une fausse piste. Derrière tout ça, il y a Hernandez. Peut-être. Il est suffisamment cultivé pour écrire des mails qui imitent le style de ma mère. Il travaillait avec elle, et ils communiquaient ensemble par écrit.

— Pour toi, ta mère n'a donc pas rédigé ces mails ?

— Peu probable.

À cet instant précis, le téléphone sonna dans la poche de Juliette.

Florent ?

Lucia ?

Si c'était l'un d'eux, elle ne décrocherait pas. Elle n'avait pas envie de leur parler en présence de Frank.

Elle regarda son écran.

Loiseau.

— Allô ? cria-t-elle.

— Êtes-vous dans le coin ?

— Pas loin, oui. Pourquoi ?

— Passez me voir aujourd'hui. Vous pouvez ?

— Dans une heure ?

— Parfait. J'ai quelque chose d'important à vous dire.

Elle se fit ironique :

— Encore ? À chaque fois la même rengaine. Vous allez m'annoncer que…

Mais elle ne trouvait plus ses mots. Dans un sanglot, elle finit par demander :

— … vous avez retrouvé ma mère ?

— Hélas, non.

Frank la déposa devant le palais de justice. Ses mains tremblaient, comme à chaque fois qu'elle était au seuil d'une nouvelle révélation. Et les révélations pleuvaient en cascade. Sauf qu'aucune ne permettait de résoudre l'énigme du triple meurtre, même partiellement.

Le juge d'instruction ne la fit pas attendre. L'annonce devait être de taille. Elle entra dans son bureau ; il était debout, le visage grave :

— Si cela ne vous dérange pas, commença-t-il, on va monter sur la terrasse. Vous verrez, on a une jolie vue. Ça me permettra de griller une cigarette.

Elle ne savait pas qu'il fumait.

Ils grimpèrent un petit escalier débouchant sur le toit. Au loin, on apercevait la mer qui miroitait comme un rêve de lumière.

— Est-ce un entretien informel ? demanda-t-elle, intriguée.

— Rien n'est informel avec moi, voyons. D'abord, comment allez-vous ?

— J'irai mieux quand je saurai ce qui s'est passé dans la villa le 4 avril.

Il alluma sa cigarette et regarda les toits de la ville.

— Contrairement à certaines affaires très médiatisées, nous travaillons ici dans la plus grande discrétion. Je ne fais que me répéter. Quelqu'un nous a intrigués depuis le début, mais nous n'en avons jamais parlé.

— Ah ?

— Votre père.

Juliette sursauta.

— Mais il est mort, non ?

— Certes, mais cela ne veut pas dire qu'il n'y a rien à fouiller dans sa vie…

Elle ne s'attendait pas à ce que Loiseau parle de lui. Elle ne voyait pas en quoi il pouvait être impliqué dans les meurtres.

— Le suspectez-vous de quelque chose ?

— Je n'ai pas dit cela.

Il tira une bouffée, remplit ses joues de fumée, avant de l'éjecter avec élégance.

— Alors ? demanda Juliette, tremblante.

— Vous l'ignorez sûrement, mais votre père menait une double vie.

Elle haussa les épaules.

— Lui aussi ? Vous allez m'annoncer qu'il détestait ma mère ? Vous me l'avez déjà dit.

— Oui, c'est vrai. Il la maltraitait. Mais j'ai autre chose à vous révéler : il fréquentait des prostituées.

— Pardon ? Vous plaisantez ? C'était un petit père tranquille, un professeur de collège dont la vie était réglée au millimètre.

— En apparence, oui. Mais dès que votre mère avait le dos tourné, il hantait les lieux où ces dames proposent leurs services. Notamment un parking d'autoroute à la sortie de Cannes. C'était un client assidu de certaines demoiselles, notamment l'une d'elles.

Elle imaginait mal son père montant dans une camionnette pour passer du bon temps.

Bouleversée, elle renifla. Elle ne l'aimait pas, mais cette révélation lui faisait tout de même mal.

— Admettons. Mais quel rapport avec le crime ?

Le magistrat observa la coupole de l'hôtel Rococo situé à quelques centaines de mètres.

— Votre mère a compris qu'il menait une double vie quelques jours avant son anniversaire. On a retrouvé une lettre écrite au stylo de sa main.

— Vous venez de la découvrir ?

— Nous avions mis la main dessus dès le début. Mais avant de vous en parler, nous voulions vérifier un certain nombre d'éléments.

Il tira de nouveau sur sa cigarette, avant d'attraper un papier dans sa poche.

— Je vais vous la lire. Vous allez voir, c'est violent.

David,

L'autre jour, par hasard, j'ai rencontré un homme qui te connaissait dans un bar de Nice. Un certain Alban. Tu vois ? Il ne savait pas que j'étais ta femme. Oh, il n'a pas été très discret. D'habitude, les hommes ne sont pas loquaces, mais là, il était vraiment éméché. Il m'a dit que tu passais du bon temps avec des « putes ». C'est le mot qu'il a utilisé ! Au début, j'ai cru avoir mal entendu. Je lui ai demandé de répéter ton nom. Il t'a décrit. Vraiment toi ! Tu vas courir les filles à la moindre occasion. J'en suis écœurée.

Juliette n'avait jamais entendu sa mère parler de la sorte ; d'habitude, elle châtiait son langage. Cette lettre montrait bien l'étendue de sa colère et de sa détresse.

Il m'a parlé plus d'une heure. Vos petites virées sur les aires d'autoroute, dans les bois, dans les hôtels. C'est ta drogue, paraît-il. Une drogue dure. Le père de famille modèle est une bête de sexe ! Tu trompes ta femme et tes enfants. Il paraît que tu as trouvé une fidèle demoiselle, qui ne te fait même pas payer parce qu'elle t'aime bien.

— J'en ai assez entendu, s'écria Juliette, blanche comme un linge. Stop ! Stop !

— La lettre comporte plusieurs pages. Je vous en ferai une copie que vous regarderez à tête reposée. Je vous lis simplement le dernier paragraphe.

Dans quelques jours, on fête mes quarante-cinq ans. Un merveilleux anniversaire se prépare. Quand j'ai entendu ce qu'on disait sur toi, j'ai voulu tout annuler et disparaître quelque temps. Prendre l'air. Me mettre à l'écart. Mais finalement, non, la fête aura bien lieu. Je ne veux pas priver les autres de ce moment à cause du salaud que tu es. Tu seras là, n'est-ce pas? Avec Valentin, qui a tué mon père? Quelle famille parfaite, quelle joie de vous revoir tous! Je te prépare une surprise. Je ne t'en dis pas plus. Ton ex.

Juliette n'en revenait pas.

— Malgré cette lettre, mon père a accepté de participer à cet anniversaire ? Étrange, non ?

— Au début, nous voulions savoir s'il avait discuté avec votre mère après avoir pris connaissance de ce courrier.

— Dans la mesure où l'un est mort et l'autre a disparu, c'est difficile de savoir.

— Nous avions envisagé de vous questionner à ce sujet, mais nous nous sommes aperçus que votre mère ne lui avait pas transmis cette missive.

— Comment le savez-vous ?

— On l'a retrouvée au fond d'un tiroir, glissée dans une enveloppe. Aucune trace ADN de votre père, ni sur l'enveloppe, ni sur le papier. Il ne l'a donc pas eue entre les mains. Votre mère ne la lui a pas donnée. À moins qu'elle ne la lui ait lue à voix haute, mais c'est peu probable. On n'écrit pas une lettre pour la lire à quelqu'un. Vous n'étiez au courant de rien ?

— De rien. Ni mon père ni ma mère ne m'ont jamais parlé de cette…

Elle hésitait sur le mot.

— … trahison.

Le magistrat effectua quelques pas. À l'horizon, des avions décollaient et atterrissaient.

— Quand vous êtes arrivée, n'avez-vous rien remarqué d'anormal ? Pas de tension palpable ?

— Je vous l'ai maintes fois répété. Tout le monde paraissait détendu. J'en étais moi-même surprise…

— Le calme qui précède la tempête, en quelque sorte !

Juliette ne savait que penser de cette énième révélation. Elle se lança :

— Imaginons que ma mère ait commis le massacre. Pourquoi n'a-t-elle pas utilisé sa propre voiture pour m'embarquer ?

— Un utilitaire permet de transporter un corps de manière plus discrète. Les vitres arrière sont en tôle.

Juliette inspira un grand coup puis demanda :

— La piste du complice, où en est-elle ?

Le magistrat semblait embarrassé.

— Nous cherchons un amant. Nous fouillons partout. Sur les réseaux sociaux. Le téléphone. Les amis.

— Et le Dr Hernandez ?

Il sursauta.

— Le connaissez-vous ?

— Je viens de le rencontrer.

— Nous l'avons dans le collimateur.

Loiseau proposa à Juliette de redescendre pour prolonger l'entretien. Elle était secouée au plus profond de son être par ce qu'elle venait d'entendre. Même si elle n'appréciait pas son père.

Le magistrat s'assit derrière son bureau en la regardant fixement et lui demanda :

— Que savez-vous du Dr Francis Hernandez ?

— Rien. Presque rien. Je l'ai retrouvé grâce à une photo. Ma mère ne m'en avait jamais parlé.

— Lui avez-vous rendu visite ?

— Comment le savez-vous ?

— Votre impression ?

— Aucune.

— Pensez-vous qu'ils soient amants ?

Juliette observa le magistrat avant de répliquer :

— Pas la moindre idée. Et vous ?

— Nous avons un doute à son sujet. Il était très proche d'elle. Mais jusque-là, nous le considérions comme un simple ami. Un confident.

Pour Juliette, la seule question importante à cette heure était de savoir s'il avait participé ou non au massacre.

— Complice ?

— Rien ne le prouve. Son ADN n'a pas été retrouvé dans la villa. Le jour du massacre, il prétend qu'il se reposait dans sa maison de Levens. Son téléphone a borné là-bas, mais il a très bien pu le laisser chez lui pour descendre à Vence sans être géolocalisé. Personne ne l'a vu de la journée. Il n'a pas d'alibi.

— Célibataire ?

— Depuis toujours.

Juliette voulait trouver une explication, y compris si sa mère était impliquée.

— Conclusion ?

— Tout est envisageable, répondit le juge, mais nous n'avons aucun élément permettant de dire qu'il est dans le coup.

— Est-il allé en Italie depuis la tuerie ?

— Pas à notre connaissance. Mais il n'est pas pisté en permanence. C'est un témoin, pas un suspect.

— L'avez-vous placé sous surveillance ?

— On peut épier les gens de plusieurs manières. Je ne peux pas vous en dire plus.

Elle planta ses grands yeux clairs dans les siens. Il sembla déstabilisé.

— Monsieur Loiseau, pourriez-vous être plus explicite ? Après tout, je suis la principale victime de ce drame.

— Je vous révèle bien des choses. Un juge d'instruction ne devrait pas s'épancher de la sorte. Vous êtes une privilégiée !

Ce mot faillit la faire bondir de colère. Elle avait perdu une partie de sa famille et il osait lui parler de privilège ?

Elle pensait à la vidéo de cette femme affolée courant dans la nuit, visionnée dans ce bureau. Sa mère ?

— À quoi pensez-vous, Gilbert ?

Elle avait fait exprès de l'appeler par son prénom, histoire de le provoquer.

— Il y a des jours où nous avançons, d'autres où nous reculons…

Réponse de Normand.

Elle posa alors la seule vraie question qui lui importait :

— Ma mère est-elle encore vivante ?

— Sans doute.

— A-t-elle tué mon père, ma sœur et mon frère ?

Le magistrat ne répondit pas.

Déboussolée, Juliette sortit du palais de justice et rejoignit Frank, qui la ramena à Èze. Elle lui raconta son entretien, sans rien omettre. Elle avait besoin d'épancher son cœur empli de douleur, de tristesse et d'angoisse.

Alors qu'ils roulaient sur la corniche, elle lui demanda, comme elle venait de le faire avec le juge Loiseau :

— Ma mère a-t-elle tiré sur sa propre famille ?

Curieusement, il lui retourna sa question :

— Et toi, Juliette, crois-tu qu'elle soit coupable ?

— Tout le laisse penser mais je n'arrive pas à l'admettre.

— La lettre à ton père ?

— À l'extrême rigueur, elle aurait pu être violente avec lui…

Frank roulait très lentement.

— As-tu pensé à une lutte ?

— Une lutte ?

— Ta mère, en colère contre ton père, sort un pistolet et le menace sans vouloir tirer. Une bagarre s'engage. Il essaie de la désarmer. Un coup part accidentellement. Ta sœur est touchée par erreur. Ta mère reprend la main et, ivre de colère, abat ton père et ton frère. Puis elle appelle son amant pour t'exfiltrer, ne voulant pas que tu te réveilles au milieu d'un bain de sang.

— Je n'avais pas pensé à ça. Je vais y réfléchir.

Il soupira.

— Tout est tarabiscoté depuis le début. Comme dans certaines affaires célèbres, on ne sait pas qui a fait quoi. Tout le monde est suspect mais personne n'est coupable.

— Et toi, Frank, penses-tu qu'elle avait un amant ?

— Je suis gêné de te dire ça, mais c'est ma conviction. Après, je ne dis pas que…

Il ne termina pas sa phrase.

— Accouche !

— Je ne dis pas qu'elle a elle-même tiré. On a appuyé à sa place sur la détente, d'une certaine façon. Sans doute regrette-t-elle ce qui s'est passé. Mais comment revenir en arrière ? Il ne faut jamais l'oublier : ce qui est fait est fait.

Juliette ne savait quoi penser.

— Et donc, pour toi, elle a filé avec son amant ?

— Possible.

— Hernandez ?

— Je l'ignore, mais à mon avis, le magistrat sait, sauf qu'il n'a aucune preuve. Dommage qu'il ne te dise pas tout.

La lumière était incroyable. Aucune brume de chaleur.

Il accéléra.

Perché sur son piton rocheux, Èze resplendissait dans l'azur.

Il existait un décalage ahurissant entre la magnificence du paysage et la tragédie que traversait Juliette.

Frank la déposa à l'entrée du village. Elle aurait ardemment souhaité qu'il vienne chez elle, mais il n'avait pas le temps. Il devait s'occuper de sa vieille mère. Il repasserait la voir bientôt.

Elle sortit de sa voiture.

— Rentre bien, Juliette. Je pense à toi. Très fort. On s'appelle vite. Très vite.

— Je t'aime.

Ça lui avait échappé. Elle voulait tant qu'il devienne l'homme de sa vie… Seule sur sa barque au milieu de la tempête, elle essayait de se raccrocher au seul être qui comptait pour elle.

En dehors de sa mère. Mais de sa mère, elle ne savait plus rien. Elle avait disparu dans un brouillard insondable.

Elle marcha dans les ruelles.

Maman, maman, innocente ou coupable, prouve-moi que tu es vivante. Je t'en supplie…, implorait-elle, l'esprit en lambeaux.

Juliette aperçut soudain au loin une silhouette qui attendait au pied de son immeuble, à l'ombre, presque dans l'obscurité.

Elle ne bougeait pas. Était-ce un homme ou une femme ?

Son cœur bondit.

Sa mère ?

C'était Dorian.

Que faisait-il là ? Il l'attendait. Forcément.

— Tu vas bien ? miaula-t-il. Ça me fait plaisir de te voir. Très.

Il avait l'air enjoué. Faussement enjoué.

— Que me vaut ta visite ? demanda-t-elle avec froideur.

Elle repensait à la scène où il avait tiré sur le drone. Plusieurs coups de feu, qui n'avaient pas fait mouche, contrairement à ceux qui avaient décimé ses proches.

— Je travaille pour la famille.

Elle sursauta.

— En quel sens ?

— On monte dans ton studio ? Ce serait plus confortable, non ?

À contrecœur, elle le fit entrer.

Ils s'installèrent dans deux fauteuils, face à face.

Juliette eut une moue de dégoût en observant sa mine de vieux beau maquillé. Des bagues en diamant ornaient ses doigts. Il exhibait avec insolence sa richesse.

Elle sortit une bouteille d'eau du réfrigérateur, il ne méritait rien d'autre. Elle lui remplit un verre sans lui demander son avis. Elle n'allait pas ouvrir une bouteille de cognac.

S'il ne l'avait pas attendue en bas de l'immeuble, elle ne l'aurait jamais revu, à moins d'y avoir été obligée, par exemple pour les besoins de l'enquête. Il avait tenté plusieurs fois de la joindre, mais elle n'avait pas rappelé.

La jeune femme était assaillie par le doute. Malgré les derniers rebondissements, elle continuait à le soupçonner. En quoi était-il impliqué ? Avait-il passé un contrat avec l'un des autres protagonistes de l'affaire ? Et qu'en pensaient les enquêteurs ? Elle supposait qu'il était surveillé de près lui aussi.

Il but tout en l'observant d'une curieuse façon. Elle devinait qu'il n'était pas là par amour pour sa nièce. Il voulait essayer de lui prouver qu'il était innocent. Une fois de plus. Il n'avait pas la conscience tranquille, elle le sentait.

— Quel bon vent t'amène ? dit-elle d'un ton détaché.

— Je t'ai laissé plusieurs messages, tu ne m'as pas rappelé. C'est pourquoi je me suis permis de t'attendre à ton studio. Pour commencer, j'aimerais t'aider financièrement.

Il veut m'acheter, pensa-t-elle. *C'est dingue !*

— Tu es venu pour ça ? demanda-t-elle d'une voix glaciale.

En guise de réponse, il sortit une grande enveloppe de sa poche, ouverte, remplie de billets.

Elle la saisit.

Une liasse de grosses coupures.

— Vingt mille euros, dit-il d'un ton solennel. De quoi t'aider dans ces moments difficiles. Un cadeau.

Elle ne savait pas si elle devait accepter.

— As-tu autre chose à me dire ?

Le visage de Dorian se rembrunit. Elle sentait qu'il était vexé de ne pas avoir été chaleureusement remercié pour son geste.

Pour Juliette, l'argent était un problème secondaire. Il ne lui rendrait pas les siens.

— J'ai engagé un détective privé, expliqua-t-il d'une voix sourde. Les enquêteurs de la PJ n'avancent pas. C'est désespérant.

— Oh, tu sais, ils communiquent peu. Ça ne veut pas dire qu'ils ne font rien.

Que savait-il vraiment de l'enquête ? Combien de fois avait-il été interrogé ?

— Eh bien, de mon côté, avec le détective, nous nous sommes posé les bonnes questions sans aucun *a priori*. Qui a tiré ? Qu'est devenue ta mère ? Pourquoi as-tu été emmenée loin de la villa ? Nous avons envisagé toutes les hypothèses. Nous avons dressé une liste de suspects et de témoins.

Avait-il lancé cette enquête dans le but de se disculper ? Si oui, il avait un sacré toupet. Il était le champion du monde toutes catégories de la manipulation mentale.

Elle détourna les yeux, ne supportant pas son regard de saurien.

— Et qu'as-tu trouvé ? demanda-t-elle.

— Au début, rien, comme si les meurtres avaient été commis par un tueur de passage, par hasard, pour le plaisir. Mais cette hypothèse ne colle pas. Pourquoi aurait-il fait disparaître ta mère ? Pourquoi t'aurait-il transportée sur une plage ?

Elle était agacée par ces conclusions auxquelles tout le monde était arrivé dès les premiers jours.

— Qu'as-tu découvert que personne ne sache ?

— J'ai fait suivre les suspects un par un, sauf toi.

— Me considères-tu comme une suspecte ?

— Ce n'est pas ce que j'ai dit.

— Alors ?

— Eh bien, l'un des suspects nous a semblé plus crédible que les autres. Frank Miller !

Frank ? Elle était estomaquée de l'entendre accuser ainsi l'homme qu'elle aimait.

— Comment peux-tu… ?

Savait-il qu'une belle histoire existait entre eux ? Sans doute.

— Ne t'énerve pas. Je vais t'expliquer. C'est simple.

Elle croisa les bras. Son regard était terrible.

— Je ne sais pas si je vais te croire ! J'en doute fort !

— Mon détective a suivi plusieurs fois Frank. Il sait qu'il vient régulièrement chez toi, mais ce n'est pas ce qui nous intrigue…

— Vas-y, dit-elle d'un ton excédé.

— Eh bien, on s'est rendu compte qu'il allait de temps en temps en Italie.

— Et alors ? Ça n'a rien d'extraordinaire. Ici, tout le monde va en Italie. La frontière se trouve à quelques kilomètres.

L'oncle hocha la tête.

— Le jour où la fameuse photo a été prise à Portofino, il y était.

Le cœur de Juliette bondit dans sa poitrine.

Dorian avait tout inventé pour la lancer sur une fausse piste.

Elle tenta de se ressaisir et lâcha :

— Quelle est ta thèse ? Mets tout sur la table. Vas-y ! Dépêche-toi ! Je n'ai pas de temps à perdre avec tes idioties.

— Frank est l'amant de ta mère.

Elle était outrée. Au bord du haut-le-cœur.

— Aberrant ! As-tu des preuves ?

— Des preuves formelles, non. Mais cette affaire de Portofino est quand même très étrange. Il a fait rapidement l'aller-retour le jour où ta mère a été photographiée. Troublant, non ?

Juliette tremblait comme une feuille balayée par un ouragan.

— S'ils étaient amants, ils seraient ensemble. Or, je le vois tout le temps !

— Il joue un jeu avec toi. J'en suis certain. Il veut savoir où en est l'enquête. Et tu es la mieux placée pour le renseigner. Le magistrat te fait des révélations qui ne fuitent pas dans la presse. En tant que seule survivante du massacre connue à ce jour, tu as accès à certaines informations.

Juliette ne pouvait croire un instant que Frank soit impliqué dans ce drame. Dorian avait inventé de toutes pièces ce conte à dormir debout, comme l'avait fait sa louloute rencontrée au Rococo, qui prétendait avoir vu sa mère. Il brouillait les pistes à l'infini. Il répandait son fiel. Il injectait son venin. Il voulait gagner du temps pour peaufiner sa défense.

— En as-tu parlé aux enquêteurs ?
— Pas encore, mais je vais le faire.
— Surtout pas !

Elle pensait à l'homme dont elle était follement amoureuse, à son beau regard, à sa douceur, à sa gentillesse. C'était inconcevable.

— Qu'est-ce qui prouve qu'il voit ma mère en cachette ?

— Le détective ne les a jamais vus ensemble. Mais le fait qu'il multiplie les allers-retours en Italie, à l'endroit même où se cacherait ta mère, nous intrigue.

Vérité ou affabulation ?

— La clé du mystère, c'est quoi ? hurla-t-elle.

— Limpide, non ? Ta mère est endettée, elle ne supportait plus ton père et ton frère depuis des années, elle les a tués avant de s'enfuir avec son amant.

— Impossible ! Le jour de la tragédie, Frank est arrivé à 17 heures…

— Il ne va pas crier sur tous les toits qu'il a tiré sur ta famille à la fin du déjeuner !

Juliette haussa les épaules.

— Absurde. Révoltant. Dégueulasse. Insensé. Ce scénario est impossible. Jennifer a été assassinée. Maman adorait Jennifer.

— Frank l'a peut-être tuée involontairement.

— Ça ne colle pas. Rien ne colle dans ton histoire. Ne parle pas de ce scénario à la police. Rien ne tient debout. Et je suis outrée que tu oses envisager cette hypothèse.

Elle s'assit sur un fauteuil, hors d'elle. Elle attrapa l'enveloppe bourrée de billets.

— Je ne veux pas de ton argent. Tu ne pourras jamais m'acheter.

Puis, dans un cri :

— Et toi, Dorian, es-tu impliqué dans cette épouvantable tuerie ?

Deux jours plus tard, Juliette fut convoquée de nouveau dans le cabinet du juge.

Elle n'arrivait plus à dormir. Elle avait retourné dans sa tête les élucubrations de son oncle, ses prétendues révélations. À supposer que Frank ait été suivi par le détective en Italie, qu'est-ce que cela prouvait ? Comme tout le monde, il avait le droit de se balader. Après la frontière, la Riviera du Ponant était le prolongement de la Côte d'Azur. Avant le massacre, elle se rendait souvent là-bas : elle y aimait les petites criques, les ports charmants, les promontoires aigus, les baies lumineuses, les falaises, et puis cet art de vivre qu'on ne trouve qu'en Italie, ce mélange de farniente et de fête : la *dolce vita*. Quelques jours plus tôt, elle avait envisagé d'y retourner, pour aller à la rencontre de sa mère. Mais où la chercher ?

Juliette trouvait le témoignage de Dorian au mieux farfelu, au pire méprisable. De plus, il avait essayé de l'acheter avec une liasse de billets. Le summum de l'immonde.

Quand elle entra dans le bureau de Loiseau, un mercredi, elle fut frappée par sa mine grave. Sombre. Terrible.

La jeune femme était lessivée, comme si elle sortait d'un tambour de machine à laver.

La nuit précédente, vers 2 heures du matin, alors qu'elle n'arrivait pas à trouver le sommeil, elle avait bu un verre de vodka, histoire de se détendre. Elle avait ouvert les rideaux.

Une grande lune moirée étincelait dans le ciel, tellement lumineuse qu'elle occultait la lumière des étoiles. Si belle que Juliette en fut émue. Elle inondait le paysage de sa splendeur : les toits du village, les falaises, la mer à l'infini. Cela faisait du bien à la jeune fille de se fondre dans l'astre des nuits. Mais très vite, les pensées les plus noires étaient revenues.

Elle s'était effondrée dans un fauteuil, et une idée avait jailli dans son cerveau bouillonnant : la voiture de Frank était passée devant la villa hollywoodienne de Dorian. Elle connaissait la paranoïa de son oncle, sa peur des cambrioleurs : il était donc probable que le véhicule ait été filmé par une caméra de surveillance. La plaque d'immatriculation avait-elle été identifiée ? Grâce à ses relations, Dorian avait-il appris à qui appartenait cette voiture aperçue après le survol du drone ? Avait-il alors été envahi par la peur, redoutant d'être démasqué ? Il aurait alors échafaudé une histoire abracadabrante destinée à incriminer l'homme qu'elle aimait…

Allait-il évoquer cette piste aux enquêteurs ? Tout était envisageable. Il avait siphonné l'héritage de la femme la plus riche de la Côte, et avait peut-être commis un massacre. Accuser un innocent serait une ignominie de plus.

Juliette ne pouvait envisager que son bien-aimé soit impliqué. Frank, à la gentillesse délicieuse, au charme bouleversant, ne pouvait être un assassin, ni même le complice d'une machination infernale.

Vers 5 heures du matin, exténuée par le doute et l'effroi, elle avait fini par s'endormir, alors que les premières lueurs du jour perçaient.

L'océanographe n'avait jamais vu le juge d'instruction aussi tendu.

Elle sentait confusément qu'un événement capital venait de se produire.

Sa mère avait-elle été arrêtée ? Hypothèse la plus probable.

À moins que son cadavre n'ait été découvert.

Comme dans un jeu vidéo de guerre, ça tirait dans tous les sens. Une bataille permanente, un champ de ruines.

S'était-elle suicidée ? Avait-elle été tuée ?

Une boule de billard allait et venait dans le cerveau de Juliette, tapait à droite, tapait à gauche, tapait au fond, dans un va-et-vient infernal.

Elle voulait être hospitalisée dans un service psychiatrique, sans quoi elle allait imploser.

Loiseau lui servit un grand verre d'eau fraîche.

— Êtes-vous bien assise ?

Ce suspense n'augurait rien de bon.

— Dites-moi tout, je vous en supplie…

— Votre mère a été reconnue formellement.

— Encore ? Vous m'annoncez la même chose à chaque fois. Changez de disque s'il vous plaît ! Je n'en peux plus.

— À Gênes.

Elle éclata de rire. Un rire nerveux, proche du désespoir.

— Et demain, vous allez me dire qu'elle a visité Florence et la Toscane avant de se promener en gondole à Venise.

— Je vous explique en quelques mots. Un touriste français a vu votre mère dans un restaurant de la ville. Je vous rappelle qu'elle n'est pas recherchée en Italie, donc impossible de procéder à son interpellation. Mais ce touriste a immédiatement appelé la police judiciaire française. Vous êtes au courant, on a laissé le numéro sur les avis de recherche. Il semblait tellement certain de l'avoir vue qu'on a utilisé les grands moyens. Le ministre de l'Intérieur français a appelé son homologue italien sur-le-champ qui a envoyé très rapidement deux inspecteurs en civil dans le fameux restaurant. Elle était déjà partie, hélas…

— Bon, vous voyez, c'est toujours la même rengaine. Quelqu'un voit quelqu'un qui ressemble à ma mère… Un classique dans les affaires de disparition, vous me l'avez dit à maintes reprises.

— Oui, sauf que là, ça semblait très sérieux. Le témoin travaille dans la police. Il est très expérimenté. Il se trouvait là par le plus grand des hasards et n'avait pas le droit d'intervenir lui-même car il était en territoire étranger.

Elle se mit de nouveau à rire avec nervosité.

— Vous pensez que les flics sont infaillibles, c'est ça ? Oh la bonne blague !

— Écoutez la suite. Une procédure d'urgence a été lancée. La police judiciaire italienne a gelé la scène. Des prélèvements ADN ont été réalisés à l'endroit où votre mère s'était attablée. Nous avons des accords avec notre partenaire italien qui nous permettent, dans des cas très exceptionnels, d'avoir des résultats rapidement.

Juliette était livide.

— Les résultats sont tombés : ça a matché ! annonça Loiseau d'une voix triomphale. Votre mère était bien assise dans ce restaurant. Le policier français ne s'était pas trompé.

— Une erreur n'est-elle pas possible ?

Le magistrat se leva.

— Rien n'est jamais sûr à 100 %, nous procédons à de nouvelles vérifications. Et nous n'excluons jamais rien…

— Par exemple ?

— Je ne vais pas vous en parler ici. Je me répète, nous n'excluons jamais rien. Y compris une manipulation…

Il toussota avant de reprendre :

— L'ADN retrouvé est très probablement celui de votre mère.

— Comment le savez-vous ? Vous ne l'avez jamais prélevé sur elle.

— Nous avons retrouvé dans la villa de Vence des traces appartenant à Flavia Carpenter. Sur ses habits, ses draps, sa brosse à dents.

— Et maintenant, qu'allez-vous faire ?

Il ne répondit pas tout de suite. Il pianota sur son ordinateur, comme s'il voulait vérifier quelque chose.

— Excusez-moi, le procureur de la République des Alpes-Maritimes vient de me confirmer ce que j'allais vous dire. Ce n'est pas la meilleure nouvelle pour vous car je connais votre attachement à votre maman…

— Vous considérez qu'elle a massacré tout le monde, c'est ça ?

— Du tout. J'instruis une affaire, je ne juge pas. Mais ce nouvel événement change le statut juridique de votre mère. À partir de ce soir, elle n'est plus considérée comme un témoin, mais comme une suspecte. La suspecte numéro un.

— Et les autres pistes, vous les jetez dans la benne à ordures ?

— Je ne souhaite pas les évoquer aujourd'hui.

Juliette était hors d'elle. Elle s'exclama :

— Ma mère a flingué tout le monde, c'est ça ? Impossible !

— Du calme ! Rien ne permet de le dire mais j'ai le regret de vous annoncer qu'Interpol va lancer un mandat d'arrêt international contre elle. Désormais, la police italienne est habilitée à l'interpeller. Je voulais vous prévenir avant que les médias n'en fassent leurs gros titres.

Juliette repensait aux mails prétendument écrits par sa mère. Elle n'arrivait pas à concevoir qu'ils puissent émaner d'elle. Pour quelle raison aurait-elle commis l'irréparable ? Ou du moins, y aurait assisté ? Non, ce n'était pas une tueuse ! Un visiteur avait assassiné tout le monde, et Flavia n'avait pas eu d'autre choix que de partir avec lui.

Avec qui ? Son amant ? Hernandez ?

Sa mère continuait à être sous l'emprise du meurtrier. Celui-ci l'avait menacée de mort pour le cas où elle vendrait la mèche.

Et la jeune fille allait découvrir l'identité de ce monstrueux maître chanteur.

En attendant, Juliette était bouleversée. Pire, détruite.

C'est ça, elle était détruite.

Elle s'enroula sur elle-même, en position fœtale, et éclata en sanglots.

La nouvelle s'étala dans les médias dans les heures qui suivirent. Éditions spéciales en continu sur les chaînes de télévision et à la radio.

De témoin, Flavia Carpenter devenait la principale suspecte.

Sa photographie fut de nouveau diffusée à intervalles réguliers, avec le numéro de la police judiciaire.

Juliette s'était murée dans son studio. Minée. Elle avait coupé son téléphone, ne voulant plus parler à personne.

Même après ce dernier rebondissement, elle continuait à soupçonner les autres témoins, à l'exception de Frank : Dorian Carpenter, Isabel Gomez, Florent Denis, Francis Hernandez, et même sa chère Lucia Ricci.

Sa mère était-elle devenue folle ? Errait-elle comme une âme en peine à travers l'Italie ? La vidéo la montrant courant sur une jetée dans la nuit noire accréditait cette thèse...

Parfois, elle se demandait si les morts eux-mêmes n'étaient pas mêlés au meurtre : Valentin n'avait-il pas tué tout le monde avant de se suicider, laissant échapper sa mère et elle ? Rien n'était impossible. Car il en avait après tous ses proches, était le mouton noir de la famille, des traces de poudre avaient été retrouvées sur ses mains, et sa copine n'était pas venue au déjeuner.

Existait-il d'autres personnages, tapis dans l'ombre, qui avaient des choses à se reprocher ?

L'enquête de voisinage n'avait rien donné.

Juliette aurait-elle participé à sa manière et sans le savoir à ce drame ?

Un jour, elle avait lu un polar qui racontait l'histoire d'un massacre familial au Canada : la police n'avait trouvé aucune preuve pour confondre l'unique survivant et celui-ci, en toute bonne foi, avait aidé les enquêteurs à chercher le coupable, sauf que le monstre, c'était lui, ce qu'il ignorait. Il avait réellement perdu la mémoire, jusqu'à ce qu'il se rende à des séances d'hypnose : il avait tué ses proches dans un accès de folie furieuse, sans laisser le moindre indice et sans aucune raison.

Juliette avait-elle elle aussi effacé de sa mémoire un événement traumatique ?

Elle alluma son ordinateur et consulta sa messagerie.

Stupéfaite, elle découvrit qu'un nouveau mail de sa mère venait d'arriver dans sa boîte.

Ma Juliette,

Forcément, tu es au courant: quelqu'un m'a vue à Gênes. C'était moi, oui, mais j'ai quitté cette ville à bord d'un yacht. Tu le sais depuis notre merveilleuse excursion dans les îles d'Hyères, j'adore me balader sur la mer, j'adore les voiles, le soleil, la lumière.

Je me répète: ma vie était un enfer depuis plusieurs années. Je m'épuisais à essayer d'aimer ton père qui ne m'aimait pas, j'essayais de faire des efforts, des efforts surhumains, mais il n'en faisait jamais. Il me maltraitait. Sais-tu que des millions de femmes dans le monde sont malmenées par leur propre mari? Et encore, je ne parle pas des féminicides commis tous les jours dans une indifférence quasi générale.

Ton père, quel personnage abject!

Nous étions très endettés, c'est certain, nous avions un compte commun, il dépensait sans compter et moi aussi. Je jouais au casino de Monte-Carlo, tu le sais, dans une fièvre qui m'a ruinée.

Je te l'ai caché pendant des années.

On aurait pu se croiser là-bas, ça n'est jamais arrivé.

Je regrette tout le mal que je t'ai fait.

Je le regrette de tout mon cœur.

Mais je n'avais plus le choix.

Ma vie était un cauchemar sans fond.

Ton père m'a poussée à bout.

Je regrette d'avoir tué Jennifer, que j'aimais comme toi.

Je voulais l'épargner, mais une balle l'a atteinte par erreur.

Au début, j'ai tiré sur ton père, puis sur ton frère qui m'a sauté dessus. Un coup est parti du mauvais côté, il a touché ta sœur.

Voilà. Tu sais tout. Enfin.

Après le massacre, il a fallu emmener ton corps endormi en toute discrétion.

J'ai rencontré un homme riche. Je quitte l'Europe. Le voyage en Italie, c'étaient des vacances bien méritées. J'ai appris qu'un mandat international était lancé contre moi. Rester sur le Vieux Continent est devenu trop risqué. Le monde est vaste.

Salue ma propre mère de ma part. Je ne compte pas lui envoyer un message d'adieu. Il y a des années, elle s'est comportée de manière ignoble. Je ne lui pardonnerai jamais. Si elle avait agi autrement, rien ne serait jamais arrivé.

Adieu, ma fille.

Que ta vie soit belle.

Je ne t'écrirai plus.

Que Dieu pardonne nos péchés et nous conduise à la vie éternelle.

Amen.

Adios.

Je t'adore ma douce, ma petite princesse.

Ta maman qui t'aime.

Juliette relut plusieurs fois le mail, scannant chaque mot dans son cerveau, chaque expression, chaque signe de ponctuation.

Sa mère avouait de nouveau son crime et en détaillait chaque moment. Presque chaque seconde.

Pour quelle raison ?

C'était un électrochoc, un séisme, un effondrement, la fin de tout espoir.

Puisque sa mère avait décidé de fuir à l'autre bout du monde, elle risquait de ne jamais la revoir.

Flavia ne serait jamais jugée. Et le mystère avait de fortes chances de ne jamais être résolu de manière incontestable.

Comment savoir si sa mère avait vraiment rédigé ce mail ?

Et si oui, l'avait-elle écrit librement ou sous la contrainte d'une arme pointée sur elle ?

Juliette butait tout particulièrement sur un paragraphe :

Salue ma propre mère de ma part. Je ne compte pas lui envoyer un message d'adieu. Il y a des années, elle s'est comportée de manière ignoble. Je ne lui pardonnerai jamais. Si elle avait agi autrement, rien ne serait jamais arrivé.

Comment relier ces phrases au conflit qui déchirait le couple ? David et Flavia se haïssaient, ils avaient chacun leur vie, l'un fréquentait des prostituées, l'autre jouait de manière compulsive au casino. En quoi la mère de Flavia était-elle responsable de la situation ? Avait-elle poussé sa fille à épouser David contre son gré ? C'était possible, mais Juliette n'en avait jamais entendu parler. À en croire le mail, il s'était produit quelque chose… À moins que ce ne soit là une fausse piste destinée à pousser les enquêteurs dans un nouveau cul-de-sac.

Car ces derniers, forcément, allaient prendre très bientôt connaissance de ce mail mystérieux.

Malgré l'évidence, Juliette restait convaincue que sa mère n'avait pas tiré de son plein gré. Tout s'accélérait.

Elle descendit dans la rue et courut vers sa voiture, en proie à une bourrasque intérieure dévastatrice.

Elle fonça vers Monaco, se moquant bien d'être suivie.

De toute façon, désormais, elle se fichait de tout. La seule chose qui importait était de mettre fin au mystère. C'était sa seule raison d'être. Même sa propre vie n'avait plus d'importance.

Elle frappa à la porte de Lucia, ignorant si elle se trouvait chez elle. En cas d'absence, elle courrait jusqu'à son bureau du musée océanographique comme une hystérique.

Elle ressemblait à la silhouette affolée qu'une caméra aurait surprise une nuit sur la jetée d'un petit port.

Mais l'Italienne ouvrit sa porte.

— Ah ! s'écria-t-elle. Quelle surprise ! Je viens d'apprendre que ta mère est recherchée par toutes les polices d'Europe.

Elles s'enfermèrent.

Juliette explosa :

— Elle est innocente ! Innocente ! Je ne crois pas à sa culpabilité ! C'est un complot !

— Je ne veux pas te décevoir, mais si j'en crois ce que je viens d'entendre à la télévision, les preuves sont accablantes…

— Tu parles de l'ADN ? N'importe qui peut avoir déposé l'ADN de ma mère à l'endroit où une femme lui ressemblant était attablée. Un truc ne colle pas !

— Qu'est-ce qui ne colle pas ?

— Une personne recherchée se montre à plusieurs reprises sur la côte italienne ! Elle a perdu la raison ou quoi ?

— Jusque-là, il n'existait pas de mandat contre elle en Italie.

— Oui, mais c'est quand même dingue de s'exhiber comme ça !

Elle ne voulait pas évoquer le mail qu'elle venait de recevoir.

Elle ne voulait pas croire que sa mère en était l'auteure.

Elle ne voulait pas croire à l'impossible. À l'impensable. À l'inimaginable.

Elle voulait revoir sa mère vivante, libre de son geôlier, innocentée. Elle imaginait son retour, sa vie après la tragédie. Elle panserait les plaies si difficiles à panser. Elle essaierait de recommencer à vivre.

Sa mère avait souvent raconté cette histoire : quand elle était arrivée d'Argentine avec ses parents, ils étaient repartis de zéro. Ils avaient changé de nom pour échapper aux escadrons de la mort aux ordres de la junte militaire.

Faire table rase du passé.

Une idée fugace traversa son esprit en ébullition : et si un ancien de la junte avait débarqué dans la villa pour assouvir une vengeance immémoriale ? Il tue la famille avant de séquestrer celle qui n'était, lors de l'exil, qu'un gentil bébé.

Pour se changer les idées, les deux jeunes femmes décidèrent de faire une promenade en bateau. Elles descendirent sur la plage du Larvotto, où se trouve l'École bleue de Pierre Frolla.

L'École bleue. Pierre Frolla, le champion du monde d'apnée. Il était là, en combinaison, s'apprêtant à prendre le large avec ses élèves.

— Ça va, les filles ? demanda-t-il d'une voix joyeuse. Je suis désolé, mais je dois filer. Si ça vous chante, vous pouvez prendre le petit Zodiac.

Il connaissait bien les deux femmes et savait combien Juliette souffrait. Il faisait d'ailleurs son possible pour lui remonter le moral en lui envoyant des textos chaleureux, sans insister, et l'appelait pour savoir comment elle allait. C'était un type en or, toujours de bonne humeur. Un humaniste amoureux de la mer.

Juliette avait appris à conduire des petits bateaux à moteur.

Les deux femmes acceptèrent la proposition et montèrent sur le Zodiac amarré au bout de la jetée pour y faire un petit tour.

Elles aperçurent les élégants buildings, le casino, l'opéra, la vieille ville dominée par la cathédrale.

Monaco était une ville pentue, en hauteur. Elle escaladait le dernier contrefort de la plus grande chaîne d'Europe. À cet endroit, les Alpes mouraient dans la mer. La succession de sommets vertigineux courait sur des milliers de kilomètres, des Balkans à la Méditerranée, et tout à coup, c'était fini. La mer remplaçait la terre dans un dénouement prodigieux, un chaos de roches se mêlant aux flots tourmentés.

Elles jetèrent l'ancre au pied du musée océanographique, histoire de converser tranquillement.

— Ah, l'air marin ! Rien de tel pour souffler un peu, murmura Juliette.

— Allez, reprends courage. Remplis tes poumons. Ferme les yeux. Respire !

Lucia savait qu'après un massacre, rien ne pourrait jamais s'arranger. Mais que dire d'autre ?

— Tu continues à enquêter toi-même ? demanda-t-elle.

— Je tente.

— Comment ?

— Je réfléchis, évoque toutes les hypothèses, tous les scénarios, même les plus incongrus. J'interroge les gens. Et quand je parle à Isabel ou à Dorian, je sens qu'ils ne veulent pas révéler certaines choses. Je me trompe sans doute, mais cette intuition me taraude.

— Se connaissent-ils ?

— À l'enterrement, j'ai eu le sentiment que oui, et très bien qui plus est.

Lucia soupira.

— Tu te perds en conjectures inutiles.

— Il faut tout envisager…

— Imaginons que ce soit vrai. Quelle est ta théorie ?

En dépit des derniers rebondissements de l'affaire, elle refusait d'évoquer la possible culpabilité de sa mère.

— Eh bien, l'un et l'autre ont scellé une alliance !

— Carrément !

L'Italienne observa la mer. Plusieurs yachts étaient amarrés à quelques encablures du rivage, énormes nénuphars posés sur l'eau.

Une moue dubitative se dessina sur son visage.

— Dans quel but ?

— Dorian voulait se débarrasser de David pour cette histoire d'héritage et Isabel ne voyait aucun inconvénient à ce que Valentin soit tué à cette occasion. Ils ont engagé un tueur à gages qui a mal fait le boulot. La mort de Jennifer est un dommage collatéral… Maman a été « exfiltrée », si j'ose dire. Pour lui faire peur, Dorian a menacé de la flinguer si elle parlait. Quant à moi, droguée, je ne me suis aperçue de rien.

— Drôlement tiré par les cheveux ! Tu devrais travailler comme scénariste à Hollywood !

Juliette épanchait son cœur survolté.

— Aujourd'hui, maman ne veut pas accuser sa propre mère car elle l'aime. Elle a fui et se terre. Accessoirement, cela lui permet d'échapper à ses dettes et de recommencer sa vie ailleurs.

— Quelle bouillabaisse…

Juliette ne saisit pas l'ironie mordante de son amie. Elle était en roue libre, comme si elle avait fumé de la marijuana.

Un hors-bord passa à quelques mètres d'elles, faisant remuer le petit Zodiac.

— Il faut tout envisager. Tout.

— Certes.

En d'autres circonstances, Lucia se serait moquée d'elle.

— Qu'envisages-tu de faire ? demanda l'Italienne d'une voix circonspecte.

— Je vais débarquer chez Isabel. Je lui poserai des questions sans ménagement. Je verrai comment elle réagit.

— Dans son pavillon d'Agay ?

— Comment sais-tu qu'elle habite là ?

— Les médias en ont parlé. Que vas-tu lui dire ?

— Ce qui me passe par la tête, jusqu'à ce qu'elle crache le morceau.

— Quel morceau ?

Le hors-bord frôla de nouveau le Zodiac, mais cette fois, à moins de cinq mètres, si bien que les deux jeunes femmes furent secouées par une méchante houle.

— Le salaud ! cria Juliette. Aucun sens des règles maritimes. Il faudrait le verbaliser !

C'était une vedette en bois, élégante, effilée, surmontée d'une cabine vitrée. On ne voyait pas combien de personnes se trouvaient à bord. Lucia s'exclama :

— Des glaces sans tain ! Ça alors ! Le type ne veut pas être reconnu.

La vedette se dirigea vers l'est, avant de faire demi-tour dans une grande gerbe d'écume.

— Il s'entraîne pour une course ou quoi ? soupira l'Italienne. Il existe des secteurs dédiés à ce genre d'activités.

Juliette poussa un cri.

— Soit il ne nous a pas vues, soit il le fait exprès.

— Il s'amuse. Ou alors…

Elle n'acheva pas sa phrase.

Le bateau accélérait dans leur direction.

Ayant jeté l'ancre, elles ne pouvaient pas bouger. Et puis, une fois l'ancre relevée, il aurait fallu le temps de rallumer le moteur. Elles étaient coincées.

Les accidents étaient rarissimes dans la rade de Monaco.

Juliette avait l'impression que le moteur du bateau était débridé et hors de contrôle.

Cette fois, telle une torpille, l'embarcation fonça droit sur le Zodiac. Le choc était imminent. Inévitable. Ce serait cataclysmique. Le bateau en caoutchouc allait être pulvérisé.

Au dernier moment, le hors-bord vira sur la droite en provoquant un immense jet d'écume.

Juliette et Lucia furent éclaboussées des pieds à la tête. Douchées.

La première cria :

— Criminel !

Elle avait l'impression qu'on cherchait à la tuer.

La vedette retourna vers le large puis effectua un nouveau demi-tour.

Elle revint vers le Zodiac, bondissant sur les flots.

Lucia essayait de garder son humour.

— Quand Pierre Frolla va apprendre que son bateau a été déchiqueté, il va faire la gueule…

— Partons d'ici ! Vite ! hurla Juliette. Regagnons la côte !

La vedette allait de plus en plus vite. Elle devenait folle.

Elle allait sûrement être arraisonnée par les garde-côtes monégasques mais les deux jeunes filles auraient péri avant.

Un cauchemar. Un remake de *La Mort aux trousses* d'Hitchcock, quand un petit avion mitraille Cary Grant courant à perdre haleine dans les champs. Au pied du musée océanographique de Monaco, l'échappatoire était plus difficile à trouver. Il n'existait aucune étendue de maïs protectrice, mais une ancre à relever, un moteur à faire redémarrer, une jetée à atteindre.

Ivre de folie, le pilote voulait terroriser les deux jeunes filles. Les tuer ? Le choc contre le Zodiac risquait d'anéantir l'esquif en caoutchouc sans abîmer le bateau en bois.

Une fois encore, le hors-bord vira au dernier moment. Cette fois, Juliette eut l'impression que les deux embarcations s'étaient touchées.

Lucia réussit à lever l'ancre et à faire repartir le moteur.

Le Zodiac était à moitié rempli d'eau.

Elle longea au plus près la côte rocheuse. C'était à la fois une mesure de précaution et un risque. La vedette n'allait peut-être pas s'approcher de peur de se fracasser contre la falaise, mais si le pilote était un virtuose, il pouvait essayer de renverser le Zodiac et de projeter les deux jeunes filles contre le rivage déchiqueté.

Lucia avait fait le bon choix : la vedette ne revint plus à la charge.

Après avoir effectué quelques ronds dans la rade, elle s'éloigna à vive allure, vers l'Italie toute proche où personne ne l'appréhenderait. Il n'avait pas respecté les règles maritimes, certes, mais n'avait provoqué aucun accident. Avait-il cherché à tuer les deux jeunes filles ou était-ce un sinistre amusement ?

Transi, l'équipage du Zodiac s'amarra à la jetée du Larvotto.

— Qu'est-ce qu'on fait ? demanda Juliette, affolée et encore sous le choc.

— On va saluer nos amis de l'École bleue en racontant notre mésaventure, puis on ira se changer chez moi. Ça te convient ?

— On pourrait aller déposer une fleur sur la tombe de Léo Ferré.

Le chanteur était enterré dans le cimetière de Monaco.

Lucia était décontenancée par cette proposition :

— Maintenant ? Pour quoi faire ?

— Une fois, j'avais navigué avec mes parents. Un coup de vent nous avait surpris. Les vagues avaient secoué le bateau. On avait failli couler. Mon père avait dit que si on s'en sortait, on irait fleurir la tombe de Ferré. C'était une boutade, mais comme on a survécu, on l'a fait !

De retour dans son petit appartement, Lucia prêta des habits secs à son amie puis prépara un thé noir à la bergamote.

Elles burent en silence plusieurs tasses pour se réchauffer. Elles repensaient chacune à la scène qu'elles venaient de vivre.

Puis Juliette brisa le silence :

— On porte plainte ?

Lucia haussa les épaules.

— À quoi bon ? Il n'y a pas eu d'accident.

— Pourquoi ont-« ils » fait ça ?

— On ne sait pas combien il y avait de personnes à bord. Vitres sans tain ! Rien que ça, c'est louche. Penses-tu que nous étions visées ?

— Pour moi, c'est certain. Quelqu'un ne supporte pas que je fasse ma petite enquête et cherche à m'intimider par tous les moyens.

— Mais qui ? Et comment savaient-ils que nous étions à bord de ce bateau ?

Juliette regarda dans le vide.

— Dans cette histoire, tout le monde espionne tout le monde. Tout se sait. Dorian m'a avoué lui-même qu'il avait embauché un détective.

— S'il te l'a dit, c'est qu'il ne t'épie pas.

— Je m'attends à tout…

Juliette but une nouvelle tasse, avant de reprendre, la gorge nouée :

— Pour moi, cet incident est un avertissement. On me demande de tout laisser tomber, sinon…

— Sinon quoi ?

— À ton avis ? Je te rappelle qu'au moins trois personnes de ma famille ont été tuées !

— Crains-tu pour ta vie ?

— Je m'en fiche, de mourir. Mais je ne périrai pas avant d'avoir découvert la vérité.

— Concrètement, Juliette, que vas-tu faire à partir de maintenant ?

— Eh bien, je vais retourner voir ma grand-mère. Je me dis que quelque chose la tourmente.

— Penses-tu qu'elle ait des révélations à te faire ?

— Qui sait ? Si elle est rongée par le remords, elle finira par craquer. Alors que je suis persuadée que Dorian, même s'il est impliqué, n'avouera rien, même sous la torture. S'ils ont agi de concert, Isabel finira par le balancer.

Juliette avait l'esprit en bouillie. Tout se mélangeait, elle n'arrivait à mettre aucun ordre dans ce fourbi.

Elle ferma les yeux un instant, puis regarda Lucia. Elle était si belle, douce, attentionnée… mais n'avait-elle pas elle aussi joué un rôle dans la tragédie ?

Juliette quitta son amie.

Sur la route d'Agay lui revenait en mémoire ce qui s'était passé dans la rade de Monaco. Elle avait trouvé l'attitude de Lucia étrange : celle-ci n'avait pas eu l'air affolée outre mesure par le bateau fonçant vers elles deux, comme si elle avait été informée qu'elle ne risquait rien. Avant de monter sur le Zodiac, elle avait allumé son téléphone et envoyé un texto. Avait-elle prévenu quelqu'un que c'était le moment d'entrer en scène ?

Les théories les plus confuses et les plus contradictoires s'entrechoquaient dans son esprit : Lucia participait-elle au complot ? Et si complot il y avait vraiment, quels en étaient les contours ?

Les témoignages sérieux de ceux qui prétendaient avoir vu sa mère provenaient tous d'Italie ; or, Lucia était italienne. Certes, c'était un grand pays, mais Juliette ne pouvait s'empêcher de penser à cette coïncidence.

Elle avait décidé de longer la côte. La présence de l'eau la rassérénait.

« La mer, la mer, toujours recommencée », écrit Paul Valéry.

« La Mer, en nous, portant son bruit soyeux du large et toute sa grande fraîcheur d'aubaine par le monde », déclame Saint-John Perse.

Juliette adorait la poésie.

Et la nature.

Elle se remémorait sa balade en bateau dans les îles d'Hyères avec sa mère. C'était un autre temps. Un temps révolu. Enfoui pour l'éternité. Juliette le savait. Si sa mère refaisait surface, rien ne serait jamais plus comme avant. La jeune fille était passée d'une vie à l'autre sans préambule, sans explication.

La haine et la mort avaient tout anéanti.

Elle essayait de se concentrer sur ce qu'elle demanderait à Isabel.

De gros nuages arrivaient de l'ouest en rangs serrés. Hauts comme des champignons atomiques. Des cumulonimbus annonciateurs d'orage. Il n'avait pas plu depuis des jours.

Juliette traversa Antibes, puis Cannes. La Croisette était le lieu des rêves et des espoirs d'autrefois. Enfant, elle venait à la plage ici. Elle aimait l'ambiance du festival cannois. Elle aurait voulu rencontrer l'un de ces acteurs qui la fascinaient, ceux de la grande époque. Les Américains des films d'Hitchcock : James Stewart, Cary Grant, Montgomery Clift, Anthony Perkins. Juliette aimait leur voix, leurs yeux. Elle aurait voulu vivre une histoire d'amour avec l'un d'eux. C'était un rêve de midinette, d'adolescente, qu'elle n'avait jamais raconté à personne.

Frank avait le sourire de James Stewart et les yeux de Montgomery Clift. L'élégance de Cary Grant. Il était raffiné, délicieux, mais il n'était pas acteur de cinéma !

Elle arriva dans le village d'Agay alors que le ciel était d'un noir d'encre.

Elle se gara sur un petit parking, anxieuse : ne sachant pas si Isabel serait là car elle ne l'avait pas appelée, elle ignorait comment elle réagirait à sa visite impromptue. Car sa grand-mère pouvait se montrer tantôt fort aimable, tantôt extrêmement désagréable. Elle avait ces deux traits de caractère. Depuis toujours. Elle pouvait passer de l'un à l'autre sans crier gare. On l'appelait « madame Cyclothymie ».

Juliette sonna à la grille. Une fois. Deux fois. Trois fois.

Pas de réponse.

Le chien n'aboyait pas. Or, Phosphore réagissait toujours quand la sonnette retentissait, c'était comme cela depuis des années dans la villa de Vence. Il jappait puis venait jusqu'à la barrière. Mais là, rien. Isabel s'était peut-être absentée, ou alors elle avait donné le chien, elle s'en était débarrassée. Après tout, ce n'était pas le sien. On le lui avait confié après le triple meurtre, alors qu'il aurait pu être placé à la fourrière. « Un souvenir », avait-elle dit.

Juliette sonna de nouveau à plusieurs reprises.

Au bout d'un temps qui lui sembla interminable, elle aperçut une porte qui s'entrebâillait.

La voix d'Isabel. Un bout de son visage.

— Qui est-ce ?

Elle était légèrement myope.

— Juliette.

— Vraiment. Es-tu seule ?

— Oui ! Ne crains rien.

D'un pas trébuchant, Isabel traversa le jardin et déverrouilla la grille.

— Ma chérie, dit-elle, ça me fait chaud au cœur ! Je voulais t'appeler, mais j'avais peur de te déranger.

Elles s'embrassèrent.

— Oh, tu sais, je voulais venir plus tôt, mais il se passe tant de choses.

La grand-mère l'entraîna à l'intérieur de la maison plongée dans la pénombre. Les volets étaient clos.

Elle regarda sa petite-fille droit dans les yeux.

— J'ai été menacée !

— Menacée ? Vraiment ? Mais par qui ?

— Un soir, à la nuit tombante, quelqu'un a sonné à ma porte. Il portait un casque de moto équipé d'une visière réfléchissante, je ne voyais pas ses yeux. Il m'a annoncé froidement : « Attention à toi ! Si tu parles, tu vas avoir de sacrés problèmes. » Il avait une voix nasillarde. À l'évidence, elle était trafiquée. Il me semblait le connaître, mais sans que je parvienne à l'identifier clairement.

Juliette était abasourdie.

— Un homme ?

— Aucune idée. À cause du blouson très serré et du casque intégral, impossible de savoir !

Isabel disait-elle la vérité ou avait-elle inventé cette histoire de toutes pièces ? Elle se méfiait de sa grand-mère, laquelle avait tendance à fabuler.

— En as-tu parlé à la police ?

— Pas encore. Je vais le faire.

Un frisson parcourut l'échine de l'océanographe. Et si c'était vrai ? Et si sa grand-mère était vraiment menacée ? Mais pourquoi ? Et par qui ? Dorian ?

— Tu n'as plus le chien ?

— Il aboie tout le temps. Il gémit. Il souffre. Il a assisté au massacre. Il a perdu ses maîtres. Je ne peux plus supporter ses plaintes. Ah, s'il pouvait parler !

— Tu l'as mis à la fourrière ?

Isabel se tut un instant, regarda par la fenêtre, comme si elle avait peur que le motard ne revienne.

— Je vais te confier un secret. Une amie me prête un terrain doté d'un garage à quelques centaines de mètres d'ici. Elle habite Toulon et vient de temps en temps.

— Un secret ? Ça n'a rien d'extraordinaire.

— Les gendarmes ont fait une perquisition chez moi, pas là-bas. Ils ignorent que je profite de cet endroit.

Juliette ne voyait pas quel était l'intérêt de parler de ce terrain.

— Et donc, tu as laissé le chien là-bas ? Ça te permet de ne plus l'entendre aboyer.

— Tu as tout compris. Je vais lui donner à manger tous les jours. Sauf que, à cause de ce motard, j'ai peur. Je vais quitter le village et confier le chien à la SPA. Le pauvre, il va falloir l'abandonner.

Juliette se demandait pourquoi Isabel craignait une perquisition dans le garage. Avait-elle quelque chose à cacher ?

— Là-bas, j'entrepose des documents confidentiels, poursuivit-elle. Des photos. Des lettres. Mon journal intime. Les enquêteurs n'ont pas mis la main dessus.

— Ces documents expliquent-ils ce qui s'est passé ?

— Jusque-là, j'avançais dans le brouillard. Il commence à se dissiper.

Juliette pensait que sa grand-mère délirait : au cours des semaines précédentes, à plusieurs reprises, elle paraissait avoir lâché prise avec la réalité… Elle entendait des voix. Elle voyait des lumières dans le ciel. Elle disait qu'on la suivait dans la rue. Le massacre avait à coup sûr ébranlé son psychisme.

— As-tu des secrets à me révéler ?

Elle s'affala dans un fauteuil.

— Je ne peux rien dire. Pas encore. J'ai honte.

Juliette lui prit la main.

— Ne t'inquiète pas ! Je ne le répéterai pas. Je suis prête à tout entendre.

Si sa grand-mère avait tenu le pistolet du massacre, il valait mieux qu'elle avoue. Mais si elle avait elle-même tiré, pourquoi disait-elle dans ce cas qu'elle avait avancé dans le brouillard ?

— Je regrette, poursuivit-elle. C'est un affreux concours de circonstances. Je n'aurais pas dû…

Elle poussa des gémissements. Elle avait du mal à respirer.

— Allons, Mamy. Le plus important, c'est la vérité. Ça fait trop longtemps que je l'attends…

Elle n'évoqua pas les derniers rebondissements de l'affaire. Isabel avait-elle écouté la radio ? Regardé la télévision ? Ce n'était pas certain. Elle se leva, effectua quelques pas, ouvrit le battant d'un placard en bois sombre, farfouilla à l'intérieur. Que cherchait-elle ? Juliette frémit. Allait-elle brandir un pistolet et lui tirer dessus ?

Le crime revient toujours !

— Tu planques quoi dans ce placard ? demanda la jeune fille d'une voix terrorisée.

Isabel ne répondit pas. Elle continuait à fouiller.

— Ah, ça y est, je l'ai trouvé ! Je perds vraiment la tête en ce moment. Je devrais mettre les choses importantes toujours à la même place.

Juliette entendit un bruit froid, métallique.

Elle était glacée d'épouvante.

Isabel se retourna vers sa petite-fille et la regarda d'une manière étrange.

— Que tiens-tu dans ta main, Mamy ? demanda Juliette, affolée.

À cause de la pénombre de la pièce, elle ne distinguait pas très bien ce qu'Isabel avait attrapé dans le placard.

— Le trousseau de clés !

— Quel trousseau ?

— Celui du terrain qu'on me prête. La clé de la grille et celle du garage.

— Veux-tu qu'on y aille ?

— Phosphore n'a rien mangé depuis quelque temps. Je remplis une énorme gamelle de temps en temps et il se débrouille !

— Prend-on la voiture ?

— J'ai besoin de marcher. C'est tout près. Tout près !

Elles sortirent de la maison. Isabel regarda autour d'elle, inquiète, puis avança à petits pas.

Elle tendit un trousseau à Juliette.

— Voilà, c'est un double.

— Dans quel but ?

— S'il m'arrivait quelque chose…

— As-tu peur ?

— Terriblement. Si j'ai un problème, il faudra que tu t'occupes du chien. Et pas seulement !

Le paysage était triste, assombri par d'énormes nuages.

— Pas seulement ?…

— La lettre…

La grand-mère semblait bouleversée. Au bord des larmes.

— Dis-moi.

— Il y a quelques jours, j'ai écrit une lettre qui révèle tout.

— Que dévoiles-tu ?

— J'hésite à te le dire ici. Le moment n'est pas encore venu. J'ai peur de faire fausse route.

— Quand on arrivera dans le garage, me la donneras-tu ?

— Je ne sais pas. Je dois vérifier certaines choses. Il ne faut pas que je lance les enquêteurs sur une piste erronée. Il y en a eu tellement.

— Es-tu responsable de ce qui s'est passé ?

Les deux femmes marchaient sur le bitume d'une route qui montait en pente douce.

Isabel baissa la tête avant d'avouer :

— Oui.

Juliette était déconcertée.

— Les enquêteurs ont donc eu raison de te soupçonner ? C'est toi qui as tiré sur David, Valentin et Jennifer ?

— Non.

La jeune fille n'y comprenait goutte.

Elle hurla :

— Dis-moi la vérité, Mamy ! Je t'en supplie ! Je ne peux pas rester dans le doute. C'est une vraie torture !

— Oh, tu sais, c'est une longue histoire. Tout a commencé il y a des années, certains étaient au courant, d'autres pas. Les familles trimballent toutes sortes de secrets qui restent cachés dans les placards des maisons. Jusqu'au jour où tout explose ! Comme du pus jaillissant d'un énorme furoncle !

Elles continuaient à marcher à pas lents.

— Quels secrets ?

— Des choses anciennes. Très anciennes.

— Maman était-elle au courant ?

— Certains savaient, mais ils n'ont rien dit.

— Ah, que de mystères !

— Dans le garage, au fond, dans une boîte à chaussures, il y a une enveloppe bleue contenant une lettre que j'ai écrite.

S'il m'arrive malheur, prends-la, lis-la, et apporte-la aux enquêteurs. En attendant, je vais te révéler certaines choses…

Le ciel était de plus en plus noir. La nuit venait. Il commençait à pleuvoir. D'énormes gouttes s'aplatissaient sur le bitume.

Juliette prit la main de sa grand-mère : elle sentait qu'elle aurait du mal à tout avouer.

D'une voix livide, la vieille femme commença son récit :

— Il y a des années, un événement terrible s'est produit…

— La mort de grand-père ?

— Ne me coupe pas tout le temps la parole, sinon je ne dirai rien.

Après un silence, elle poursuivit :

— Ton frère a tué la personne que j'aimais le plus. Luis était l'être le plus délicieux du monde. Nous n'étions qu'une seule personne. Nous nous sommes rencontrés à Buenos Aires dans un club de tango, Le Tortoni. C'était le bon temps. Jamais je n'oublierai ces années. Après, il y a eu notre exil forcé, les déchirures, la culpabilité, l'énorme culpabilité que nous traînions comme un boulet…

Juliette n'osait plus l'interrompre, même si mille questions brûlaient ses lèvres. Quelle culpabilité ? Délirait-elle ? Et quel lien existait-il entre le club de tango et le massacre de Vence ?

Cela partait dans tous les sens.

— Une foule d'événements se succèdent dans une vie, dit la vieille dame. Beaucoup trop. On commet des erreurs qu'on regrette jusqu'au dernier jour. On ne peut pas changer le passé. Il est figé pour l'éternité.

La pluie tombait plus fortement. L'obscurité gagnait du terrain. Heureusement le garage était en vue.

Juliette avait l'impression que ce qu'Isabel hésitait à révéler pesait une tonne sur son cœur. Les traumatismes sont difficiles à raconter, on multiplie les préliminaires avant d'accoucher.

Avait-elle peur que sa petite-fille soit choquée ?

La grand-mère était essoufflée. Elle s'assit sur un banc. Elle respirait très fort.

— L'Argentine. La dictature des colonels. Les escadrons de la mort. La fuite. L'opération Condor. La France. Flavia. David. Dorian. Le meurtre de Luis Gomez.

— Le meurtre ?

— Pour moi, c'est un meurtre.

— Tout s'explique par ce meurtre ?

Pas de réponse.

Sa grand-mère perdait les pédales. Elle avait trop souffert. Son état mental empirait de jour en jour et elle régurgitait maintenant son passé en une bouillie informe.

— Trois assassinats à Vence ! Au moins trois ! hurla-t-elle.

Elle délirait, sans nul doute.

Un énorme coup de tonnerre déchira le ciel. La pluie s'intensifia. Il fallait qu'elles s'abritent dans le garage. Il n'était plus qu'à quelques dizaines de mètres.

Elles n'entendirent pas le bruit d'une moto qui approchait.

Une moto sur une route, c'était banal, sauf que cette moto n'était pas banale.

La grand-mère serra très fort la main droite de Juliette et chercha à se lever. Elle n'était pas encore debout que la moto s'arrêta à hauteur du banc.

Impossible de savoir si c'était un homme ou une femme. Le blouson noir était très serré, il faisait presque nuit.

Le casque intégral masquait toute la tête. La visière réfléchissante empêchait de distinguer les yeux.

Il ou *elle* prit la parole.

— Alors, comme ça, on n'obéit pas ?

Une voix nasillarde. Aiguë. Transformée. Glaçante.

Juliette ne reconnaissait pas l'individu.

Sa propre mère ?

Le visage blanc comme un linceul, Isabel observa le motard et répliqua :

— Que voulez-vous ? Je ne vous connais pas. Je ne vous ai rien fait.

— Je t'avais demandé de ne plus voir ta petite-fille. Tu lui racontes ta vie, c'est ça ?

— Elle est venue sonner à ma porte.

Il fouilla dans la poche intérieure de son blouson. Pas longtemps.

Il en sortit un pistolet.

Malgré l'absence de lumière, l'arme luisait affreusement. Juliette n'y connaissait rien, mais elle se demandait si c'était celle qui avait décimé sa famille.

— Je t'ai prévenue, tu ne te souviens pas ? Il faut écouter ton ange gardien. Je suis là pour te protéger, mais tu ne veux pas. Tant pis pour toi !

La voix déformée était immonde. Effrayante.

Impossible de donner un âge à l'individu. Vingt ans ? Quarante ? Soixante ?

Dorian ?

Hernandez ?

Il ne s'adressait pas à Juliette. Celle-ci avait l'impression que le motard ne voulait pas la regarder en face.

Nouveau coup de tonnerre dans le ciel noir.

Et des grêlons.

Juliette aurait pu appeler des secours avec son téléphone mais elle était paralysée par la peur.

Elle assista soudain à une scène irréelle, cauchemardesque.

Le motard tira à bout portant sur Isabel. Une seule fois. En plein cœur.

Une détonation très sèche, presque inaudible, déchira le silence du soir.

Il ne faisait aucun doute que l'arme était munie d'un silencieux.

Puis l'homme, ou la femme, redémarra dans un vrombissement.

Un jet de sang jaillit de la poitrine de la vieille dame. Elle poussa un hurlement, avant de s'écrouler sur l'asphalte.

Juliette lui prit le pouls, il était très faible. Mais elle était vivante.

Isabel regarda sa petite-fille, le visage déformé par la panique et la douleur.

— J'ai très mal… Fais quelque chose. Je t'en supplie…

— J'appelle les pompiers.

— Ils sont là…

— Qui ?

— Ceux qui m'en veulent…

— Dis-moi leur nom !

— Ils sont venus de très loin.

La jeune fille se disait que la victime agonisante n'avait plus toute sa conscience. Des râles affreux s'échappaient de sa bouche. Le spectacle était horrible à voir.

— Elle est de retour…

— Sur la moto, était-ce une femme ?

— Le passé revient toujours. Il se venge. Il triomphe…

— Ma mère ?

— Flavia, elle a…

Après avoir bredouillé quelques mots inintelligibles, elle rendit son dernier soupir.

Juliette, désespérée et dans un état de panique extrême, se mit à hurler :

— À l'aide ! À l'aide !

Le motard revint, alors qu'elle le croyait enfui. Il était là, menaçant, à quelques mètres. Allait-il tirer sur elle ? Voulait-il savoir si Isabel était bien morte ?

Il resta à distance raisonnable, à califourchon sur sa monture, moteur allumé, prêt à redémarrer.

— Je n'avais pas le choix. Mille excuses.

Juliette essayait de reconnaître cette voix nasillarde.

— Chacun doit rester à sa place, dit-il. Tu as compris ? Reste tranquille toi aussi. Ne cherche rien. Ne te mêle pas d'une histoire qui te dépasse et tout ira bien. Tu as échappé deux fois à la mort, il n'y aura pas de troisième fois !

Paralysée par l'effroi, le dégoût et une colère infinie, elle n'avait ni la force de répondre, ni le courage de bouger. En état de choc, comme après une explosion, un attentat, un crash aérien.

Le motard redémarra et disparut à vive allure.

Elle aurait voulu tenter de relever son numéro d'immatriculation, mais il avait arraché la plaque.

Elle se retrouva seule, au pied de la montagne de l'Esterel, tandis que la pluie redoublait. Le sang de sa grand-mère ruisselait jusque dans le fossé.

Après plusieurs minutes de paralysie, elle réussit à appeler les secours. Ils arrivèrent une demi-heure plus tard : Samu, pompiers, gendarmerie.

Puis la police judiciaire. Puis la police scientifique en combinaison de cosmonaute. La scène fut gelée.

Juliette fut hospitalisée dans les services psychiatriques de l'hôpital de Nice.

Elle ne fut pas capable de répondre aux questions qu'un officier de police judiciaire lui posait.

On lui administra des tranquillisants, elle dormit jusqu'au lendemain.

Pour les besoins de l'enquête, le juge d'instruction décida de cacher aux médias ce qui s'était passé sur la petite route qui serpentait au milieu d'un paysage idyllique parsemé de rochers rouges.

La jeune océanographe se réveilla dans une chambre blanche dont les stores étaient baissés. Elle ne savait pas combien de temps elle avait dormi. À la lumière extérieure – très vive derrière le tissu –, elle devina que le soleil était haut dans le ciel. Tout était calme. Elle avait l'impression de nager dans de l'eau chaude, un aquarium tropical rempli de poissons multicolores. Les effets des sédatifs probablement.

Juliette n'avait plus sa montre. Elle chercha son téléphone.

Plus de téléphone.

On lui avait fait enfiler un pyjama.

Sur la table de chevet, elle aperçut un petit papier, qu'elle déplia.

Chère madame,

Nous espérons que vous vous êtes reposée.

Vos affaires se trouvent dans le placard de la chambre.

N'hésitez pas à nous solliciter en appuyant sur le bouton d'appel à gauche de votre lit.

Bien cordialement,

Le médecin

Elle espérait que ce médecin n'était pas Francis Hernandez… Elle supposait qu'elle se trouvait à l'hôpital de Nice ; or Hernandez travaillait dans une clinique privée.

Elle repensa à la tragédie de la veille. Comme lors du massacre de Vence, elle avait occulté une partie de la scène. Elle se souvenait de son arrivée chez sa grand-mère, de la courte marche vers le garage, de la moto surgissant de nulle part. Du tir à bout portant. Elle se rappelait les dernières paroles d'Isabel. Puis plus rien. Le vide. Elle ne se souvenait pas de l'arrivée des secours ni de son admission dans cette chambre. Amnésique à nouveau. Choquée, trop choquée.

C'était la seconde fois qu'elle se retrouvait sur une scène de meurtre. Seconde fois qu'elle perdait la mémoire.

Était-ce le même tireur à chaque fois ? La même tireuse ?

Sa propre mère ?

Flavia avait-elle tué Isabel devant Juliette ?

Cela semblait inconcevable.

Elle ne pouvait le croire mais rien n'était à exclure.

Un complice ?

Un tueur à gages ?

Un souvenir lui revint : sa mère avait fait de la moto quand elle était plus jeune, c'était son moment de liberté, d'évasion. Mais qu'est-ce que cela prouvait ?

Juliette se leva et se dirigea vers le placard. Dans la poche de sa veste, elle trouva son téléphone, qu'elle alluma.

Florent l'avait appelée quatre fois.

Cela l'intriguait : était-il au courant de ce qui s'était passé ?

Il ne l'avait pas contactée depuis plusieurs jours, et tout à coup, il insistait pour la joindre.

Après s'être rallongée sur le lit, elle composa son numéro.

Il décrocha *illico*.

— Juliette, content de t'entendre ! Comment vas-tu ?

Elle n'avait pas l'intention de raconter le cauchemar qu'elle venait de vivre.

— Je vais très bien, merci. Hier, j'ai fait une promenade avec ma grand-mère à la sortie de son village.

— Ah oui ? Comment se porte-t-elle ?

— Elle a eu un léger malaise, mais rien de grave.

— Oh, je suis désolé pour elle. As-tu appelé les secours ?

Soit il ignorait ce qui s'était passé, soit il jouait un jeu. Un jeu macabre.

— J'ai téléphoné aux pompiers. Je pensais te voir arriver. Ma grand-mère est à l'hôpital, en observation.

— La pauvre !

Sa voix sonnait faux.

— Oh, comme tu es gentil ! Mais rassure-toi, elle a gardé toute sa tête. Elle s'est légèrement blessée en tombant, mais tout va pour le mieux !

Après un silence, elle ajouta :

— Tu t'intéresses à elle ?

Il bredouilla.

— Ben oui, parce que c'est ta grand-mère et que je t'aime bien. Après, je ne la connais pas… Souhaite-lui un prompt rétablissement de ma part !

Si Florent était l'homme à la moto, c'était un salopard.

Elle aurait dû l'appeler au moment des faits pour en avoir le cœur net mais elle n'y avait pas pensé un seul instant.

Elle se disait qu'il téléphonait pour savoir si Isabel Gomez était bien morte. Silencieuse à jamais.

Dans l'incapacité de révéler la vérité.

Il fallait qu'elle fasse croire que sa grand-mère était vivante le plus longtemps possible pour faire sortir l'ennemi du bois.

— Et toi, comment vas-tu ? Où es-tu ? demanda-t-il.

— Oh, je me repose.

— Chez toi ?

— Du tout. Dans la maison d'un ami. Pourquoi ?

— On aurait pu se voir, Juliette.

— Là, je ne peux pas, désolée. Va faire de la moto, ça te détendra.

— Quel dommage ! Vas-tu aller voir ta grand-mère à l'hosto ?

— Oui.

— Où ça ?

— Pourquoi cette question ?

Un silence.

— Écoute, ma chère Juliette. Tu n'as pas l'air de bonne humeur. Ça arrive quand on a connu un traumatisme…

— Quel traumatisme ?

Il bredouilla.

— Ben, écoute, ce qui s'est passé…

Elle lui raccrocha au nez et appuya sur la sonnette d'appel.

Immédiatement, une infirmière parut.

— Comment vous sentez-vous ?

— Aussi mal que possible.

La femme en blanc lui prit sa tension, elle était très basse. Un médecin qu'elle ne connaissait pas arriva quelques instants plus tard.

— Vous n'êtes pas blessée physiquement, mais nous allons procéder à des analyses. Par ailleurs, le juge d'instruction aimerait vous rencontrer si vous n'êtes pas trop épuisée…

— Il peut venir quand il veut. Je suis trop faible pour me déplacer.

L'équipe médicale procéda à un examen approfondi de la patiente.

Loiseau débarqua une heure plus tard. Il s'enquit de sa santé, avant de lui demander :

— Racontez-moi ce qui s'est passé.

Elle lui narra par le menu l'arrivée à Agay, la promenade à pied, les confidences d'Isabel, le motard surgissant de nulle part, le coup de feu à bout portant.

Elle ne parla pas du terrain prêté, du garage, se méfiant des enquêteurs. Elle voulait elle-même découvrir ce que contenait cette fameuse lettre glissée dans une enveloppe bleue.

— Et ma voiture ? s'écria-t-elle. Est-elle restée là-bas ?

— Vous vous inquiétez pour votre voiture ? C'est que vous n'allez pas si mal ! Nous l'avons identifiée et ramenée en camion. Elle se trouve dans la cour du palais de justice. Vous la reprenez quand vous voulez.

Le juge était assis au bout du lit, sur une chaise. Il avait fermé la porte.

— Suite à ce qui s'est passé, j'ai demandé à un fonctionnaire de police de rester à l'entrée de votre chambre. Ne soyez donc pas surprise quand vous le verrez. Il est là pour votre sécurité.

— Redoutez-vous que je m'évade ? dit-elle d'un ton narquois.

— Pas du tout ! Vous êtes libre de vos mouvements !

Il cessa de parler quelques minutes avant de reprendre d'une voix très calme :

— Que pensez-vous de ce rebondissement ? Savez-vous qui était le motard ?

— Aucune idée.

Elle enfouit son visage dans ses paumes. Des spasmes secouaient son corps fragile.

Le magistrat fronça les sourcils.

— Vraiment aucune ?

Juliette avait le plus grand mal à parler. Elle ânonna d'une voix pâteuse :

— Je n'ai jamais voulu croire à la culpabilité de ma mère parce que je l'adore. Parce qu'elle m'adore. Mais après ce qui s'est passé hier, je me pose des questions…

— Pensez-vous que Flavia soit responsable de ce double drame ? Du massacre de Vence et du meurtre de votre grand-mère ?

— Rien ne doit être exclu.

— Qu'est-ce qui vous pousse à dire ça ?

— Juste avant de mourir, Isabel a parlé de ma mère. Elle l'a nommée. Je vous cite ses mots, de mémoire : « Le passé revient toujours. Il se venge. Il triomphe. » Puis elle a dit : « Flavia, elle a… » Elle n'a pas terminé la phrase. J'aurais voulu en savoir plus, mais elle est morte juste après.

— Pouvez-vous développer ?

— Ma mère a connu des traumatismes lors de son arrivée en France. Son père était un réfugié politique. Il a dû se passer des choses que j'ignore et qui expliqueraient le drame. Du moins en partie. Adulte, elle a essayé d'oublier ses blessures en fondant une famille. Mais celle-ci n'a jamais marché. Elle ne s'est jamais entendue avec mon père. Ils essayaient de sauver les apparences, comme dans toutes les familles bourgeoises, mais mon père avait des maîtresses et ma mère jouait au casino, vous êtes au courant. Elle s'est ruinée. Sa vie s'est transformée en enfer.

— Certes, mais pourquoi sa propre mère a-t-elle été assassinée ?

— Parce qu'elle s'apprêtait à me faire des révélations ! Elle n'en a pas eu le temps…

— Sur la moto, était-ce votre mère ?

— Elle ou son complice.

— N'avez-vous donc pas reconnu le motard ?

— Casque intégral, tenue cuir, visière teintée, voix déformée, le tout dans une lumière crépusculaire. Impossible de savoir. Ma propre mère a peut-être tué sa propre mère devant sa propre fille ! Ce scénario dépasse l'entendement…

Loiseau n'avait pas l'air convaincu.

— Cette affaire est hors norme, concéda-t-il. Un carnage dans une jolie villa le jour d'un anniversaire, une survivante, une disparue, puis un nouveau carnage.

Il soupira, comme s'il était lui-même dépassé par la situation.

— Je vous laisse vous reposer. Quand vous serez sur pied, passez à mon bureau. Appelez-moi juste avant. Nous mettrons tout à plat.

— Quand ?

— Dès que vous sortirez de l'hôpital. Voyez avec le médecin.

— Savez-vous où se trouve ma mère ?

Quelques secondes s'écoulèrent, interminables.

— Peut-être, répondit-il sobrement.

— Ça alors ? Où ?

Il balbutia :

— On en parlera dans mon cabinet. Nous devons vérifier plusieurs choses importantes.

— Vous êtes bien mystérieux, monsieur Loiseau de malheur.

Il ne releva pas le jeu de mots.

— Reposez-vous. Reprenez vos forces. Il faudra vous armer de courage.

Le magistrat parti, Juliette songea qu'il en avait trop dit ou pas assez.

Elle était rongée d'impatience et d'inquiétude : les forces de l'ordre avaient-elles arrêté sa mère suite au meurtre d'Isabel ?

Hypothèse la plus probable.

Avec le concours de la police italienne, une grande opération avait dû être lancée. À moins que Flavia n'ait été appréhendée sur le territoire français. Dans le secteur d'Agay ?

Juliette ne voulait pas attendre un jour de plus.

Elle sonna le médecin.

— Quand puis-je sortir ? demanda-t-elle d'une voix décidée.

— Quand vous irez mieux.

— Je vais mieux.

Le praticien semblait surpris.

— Tout à l'heure, vous avez dit à l'infirmière que ça n'allait pas du tout.

— Le magistrat m'a requinquée ! Je veux quitter l'hôpital.

— Ce serait plus prudent de rester en observation au moins jusqu'à demain. Votre tension est très basse. Vous risquez de vous évanouir. On vous a administré un traitement qui commencera à agir dans quelques heures.

— Pas avant ?

— Vous avez subi un choc psychologique énorme. Pendant que vous dormiez, on vous a injecté un puissant anxiolytique. Aujourd'hui, vous allez reprendre des cachets à intervalles réguliers. On fera le point demain matin. Ça vous va ?

Elle n'avait d'autre choix que d'accepter la proposition. Elle était en effervescence mais n'avait pas envie de perdre connaissance en sortant d'ici.

En attendant, que faire ? Appeler ses proches ? Juliette en avait de moins en moins. Et ceux qui avaient survécu étaient susceptibles d'avoir trempé dans cette conspiration.

Car il s'agissait bien d'une conspiration, elle en était certaine.

Jamais elle ne s'était sentie aussi seule.

Elle voulait appeler sa mère, une fois de plus. Même en sachant que cela ne servirait à rien puisque la fugitive, probablement impliquée dans cette affaire, ne répondrait pas.

La jeune femme essaya quand même. Répondeur.

Avait-elle été retrouvée par les enquêteurs ?

Localisée ?

Arrêtée ?

Incarcérée ?

Ou au contraire lavée de tout soupçon ?

Le lendemain, aux premières lueurs de l'aube, Juliette décida de quitter l'hôpital. Elle avait mal dormi. Elle avait cauchemardé, imaginant sa mère revenant de l'enfer après avoir été séquestrée par son bourreau. Un bourreau qui l'aurait sortie de son cachot de temps en temps, sous la menace, et l'aurait exhibée afin qu'elle soit soupçonnée d'avoir tout manigancé.

Mais qui était le chef d'orchestre ? Dorian, l'homme que l'argent avait rendu fou ? Avait-il tiré sur Isabel ?

Et qu'allait maintenant lui annoncer le magistrat ?

Elle lui téléphona, pour un rendez-vous fixé à midi. L'homme chargé de sa sécurité l'emmena au palais de justice en voiture.

Elle avait le cœur plombé quand elle entra dans le cabinet de Loiseau.

Il l'attendait debout, le visage fermé. Il lui serra la main de manière affectueuse, comme il ne l'avait jamais fait.

— Asseyez-vous, je vous en prie. Voulez-vous manger, boire quelque chose ?

— Merci, ça ira. Alors ?

— Eh bien, Juliette, les choses se précisent.

À chaque fois la même ritournelle.

Sa mère se trouvait-elle dans la pièce voisine ? Allait-elle apparaître telle une actrice de théâtre sur scène ? Sauf que là, c'était une scène de crime. De sang et de larmes.

Le magistrat dévisagea Juliette avec des yeux désolés. Qu'est-ce que ça voulait dire ?

— J'ai une bonne et une mauvaise nouvelle à vous annoncer.

La jeune fille était rongée d'inquiétude.

— J'ouvre grand mes oreilles.

— La bonne nouvelle : votre mère n'a sans doute tué ni votre père, ni votre sœur, ni votre frère, ni votre grand-mère.

En entendant ces mots auxquels elle ne s'attendait pas, Juliette ressentit un intense soulagement. Une onde de bonheur la parcourut. Elle avait tant espéré que sa mère n'ait pas de sang sur les mains... Flavia avait certes revendiqué les crimes dans des mails, mais cela ne prouvait rien. Combien d'otages, dans des lettres écrites sous la contrainte, n'avaient-ils pas fait de faux aveux ?

— Excellente nouvelle. Formidable ! Je suis follement heureuse ! Comment va-t-elle ? Était-elle séquestrée ? L'avez-vous délivrée ? Comment savez-vous qu'elle est innocente ?

Le visage sombre du magistrat contrastait avec l'enthousiasme de Juliette.

— Nous le savons grâce au travail minutieux de la police scientifique et aux expertises médico-légales. Avec les techniques modernes, nous arrivons à tout comprendre, ou presque. Nous supposons que votre mère n'a commis aucun crime, il nous reste des vérifications à faire, mais nous nous acheminons vers cette conclusion.

Juliette ne comprenait pas ce qui s'était passé au cours de ces dernières heures. Comment le magistrat savait-il tout ça ? De nouvelles empreintes avaient-elles été découvertes sur la scène du crime ? Quelqu'un avait-il parlé ? Le motard avait-il été arrêté ?

Les questions s'entrechoquaient dans son cerveau surexcité.

Quelle était donc la mauvaise nouvelle ?

Elle observa le visage du juge. Ses traits étaient crispés, son teint blafard.

— Votre mère a sans doute été retrouvée, reprit-il.

— Ah, très bien ! murmura la jeune fille d'une voix joyeuse. Dans ce cas, pourquoi avez-vous l'air si sombre ?

— Elle va très mal. Il faut que vous soyez courageuse.

— Dites-moi tout, murmura-t-elle d'une voix blanche.

— Elle est probablement morte. J'en suis désolé. Infiniment désolé.

Juliette se mit à hurler.

Depuis des jours, elle pressentait que cette histoire ne pouvait pas bien se terminer. Mais elle voulait continuer à croire qu'elle reverrait sa mère vivante.

— Morte ? Mais pourquoi ? Comment ?

Le visage triste, le magistrat respira profondément puis expliqua :

— Nous pensons avoir retrouvé son corps. Nous n'avons prévenu personne. Secret absolu. Nous continuons à effectuer des prélèvements pour nous assurer que c'est bien elle.

Juliette haussa le ton.

— Vous m'annoncez la mort de ma mère en ajoutant que vous n'en êtes pas certain ! Un peu de tact, monsieur le juge !

Elle espérait à nouveau. Un doute subsistait.

Le magistrat lui versa un verre d'eau.

— Allons, Juliette. Je suis de tout cœur avec vous…

— Continuez. Dites-moi tout. Que s'est-il passé ?

Il s'assit derrière son bureau.

— Je vais vous surprendre. Votre mère aurait été assassinée le 4 avril dernier. Ou le lendemain.

Elle n'en revenait pas.

— Le même jour que le reste de ma famille ? Mais c'est impossible ! Des gens l'ont vue et photographiée après cette date. Elle a été filmée sur une jetée le long de la mer. Souvenez-vous !

Le scénario était de pire en pire. Juliette atteignait le fond de l'abîme.

— Ce n'était pas elle, bredouilla le juge. Voilà. C'est tout. Nous en avons l'intime conviction. C'était quelqu'un qui lui ressemblait. Il y a eu confusion. Les enquêteurs se sont trompés. Ces choses-là arrivent régulièrement. J'en suis sincèrement navré.

Elle ne comprenait plus rien. Jusque-là, soit sa mère était coupable, soit elle avait été enlevée. Et on lui apprenait à présent qu'elle était décédée en même temps que David, Valentin et Jennifer…

Juliette n'avait jamais imaginé ce scénario.

Quatre morts le 4 avril ? On n'avait retrouvé aucune trace du sang maternel dans la maison de Vence ! Où son corps avait-il alors été découvert ?

— Comment sait-on qu'elle est morte ce jour-là ? demanda-t-elle au magistrat d'une voix d'outre-tombe.

Loiseau ouvrit une chemise et en retira un document. Après avoir ajusté ses lunettes, il regarda la jeune fille en lui expliquant :

— Les enquêteurs viennent de rédiger ce rapport. Je vais vous faire la lecture des principaux passages. Il sera diffusé dans les prochains jours. Je possède également un document émanant de la police scientifique, très technique, que je mets à votre disposition.

Il lut d'une voix lente :

— « Le corps de la dénommée Flavia Carpenter aurait été retrouvé dans un bois situé entre les communes de Ramatuelle et de La Croix-Valmer (Var). Enfoui à quelques dizaines de centimètres du sol, en partie carbonisé, il a été déterré par des sangliers. C'est un promeneur qui l'a découvert. Il a immédiatement appelé la gendarmerie, qui a fait procéder à des analyses du corps. L'autopsie a révélé trois choses capitales. Premier point : grâce à l'examen de la denture, il est probable que ce corps soit celui de Flavia Carpenter. Deuxième point : l'examen de l'estomac a révélé qu'il contenait des restes du repas du 4 avril. Il semblerait qu'elle ait péri dans les heures qui ont suivi ce déjeuner. Troisième point : l'autopsie a révélé qu'elle avait été assassinée d'une balle en plein cœur, le même type de projectile que celui découvert sur les lieux du crime. Le fait qu'elle ait été enterrée exclut *de facto* l'hypothèse du suicide. Sans qu'on puisse le déterminer à ce stade avec certitude, il est probable qu'elle ait été tuée sur place, brûlée, avant d'être ensevelie. Les analyses ADN sont en cours. Elles prouveront de manière absolue s'il s'agit ou non du corps de la personne recherchée. »

Juliette l'interrompit.

— Quelle horreur ! Je suis traumatisée ! Mais si je vous suis bien, vous n'êtes pas totalement certain qu'il s'agisse de ma mère…

Elle tentait de s'accrocher à un frêle espoir.

— Rien n'est jamais sûr à 100 %, d'autant que le corps est très dégradé. Enfoui dans la terre, où les restes se sont décomposés. Le résultat des analyses ADN va tomber rapidement. Je suis désolé de vous le dire, mais pour moi, sauf énorme surprise, il ne subsiste guère de doute : il s'agit bien du corps de votre mère. Je voulais vous en parler de vive voix avant que la nouvelle ne s'ébruite. Cet événement va enflammer les médias dans un avenir proche, c'est certain. Vu le nombre de personnes travaillant sur ce dossier, il y aura forcément des fuites. Je préférais vous informer avant que vous ne découvriez vous-même cela dans la presse.

Juliette fondit en larmes. Elle pensait aux merveilleux moments passés avec sa mère, elle espérait la revoir, échanger avec elle, retrouver sa présence, son sourire, sa chaleur, malgré les suspicions qui pesaient sur elle. La femme qui l'avait mise au monde, qui l'avait allaitée, qui l'avait élevée, qui l'avait prise dans ses bras, qui l'avait cajolée, dorlotée, n'était plus.

Morte.

Elle ne la reverrait jamais.

Morte.

Elle aurait préféré la retrouver, même la sachant coupable, accusée de meurtres horribles. Mais vivante.

Le magistrat semblait lui aussi très ému.

Tout à coup, elle s'exclama :

— L'incendie ! L'incendie !

— Que voulez-vous dire ?

— Les pompiers qui m'ont secourue sur la plage de Gigaro…

Elle ne voulait pas parler de Florent, pas maintenant.

— Eh bien ?

— Ils m'ont dit qu'ils étaient intervenus pour un feu de forêt à l'endroit où ma mère vient d'être découverte.

— Exact ! Sans eux, une partie de la colline aurait brûlé. Heureusement que nous ne sommes pas en plein été, sinon cela aurait été catastrophique.

— Sur le moment, les pompiers n'ont-ils rien remarqué d'anormal ?

— Négatif ! Sinon ils nous en auraient parlé. Mais nous allons les interroger de nouveau dans les prochaines heures.

— Avez-vous noté que j'ai été retrouvée juste à côté ?

— Absolument. Sans doute le criminel vous a-t-il transportée avec votre mère dans le même véhicule. Il vous a épargnée pour une raison qui reste à élucider…

Juliette gémissait de douleur.

— Maman n'a pas eu cette chance…

— Tout reste mystérieux. D'autant qu'un témoin aurait vu Flavia Carpenter conduire le Kangoo dans votre rue juste après le triple crime. Je vous en ai parlé.

— Mais vous venez de me dire que la police judiciaire excluait qu'elle ait pu participer au massacre !

— Disons que nous l'excluons *a priori*.

Juliette était déboussolée : Flavia aurait conduit le Kangoo transportant le corps de sa propre fille mais la police n'envisageait pas qu'elle ait pu tuer ses proches…

Elle balbutia :

— Comment savez-vous que ma mère n'est pas l'auteure des coups de feu ?

— Parce qu'elle a été droguée, comme les autres convives. Cela reste à vérifier, mais on aurait retrouvé des traces de somnifères dans son estomac. Quand le tireur est arrivé, nous supposons qu'elle dormait, comme les autres.

— Donc, elle n'était pas au volant du Kangoo ?

— Peu probable. Elle se trouvait sans doute à vos côtés.

Juliette se rappelait avoir touché un corps lors d'un micro-réveil dans le coffre du véhicule. Celui de sa mère endormie ?

Elle renifla, avant de demander :

— Le témoin s'est-il trompé ?

— Sans doute. Soit il a mal vu, soit il a menti. Nous allons de nouveau l'interroger.

La jeune fille vacillait. Elle regarda dans le vide, ne sachant plus que penser.

— Vous êtes la seule survivante du massacre, murmura Loiseau. Nous aimerions savoir pourquoi vous avez été épargnée.

Il la regarda avec des yeux inquisiteurs.

Le magistrat la soupçonnait-il de quelque chose ? Jusque-là, il avait considéré qu'elle était étrangère aux faits, c'était du moins ce qu'il avait dit.

— Me reprochez-vous d'avoir survécu ?

— Nullement !

Elle se leva et courut vers la fenêtre. Le magistrat eut l'impression qu'elle voulait se défenestrer.

— Juliette, ne faites pas ça !

Il la rattrapa avant qu'elle n'atteigne la vitre. Il l'empoigna.

— Du calme ! Du calme ! Je ne vous ai soupçonnée de rien ! Asseyez-vous.

Le visage défiguré par les larmes, la jeune fille regagna sa place, reprenant peu à peu ses esprits. Elle dit :

— Et cette femme aperçue en Italie ?

Le magistrat hocha la tête, avant de murmurer d'une voix très douce :

— Elle a été vue après la mort de votre mère et les fantômes n'existent pas. Je vous l'ai déjà dit : suite à un crime, quand un appel à témoin est lancé à grande échelle, on reçoit des tonnes d'appels plus ou moins farfelus.

— Et l'ADN à Gênes ?

— L'ADN, oui ! Cet élément nous laisse perplexes.

— Comment expliquez-vous…

— Difficile de répondre. Soit le laboratoire a fait une erreur, a analysé un tube des empreintes de votre mère prélevées pendant l'enquête…

— Ça arrive ?

— Tout arrive.

— Et sinon ?

— Un individu très fortuné aurait payé un sosie pour incriminer votre mère, il l'a baladé en Italie dans des endroits touristiques, tout en répandant des traces d'ADN récupérées sur le corps de la défunte. Techniquement, c'est tout à fait possible quand on a les moyens. Un scénario très sophistiqué, sauf que le cadavre de la victime a été retrouvé, ce que le meurtrier n'avait sans doute pas prévu. Au fait, votre mère avait-elle une sœur jumelle ?

Juliette haussa les épaules.

— Une jumelle ? Mais non, voyons, elle était fille unique.

— C'est donc un sosie embauché pour brouiller les pistes. Vous connaissez quelqu'un de très riche dans votre entourage, non ?

Le magistrat voulait-il signifier par cette question qu'il avait une idée quant à l'identité de l'auteur des meurtres ?

Juliette quitta le magistrat, monta dans sa voiture garée dans la cour du palais de justice et fila vers Saint-Tropez. Elle avait l'impression d'être une héroïne hitchcockienne, Tippi Hedren dans *Les Oiseaux*, à moitié folle, désespérée, courant sans cesse pour échapper à des animaux de malheur.

Mais elle ne s'enfuirait pas. Elle voulait affronter Dorian, et tant pis si ce salaud sortait un pistolet pour la tuer. Elle préférait prendre des risques insensés plutôt que de laisser le meurtrier de sa famille en liberté.

Le magistrat ne lui avait d'ailleurs pas précisé s'il l'avait interrogé récemment.

Elle se gara devant sa villa, les mains moites, et sonna à la porte métallique du jardin.

Elle avait peur de mourir, mais sa détermination était plus forte que jamais. Un œil de caméra la filmait. Si Dorian était là, il pouvait ne pas répondre.

Au bout de plusieurs minutes, elle entendit un pas. Un homme qu'elle ne connaissait pas la laissa entrer.

— Votre oncle vous attend, dit-il d'une voix aimable.

Elle ne savait qui il était, elle ne l'avait jamais vu. Il portait des lunettes de soleil dissimulant ses yeux.

— Dorian m'a-t-il reconnue grâce à la caméra ?

— Affirmatif ! Il vous souhaite la bienvenue.

Elle était surprise par tant de gentillesse.

L'oncle honni se tenait debout dans un grand salon meublé de façon ostentatoire, il portait une robe de chambre en soie et des sandales en plastique.

— Mon ange, quelle surprise ! dit-il d'une voix mielleuse. Je n'osais pas t'appeler. Je suis ravi de te voir ! Désolé pour ma tenue, je nageais dans la piscine. Tu vois, je suis tout ruisselant.

Il l'invita à s'asseoir sur un large canapé en cuir pendant qu'il prenait place dans un fauteuil ressemblant à un trône.

— Veux-tu boire quelque chose ? Grignoter un petit truc ? J'ai d'excellentes tapas.

— Non.

Elle refusait d'entrer dans son numéro de charme.

— Quel bon vent t'amène ?

Les médias n'avaient pas parlé de la mort d'Isabel et du supposé cadavre de Flavia, Juliette venait d'écouter la radio. Rien. Pas un mot. Les enquêteurs avaient tout verrouillé. Tout dissimulé.

Les deux événements risquaient de ne pas rester longtemps secrets.

— J'essaie de joindre ma grand-mère, dit-elle sobrement. Je tombe tout le temps sur son répondeur. Je m'inquiète. As-tu des nouvelles ?

— Oh, tu sais, je la connais moins bien que toi. Pas de nouvelles récentes. Sur le chemin, n'es-tu pas passée la voir ?

Elle trouvait sa voix étrange. Fausse.

— Bien sûr que si ! J'ai sonné plusieurs fois. Pas de réponse. Le chien n'a même pas aboyé.

— Elle est peut-être en vadrouille…

— À son âge ? Sans son portable ? J'ai appelé au moins dix fois.

— Les vieilles dames oublient de les recharger. Un classique. Suite à ce qu'elle vient de vivre, elle doit être très perturbée.

Juliette se jeta à l'eau. Elle n'avait plus aucune inhibition. Et tant pis si elle était assassinée à son tour.

— J'ai une bonne nouvelle à t'annoncer !

— Vraiment ? Pour une fois…

— Flavia a été retrouvée…

Son visage se figea.

— Ça alors ! J'ai regardé BFM avant de plonger dans la piscine ! Ils n'en ont pas parlé…

— Les flics gardent l'info secrète. Pour l'instant.

Il semblait perdu.

— Comment va-t-elle ?

— Elle est morte. Tu entends ? Morte ! Flinguée comme le reste de la famille. Tuée comme un animal. Elle a reçu une balle en plein cœur…

Dorian, d'habitude si loquace, ne disait plus rien. Il semblait pétrifié. Il se leva, ouvrit un placard, en sortit une bouteille de gin et deux verres qu'il posa sur une table basse. Il les remplit à ras bord. Il en tendit un à sa nièce, qu'elle refusa. Il s'humecta les lèvres avant de s'exprimer d'une voix sourde :

— Je suis bouleversé au plus profond de mon être. Raconte-moi tout…

— Son corps carbonisé a été retrouvé à quelques kilomètres d'ici, dans un bois. Des sangliers l'ont déterré.

— Comment est-ce possible ?

— À la limite de Ramatuelle et de La Croix-Valmer. Tu vois, c'est presque au bout de ton jardin !

Aux traits outrés de son oncle, Juliette devina qu'il comprenait le sous-entendu.

— Je ne suis en rien mêlé à cette histoire. Je t'adore, ma chérie, mais tu n'as pas le droit de m'accuser sans preuve.

— Je ne t'accuse pas le moins du monde. Pourquoi dis-tu cela ?

Ils se regardèrent fixement sans rien dire. Yeux dans les yeux, de manière terrible, chacun essayant de deviner ce que pensait l'autre.

Qui allait briser en premier ce lourd silence ?

Juliette était pétrifiée par la terreur. Elle avait peut-être en face d'elle l'assassin de ses proches, ou du moins, le grand organisateur de cette tuerie affreuse. Un ogre sanguinaire.

Comment le faire avouer ?

— Connais-tu Florent Denis ? demanda-t-elle soudain.

Il sursauta.

— Oui, bien sûr, c'est un charmant garçon. Toujours prêt à rendre service. Le fréquentes-tu ?

— Il m'a secourue sur la plage de Gigaro le lendemain du drame.

— Ah bon ? Je l'ignorais. Comment sais-tu qu'il me connaît ?

Elle ne voulait pas dire qu'elle avait espionné sa propriété avec le concours de Frank et qu'elle était tombée sur le pompier par le plus grand des hasards.

— Nous avons des amis communs ! Par recoupement, j'ai compris qu'il travaillait pour toi. T'a-t-il déjà parlé de moi ?

— Du tout.

Elle avait le sentiment qu'il ne voulait pas s'étendre sur le sujet.

— L'as-tu vu il y a longtemps ? insista-t-elle, en pensant qu'il ne dirait pas la vérité.

— Semaine dernière. Il a nettoyé la piscine.

Elle faillit lui demander s'il était venu à moto. S'il avait un beau blouson de cuir et un casque intégral avec une visière fumée.

Comment faire avouer à son oncle ce qu'il n'avait pas l'intention de révéler ?

— Ma chérie, poursuivit-il, la clé de l'énigme est à chercher du côté de ta mère. Je ne fais que me répéter. As-tu déjà rencontré son petit ami ?

Elle ignorait s'il parlait du Dr Hernandez.

— Elle n'avait pas de petit ami.

— Tu parais bien renseignée.

— La police n'a rien trouvé.

— Oh, Juliette, ça ne veut rien dire ! Ça fait des semaines que les flics pataugent dans la semoule. Ça part dans tous les sens. Et tu leur fais encore confiance ? De vrais pieds nickelés ! Quand je pense qu'ils m'ont interrogé plusieurs fois alors que j'ai un alibi incontestable, je suis outré. Je n'étais pas sur les lieux du crime, point final. Je n'ai rien fait de répréhensible. J'ai mes défauts, mais je ne suis pas un homme violent. Jamais je n'aurais pu commettre un crime pareil. Jamais, tu m'entends ? Jamais !

« Je n'ai rien fait de répréhensible. » Elle repensa à l'affaire du Rococo… Il avait tout empoché avec un cynisme diabolique. C'était un serpent venimeux. Tapi dans l'ombre, il se jette sur ses proies sans leur laisser la moindre chance. Il mord, il injecte son venin.

— Qui a tué ma famille ? demanda-t-elle à voix basse, éplorée. Vas-tu enfin me répondre ?

Il soupira.

— Ta grand-mère a son idée, qui n'est pas la même que la mienne. Je ne sais pas si elle dit vrai, mais la semaine dernière, elle a fait une déclaration à la presse régionale. Es-tu au courant ?

— Non.

Elle était étonnée de ne pas avoir été informée. Le magistrat n'avait rien dit. Personne n'avait rien dit.

Il fouilla dans un tas de papiers.

— Voilà. J'ai découpé l'article. C'est très bref. Je te lis : « Isabel Gomez a fait une courte confidence à un journaliste venu sonner à la porte de son domicile. Elle prétend qu'après avoir très longuement réfléchi à ce qui s'était passé ces dernières semaines, elle avait le sentiment confus que le massacre était lié à son histoire familiale : celle de son mari et de sa fille. Elle n'en a pas la preuve. Elle est en train de fouiller dans son passé pour retrouver la paix. Si son intuition est la bonne, elle fera prochainement des révélations aux enquêteurs. Elle ne veut pas en dire plus. Avant de quitter le journaliste, elle a prononcé deux phrases en espagnol, très énigmatiques : “*Paz, estas en mi corazon para siempre. Paz, nunca te abandoné.*" Qu'on pourrait traduire par : "Que la paix soit toujours dans mon cœur. Que la paix ne m'abandonne jamais." »

Juliette était surprise de la teneur de cet article.

— Tu vois, ajouta Dorian d'une voix sourde. Elle ne parle pas de moi. Même implicitement. Je n'appartiens pas à sa lignée. Je suis le frère du mari de sa fille.

— Tu fais partie de la famille, non ?

— Pas directement. Elle a parlé de Luis et de Flavia. Pas de son gendre. Encore moins de moi, le frère de son gendre ! Je ne suis même pas une pièce rapportée. Je suis le frère d'une pièce rapportée !

— Ma grand-mère était très perturbée ces derniers temps. Elle délirait.

— Pourquoi utilises-tu l'imparfait ? Est-elle morte elle aussi ?

— Je veux dire : elle devait être très perturbée quand elle a fait cette déclaration. Et ce n'est pas nouveau. Maman pensait qu'elle couvait une maladie neurodégénérative.

— Encore l'imparfait.

— Je parle de ma mère. Et ma mère est morte.

Il se servit un autre verre de gin.

— En tout cas, une chose est certaine. Je l'ai appris par un ami journaliste : ta grand-mère a fait ces révélations en demandant qu'elles ne soient pas diffusées pour l'instant dans la presse. Elle avait peur pour sa propre sécurité. Elle a été très naïve ! Le pigiste n'a pas tenu parole. Dès le lendemain, l'article est sorti. Ces gars n'ont aucune morale…

Il invoquait la morale, lui, le plus grand escroc de la Côte.

Juliette repartit bredouille. Elle n'avait pas réussi à le confondre. Il n'avait rien lâché. Rien avoué, en dehors de cet article qui l'arrangeait et qu'il avait mis de côté pour le ressortir en cas de nécessité. Il aimait lancer les gens sur des fausses pistes.

Elle composa le numéro du juge d'instruction, qui décrocha immédiatement.

— J'aimerais vous revoir le plus rapidement possible, lui annonça la jeune femme.

— Avez-vous du nouveau ?

— Peut-être.

— Passez quand vous voulez.

Une heure plus tard, elle était entendue par Loiseau. Dans le malheur, une sorte de complicité s'était créée entre eux. Il l'emmena de nouveau sur la terrasse. Le ciel était redevenu bleu, immensément, jusqu'à l'horizon. La température commençait à grimper. On avait l'impression d'être en plein été.

Elle lui raconta sa visite à Dorian.

— Il se défend bec et ongles. Il prétend qu'il est étranger aux meurtres.

Le magistrat ne semblait nullement étonné.

— Nous le surveillons de très près depuis le début. Il nous intrigue. Nous avons fouillé son emploi du temps, ses déplacements, avons interrogé certains de ses amis et l'avons pris en filature. Ses appels téléphoniques et ses mails sont épluchés tous les jours. Nous avons examiné son passé et cherché sa trace ADN dans la villa de vos parents. Ces derniers temps, nous avons supposé qu'il avait payé un sosie pour incriminer votre mère, je vous l'ai dit implicitement. Nous allons procéder à de nouvelles vérifications. Mais jusque-là, rien de probant. S'il est dans le coup, c'est un as de la dissimulation.

— L'affaire du Rococo, l'avez-vous oubliée ?

— Nullement. C'est un mobile possible. Mais il en faut davantage pour arrêter un homme.

— N'avez-vous donc pas le moindre début de preuve contre lui ?

— Pas le moindre. Il a un alibi incontestable, et aucun indice, même infime, ne permet de l'accuser. Nous avons effectué une perquisition chez lui. Rien.

— Y avez-vous découvert une arme ?

— Oui, comment le savez-vous ?

— Je ne sais pas, c'est juste une question…

— On a trouvé un pistolet. Mais il ne correspond en rien à celui utilisé pendant le massacre.

— A-t-il l'autorisation d'en avoir un ?

— Oui, il appartient à un club de tir. On ne peut même pas le mettre en examen pour port d'armes prohibé.

— La piste se referme-t-elle ? demanda-t-elle, dépitée.

— Pas du tout, mais en l'état actuel des investigations, il ne peut être placé en garde à vue. Nous cherchons une faille. Nous ne la trouvons pas.

Juliette hésitait à parler de l'article que Dorian lui avait lu, doutant de son importance. Elle finit par se décider :

— Dans une interview volée, ma grand-mère prétend que le massacre s'explique par son histoire familiale.

— Je sais. Nous nous apprêtions d'ailleurs à la questionner à ce sujet.

— A-t-elle été tuée parce qu'elle allait révéler la vérité ?

— Comme ça, on pourrait le dire, sauf que nous n'avons aucun indice permettant d'étayer cette hypothèse. Nous avons tout fouillé : la vie en Argentine, son mariage, sa fuite, son existence en France, l'accident dans les Alpes. Rien trouvé de décisif !

— Luis Gomez était un opposant politique à la dictature.

— On le sait, sauf que les archives ont disparu et que la plupart de ses camarades politiques ont été tués. C'est une piste parmi d'autres. Jusque-là, nos recherches n'ont pas abouti. Et puis la dictature, c'est vraiment de la très vieille histoire.

Elle le regarda dans le fond des yeux.

— J'imagine que vous me cachez encore certaines choses…

Il renifla et avoua :

— Exact ! Par nécessité, je ne peux pas tout vous révéler.

— S'il vous plaît…

— Plusieurs personnes nous intriguent, à commencer par vous.

Elle était blême.

— Moi ? Encore ? Mais je suis une victime !

— Certes, mais parmi ceux qui ont participé à ce fameux déjeuner, vous êtes la seule à ne pas avoir été tuée. Nous essayons d'en comprendre la raison. Vous ne vous êtes pas cachée, vous n'avez pas fui, et le criminel vous a épargnée. C'est étrange, n'est-ce pas ? Pourquoi n'a-t-il pas tiré sur vous alors qu'il a assassiné tous les autres ? Un hasard ? Manquait-il de cartouches ? Si nous arrivons à répondre à cette question, cela nous permettrait sans doute de faire un grand bond en avant.

— Et les autres suspects ?

— Je n'ai aucun commentaire à faire. Mais avant de nous quitter, j'aimerais vous confier une dernière chose.

— Allez-y.

— Avez-vous déjà entendu parler des *cold cases* ?

— Oui, bien sûr ! Les meurtres non résolus.

— *Cold cases* veut dire, littéralement, en anglais, « dossiers froids ». Même si des pistes existent, ils restent des mystères impénétrables qui, tels des fantômes, hantent la mémoire collective.

Elle soupira.

— Le massacre de Vence est-il un *cold case* ?

— Il est bien trop tôt pour le dire ! Mais sachez qu'une enquête de ce type peut durer des années, voire des décennies. Parfois, on apprend ce qui s'est passé grâce à la révélation ultime d'un individu sur son lit de mort.

Il se tut un instant, soudain très triste, puis ajouta :

— Parfois, l'énigme reste une énigme pour l'éternité.

— Vous n'avez pas l'air optimiste…

— Exact.

Juliette effectua quelques pas afin de se dégourdir les jambes.

— Avant de partir, murmura-t-elle d'une voix fluette, j'aimerais savoir quelle est aujourd'hui l'hypothèse la plus crédible.

— Depuis la découverte du corps supposé de votre mère…

Elle bondit de sa chaise.

— Vous n'êtes pas certain qu'il s'agisse bien d'elle ?

— Je viens de vous le dire ! J'attends le résultat des tests ADN, deux précautions valant mieux qu'une. Le corps est carbonisé, nous restons très prudents mais c'est l'hypothèse privilégiée, vu la denture, qui colle aux radios effectuées par un laboratoire de Vence. En tout cas, depuis que ce corps a été retrouvé, nous avons décidé de tout reprendre à zéro. Force est de constater que l'hypothèse la moins absurde est celle d'un crime de rôdeur, ou quelque chose qui ressemble à ça. Ou d'un meurtre organisé par quelqu'un d'extérieur à votre famille, un voisin avec qui vos parents auraient eu un différend par exemple. Il débarque dans la maison à l'improviste, tire dans le tas, vous épargne par pitié, se débarrasse de votre mère dans la campagne afin qu'elle soit accusée, vous dépose sur une plage. Il brouille les pistes ! Un crime presque gratuit. De nos jours, on peut être tué pour des broutilles. Avez-vous entendu parler de la tuerie du Grand-Bornand ?

— Non.

— Emporté par la haine et la jalousie, un individu a massacré ses propres voisins, toute une famille – les parents et leurs trois enfants –, avant de faire disparaître les corps. Le problème, avec le drame de Vence, c'est qu'il n'existe aucune piste accréditant ce type de scénario.

Il souffla un instant avant de reprendre :

— Si les enquêteurs ne trouvent aucun mobile, aucun indice, aucun témoin, et qu'il n'y a aucun aveu, cette affaire se terminera en *cold case*.

Juliette sortit du cabinet du juge, bouleversée, ébranlée, hagarde. À qui se confier ?

Sans en avoir la preuve, elle en avait néanmoins l'intime conviction : Dorian était mêlé à ce drame. Il était parvenu à effacer les indices compromettants grâce à sa fabuleuse fortune et à son machiavélisme sans limites.

Il avait plusieurs complices, dont Florent, le « gentil » pompier au-dessus de tout soupçon.

Même s'il existait des zones d'ombre, c'était le seul scénario possible selon elle.

Sa grand-mère avait été impliquée involontairement. Juliette ne savait pas dans quelle mesure elle avait participé à ce complot, mais si elle avait été assassinée devant ses yeux, c'était qu'il y avait une raison. Elle s'apprêtait à lui faire une révélation capitale…

L'océanographe n'avait pas dévoilé au magistrat qu'Isabel avait écrit une lettre. Elle préférait la récupérer elle-même. Elle finissait par se demander si Dorian n'avait pas acheté certains enquêteurs : y avait-il une taupe au sein de la police judiciaire, qui empêchait que la lumière soit faite ?

Juliette avait décidé de se rendre le soir même dans le fameux garage, sans en parler à quiconque. Elle avait les clés dans sa poche.

Soudain, Frank l'appela.

Elle hésitait à répondre. Malgré son amour pour lui, quel intérêt de lui parler alors qu'elle était dévastée par le chagrin et se sentait vidée intérieurement ? Il lui avait déjà laissé des messages adorables, mais elle ne l'avait pas rappelé.

« Juliette, je t'aime, je pense à toi. Fais-moi signe. »

Il ignorait sûrement qu'Isabel et Flavia étaient mortes. Comment l'aurait-il su ? Le magistrat avait signifié que rien ne filtrerait dans les médias dans l'immédiat.

Elle ne décrochait toujours pas. Il insistait, sans laisser de messages. De guerre lasse, elle prit la communication :

— Allô ?

— Juliette, ça va ? Je suis fou d'inquiétude depuis quelques jours !

— Désolée, mais je suis épuisée, vraiment.

Pas un mot sur les deux meurtres. Pas tout de suite.

— Ma pauvre ! Ça te tente un resto ce soir ?

— Pourquoi pas ?

Après tout, ça lui changerait les idées.

— On peut aller au bistrot des Palétuviers sur le front de mer de Nice. C'est calme et on y mange bien.

— Ça me va.

— À 20 heures ?

— Parfait.

Il arriva un peu avant elle. Il portait une veste en tweed et s'était parfumé. Juliette se sentit émue en le voyant et son amour enfoui ces derniers temps sous un monceau de problèmes resurgit subitement, intact.

Franck commanda une succulente bouillabaisse noire aux seiches et une bouteille de rosé de Provence.

— Je suis désolée de ne pas t'avoir rappelé, murmura-t-elle d'une voix triste.

— Aucune importance, mais je me faisais du souci.

— Oh, tu sais, susurra-t-elle, ces derniers jours, j'ai eu de gros ennuis. Je suis certaine que le magistrat me soupçonne d'être dans le coup.

— Ça alors ! Comment ose-t-il ? C'est ignoble !

— Je ne sais pas. Il m'a dit qu'il ne comprenait pas pourquoi je n'avais pas été tuée pendant le massacre…

— Quelle délicatesse ! Il te reproche de ne pas être morte, c'est ça ?

Il lui versa un verre de vin, avant d'ajouter :

— Il ne t'a pas mise en examen au moins ?

— Ça aurait été le comble !

— Dans les enquêtes criminelles, les magistrats prennent parfois des décisions hallucinantes.

Ils parlèrent ensuite de tout et de rien, de la vie ordinaire, de l'été qui approchait, des régates, comme s'ils voulaient oublier l'un et l'autre cette affaire gorgée de sang et de larmes.

Pas longtemps.

— Au fait, demanda Frank subitement, comment se porte ta grand-mère ?

Juliette se remémora brusquement la plaque commémorative près du pont du Châtelet qu'ils avaient découverte ensemble.

Elle avait envie de dire la vérité à Frank mais elle craignait que la nouvelle ne s'ébruite. Et le magistrat lui avait demandé de garder le silence tant que l'information n'avait pas été divulguée de manière officielle.

Les médias allaient annoncer simultanément le meurtre de deux femmes : Isabel et Flavia, la mère et la fille. La nouvelle aurait l'effet d'une bombe nucléaire.

— Oh, pas très bien. Cette histoire la mine. Elle perd les pédales et tient des propos incohérents. Son médecin vient de la faire hospitaliser.

— C'est triste ! J'espère qu'elle va se rétablir. Lui as-tu rendu visite ?

— Pas encore.

La musique joyeuse du restaurant, une sorte de jazz, était en décalage avec les idées sombres de la jeune fille. Elle revoyait le meurtre d'Isabel en pleine campagne à la nuit tombante.

— Quel dessert te ferait plaisir ? murmura Frank en lui tendant la carte.

Elle n'avait plus faim, mais commanda un chocolat liégeois afin de prolonger un dîner qui, dans cet océan de malheur, la réconfortait.

Après avoir réglé la note, Frank l'emmena sur la plage en contrebas. Le bruit des vagues était doux, il n'y avait pas de vent. Il lui prit la main.

Juliette se rappelait sa mère assassinée, son cadavre découvert dans les bois. Elle avait envie de pleurer.

— Crois-tu qu'on puisse continuer à se voir ou préfères-tu qu'on fasse une pause ? demanda timidement Frank.

Elle sursauta.

— Pourquoi une pause ?

— Tu ne vas pas bien du tout. Tu as peut-être besoin de rester seule. Je ne veux pas t'importuner…

— Oh non, pas de pause ! Si tu n'es plus là, il n'y a plus personne dans ma vie.

Elle refusait de lui parler des curieuses assiduités de Florent. De toute façon, tant que l'affaire n'avait pas été éclaircie, elle avait décidé de se tenir à l'écart du pompier.

Frank se serra contre elle.

Tendrement.

— C'est gentil, murmura-t-il. Ça me touche. Sache que je peux t'aider en toutes circonstances. Je me répète.

Elle se blottit contre son corps. Elle avait soif de tendresse. De bienveillance.

Un peu plus loin, sur la promenade, un homme jouait de la guitare. Un feu d'artifice éclaira le ciel.

Frank caressa les cheveux de la jeune fille, une brise légère enveloppa le couple. Il posa ses lèvres sur les siennes. Ils s'embrassèrent passionnément. Pendant quelques instants, le temps fut suspendu. Juliette se sentait apaisée, à l'abri de la tourmente dans les bras de son bien-aimé.

Le feu redoubla d'intensité. Il illuminait l'obscurité de teintes multicolores. Des fumées laiteuses, comme une brume, s'écoulaient dans le ciel de nuit.

Juliette vivait un moment de douceur infinie dans une existence d'une violence infinie.

Elle hésitait à lui demander une chose qui avait pour elle une importance capitale : l'accompagner au garage pour tenter d'y retrouver la lettre dont Isabel lui avait parlé.

Elle n'allait pas demander à Dorian, il était sûrement dans le coup.

Elle n'allait pas demander à Florent, dont le rôle l'intriguait.

Elle n'allait pas demander à Lucia qui, en cas d'agression, n'avait pas le physique pour se défendre.

Elle n'allait pas demander à la police, en qui elle n'avait plus confiance.

Elle n'allait pas demander aux morts.

Le seul qui pouvait l'accompagner, c'était Frank, comme il l'avait déjà fait à Saint-Paul-sur-Ubaye et Saint-Tropez. Il était la dernière bouée de sauvetage avant le naufrage final.

Il la reprit dans ses bras et dit dans un souffle :

— J'avais peur que tu me dises que tout était fini entre nous. Cela m'aurait bouleversé, mais j'aurais respecté ton choix.

— Mais non, que vas-tu imaginer ? Rien n'est terminé !

Elle aspira une gorgée d'air marin avant de reprendre :

— Au fait, j'ai un service à te demander.

— Je t'écoute.

— Ma grand-mère profite d'un garage dans un terrain qu'on lui prête. Elle y entrepose des affaires. Elle m'a dit qu'elle voulait que j'aille y récupérer un document confidentiel. Je ne sais pas ce que c'est.

— Et tu veux que je t'accompagne, c'est ça ?

— S'il te plaît. Ça ne te dérange pas ? J'ai peur de m'y rendre seule. À mon avis, je suis espionnée par des gens malveillants. Et ils sont peut-être tout près de nous.

Ils regardèrent du côté de la digue.

— Vois-tu quelqu'un ? demanda Frank.

— Il y a plein de monde… Comment savoir ?

Sur la droite, un peu plus loin, près d'une gloriette, à moitié caché par un pilier, un homme les observait avec une paire de jumelles.

Juliette poussa un cri.

— Tu vois, je te l'avais dit ! On me traque.

Elle ne distinguait pas la personne.

— Pas de quoi s'affoler ! s'exclama-t-il. Beaucoup de gens utilisent des jumelles sur la promenade des Anglais, ne serait-ce que pour observer les jolies femmes comme toi.

Il se mit à rire.

— Où t'es-tu garé ? demanda-t-elle, sceptique.

Elle n'avait pas envie de conduire en pleine nuit.

— À deux cents mètres. Dans une petite rue.

— On va filer discrètement.

— Veux-tu qu'on aille dans le garage de ta grand-mère maintenant ?

— Le plus vite sera le mieux.

À ce moment précis, son téléphone vibra.

Elle regarda l'écran : *Lucia.*

Son amie venait de laisser un texto : *Ça va ma belle ? Que deviens-tu ? Appelle-moi ! Bises.*

Juliette n'avait pas le temps de lui téléphoner, Lucia étant très bavarde. Elle répondit par un SMS : *Je suis avec Frank. Grand-mère hospitalisée. On va nourrir le chien de mes parents à Agay. T'enverrai géolocalisation quand j'arriverai là-bas pour le cas où il m'arriverait un problème.*

Juliette monta dans la Volkswagen de son amoureux et ils quittèrent Nice. Elle eut bientôt l'impression qu'une moto roulait derrière eux. Un gros phare, toujours le même, les talonnait. Un hasard ?

— Prends une autre direction, puis reviens sur la grande route, supplia-t-elle.

Frank obtempéra. Il tourna à gauche avant d'effectuer un demi-tour.

Elle avait le sentiment que la moto continuait à les suivre. Mais était-ce la même ? Sa paranoïa n'avait aucune limite.

Antibes.

Cannes.

Agay.

Juliette montra le chemin.

Un pâle croissant de lune illuminait le paysage. C'était à la fois beau et sinistre. Une lueur blafarde s'étendait sur les collines. Les arbres dessinaient des ombres fantomatiques sur le sol.

Elle tressaillit quand ils passèrent à l'endroit où sa grand-mère avait été assassinée.

Le garage était isolé, à la sortie du village, accroché à la pente de la montagne.

Il fallait qu'elle mette la main sur cette fameuse enveloppe bleue, et tant pis si les révélations d'Isabel ne permettaient pas de percer le mystère.

Mais elle avait été tuée et cette mort n'était pas le fruit du hasard.

Juliette extirpa de sa poche les deux clés qu'Isabel lui avait confiées et ouvrit la porte du jardin. Une allée bordée d'arbres menait au garage. Elle verrouilla la grille derrière elle ; le terrain était clôturé d'une palissade infranchissable.

Elle avait craint que le garage ait été cambriolé, mais il n'en était rien. C'était une solide construction dotée d'une porte épaisse à plusieurs battants.

Le chien aboyait au loin, au fond du terrain, accroché à un arbre, près de sa niche. Elle irait le voir tout à l'heure, une fois qu'elle aurait terminé de fouiller.

Elle jeta un œil sur la route par laquelle elle était venue. Une moto, tel un gros frelon, passa devant la grille sans s'arrêter.

Étrange coïncidence. Elle tressaillit.

— Ne t'inquiète pas ! s'exclama Frank en voyant sa mine déconfite. Avec moi, tu ne crains rien.

Il serra fermement la main de la jeune fille.

— Allez, on entre, dit-il. On referme derrière nous pour être tranquilles.

Elle ouvrit un battant. Sur la droite, un interrupteur. Elle appuya dessus, la lumière jaillit d'une lampe posée sur une table.

C'était un vrai capharnaüm : outils de jardinage, livres, revues, caisses en bois, deux vélos Montana. Un réfrigérateur près de l'entrée. Pas de voiture, juste une réserve pour entreposer des affaires.

— Tout cela appartient à ta grand-mère ? s'exclama Frank, dubitatif.

— Je n'en sais rien. Les vélos, sûrement pas. Elle m'a dit qu'elle y rangeait des choses, je ne sais pas lesquelles.

— Comment retrouver le document ?

— Elle a parlé d'une enveloppe bleue dans une boîte à chaussures.

Il y en avait plusieurs, sur la droite, posées sur une étagère. Juliette ouvrit la première : elle contenait des ficelles, des boutons, des babioles sans intérêt. Dans une deuxième, elle découvrit des cartes postales. Elle passa rapidement à une troisième, qui recelait des photos en noir et blanc, anciennes : ses grands-parents étaient jeunes, sa mère était un gros bébé, c'était la période argentine, elle reconnaissait l'architecture caractéristique de Buenos Aires.

Elle continua à fouiller. Dans une quatrième, elle découvrit l'enveloppe bleue, parmi d'autres, timbrées, des correspondances. La mystérieuse enveloppe, non cachetée, renfermait des feuillets qu'elle déplia. Ils étaient couverts d'une écriture caractéristique, celle de sa grand-mère, que Juliette reconnut sans peine.

— Ça y est, j'ai trouvé ! s'écria-t-elle d'une voix triomphale.

En haut à droite du premier feuillet se trouvait une date. La lettre avait été écrite quelques jours plus tôt.

— Quatre pages ! poursuivit-elle. Elle en a des choses à dire !

Elle s'efforçait de continuer à utiliser le présent, malgré les circonstances.

Frank sursauta :

— Une lettre de ta grand-mère ? Mais pourquoi ne te révèle-t-elle pas tout oralement ? Quelque chose m'échappe…

Elle faillit lui dévoiler qu'elle avait été tuée, mais le moment n'était pas encore venu.

Elle plaça l'enveloppe dans la poche arrière de son pantalon.

— En tout cas, reprit Frank, on ne va pas s'attarder, pour le cas où quelqu'un nous aurait suivis.

À ce moment précis, un véhicule s'arrêta devant la grille.

Juliette sursauta.

— Tu as raison, on a été suivis.

Elle repensa à la scène du meurtre sur cette route. Le sang versé. Sa grand-mère agonisante.

Elle éteignit la lampe, ne voulant pas que le visiteur sache que quelqu'un se trouvait dans le garage.

— Couper la lumière ne sert à rien ! s'écria Frank. Ma voiture est garée devant la grille. Il n'y a aucune maison alentour, ça n'est pas compliqué de deviner que…

Elle l'interrompit.

— Tais-toi. On va regarder. On verra peut-être quelque chose…

Au loin, dans la nuit, au-delà des arbres de l'allée, ils aperçurent la seconde voiture. À côté, une silhouette. Homme ? Femme ?

L'individu essayait-il de pénétrer dans le jardin en escaladant la palissade ?

— Arrives-tu à voir qui c'est? demanda Frank dans un murmure.

— Comment savoir? répondit-elle. Tout est très sombre. J'appelle les flics?

— Les flics? Pour dire quoi? Qu'une voiture s'est arrêtée devant une grille?

Le chien s'était remis à aboyer. Il avait entendu le visiteur de la nuit. On devinait le bruit de la chaîne qu'il tentait de faire céder.

Juliette regarda son écran, et s'aperçut que Lucia avait essayé de la joindre à plusieurs reprises. Elle la rappellerait plus tard. Elle lui envoya sa géolocalisation. Puis elle composa le 17.

C'était fou, personne ne répondait.

Elle essaya plusieurs fois. Rien.

Elle raccrocha.

Frank soupira.

— En soirée, la police est bombardée d'appels. Il faut insister. Quel pays de merde! Le temps qu'ils décrochent, nous serons morts.

— Morts? Tu plaisantes?

— C'est la vérité.

— Comment le sais-tu?

La voix de Frank était quasi inaudible, tandis que le chien continuait à japper.

La lune jetait des rayons tristes sur le paysage.

— Eh bien, je ne te l'ai pas dit, mais j'enquête aussi de mon côté. J'ai envie que cette histoire prenne fin. Je ne supporte pas de te voir dans cet état de décrépitude.

Juliette était touchée par sa sollicitude et sa peine, bien que concentrée sur la grille. Si l'individu entrait, et s'il était armé, elle s'enfermerait dans le garage avec Frank en rappelant les forces de l'ordre.

— Ta grand-mère…, murmura le jeune homme. J'ai vu ta grand-mère il y a quelques jours avant son hospitalisation…

— Pourquoi ne m'en as-tu pas parlé ?

— J'avais peur que tu paniques.

— Et alors ?

— Elle m'a dit que tu courais un très grave danger. Tu risques d'être tuée.

— Et tu ne m'as rien dit ?

— Je ne voulais pas t'affoler au téléphone. C'est pour cette raison que je tenais à te voir.

— Tuée par qui ?

Il ne répondit pas.

Elle tourna la tête vers la grille. L'individu avait disparu. Quelques secondes plus tard, des phares s'allumèrent, la voiture démarra.

Un soupir de soulagement s'échappa de la bouche de la jeune fille. Elle ralluma la lumière.

— Sauvés ! Il n'a pas réussi à entrer.

— Pas pour longtemps. Ils vont revenir plus nombreux, j'en suis certain, avec de quoi défoncer cette grille.

— Que fait-on ? s'enquit Juliette d'une voix inquiète.

— C'est très simple. On essaie de voir le juge en urgence, même s'il est tard. J'espère que les hommes de main de ton oncle ne vont pas nous massacrer quand nous sortirons d'ici.

Juliette étouffait. Quand allait-elle se réveiller de ce cauchemar interminable ?

— Pourquoi voudrait-il me tuer alors qu'il m'a épargnée jusque-là ?

— Car tu ne présentais aucun danger ! Il a essayé de t'amadouer, tu me l'as dit toi-même. Il t'aime bien, mais depuis quelque temps, tu es devenue une menace pour lui. Une grave menace ! Tu t'entêtes. L'histoire du drone au-dessus de sa propriété, il ne s'en est jamais remis.

— A-t-il deviné que c'était nous ?

— Sans doute.

Il semblait bien informé. Il poursuivit :

— Ton oncle est cerné, il panique. Ta grand-mère savait beaucoup de choses sur lui…

Elle sursauta. Il avait utilisé l'imparfait. Or, les médias n'avaient pas révélé qu'elle était morte. Le magistrat lui avait bien spécifié que la nouvelle ne serait pas diffusée pour l'instant.

Qui l'avait informé ?

Elle n'eut pas le temps d'y songer davantage. Le chien avait fini par briser sa chaîne et arrivait en aboyant.

Phosphore était un labrador doux et calme. Il sauta sur Juliette, la lécha affectueusement, tout en agitant sa queue en tous sens en signe de joie.

Elle s'accroupit et le serra dans ses bras.

— Mon pauvre ! Personne ne s'occupe de toi. Tu dois être affamé. Je vais te donner à manger.

Il n'avait pas vu Frank, pas encore. Il allait sûrement lui faire la fête ! Car Phosphore était adorable avec tous les visiteurs, même les inconnus. Elle avait prévu de lui présenter son amoureux le jour de l'anniversaire, mais les circonstances en avaient décidé autrement.

— Voici Frank, un type extra !

Le chien le regarda quelques secondes et se figea.

Il se mit à grogner. Des grognements féroces. Il sortit ses crocs et se tint immobile.

— Qu'est-ce qui se passe, Phosphore ? s'écria-t-elle. Frank est gentil, tu sais ! C'est parce que tu ne le connais pas ?

— Ne t'inquiète pas, répliqua-t-il. Tous les chiens sont comme ça avec moi. Au début, ça ne colle jamais, je ne sais pas pourquoi. Mais on devient très vite copains !

Il s'approcha de l'animal et essaya de le caresser. Phosphore recula puis se mit à aboyer férocement. Lui, d'habitude si calme, semblait déterminé à attaquer Frank.

— Incompréhensible ! s'exclama la jeune fille.

Le chien détala à toute vitesse et disparut, tout en continuant à aboyer.

Une pensée fugace traversa le cerveau enfiévré de Juliette.

Phosphore était le seul survivant du massacre de Vence, en dehors d'elle-même, qui n'avait rien vu. Le chien était donc le seul à avoir aperçu le tueur. Ou la tueuse. Ou les tueurs.

Les enquêteurs l'avaient retrouvé terrorisé au fond du jardin.

Il est prouvé que les animaux ont des facultés que nous, humains, ne possédons pas. Avait-il reconnu le tueur ?

Ah non, ce n'était pas possible ! Frank avait ses défauts, mais n'avait tué personne. Il était l'homme le plus doux et le plus délicieux de la Terre. C'est pourquoi elle l'aimait.

— Comment expliques-tu son comportement ? demanda-t-elle en observant son regard.

— Je viens de te le dire. Tous les chiens sont comme ça avec moi. Je dois dégager trop de testostérone !

Il se mit à rire avant de lui caresser les cheveux.

Juliette restait dubitative.

— Écoute, poursuivit-il, on a assez perdu de temps. On se casse !

Elle continuait à entendre le chien aboyer au loin et n'était pas convaincue par l'explication de Frank. En même temps, songeait-elle, un intrus avait essayé de pénétrer dans le jardin : si son amoureux était mêlé à cette histoire, il lui aurait ouvert la grille. Or il ne l'avait pas fait.

L'attitude de Phosphore s'expliquait-elle par l'ambiance sinistre de l'endroit ?

Près du battant, Frank jetait de temps en temps un œil à l'extérieur.

— N'oublie pas la lettre, surtout pas. L'as-tu mise dans ta poche ?

Elle continuait à douter de lui.

— Je l'ai égarée, mentit-elle.

Le document se trouvait dans la poche arrière de son pantalon.

— Comment ça ?

— Tout à l'heure, quand l'autre voiture est arrivée, je l'ai planquée par précaution, dans le noir, au cas où les tueurs nous attaqueraient. Je ne sais plus où elle se trouve.

— Vraiment ?

Elle était tétanisée.

Elle avait envie qu'il ne soit pas dans le coup, tellement envie. Elle avait tellement envie que leur histoire d'amour se poursuive. Sans lui, elle n'était plus rien.

Elle n'avait pas confiance en Florent.

Elle n'avait plus confiance en Lucia.

Sa mère était morte.

Sa grand-mère était morte.

Son père était mort.

Son frère était mort.

Sa sœur était morte.

Son oncle était un assassin.

Elle excluait le fait que Frank soit mêlé à cette affaire diabolique.

De toute façon, il n'avait pas pu avoir tué sa famille : il ne possédait aucun mobile et son téléphone n'avait pas borné à Vence à l'heure du massacre.

Elle pensait aux baisers, à la tendresse de leur couple, à sa beauté. À sa gentillesse, à sa sensualité. À tout ce qu'il avait fait pour elle depuis des semaines. Elle songeait à l'enfant qu'elle voulait de lui. À leur vie commune qui n'avait pas commencé. Au nid qu'ils construiraient. Aux nuits partagées.

Frank était l'homme de sa vie, pas le meurtrier de son existence.

Cette histoire de chien était sûrement sans importance… mais un sixième sens lui soufflait de ne pas repartir avec l'homme qui l'avait emmenée ici.

Elle rappela la police.

Au bout d'un temps interminable, quelqu'un décrocha.

— Gendarmerie, j'écoute.

— Je suis Juliette Carpenter, survivante du massacre de Vence. J'ai besoin de vous.

Elle ne savait pas quoi dire d'autre.
— Pour quelle raison ?
— Urgent, c'est urgent.
— Où êtes-vous ?
— Sur les hauteurs d'Agay.
Elle ne connaissait pas l'adresse exacte et préférait cacher à Frank que les forces de l'ordre étaient venues ici après le meurtre de sa grand-mère.
Ce jour-là, les gendarmes avaient débarqué au bout d'une demi-heure, mais c'était en fin de journée, à un moment où ils sont moins sollicités. Et surtout, il y avait eu meurtre ; alors que là, il ne s'était rien passé. Comment les motiver pour qu'ils interviennent rapidement ?
— Que vous arrive-t-il ? demanda l'homme.
— Je suis en danger.
— Quelqu'un vous menace-t-il ?
Elle ne savait que répondre.
— Non, mais venez, je vous en prie. Venez !
— Je vais voir avec le major, répondit l'agent d'une voix peu convaincue. Je vous rappelle, n'éteignez pas votre téléphone.
Elle attendait avec fébrilité l'arrivée des forces de l'ordre, comme une délivrance.
Frank était de plus en plus pressant.
— Tu récupères la lettre et on s'en va.
Le suivre ou ne pas le suivre ?
— Le mieux est de rester ici.
— Pas question ! s'écria-t-il d'une voix agacée. On court un grave danger. Si des gars reviennent avant les gendarmes, nous sommes foutus.
Elle avait l'impression qu'il avait peur. Si oui, de quoi ?
Elle se remémora avec désarroi l'agressivité de Phosphore.
Frank allait-il l'emmener, subtiliser la lettre, se débarrasser d'elle dans la nature ?
La voix de l'homme qu'elle aimait se fit péremptoire :

— Nous avons été suivis, l'arrivée de ce véhicule le prouve. Ils savent que nous sommes ici. Nous devons nous barrer. C'est une question de vie ou de mort !

Juliette était à moins d'un mètre de lui. Elle aurait aimé sortir du garage, quitter ce lieu par ses propres moyens. Elle regrettait de ne pas avoir pris sa voiture.

— Pense à ta grand-mère que tu adorais…, murmura-t-il.

— Pourquoi utilises-tu l'imparfait ? Est-ce toi qui l'as tuée ?

Dans la lumière du garage, le visage de Frank blêmit.

— Tu délires, ma pauvre. J'essaie juste de percer le mystère d'une affaire impossible à comprendre. Il faut que la vérité éclate au grand jour et que justice soit faite. Récupère la lettre puis viens, je t'emmène.

Elle avait l'impression qu'il perdait son sang-froid.

Refusant de le suivre, elle se réfugia au fond du garage et appela de nouveau la gendarmerie.

Le même homme décrocha.

— Nous allons arriver, soyez un peu patiente. Ne bougez pas de l'endroit où vous êtes.

— Merci, je vous attends. Vite !

Frank la regarda d'un air sévère.

— Mon amour, le temps qu'ils débarquent, nous serons déjà morts. Des phares arrivent au loin sur la route.

— Ne parle plus d'amour, tout est fini entre nous. Toi aussi tu es dans le coup. Tout le monde autour de moi est dans le coup…

L'océanographe voulait qu'il s'explique, même si elle n'était sûre de rien. Elle ne comprenait pas ce qui aurait pu le pousser à participer à cette machination. Avait-il été acheté lui aussi ?

Elle avait l'intuition confuse que Frank voulait se débarrasser d'elle.

— Le mec qui attendait à la grille, tu le connais ?

Elle était à sa merci, éclairée par la lampe, coincée au fond du garage.

Avait-il un pistolet dans sa poche ? Allait-elle être assassinée comme les autres ? Le massacre allait-il continuer ?

Elle arracha brusquement la lampe branchée à une prise et la fracassa sur le sol.

Le garage fut plongé dans le noir.

Elle devait quitter cette souricière.

Juliette rampa en essayant de ne pas faire de bruit. Si elle arrivait à sortir, elle courrait à perdre haleine à travers la campagne jusqu'à la porte d'une maison, d'où elle rappellerait les gendarmes.

L'homme qui l'avait tenue dans ses bras tout à l'heure sur la plage, qui l'avait embrassée, lui barrait à présent le chemin. Elle avait peur. Terriblement peur.

Dans le noir, elle devinait son souffle. Comment forcer le passage ? Il était plus fort qu'elle.

Elle lança des objets dans une direction opposée à la sienne afin de le piéger. Elle l'entendit s'avancer vers là-bas.

Il fallait que Juliette sorte d'ici, qu'elle s'enfuie en courant, qu'elle franchisse la grille… Ce n'était pas gagné. Le chien aboyait toujours, elle espérait qu'il allait l'aider.

Frank ne disait plus rien, ce qui ajoutait à la terreur de la jeune fille. Un fantôme dans la nuit. Cherchait-il à se débarrasser d'elle ?

Par bonheur, l'instinct de survie décuplait ses forces.

Elle continua à jeter des objets à travers la pièce pour le déstabiliser et avança à pas de loup.

Elle réussit ainsi à gagner la porte sans qu'il s'en aperçoive. Au moment où elle allait la franchir, un événement inattendu se produisit : la porte du réfrigérateur s'ouvrit, la lampe située à l'intérieur éclaira le garage.

Elle aperçut Frank à quelques mètres d'elle.

Elle était foutue.

L'homme respirait très fort.

— Qu'est-ce qui t'arrive, ma Juliette ? Je ne te reconnais plus. Viens près de moi. Allons, ne panique pas. Je suis un chic type !

Dans les moments les plus tragiques, l'être humain trouve en lui des ressources insoupçonnées. Sur une étagère, elle aperçut un énorme marteau. Sans réfléchir, elle l'empoigna et le jeta à toute force vers celui qui lui faisait face. L'outil métallique atteignit son visage. En quelques secondes, elle était devenue championne de lancer du marteau.

Il hurla. Du sang gicla sur le sol. Elle franchit la porte puis, dans un état second, fonça dans l'allée du jardin jusqu'à la grille, qu'elle déverrouilla. Elle eut le temps de la fermer à clé derrière elle.

Elle jeta un œil du côté du garage. Frank en sortait, chancelant.

La route était baignée par la lune.

Elle courut en direction d'Agay.

Juliette aperçut une voiture qui arrivait pleins phares. Les gendarmes, enfin ? Elle se mit en travers de la chaussée. Le véhicule s'arrêta. C'était un simple automobiliste.

Sans réfléchir au risque qu'elle prenait de monter dans la voiture d'un inconnu, et sans lui demander s'il était d'accord, elle ouvrit la portière côté passager et s'installa sur le siège. Elle était hagarde, comme si la foudre venait de la frapper.

— Démarrez ! Vite ! Je suis en danger de mort !

La voiture s'éloigna. La jeune fille sanglotait.

— Je ne peux pas y croire ! Je ne peux pas y croire !

Elle regardait le bitume éclairé par les phares. La petite route était étroite, grimpait sur les hauteurs ; ce n'était pas le chemin pour atteindre la départementale longeant la mer, mais elle s'en fichait. Elle voulait s'éloigner le plus loin possible de cet enfer.

Elle espérait que Frank n'allait pas les prendre en chasse. Dans la mesure où il était enfermé derrière la grille et blessé, ils avaient une bonne longueur d'avance.

S'il les rattrapait, ce serait la fin, elle en était persuadée.

Elle tourna la tête vers le conducteur. En d'autres circonstances, elle aurait engagé la conversation avec lui, mais elle avait un pied dans la folie.

Il lui avait sans doute parlé, sans qu'elle s'en rende compte.

Juliette l'observa dans la pénombre. Elle ne distinguait pas ses traits.

Apparemment, c'était une femme, avec de longs cheveux, coiffée d'une casquette de marin. Elle portait d'énormes lunettes et regardait sans un mot la route balayée par les phares.

Le ciel était sans nuages, la lune illuminait les lointains, on distinguait les escarpements de l'Esterel.

Juliette avait besoin de discuter. Elle se mit à raconter ce qui venait de se produire : le huis clos dans le garage, la fuite éperdue. À la fin de chaque phrase, elle versait des larmes amères.

Elle annonça qu'un homme avait essayé de la tuer. Du moins le croyait-elle.

Elle voulut attraper son portable, mais ne le trouva pas. La jeune femme l'avait probablement égaré dans sa fuite. Elle ne pouvait donc appeler personne.

Après une dizaine de kilomètres, la route atteignit une sorte de plateau. On distinguait au loin des nids de lumière s'égrenant le long de la côte. Les stations balnéaires.

Après la lutte, le calme. Le grand calme de la nuit du printemps.

La voiture s'arrêta brusquement, ce qui surprit Juliette.

— Je veux aller voir les flics ! hurla-t-elle. Le type qui a essayé de me tuer va nous rattraper. Je suis en danger. Redémarrez, vite !

Une voix douce lui répondit :

— Je suis en panne !

La femme ouvrit la portière.

— Descends, tu vas me donner un coup de main. On va ouvrir le capot. Ça va prendre cinq minutes. Puis on repartira.

Juliette était surprise d'être tutoyée par une inconnue.

Cette voix…

Juliette la reconnut sans peine et sans doute possible.

Elle était pétrifiée.

Les deux femmes sortirent de la voiture.

Le paysage grandiose était éclairé par la lune mystérieuse.

Juliette regarda la personne qui l'avait conduite jusque-là. Elle avait éteint les phares, avait retiré sa casquette de marin et ses grosses lunettes.

Deux femmes dans la nuit, seules dans l'immensité de la nature et l'odeur du maquis.

L'astre lunaire éclairait faiblement leur visage.

Juliette était paralysée par la stupeur, l'effroi, la joie, l'étonnement.

La conductrice reprit la parole :

— Je n'aurais jamais dû. Je regrette tout ce que j'ai commis…

Juliette observait celle qui lui faisait face, sans pouvoir prononcer un seul mot, tant son émotion était immense.

La femme la regardait en face. Droit dans les yeux.

— Tout cela est arrivé à cause d'un horrible malentendu. Une histoire vieille de plusieurs décennies. Juliette, tu te rends compte ? Presque un demi-siècle. Tout cela n'aurait jamais dû se produire, mais la vie n'est jamais celle que l'on souhaite. La vie ne se déroule jamais comme prévu.

Elle avait un bel accent argentin dans la voix. L'accent *rioplatense*. Celui de Buenos Aires et des pampas.

— J'ai quarante-cinq ans depuis le 4 avril dernier, murmura-t-elle.

Juliette n'oubliait pas que la tragédie avait commencé autour d'un gâteau d'anniversaire. Autour d'une charlotte aux fraises. Autour de quarante-cinq bougies soufflées dans un éclat de rire général.

Dans la pénombre, à contre-lune, elle vit enfin sa mère.
Son visage.
Sa silhouette.
Flavia.
Flavia Carpenter.
En chair et en os.
Nimbée par une lumière diaphane.
Revenue de la mort.

Juliette s'appuya contre la voiture, au bord de la syncope.

À l'évidence, la panne était une feinte, la conductrice ayant voulu ce face-à-face dans la nuit.

Pendant quelques minutes, au milieu du silence, des images de la vie de Juliette défilèrent dans sa tête : l'enfance, l'adolescence, l'époque où le soleil illuminait les journées de bonheur.

Elle se rappela les heures qui avaient suivi le massacre, l'effroi, les doutes, les révélations, les fausses pistes.

En face d'elle, dans la pénombre, se trouvait sa mère tant aimée.

Le juge Loiseau avait affirmé que son cadavre carbonisé avait probablement été retrouvé, sans qu'il en soit certain. Avait-il menti ? Le médecin légiste s'était-il trompé ? Un enquêteur avait-il falsifié le rapport d'autopsie ? Si oui, dans quel but ?

Tout était possible dans les affaires criminelles, y compris l'impensable.

Quelques mois auparavant, la police écossaise avait annoncé l'arrestation dans un aéroport d'un homme soupçonné d'avoir tué sa famille grâce à un relevé d'empreintes digitales. L'information avait tourné en boucle sur toutes les chaînes d'infos. Pendant des heures, on avait annoncé l'arrestation de l'homme le plus recherché de France. C'était une méprise. Le suspect appréhendé n'avait tué personne. Ses empreintes digitales n'étaient pas celles du suspect.

Juliette se souvenait que Loiseau n'avait rien révélé à la presse. Pourquoi ? Parce qu'il n'était pas sûr de lui ? Car il attendait les résultats définitifs des analyses ADN ?

Elle était hébétée. C'en était trop.

Elle perdit connaissance.

L'océanographe se réveilla quelques minutes plus tard. La femme qui l'avait emmenée en voiture lui passait tendrement la main dans les cheveux.

— Maman ! s'écria la jeune fille.

Elle n'arrivait pas à dire un mot de plus.

La voix à l'accent argentin résonna dans la nuit, doucement, comme une caresse :

— Je ne suis pas ta maman. Je m'appelle Paz. Tu m'entends ? Paz ! La sœur de ta mère.

Ce n'était pas possible... Juliette n'avait jamais entendu parler d'elle. Pas une seule fois. Personne ne lui avait jamais dit que sa mère avait une sœur ! Si c'était vrai, il s'agissait du secret le mieux gardé de la famille. Un secret plus impénétrable que l'addiction de sa mère aux jeux d'argent ou les aventures extraconjugales de son père.

Elle repensa à l'inscription sur la plaque mortuaire près du pont du Châtelet :

Paz
Flavia
Isabel

Paz.

Juliette avait pensé qu'il s'agissait du nom commun « paix ». Avait-elle mal compris ? Paz était un prénom courant en Argentine.

— Je suis la jumelle de ta mère, murmura la femme d'une voix calme. Une vraie jumelle. En français, on utilise le mot « monozygote ». Nous avons le même patrimoine génétique.

Juliette ne savait pas si elle faisait allusion à l'ADN retrouvé à Gênes.

Elle ne voyait pas le rapport entre Paz et la tuerie de Vence. Pourquoi une jumelle dont personne ne lui avait jamais parlé aurait-elle commis un carnage ?

— Avez-vous massacré ma famille ?

— Je n'ai tué personne.

— Comment saviez-vous que j'étais dans ce garage ? J'imagine que vous n'êtes pas arrivée sur la route par hasard. Frank Miller vous a prévenue, c'est ça ?

— Je le connais depuis des mois. Il t'a menti depuis le début. Il t'a trahie. C'est un homme épouvantable.

Juliette se releva. Elle avait retrouvé ses forces. Le fait d'avoir été manipulée par l'homme qu'elle aimait la rendait folle de rage. De désespoir aussi. Mais la rage l'emportait largement sur le désespoir.

Quel était le rôle de Frank dans cette histoire ? Quel était celui de Paz ?

Elle saisit une grosse pierre et la brandit sous le nez de celle qui la regardait.

— Vous savez, annonça la jeune fille, je peux faire aussi preuve d'une grande violence. Cela fait des semaines que je suis plongée dans le pire des cauchemars. Je veux connaître la vérité.

Elle en devinait une partie. La jumelle avait été vue au volant du Kangoo, avait été aperçue à Vintimille, à Gênes, à San Remo, à Portofino. Elle avait été filmée une nuit sur la jetée d'un port italien. Forcément, c'était elle. Tout devenait évident, tout s'imbriquait d'un seul coup. Juliette remontait le temps, assemblait le puzzle, passait le film à l'envers, mais il manquait encore des pièces pour tout expliquer.

Elle ne savait pas si Paz avait peur d'elle, mais la menace fit son effet.

— Pose cette pierre, jeune fille. Sans ta ténacité et ton courage, personne n'aurait jamais rien su. Frank n'a cessé de me dire que tu allais bientôt découvrir la vérité. Tu ne t'en es jamais aperçue, mais il avait peur de toi. En t'accompagnant ici, il voulait te supprimer. Il m'a envoyé un message pour me dire qu'il venait dans ce garage. Il pensait que j'approuverais ses méthodes criminelles. Je ne sais pas ce qui s'est passé tout à l'heure, mais tu t'en es sortie. Tant mieux. As-tu réussi à l'enfermer ?

— J'ai été obligée de me défendre. C'est la première fois que je blesse quelqu'un. J'ai agressé physiquement l'homme que j'aimais…

Juliette s'était remise debout. Elle faisait face à celle dont elle ne comprenait pas le rôle.

La jumelle reprit la parole d'une voix douce :

— Eh bien, pour commencer, sache que j'ai cru pendant quarante-cinq ans que mes parents m'avaient abandonnée. Tout est parti de là, de ce sentiment qui a détruit ma vie.

Juliette voulait tout savoir, tout comprendre. La jumelle poursuivit :

— Quand mes parents ont fui l'Argentine, j'étais un bébé. Je ne m'en souviens pas. Ils avaient deux petites filles. Pour une raison que j'ignore, ils ne pouvaient emmener les deux. Ils ont fait un choix. Un choix, tu m'entends ? C'est abominable. Ils ont emporté un enfant plutôt que l'autre. Tu imagines ?

— Comment le savez-vous si vous n'en avez aucun souvenir ?

— Je l'ai appris plus tard. J'ai été élevée en Argentine par des partisans de la junte militaire. Comme des milliers d'enfants, j'ai grandi dans une famille d'adoption. Des francophones, ce qui a facilité mes investigations en France des années plus tard. Quand j'ai eu sept ans, mes parents adoptifs m'ont annoncé que mon père et ma mère biologiques s'étaient débarrassés de moi en fuyant le pays. Ils m'ont dit que c'étaient des monstres : ils avaient gardé ma jumelle, mais moi, ils m'avaient abandonnée.

— Je ne peux pas le croire ! C'est impossible. Pourquoi ne vous ont-ils pas emmenée ?

— Je n'en savais rien, mais c'est ainsi que les choses m'ont été présentées. Isabel et Luis avaient fui en Europe avec Flavia. Ils ont changé d'identité. Mon père avait été l'un des plus farouches opposants au régime des généraux. Il a failli être assassiné.

— Après la fin de la dictature, pourquoi n'ont-ils pas cherché à vous récupérer ?

— J'ai pensé qu'ils avaient honte. Tellement honte. Ils ne voulaient plus croiser le regard de celle qu'ils avaient sacrifiée. De plus, ils ignoraient dans quelle famille je me trouvais. Voilà toute l'histoire. J'ai grandi avec ce traumatisme ineffaçable, il m'a poursuivie toute ma vie. Un jour, je me suis mariée avec un riche homme d'affaires. Il y a quelques années, j'ai cherché mes vrais parents. Ça n'a pas été facile puisqu'ils avaient changé de nom. Je ne savais même pas dans quel pays ils habitaient. Mais grâce à Internet, j'ai fini par les retrouver. Une idée a alors germé dans ma tête : je ne voulais pas revoir mes parents, je voulais juste les tuer, sans savoir que mon père était déjà mort. Ils m'avaient abandonnée, mon désir de vengeance était inextinguible. J'en voulais également à ma jumelle qui avait pris ma place… Je ne souhaitais pas l'assassiner, mais…

Elle ne termina pas sa phrase. Juliette s'exclama :

— Vous vouliez tuer les autres membres de la famille ?

— Pas du tout ! Je n'avais aucune raison de m'en prendre à eux.

— Mais… ils sont pourtant morts !

Juliette observa avec des yeux terribles la femme qui lui faisait face. Elle reprit dans un murmure :

— Est-ce vous qui avez assassiné mes proches ?

— Non, ce n'est pas moi. Je te le promets.

La jeune fille ne comprenait rien. Un massacre avait eu lieu et Paz prétendait n'avoir assassiné personne.

— Vous vouliez tuer et vous n'avez pas tué ? Je suis perdue !

— Laisse-moi terminer. Il existe une différence entre les désirs et la réalité. Par le plus grand des hasards, j'ai rencontré Frank à Toulon. Un tueur à gages. Tu m'entends bien ? Un tueur à gages ! Intelligent et cultivé, à l'allure de gentleman : l'homme parfait pour échafauder un scénario diabolique. J'étais mue par la colère, une rage dont tu n'as pas idée. J'avais économisé beaucoup d'argent pour payer un homme capable du pire. Frank m'a dit qu'il était prêt au pire. Je lui ai donné une somme considérable.

— Vraiment ?

— Oui, afin de le convaincre de m'aider dans ma folle entreprise : tuer ma propre mère, celle qui m'avait abandonnée. On a tout organisé pendant des mois, dans les moindres détails. Ce séducteur est venu vers toi pour une seule et unique raison : recueillir des informations pratiques sur tes proches afin de commettre le crime au moment propice. Il a joué la comédie. Il a fait croire qu'il t'aimait. Naïvement, tu as cru qu'il était amoureux. Frank a endormi ta méfiance et cela a marché ! Désolée de te le dire, mais il n'a jamais été amoureux de toi…

Essoufflée, elle s'arrêta un instant avant de reprendre :

— On a décidé de flinguer ta mère le jour de ses quarante-cinq ans.

— Pourquoi ces révélations ? Voulez-vous soulager votre conscience ?

Paz éluda la question.

— En réalité, rien ne s'est passé comme prévu. Ma mère n'était pas présente au moment du déjeuner… Nous l'ignorions. Si nous l'avions su, nous n'aurions pas débarqué à la villa. Le scénario que nous avions échafaudé tombait à l'eau ! Ce qui est arrivé n'était pas du tout ce que j'avais décidé de faire !

Juliette sursauta. Une question la taraudait.

— Qui a endormi tout le monde ?

— Frank, voyons ! Tu avais toute confiance en lui. Il m'a dit qu'il avait fait des courses avec toi la veille. Il a mis lui-même un puissant hypnotique dans la fiole de cognac que tu as mélangée avec celle des autres. Tu lui avais dit que c'était une tradition familiale. Tu ne t'es aperçue de rien. Sans tes confidences, le massacre n'aurait jamais eu lieu.

— Vous venez de me dire que rien ne s'était passé comme prévu.

— Eh bien oui ! Le 4 avril, vers 14 heures, nous avons sonné à la porte de la maison de Vence. Comme personne ne répondait, nous en avons déduit que le somnifère avait fonctionné. En entrant, j'ai constaté qu'Isabel était absente. Stupeur ! Puis j'ai vu ta mère, Flavia, ma jumelle, que je jalousais. Elle était endormie. Cela a provoqué un choc énorme en moi. Un cataclysme ! Je l'avais vue en photo, mais je ne m'attendais pas à vivre une émotion pareille. Je me voyais à travers elle. Elle était moi-même. Exactement moi-même ! J'ai pleuré. Je l'ai regardée, belle et assoupie. Le fait d'avoir vu ma propre sœur a effacé toutes mes souffrances d'un seul coup. Je n'avais plus envie de tuer ma mère, et je n'en voulais plus à ma sœur qui avait pris ma place.

Juliette était de plus en plus circonspecte. Elle pensait que les enquêteurs s'apprêtaient à découvrir la vérité et que Paz voulait ainsi convaincre la seule survivante du massacre de son innocence.

— Je voulais repartir, poursuivit Paz, laisser toute cette famille endormie. Cette expédition n'avait servi à rien… Sauf que…

Elle suffoquait tant l'émotion était intense.

— Alors ? Vite ! Dites-moi tout ! On ne va pas s'attarder ici.

— Ta sœur Jennifer s'est réveillée et a reconnu Frank.

Juliette sursauta.

— Jennifer ne le connaissait pas ! Je devais le présenter à ma famille ce jour-là.

— Tu avais envoyé plusieurs photos de ton chéri à ta petite sœur…

La jeune femme avait oublié ce détail.

— Et donc ? demanda-t-elle, le souffle coupé.

— Jennifer a ouvert les yeux et a regardé l'homme qui tenait un pistolet à la main. Elle a dit : « Frank, c'est une blague ou quoi ? » Puis tout s'est passé très vite.

Le cœur de Juliette explosait.

— Frank a paniqué, poursuivit Paz. Il a commencé à tirer, a vidé son chargeur. Il a tué ta famille à bout portant, en plein cœur, sauf Flavia et toi, alors que je venais de lui dire que je voulais repartir en épargnant tout le monde. Mais je n'ai pas pu l'en empêcher…

Un râle mourut dans sa gorge. Disait-elle la vérité ?

— Pourquoi ce monstre m'a-t-il épargnée ?

— Parce que tu étais dans l'autre pièce et qu'il éprouvait un semblant d'affection pour toi. Il m'a dit qu'on allait t'emmener sur une plage et que ta mère allait nous servir… Heureusement que tu n'as pas vu Frank, sinon tu aurais été tuée toi aussi. J'ai appris par la presse que tu t'étais levée en entendant les coups de feu puis que tu t'étais évanouie en arrivant dans la salle à manger que nous venions de quitter. Une chance inouïe !

— Pourquoi n'a-t-il pas assassiné ma mère ?

— Eh bien, c'est facile à deviner, non ? J'ai compris rapidement qu'il voulait qu'on accuse Flavia d'avoir massacré sa propre famille pour détourner les soupçons. Cette fausse piste a failli fonctionner ! La nuit suivante, il a abattu ta mère en pleine nature avant de brûler son corps et l'enterrer. Je l'avais pourtant supplié de l'épargner…

Juliette était emportée par un tourbillon de sentiments contradictoires. Beaucoup de questions restaient en suspens. Si Paz disait vrai, pourquoi avait-elle continué à marcher dans le jeu de Frank ? Pourquoi s'était-elle exhibée à différents endroits de la côte italienne ? Si elle était innocente, pourquoi ne s'était-elle pas livrée à la police en dénonçant l'assassin ?

— Je ne sais pas si je dois vous croire, murmura-t-elle. Mais ne restons pas ici. Si Frank arrive, nous sommes fichues. Remontons dans la voiture et filons. C'est idiot d'avoir stoppé ici.

— J'étais tellement émue que je ne pouvais plus conduire, c'était impossible. Il fallait que je vide mon cœur. Prends le volant si tu veux, et allons voir les gendarmes.

— Désirez-vous vous constituer prisonnière ?

— Oui. Je n'en peux plus. D'autant que j'ai compris enfin que mes parents ne m'avaient pas abandonnée.

— Ah bon ?

— Ta grand-mère ! Oui, ta grand-mère… Tu ne te souviens pas qu'elle a fait une confidence à un journaliste ? Un message codé qui m'était destiné : « *Paz, estas en mi corazon para siempre. Paz, nunca te abandoné.* » Ce qui veut dire : « Paz, tu es dans mon cœur pour toujours. Paz, jamais je ne t'ai abandonnée. »

Le pigiste avait mal traduit.

Elles remontèrent dans la voiture. Au même moment, brusquement, un autre véhicule s'arrêta, empêchant les deux femmes de repartir en les bloquant sur le bas-côté.

Juliette n'eut aucun mal à reconnaître la Volkswagen de l'homme qu'elle avait aimé.

La jeune fille était pétrifiée de peur et de dégoût. Elle s'attendait à ce que Frank soit d'une violence inouïe. Qu'il brandisse un pistolet et se mette à tirer.

Mais il sortit tranquillement de son véhicule. N'ayant pas le choix, les deux femmes descendirent à leur tour.

— Que se passe-t-il, Juliette ? s'écria-t-il. Je n'ai pas compris ta réaction tout à l'heure. Est-ce à cause du chien ? Tu sais, il est revenu vers moi après ton départ, on a sympathisé ! Il a eu peur de moi, c'est tout. Rien d'extraordinaire ! À Vence, il a assisté à une scène terrible. Du coup, quand un inconnu s'approche, il sort les crocs. Un grand classique ! Je connais bien les chiens.

— Ne t'approche pas de moi, s'il te plaît.

— Tu plaisantes ? Après tout le mal que je me suis donné pour toi, je suis très déçu. J'aurais pu te laisser tomber depuis longtemps…

Il observa la femme qui prétendait être la jumelle de Flavia.

— Ça alors ! s'écria Frank. Quelle incroyable surprise ! Vous êtes madame Carpenter, n'est-ce pas ? La mère de Juliette. La police vous recherche depuis des semaines.

— Frank, répondit-elle, tu le fais exprès. Je suis Paz, la jumelle de Flavia. Comment oses-tu prétendre que je suis celle que tu as assassinée ?

Il haussa les épaules. Sa voix était d'un calme olympien.

— Je n'ai tué personne, voyons. Vous mentez.

— Tu n'as jamais vu ma mère ! s'exclama Juliette. Comment sais-tu que c'est elle ?

— Tu rigoles ? La photo de la suspecte est diffusée dans tous les médias depuis des semaines. La France entière la connaît.

Il observa la femme qui prétendait s'appeler Paz.

— Vous êtes soupçonnée d'avoir tué votre famille. Je conçois que ce soit difficile à avouer.

— Tu fabules, mon pauvre ! On se connaît depuis des mois.

Juliette écoutait la conversation sans rien dire, dubitative. Qui mentait ? Qui disait la vérité ?

Frank se tourna vers Juliette :

— Mon amour, admets que ta maman est une affabulatrice. Elle ne veut pas reconnaître ses crimes. Impossible de le faire devant sa propre fille. Une jumelle ? Quelle blague ! Flavia n'en a jamais eu. Tu en avais entendu parler ?

Juliette remarquait qu'il avait changé plusieurs fois de version concernant l'auteur présumé de la tuerie. Tout à l'heure, il avait suspecté Dorian ; maintenant, il accusait sa mère. Elle trouvait cela curieux et incohérent.

— Mon oncle n'aurait donc tué personne ? s'étonna l'océanographe.

La voix de l'homme devint vulgaire.

— Tu n'as donc rien compris, petite sotte. C'est un complot de famille. Plusieurs personnes avaient intérêt à ce que ton père disparaisse. Essaie d'être lucide. Ouvre les yeux !

Juliette était de nouveau perdue. La voix de Frank était convaincante.

Avait-elle en face d'elle sa mère, ou sa jumelle ? Elle n'avait jamais entendu parler de cette dernière. Loiseau avait envisagé cette piste, mais sans insister.

Pourtant, son instinct lui disait que la femme éclairée par la lune n'était pas Flavia. Elles se ressemblaient comme deux gouttes d'eau, certes, avaient la même voix, le même accent argentin, mais une intuition profonde soufflait à Juliette que c'était sa jumelle. Il aurait néanmoins fallu qu'elle discute avec elle, en pleine lumière, qu'elle évoque avec elle des souvenirs pour en avoir le cœur net, mais elle manquait de temps. Frank était là, debout, menaçant. Il reprit la parole en regardant la femme de quarante-cinq ans :

— Vas-y, dis à Juliette que c'est toi qui as tiré sur ta famille. Ça te soulagera. C'est le moment ou jamais. On ouvre grand les oreilles ! On t'écoute !

Juliette ne savait pas s'il s'adressait à Flavia, ou à Paz. Elle remarqua qu'il était passé au tutoiement alors qu'il l'avait vouvoyée jusque-là. Ce lapsus révélait-il qu'il connaissait cette femme ?

Il fallait que la jeune fille trouve un moyen de découvrir la vérité. Maintenant. Tout de suite. Après, il serait trop tard.

Elle fit le pari, sans certitude, que la femme debout dans la nuit était la jumelle de sa mère et qu'elle n'avait occis personne. Elle pensa de nouveau à l'attitude de Phosphore. Ses grognements. Sa peur panique. Frank avait forcément quelque chose à se reprocher.

Une idée germa dans sa tête. Et tant pis si elle faisait fausse route.

Dans la nuit du printemps, les secondes étaient d'une intensité insoutenable.

Un nuage cacha la lune, ce qui rendit la scène encore plus fantomatique.

— Frank ! s'écria Juliette en le regardant droit dans les yeux. L'attitude de Phosphore au moment où il a aboyé en te voyant a réveillé un souvenir en moi.

— As-tu revu ta mère qui tuait sa propre famille ? dit-il d'une voix cinglante.

— Le 4 avril, après le déjeuner, je m'étais assoupie sur le canapé. L'aboiement du chien m'a réveillée puis, très vite, j'ai entendu des coups de feu. J'ai alors ouvert les yeux et je t'ai vu !

À l'évidence, Frank ne s'attendait pas à recevoir une telle estocade.

Sa voix devint méconnaissable.

— Tu nages en pleine fiction. Je n'étais pas là. Et puis, tu m'as dit toi-même que tu n'avais pas vu le tireur. Tu étais assise dans le salon. Nous avons visité la maison ensemble : on ne voit pas la salle à manger de l'endroit où tu étais endormie.

— Certes, mais il y a un grand miroir dans la pièce où je sommeillais.

— Un miroir ?

— Ça m'est revenu d'un coup tout à l'heure : en me réveillant, je t'ai vu dans le miroir qui reflète une partie de la salle à manger. Une fraction de seconde, j'ai reconnu ton visage, tu serrais un pistolet dans ta main. C'est toi qui as tiré, j'en suis maintenant certaine !

Elle n'en savait rien ; mais elle sentit qu'elle venait là de le déstabiliser.

La voix de Frank devint glaciale :

— Es-tu bien certaine que c'était moi ?

— Absolument !

La femme qui ressemblait à Flavia reprit la parole :

— Juliette dit la vérité. Tu as pointé l'arme sur Jennifer, je t'ai supplié de ne pas tirer, mais tu as tiré. Puis tu as fait de même avec le père et le frère. Celui-ci se trouvait dans une autre pièce, qui donnait sur le jardin. Il a essayé de fuir, mais tu l'as abattu comme un animal. Ça a duré quelques secondes. Puis tu as transporté Flavia et Juliette dans le coffre du Kangoo, avant de refermer toutes les portes derrière toi avec le trousseau laissé sur la serrure. Comme si de rien n'était, tu es revenu à 17 heures pour le goûter, en sachant qu'il n'y aurait pas de goûter, et pour cause ! Malin comme tu es, pendant le triple meurtre, tu as laissé ton téléphone chez toi pour éviter d'être localisé à Vence.

Il semblait fou de rage.

— C'est toi qui as monté toute cette histoire ! cria-t-il en la giflant. Sans toi, rien ne serait arrivé ! Tu m'as entraîné dans une aventure criminelle.

Juliette avait enfin compris ce qui s'était passé dans ce temps très court – quelques secondes – qui avait fait basculer sa vie dans un enfer. Elle avait tâtonné des semaines, et il avait fallu un instant pour que tout s'éclaircisse, même s'il restait des questions en suspens.

Frank avait-il tué aussi Isabel ?

Était-il le motard à la voix étrange qui l'avait regardée derrière sa visière réfléchissante ?

Désormais, elle devait quitter ce lieu plongé dans la nuit. Elle avait égaré son téléphone et n'avait la clé d'aucune voiture. La seule issue était de courir à perdre haleine dans l'obscurité pour essayer de sauver sa peau.

Frank sortit un pistolet de sa poche.

Juliette avait cessé de réfléchir et de se poser des questions.

Elle voulait vivre. Elle n'avait pas envie d'être le nouveau trophée d'un tableau de chasse déjà bien garni.

Ce n'était pas gagné.

De gros nuages masquaient la lune. Une chance.

— Oh, regardez ! dit-elle en montrant une direction. Une voiture arrive. Voilà les flics !

La ruse était grossière mais elle fonctionna.

Frank se retourna quelques secondes. Cela suffit à Juliette pour s'enfuir à la vitesse d'un lièvre. Tout à l'heure, elle avait aperçu un chemin dans la lumière des phares, elle ne savait pas où il menait. Il descendait vers la côte, c'était sa seule certitude.

Elle était parcourue de sueurs froides. Heureusement, l'instinct de vie était plus puissant que tout.

La jeune femme était mal chaussée, mais la nuit était son alliée. La nuit méditerranéenne, pleine des senteurs du maquis. La nuit qu'elle aimait. La nuit protectrice.

Elle entendit Frank qui criait :

— Juliette ! Reviens ! Je suis un chic type ! Ne crois pas ce que tu viens d'entendre ! Tout est faux ! Je te jure ! Je t'aime ! Je t'adore !

Il en faisait trop.

Elle continuait à trouver sa voix très belle, légèrement rauque, envoûtante. Elle éprouvait un sentiment étrange, un mélange de haine et d'amour. Elle aurait tant voulu qu'il soit innocent… Mais il était coupable.

La fugueuse ignorait s'il la prendrait en chasse : allait-il laisser la femme qui prétendait être la sœur jumelle de sa mère au risque de la voir s'enfuir de son côté ?

Elle courait sur un sentier qu'elle devinait à peine, à l'aveuglette.

Elle avait l'impression d'entendre des pas derrière elle, mais elle n'en était pas certaine. De toute manière, elle n'avait pas envie de se retourner pour savoir si l'homme qu'elle avait aimé la prenait en chasse comme un vulgaire gibier.

Juliette se tordait les pieds. La végétation épineuse déchirait son pantalon, mais qu'importe.

Elle pouvait mourir d'un instant à l'autre, comme le reste de sa famille.

Elle distinguait vaguement le sentier qui serpentait à travers le maquis, il descendait en pente forte et était jonché de pierres.

Elle s'arrêta un instant, à bout de souffle, et regarda derrière elle. Elle écouta la nuit : aucun pas, aucun cri. Frank la suivait-il ?

Juliette avait dû courir plusieurs kilomètres, elle était jeune et sportive. Elle avait toujours terriblement peur.

Il fallait qu'elle atteigne un village. Des lueurs de lampadaires se dessinaient non loin.

Elle trouvait stupide que la conductrice se soit arrêtée si vite, au risque que Frank les rejoigne. Était-elle vraiment en incapacité de conduire ou l'avait-elle emmenée à cet endroit pour l'éliminer ? Vu les événements qui s'étaient déroulés depuis plusieurs semaines, tous les scénarios étaient possibles.

Mais pourquoi aurait-elle raconté sa vie à Juliette si son but était de la tuer ?

La jeune fille n'avait pas le temps de réfléchir, il fallait qu'elle trouve de l'aide. Elle était d'ailleurs stupéfaite, vu le contexte de l'affaire, que les gendarmes ne soient pas déjà sur place. Avaient-ils réussi à la localiser ?

Elle arriva sur une route asphaltée. Était-ce celle qu'elle avait empruntée en voiture tout à l'heure ?

Épuisée par sa course, Juliette souffla un peu et marcha sur le bitume qui descendait vers le village.

Elle reconnut le garage d'où elle était partie.

Le chien n'aboyait plus.

Frank l'avait-il tué ? Comment ce monstre était-il sorti du jardin ? Avait-il escaladé la grille ? L'avait-il défoncée ? Détails sans importance, la seule question urgente étant de savoir comment elle allait s'en tirer.

À ce moment précis, elle aperçut les phares d'une voiture. En se rapprochant, ils l'éblouirent.

Indubitablement, c'était Frank. Il avait forcément vu sa frêle silhouette. Sur la route, elle n'avait aucune chance de lui échapper.

Elle fonça de nouveau dans le maquis, contrainte de se terrer comme un animal traqué en attendant que les gendarmes arrivent enfin. Elle plongea dans les broussailles coupantes, au risque de s'arracher la peau.

La voiture s'arrêta pile à l'endroit où la jeune fille venait de disparaître.

Les phares pénétraient la végétation telle une lame de couteau.

Elle avait aimé Frank, elle avait été heureuse dans ses bras, elle s'était blottie contre lui, elle avait rêvé d'avenir en fermant les yeux, elle avait écouté son souffle, sa respiration, elle avait senti son odeur sensuelle, et maintenant, il s'apprêtait à la tuer.

Il avait laissé le moteur de la voiture tourner, comme s'il voulait repartir le plus vite possible après avoir commis son forfait.

Juliette pensa à sa vie. Quelques flashs. Les dernières semaines, le soleil de sang. Le sang de Vence. Le sang de Gigaro. Le sang de l'Esterel.

Elle pensa à David, Flavia, Valentin, Jennifer. Elle pensa à Isabel. Au seuil de sa propre mort, elle se rendit compte qu'elle les avait tous aimés. Chacun pour ce qu'il était, avec ses qualités et ses défauts. Ils étaient tout simplement les siens, ils avaient le même sang qu'elle. Elle allait bientôt les rejoindre, elle en était persuadée. Cette machination touchait à son terme.

Elle serait la dernière à verser son sang, à moins qu'un miracle ne la sauve, mais elle n'y croyait plus.

Elle continua à s'enfoncer dans les broussailles qui lui lacéraient le corps, sentant qu'elle n'irait pas bien loin.

Les nuages s'étaient retirés, la clarté lunaire était revenue, inondant les alentours de sa lumière diaphane.

La lune était symbole d'amour.

Elle se souvint d'une balade nocturne en barque avec Frank le long d'un rivage illuminé par l'astre. Ils s'étaient embrassés.

Ce soir, Frank s'apprêtait à la tuer.

La lune était symbole de mort.

L'homme qui l'avait si souvent étreinte tenait un pistolet dans la main.

Pourquoi ne tirait-il pas ? Avait-il peur de rater sa cible ? Juliette n'était pourtant qu'à quelques mètres.

Elle ne courait plus, impossible, la végétation était trop dense, fermée, comme une nasse. Elle était piégée.

Il allait s'approcher pour procéder à l'exécution méthodique d'une femme qu'il avait trompée pendant des mois.

L'homme lancé à ses trousses lui parlait, mais la jeune fille ne l'entendait pas, elle respirait trop fort, haletant à la façon d'un taureau de corrida piqué de banderilles et qui ne voit plus rien que le sang dans ses yeux.

Les branches l'enserraient comme les tentacules d'un poulpe géant, le même que celui exposé au musée océanographique de Monaco.

Ses dernières forces l'abandonnèrent.

Après de tels événements, aucun être humain n'aurait tenu le choc indéfiniment. Elle avait résisté jusqu'à cette minute ultime, dans la noirceur du maquis, mais cette fois, c'était la fin.

L'homme n'était plus qu'à quelques centimètres. Elle devinait sa présence diabolique.

La malheureuse perdit connaissance.

Quand Juliette revint à elle, elle n'ouvrit pas tout de suite les yeux, elle n'en avait pas le courage. La réalité était lointaine, dans un monde parallèle, et elle ne voulait pas retrouver cette réalité. Une main enserrait son poignet droit, tel un étau. L'homme l'avait rattrapée, elle était à sa merci, couchée dans un endroit invisible, bloquée dans la végétation. Allait-il l'étrangler ? Tirer une balle à bout portant ? Mettre le feu au maquis puis enterrer son corps ?

Elle refusait d'entendre la voix d'un homme qu'elle avait tant aimé, elle refusait de lui parler. Allait-il chercher à retourner la situation comme il savait si bien le faire ?

— Juliette ! Juliette !

Les mots semblaient venir du fin fond de la galaxie.

Elle ne voulait toujours pas ouvrir les yeux. Plutôt mourir que de croiser son regard.

D'autres mots claquèrent dans le silence.

Ne pas ouvrir les yeux, surtout pas. Faire semblant d'être morte.

Allait-il dégainer son arme ? Tirer ?

— Juliette ! Tu ne crains plus rien !

Une ruse de plus ?

Il cherchait à l'amadouer.

La tromper encore.

La tromper toujours.

— Je t'ai retrouvée. Enfin. C'est moi. Ouvre les yeux…

Elle n'était pas certaine de reconnaître cette voix. Elle se sentait tellement faible, dans un état quasi comateux.

— Même si tu te méfies de moi, je suis totalement innocent.

Il recommençait sa rengaine.

Pourquoi ne tirait-il pas ? Au moins, il n'aurait plus besoin de la convaincre. Il n'aurait plus besoin de se justifier et de mentir.

Elle ne reconnaissait pas la voix de Frank. Il l'avait métamorphosée. Le loup s'était transformé en agneau.

Pourquoi n'était-elle pas déjà morte ?

Elle tourna son regard vers celui qui parlait. Dans l'obscurité, la lumière de la lune ne pénétrant pas l'intérieur des frondaisons, elle distinguait difficilement. Mais une chose était sûre : ce n'était pas Frank.

C'était Florent.

Florent Denis.

Elle sursauta. Que faisait-il là ?

Alors elle comprit : il était le complice de Frank, celui-ci l'avait appelé à la rescousse.

Les deux hommes qui l'avaient accompagnée dans son enquête étaient de mèche, forcément. Ils l'avaient espionnée en chœur pour apprendre ce qu'elle savait.

Un sourire se dessina sur le visage du pompier.

— Comment te sens-tu ?

— S'il te plaît, ne me touche pas.

— Je suis là pour t'aider.

Tous les hommes lui mentaient depuis le début. Frank, Florent, Dorian.

Loiseau ?

Elle se redressa légèrement.

Au loin, sur la route, elle aperçut de grandes zébrures bleues qui déchiraient la nuit.

— C'est quoi ? demanda-t-elle.

— Les gendarmes ! Tu es sauvée ! Les pompiers vont arriver d'un instant à l'autre.

Elle était estomaquée.

— Comment savais-tu que j'étais là ?

Elle avait peur d'un ultime retournement de situation.

— Lucia a eu un mauvais pressentiment quand elle a reçu ta localisation sur son téléphone. Elle m'a appelé. Suite à notre rencontre sur Facebook, on avait échangé nos numéros. Elle m'a demandé d'intervenir en urgence. Je suis arrivé au garage. Les portes étaient grandes ouvertes, il n'y avait personne. Alors j'ai roulé et je suis tombé sur toi. C'est aussi simple que ça. Au moment où tu as vu ma voiture, tu as foncé dans les broussailles, je n'ai pas compris pourquoi. Je t'ai appelée, tu ne m'as pas entendu. Je suis entré à mon tour dans le maquis alors qu'arrivaient des véhicules de la gendarmerie.

La Délivrance.

Après avoir respiré un grand coup, elle s'écria :

— Frank a essayé de me tuer !

— Se trouve-t-il dans le secteur ?

— Un peu plus haut, s'il ne s'est pas enfui.

— Connaissant les gendarmes, j'imagine qu'ils font fouiller toute la zone.

À cet instant précis, ils entendirent un hélicoptère. Il passait à basse altitude.

D'autres gyrophares apparurent sur la route.

Les forces de l'ordre avaient mis du temps à intervenir, mais elles mettaient le paquet.

Juliette réussit à se lever et à retourner sur la petite route, soutenue par le jeune homme.

Une camionnette de pompiers arriva. Elle avait l'impression de revivre la même scène que sur la plage de Gigaro, sauf que cette fois, Florent n'était pas en service.

Elle fut prise en charge par trois de ses collègues.

Elle n'était que légèrement blessée : sa peau avait été arrachée en surface par des épines.

Son esprit était en revanche dévasté.

Frank n'eut pas le temps de fuir : il fut appréhendé sur la route alors qu'il tentait de rattraper Juliette. Les gendarmes ne savaient pas à qui ils avaient affaire, mais sa présence en pleine nuit à cet endroit le rendit immédiatement suspect.

La femme qui prétendait être la jumelle de Flavia Carpenter fut également arrêtée. Les forces de l'ordre la retrouvèrent dans sa voiture sur un parking en pleine nature. Elle n'avait pas bougé.

N'ayant pas le don d'ubiquité, Frank s'était lancé à la poursuite de Juliette en laissant l'autre femme sur le terre-plein. Elle était arc-boutée sur son volant, le visage empli de larmes.

Elle n'opposa aucune résistance.

Avant d'être hospitalisée, Juliette expliqua en quelques mots aux gendarmes ce qui s'était passé. Le garage fut mis sous scellés, en attendant l'arrivée de la police technique et scientifique.

Le chien Phosphore, terré dans sa niche, fut pris en charge par une équipe spécialisée. Juliette avait hâte de le revoir et de le serrer dans ses bras. Après tout, sans lui, les choses se seraient passées autrement. Frank aurait subtilisé la lettre avant de faire disparaître celle à qui il avait menti sans vergogne.

Juliette retrouva la chambre de l'hôpital de Nice, la même que la fois précédente.

Même si elle n'avait pas été blessée, on l'invita à passer plusieurs jours en observation. Un officier de police judiciaire lui posa des questions sur le déroulé de la soirée précédente, en ajoutant qu'elle serait auditionnée prochainement par le juge d'instruction. Il lui indiqua qu'un policier était en faction devant sa porte nuit et jour pour assurer sa sécurité.

Dès qu'il fut parti, elle extirpa la fameuse lettre de la poche du pantalon posé sur une chaise et déplia les feuilles couvertes de l'écriture de sa grand-mère.

Mesdames, messieurs les enquêteurs,

Je me sens en grand danger.

Un motard bizarre rôde autour de moi dans le village d'Agay à chaque fois que je sors de ma maison. L'autre jour, il m'a suivie jusqu'au garage où je vais donner à manger au chien. Une autre fois, il m'a explicitement menacée.

Je ne sais pas ce qu'il me veut.

J'ai décidé d'écrire cette lettre pour le cas où il m'arriverait malheur.

J'ai le sentiment de m'approcher de la vérité, sans savoir si j'ai raison ou si je me trompe, mais si je devais disparaître, alors il resterait cette trace écrite.

On me soupçonne d'être mêlée au massacre de Vence, alors qu'il n'en est rien. Certes, je considère que mon petit-fils Valentin est responsable de la mort de mon époux bien-aimé, mais pourquoi aurais-je massacré ma famille ? C'est absurde.

La presse a publié des photos de Flavia, la seule qui n'ait pas été retrouvée après le massacre. On l'accuse d'avoir commis ces crimes. Il n'en est rien. Pourquoi les aurait-elle commis ?

Sans certitude, je pense qu'elle a été tuée elle aussi.

Et la vidéo, la photo où quelqu'un lui ressemble, me direz-vous ?

Eh bien, je les ai observées l'une et l'autre attentivement.

La vidéo m'a perturbée.

En regardant la photo prise à Portofino, j'ai constaté une chose étrange. J'en ai été bouleversée.

Bien sûr, cette femme ressemble à Flavia. Même coiffure, même visage.

Même ADN à Gênes.

Pourtant, ce n'est pas Flavia. Je ne suis pas certaine de ce que j'avance mais c'est ma conviction profonde.

Au-dessus de l'œil gauche de la femme photographiée se trouve un grain de beauté.

Or Flavia n'avait pas de grain de beauté. Une mère connaît mieux son enfant que quiconque.

Ce n'est donc pas elle.

Juliette s'arrêta de lire, estomaquée. Un grain de beauté. Elle n'avait pas remarqué ce détail sur la photo.

Elle observa la chambre aux murs blancs, éperdue, comme si elle cherchait quelque chose.

Elle reprit sa lecture.

Si ce n'est pas elle, c'est quelqu'un qui lui ressemble énormément.

Paz, sa sœur jumelle, a disparu quand nous avons fui la dictature argentine.

Dès le lendemain du drame de Vence, j'ai pensé à elle.

Paz.

Paz adorée.

Je pensais qu'elle était morte, sans en être certaine.

Paz avait un grain de beauté au-dessus de l'œil gauche. C'est comme ça que je reconnaissais l'une et l'autre, car elles se ressemblaient de manière stupéfiante.

Paz.

Flavia.

Mes deux filles chéries.

Je précise une chose très importante : cette petite n'a pas été abandonnée par ses parents, même si certains ont pu le penser.

Mon mari avait été condamné à mort par contumace par la dictature pour des crimes qu'il n'avait pas commis.

Il avait décidé de fuir l'Argentine avec nos deux filles et moi.

Une nuit, nous avons embarqué sur un bateau pneumatique pour franchir le fleuve marquant la frontière avec l'Uruguay, tels des migrants traversant la Méditerranée, suivis par une embarcation qui transportait d'autres opposants à la dictature.

Ce fut une gravissime erreur de s'enfuir de cette manière. On prenait un risque considérable. J'ai regretté toute ma vie d'avoir accepté de traverser le fleuve sur un rafiot de fortune.

Je n'oublierai jamais cette nuit-là.

Nous étions quatre sur le bateau, en pleine nuit. Ma petite famille.

Nous avions enfilé des maillots de sauvetage minables. Le mien était à moitié dégonflé.

Mon mari ramait.

Malheureusement, notre embarcation a chaviré à quelques dizaines de mètres de la rive uruguayenne.

Flavia a réussi à s'accrocher à son père qui, bon nageur, est parvenu à s'en tirer.

Je savais peu nager, mais en me laissant porter par le courant, j'ai sauvé ma peau.

J'ai entendu Paz qui hurlait dans l'obscurité.

Ces cris resteront gravés pour toujours dans ma mémoire. Ils hantent mes jours et mes nuits.

Des cris de bébé emportés par le fleuve.

Un nourrisson ne sait pas nager. Le maillot de sauvetage lui avait-il permis de flotter ? C'est ce que nous espérions.

Comment la retrouver ?

J'espérais qu'elle avait été repêchée par le bateau qui nous suivait, mais ce bateau, nous ne l'avons jamais revu. Nous n'avons jamais su qui était à bord. Nous n'avons jamais su où il avait accosté, ni même s'il avait accosté. Le fleuve était large. Ses bords étaient plongés dans la pénombre.

Sur la rive uruguayenne, nous avons cherché Paz pendant des jours. Soit elle avait gagné le rivage à bord du second pneumatique, soit elle s'était noyée, soit les gardes-frontières argentins ou uruguayens l'avaient repêchée.

Nous avons lancé un appel dans les médias locaux.

Ça n'a rien donné.

Au bout de quelques semaines, la mort dans l'âme, nous en avons déduit qu'elle était morte.

Nous avons décidé de gagner la France en toute discrétion.

Aujourd'hui, en voyant les photos, en constatant la ressemblance frappante entre les deux femmes, en reconnaissant le grain de beauté au-dessus de son œil gauche, j'ai compris qu'elle avait survécu. Cela ne fait pour moi aucun doute. Comment ? Grâce à qui ? Je l'ignore.

Dans son enfance, les partisans de la junte lui ont sans doute lavé le cerveau. On lui a fait croire que nous l'avions abandonnée, ce qui est faux, totalement faux, et elle a voulu se venger.

Après avoir observé la photo prise à Portofino, je ne vois pas d'autre hypothèse pour expliquer le massacre de Vence. Cette femme assise dans un restaurant est bien ma fille mais ce n'est pas Flavia.

Flavia n'a pas pu tuer sa famille. Flavia est une femme d'amour et de paix.

En arrivant en France, nous avons continué à chercher Paz en interrogeant des gens restés là-bas.

Après la chute de la dictature, nous avons contacté le nouveau gouvernement. Les recherches n'ont jamais abouti.

Beaucoup de gens, enfants et adultes, ont disparu dans ce qu'on a appelé la « guerre sale ».

Pour nous, elle s'était noyée, son corps gisait au fond du fleuve pour toujours, à la frontière de l'Argentine et de l'Uruguay.

Eh bien non !

Des décennies plus tard, elle nous a retrouvés et a cherché à se venger, c'est la seule explication que je trouve à ce drame épouvantable.

Il faudra que les enquêteurs découvrent des éléments factuels pour prouver que mon hypothèse est la bonne.

Une mère reste une mère. Elle aime ses enfants quoi qu'il arrive.

Juliette était ébahie par ce qu'elle venait de lire. Si les propos de sa grand-mère étaient exacts, le puzzle s'assemblait définitivement. Paz avait organisé une sorte de vendetta, ce qu'elle avait elle-même reconnu sur le tertre éclairé par la lune.

Dans la nuit de l'Esterel, l'océanographe avait compris que la jumelle n'avait tiré aucun coup de feu à Vence. C'était du moins ce qu'elle prétendait. Frank allait être interrogé par les enquêteurs. Juliette espérait qu'il « se mettrait à table », comme on dit dans le jargon policier. Cela mettrait un point final à cette affaire hors du commun.

Elle replaça la lettre dans son enveloppe bleue puis appuya sur la sonnette située près de son lit. Le policier qui assurait sa sécurité apparut. Elle lui demanda de remettre ce document au juge d'instruction le plus rapidement possible.

Épilogue

Tout a une fin, y compris les histoires les plus sordides, sauf les *cold cases*, mais celle-ci n'en était pas un.

Juliette resta quelques jours en observation à l'hôpital.

Un matin, Loiseau lui rendit visite, une chemise cartonnée à la main.

Après s'être enquis de sa santé, il extirpa plusieurs procès-verbaux en disant :

— Je ne vais pas vous les lire dans leur intégralité, je me contenterai de résumer les éléments les plus importants. Vous êtes l'unique survivante d'un massacre, et à ce titre, vous avez le droit de savoir.

Assise dans son lit, un coussin calé derrière le dos, Juliette le laissa parler.

— D'abord, sachez que Frank Miller a donné sa version des faits. Elle semble crédible, elle colle en tout point aux événements. Il n'a pas cherché à minimiser son rôle dans cette affaire et n'a rien occulté. Depuis quelque temps, il était à bout. L'étau se resserrait sur lui. Il est passé aux aveux. Paz a fait la même chose. Il n'existe aucune contradiction entre les deux récits, ce qui laisse penser que l'un et l'autre ont dit la vérité. Paz nous a précisé qu'elle s'était confiée à vous. Je ne vais donc pas revenir sur ce qu'elle vous a révélé, vous en savez déjà beaucoup.

Un grand frisson parcourut le corps de la jeune fille. Elle avait envie de pleurer, mais elle retint ses larmes.

— Commençons par la journée du 4 avril. Grâce à vous, Frank Miller, tueur à gages aguerri, ancien espion, a su qu'un anniversaire réunirait toute la famille, y compris votre grand-mère. Il a fait en sorte de se faire inviter. Paz, la sœur jumelle de votre mère, riche héritière d'un homme d'affaires, l'avait rencontré quelques mois plus tôt. Elle ne pouvait assouvir sa vengeance seule : elle avait besoin d'un complice. En s'inspirant de photos récentes publiées sur Facebook, elle s'est entièrement relookée pour ressembler en tout point à votre mère au cas où un témoin l'apercevrait. Elle ne voulait pas que la police découvre que Flavia avait une sœur jumelle. Frank et Paz ont orchestré un plan destiné à se débarrasser de votre grand-mère. L'anniversaire de Flavia devait rassembler tout le monde, ce qui arrivait rarement. Vous êtes au courant : la veille, après avoir fait les courses avec vous, Frank a placé un redoutable hypnotique dans la mignonnette de cognac que vous aviez achetée. Vous lui aviez parlé de cette tradition familiale qui consiste à mélanger le cognac que chacun apporte avant de trinquer et de le boire. Le massacre était en marche !

Jusque-là, le magistrat ne lui apprenait presque rien de nouveau.

— Après le dessert, tout le monde ayant bu – certains auraient pu s'en abstenir –, Frank escomptait que la famille au complet serait endormie, ce qui faciliterait grandement les choses. La porte étant ouverte, il n'y a pas eu d'effraction. Vous étiez assoupie dans le salon. Votre frère somnolait dans une pièce donnant sur le jardin. Votre père et votre mère dormaient à poings fermés devant la table, affalés sur leur chaise. Seule Jennifer, qui n'avait bu qu'une gorgée, était faiblement ensommeillée, ce qui a eu des conséquences désastreuses.

Juliette sursauta en entendant le prénom de sa sœur.

— Vous n'allez quand même pas prétendre qu'elle est responsable des meurtres !

— Du tout ! Mais en arrivant dans la maison, Paz s'est aperçue que sa mère était absente et elle a voulu repartir *illico*. Sauf que Jennifer s'est réveillée et a reconnu Frank tenant un pistolet. Comprenant qu'il ne venait pas là pour manger une part de charlotte, elle a crié, il a tiré à bout portant. Puis, dans un accès de panique, il a abattu votre père. Il a découvert votre frère dans une pièce voisine. Quand celui-ci a entendu les coups de feu, il a cru qu'il s'agissait de gros pétards destinés à égayer la fête. Il a même adressé quelques mots au tireur qui entrait dans la pièce : « C'est un spectacle pyrotechnique ? » lui aurait-il lancé. En guise de réponse, Frank Miller a ouvert le feu. Votre frère a couru dans le jardin avant d'être achevé. Puis le tueur a placé le pistolet dans sa main en tirant un dernier coup, afin de faire croire qu'il était impliqué. Vous vous souvenez, la police scientifique a retrouvé des traces de poudre dans sa paume, ce qui nous a lancés sur une fausse piste, absurde à vrai dire.

Ce récit des faits était si éprouvant pour Juliette qu'elle ne trouvait plus la force de réfléchir et de s'interroger.

Le magistrat continua :

— Il restait deux survivantes, votre mère et vous. D'après votre témoignage, vous vous êtes levée et n'avez vu personne. Heureusement pour vous ! Sinon, vous auriez été tuée à votre tour. Puis vous vous êtes évanouie. Frank a fait une piqûre d'hypnotique à votre mère et à vous-même pour être sûr que vous n'alliez pas vous réveiller.

— Et Paz ? Quelle a été sa réaction ? Pourquoi ne s'est-elle pas enfuie ?

— Frank l'a tenue en joue. Il a menacé de la tuer. Elle était paniquée et lui a obéi aveuglément.

— Et moi ? Pourquoi ai-je survécu ?

— Monsieur Miller n'a pas eu la force de tirer sur vous. Je vais vous surprendre, mais il s'était attaché à vous. Les autres, il ne les connaissait pas. Avec vous, il avait passé de bons moments. Il n'a pas pu appuyer sur la gâchette. Il vous aimait trop. C'est du moins ce qu'il nous a dit. À moins qu'il n'ait voulu que vous restiez vivante afin qu'il puisse garder un œil sur l'enquête, tout en vous lançant sur de fausses pistes.

« Il vous aimait trop. »

Cette phrase perturbait profondément la jeune fille, mais elle n'en laissa rien paraître.

— Ensuite, que s'est-il passé ?

— Eh bien, c'est tout simple. Les compères étaient arrivés à bord d'un Kangoo. Frank a traîné les deux corps endormis dans le coffre, Paz a pris le volant, il se tenait derrière elle, le pistolet braqué dans sa direction. Ils ont roulé une vingtaine de kilomètres avant de dissimuler le véhicule dans un bois où se trouvait la Volkswagen de M. Miller, celle que vous connaissez ! Puis il est rentré chez lui, s'est douché au cas où il aurait été éclaboussé de sang, s'est changé, et s'est présenté tranquillement vers 17 heures devant la grille de la maison, comme si de rien n'était. Votre grand-mère avait déjà appelé les secours après avoir sonné chez la voisine. Il est entré avec les pompiers dans la villa, la police scientifique a retrouvé des traces ADN de lui dans plusieurs pièces, mais cela n'avait rien d'extraordinaire puisqu'il avait accompagné les soldats du feu. A-t-on retrouvé des traces de la sœur jumelle ? Impossible de savoir puisqu'elle a le même ADN que votre mère… Pour reprendre le titre d'un célèbre film d'Hitchcock, « le crime était presque parfait » !

Juliette osa demander :

— Pourquoi Paz n'a-t-elle pas vendu la mèche une fois le massacre commis ?

— Je me répète ! Frank l'a menacée de mort dès la première minute ; de plus, aucun élément factuel ne permettait de savoir qu'il avait participé au triple assassinat. Il avait laissé son téléphone chez lui. Si Paz avait révélé quelque chose, il aurait tout nié en bloc, on n'aurait pas trouvé de mobile expliquant sa participation aux meurtres. C'était un tueur à gages d'exception, très professionnel. Il n'existait aucune trace matérielle permettant de savoir qu'il connaissait Paz, aucun mail, aucun appel téléphonique, aucun courrier postal. Il utilisait Snapchat, la messagerie qui ne laisse aucune trace. La somme d'argent lui avait été versée en espèces. La jumelle « abandonnée » avait toutes les chances d'être accusée d'avoir tué sa famille biologique par pure vengeance, d'autant que Frank imaginait qu'elle avait dû être aperçue au volant du Kangoo. Ce fut le cas, je vous l'ai dit. Un témoin a reconnu quelqu'un ressemblant fortement à votre mère. Paz était coincée dans une nasse infernale et Frank la tenait à sa merci.

Une question taraudait Juliette :

— N'avez-vous jamais envisagé la piste d'une jumelle ?

— Bien sûr que si ! Je vous ai même posé la question l'air de rien, en espérant que vous alliez me faire des révélations. En fouillant dans les archives, nous avions découvert qu'une jumelle prénommée Paz s'était noyée au moment où ses parents tentaient d'atteindre l'Uruguay en radeau pneumatique. Mais nous n'avions pas poussé plus loin les investigations. Pour nous, comme pour les autorités argentines, l'enfant avait péri quatre décennies plus tôt. Elle ne pouvait donc en aucun cas être mêlée à ce drame.

— Et ma mère, était-elle au courant qu'elle avait une jumelle ?

— Nous ne l'excluons pas. Nous imaginons que ses parents lui ont dit qu'elle avait perdu une sœur, en lui demandant de ne pas le répéter, mais nous n'avons retrouvé aucune trace de cette confidence. Quant à Isabel Gomez que nous avons longuement interrogée, elle n'a jamais parlé explicitement de ce drame avant de découvrir la lettre que vous nous avez remise.

Jusque-là, Loiseau n'avait fait aucun commentaire sur ce document. Il raconta rapidement la suite des événements que, de toute façon, Juliette avait devinée.

— Le soir du 4 avril, tard dans la nuit, alors que votre mère et vous étiez profondément endormies, Frank et sa comparse ont roulé jusqu'à la plage de Gigaro à bord du Kangoo en empruntant la route côtière. Pourquoi Gigaro ? Parce que c'est un endroit relativement isolé, ce qui est très rare dans la région, et parce que votre oncle Dorian habite à côté. Frank voulait multiplier les pistes afin de ne pas être suspecté. Il voulait embrouiller tout le monde ! Votre corps a été simplement déposé sur le sable. Vous savez ce qui est arrivé à votre mère, je n'ai pas besoin de vous le rappeler.

Dans un sanglot, Juliette murmura :

— Abattue comme un animal...

— Frank a tiré sur elle après avoir creusé avec une pelle une petite fosse où il a brûlé le corps à l'aide d'un jerrican d'essence. Quand les flammes l'eurent consumé, il l'a recouvert de terre. Il était persuadé que personne ne le retrouverait jamais.

— Paz a-t-elle assisté à la scène ?

— Il l'avait laissée un peu plus loin pour éviter qu'elle sache où le cadavre avait été enterré. Elle a failli appeler les gendarmes à ce moment-là, mais elle ne l'a pas fait. Dommage, car l'enquête aurait été résolue très vite.

Il s'arrêta un instant, avant de poser une question idiote :

— Pas trop dur à entendre, ma chère Juliette ?

Après l'enfer qu'elle venait de traverser, presque plus rien ne l'affectait.

— Ensuite ? se contenta-t-elle de dire.

— Malgré toutes les précautions prises, Frank était paniqué à l'idée d'être démasqué. Tout en endormant votre méfiance et en faisant mine de vous aider, il a cherché à savoir si vous vous étiez rendu compte de quelque chose les 4 et 5 avril. Mais vous n'aviez rien vu. Dans le même temps, il a fait chanter Paz, a menacé de la tuer comme les autres ou de la dénoncer au cas où elle ferait des révélations. Elle était terrorisée, d'autant qu'elle n'avait aucun alibi et que le mobile de la vengeance familiale était très compromettant pour elle, je me répète. Grâce à l'ADN, la police judiciaire aurait compris tout de suite qu'elle était la jumelle de Flavia. Monsieur Miller l'a trimballée dans des endroits touristiques en Italie, en lui faisant enfiler la robe à pois que votre mère portait le jour de ses quarante-cinq ans, afin d'accréditer la piste d'une femme ayant fui après avoir massacré sa famille, tout en vous adressant des mails soi-disant écrits par Flavia. Il a utilisé sa tablette, volée dans la villa. Le mot de passe de la messagerie y était enregistré, de même que celui de son profil Facebook. Un jeu d'enfants !

Juliette était abasourdie.

— Frank a écrit les lettres en se faisant passer pour ma mère ! Je n'arrive pas à l'imaginer…

— C'est pourtant la vérité ! Il a même imité son style en s'inspirant des autres mails qu'elle vous avait envoyés. Il rédige très bien, il sait manier l'art du pastiche. Il a même évoqué avec vous des souvenirs en regardant la page Facebook de Flavia. C'est aussi bête que cela !

Un souvenir ténu lui revint alors en mémoire.

— À un moment, il m'a parlé d'une robe turquoise que je portais lors d'une croisière aux îles d'Hyères. J'ai regardé sur la page Facebook de ma mère. Elle n'a publié aucune photo de ce vêtement…

— Que vous êtes naïve ! Il avait tout simplement supprimé les photos où l'on voyait cette robe ! Du coup, vous avez cru que c'était vraiment votre mère qui avait écrit ce mail car vous pensiez, à tort, qu'elle était la seule à connaître ce détail vestimentaire.

L'océanographe avala un verre d'eau plate posé sur sa table de nuit. Elle était anéantie par ces révélations. Jamais elle n'aurait imaginé que l'homme qu'elle aimait aurait pu la trahir avec un pareil cynisme.

Une femme entra avec un plateau-repas qu'elle posa sur la desserte. Juliette eut un mouvement de recul : de la blanquette de veau et une part de charlotte aux fraises. Impossible de manger des mets qui lui rappelaient tant de souffrance.

Le magistrat continua sur sa lancée.

— Même menacée de mort par Frank Miller, Paz a fini par craquer, d'autant que sa propre mère, Isabel, avait révélé *via* un message codé publié dans la presse que sa fille n'avait pas été abandonnée. Si Isabel parlait de Paz de la sorte, c'est qu'elle avait fini par deviner le mobile du complot. Frank comprit grâce à ce même message que la grand-mère s'apprêtait à faire des révélations claires. Il a eu des sueurs froides. Il l'a alors menacée une première fois, avant de la tuer devant vous. Le motard, c'était lui ! Il a pensé qu'Isabel vous avait révélé l'existence d'une jumelle et, du coup, il a voulu en savoir davantage. Il nous a tout raconté dans les moindres détails. Vous souvenez-vous ? À Nice, il y a quelques jours, il vous a invitée au bistrot des Palétuviers en faisant croire qu'il était fou amoureux de vous. Vous connaissez la suite : il vous a accompagnée dans le fameux garage pour tenter de faire main basse sur un document dont il ignorait la teneur mais dont il devinait le danger potentiel.

— Et Paz est arrivée à ce moment-là, comme par enchantement !

— Les derniers jours, elle a joué la comédie à Frank. Elle lui a fait croire qu'il pouvait continuer à avoir confiance en elle. Elle avait peur qu'il s'en prenne à vous et cherchait à le circonscrire. Il l'a prévenue qu'il se rendait dans le garage d'Agay, lui a demandé de le rejoindre pour lui donner « un coup de main » éventuel. Paz est arrivée une première fois devant la grille, avant de repartir, puis de revenir.

— Quel coup de main ?

Le magistrat hésita une bonne minute avant de répondre :

— L'aider à se débarrasser de votre corps si nécessaire.

Trois minutes de silence complet.

Loiseau reprit :

— Je vous rassure : si elle est venue, c'est au contraire pour essayer de vous sauver !

Après un nouveau blanc, le magistrat poursuivit :

— Sans avoir de preuve formelle, nous supposons que Frank aurait fini par tuer Paz avant de faire disparaître son cadavre. Dans ce cas, l'affaire n'aurait sans doute jamais été élucidée. Le massacre de Vence serait devenu un *cold case*…

Juliette saisit une carafe en plastique et se servit un second verre d'eau, qu'elle but d'une traite.

Le magistrat précisa encore :

— Monsieur Miller a été mis en examen pour association de malfaiteurs, quintuple meurtre, enlèvement et séquestration. Il encourt la prison à perpétuité assortie d'une lourde peine de sûreté incompressible. Quant au procès de Paz, personne ne peut augurer de la façon dont il se déroulera. Les débats risquent d'être compliqués et contradictoires, d'autant qu'elle n'a tué personne, elle s'est constituée prisonnière et on lui reconnaîtra sans doute des circonstances atténuantes. Je ne devrais pas dire ça, mais je la plains beaucoup.

— Et les autres suspects ?

— Ils n'ont pas de lien avec les crimes. Dorian Carpenter n'est mêlé en aucune façon à cette histoire, mais il avait une peur bleue d'être soupçonné à cause de l'affaire du Rococo, d'où les visites qu'il vous a rendues à plusieurs reprises. Il a inventé de toutes pièces l'histoire de l'amant de votre mère, qu'elle n'a jamais eu, tout en étant convaincu par cette hypothèse. Nous avons définitivement écarté cette piste grâce à de nouvelles investigations, je ne vais pas entrer dans les détails. Mais revenons-en un instant à votre grand-mère Isabel Gomez : vous vous doutez maintenant que le massacre de Vence n'a aucun rapport avec l'accident de voiture qui a tué son mari dans les Alpes. Elle rêvait de se venger, certes, mais elle ne l'a pas fait !

Il s'arrêta quelques secondes avant de reprendre :

— Votre amie Lucia Ricci est elle aussi totalement innocente, même si ses brusques changements d'avis au sujet du massacre ont étonné tous ceux à qui elle se confiait, à commencer par nous. Elle est venue plusieurs fois me rendre visite pour me donner son opinion, en toute bonne foi. Son comportement m'a intrigué et j'ai fini par la soupçonner, sans avoir le moindre début de preuve. Quant au Dr Francis Hernandez, confident de votre mère, aucune charge ne pèse sur lui, nous l'en avons informé hier soir. Parlons maintenant de Florent Denis ! Ce sympathique pompier a eu le tort de flasher sur vous quand il vous a secourue sur la plage de Gigaro. Du coup, sans le vouloir, il s'est retrouvé mêlé à une histoire qui le dépassait. Il a simplement cherché à vous aider et ne demande pas mieux que de vous revoir !

Enfin une bonne nouvelle dans un océan de malheur ! pensa Juliette.

Le magistrat ajusta ses lunettes et feuilleta plusieurs procès-verbaux. Sans doute voulait-il s'assurer qu'il n'avait rien oublié d'important.

Puis il regarda Juliette bien en face et avoua d'une voix douce :

— J'ai commis moi-même des erreurs en menant cette enquête, je le reconnais humblement. J'ai soupçonné des gens de votre famille qui se sont avérés totalement innocents, à commencer par votre mère. Au nom de l'institution judiciaire, je tiens ici à vous présenter mes excuses et à vous demander pardon du fond du cœur. Cinq de vos proches ont été sauvagement assassinés. Je leur rends hommage aujourd'hui. Je pense à vous, et à eux. Qu'ils reposent en paix. Par ailleurs, je vous suis reconnaissant, chère Juliette, de nous avoir aidés. Votre courage est admirable. J'espère que le temps effacera vos blessures et que vous retrouverez une vie normale. Au nom de toute l'équipe qui a travaillé sur cette affaire incroyable, je vous adresse toute ma sympathie.

Quelques jours plus tard, mue par un désir irrépressible, Juliette décida de faire le tour de la Corse avec Florent Denis après avoir partagé une belle soirée avec lui. Le dénouement de cette tragédie les avait aimantés, elle n'oubliait pas qu'il l'avait secourue à deux reprises et qu'il l'avait épaulée au cours de ces semaines infernales. Elle l'avait cru coupable, il était innocent. Elle s'en voulait un peu, mais ses soupçons étaient un détail au milieu de la violence du cyclone.

Le pompier était beau, attentionné, sympathique, sportif, il avait des yeux rieurs, il embrassait avec une douceur infinie.

Rien ne ferait oublier à Juliette les jours de sang ; mais avec Florent, elle avait le sentiment de ne plus être seule.

Elle voulait qu'il devienne l'homme de sa vie. Un homme honnête et courageux, serviable et désintéressé.

Ils prirent le ferry à Nice et débarquèrent à Bastia au volant d'un van loué pour l'occasion. C'était la première fois qu'elle découvrait l'île appelée Kallístê par les Grecs, c'est-à-dire « la plus belle ». Ils visitèrent le cap Corse, le golfe de Saint-Florent, Calvi, la Balagne, et s'arrêtèrent trois jours dans les calanques de Piana. Corniches surplombant la mer, criques, falaises, îles, écueils, plages de sable fin, maquis, gorges, cascades, montagnes coiffées de neige : tout émerveillait Juliette. Ils filèrent ensuite vers Bonifacio, le village suspendu, avant de planter la tente près de la plage de Palombaggia face aux îles Cerbicale. Ils se retrouvaient dans le grand sud de l'Europe, la nature avait des airs d'Afrique.

Une plage, encore une… Mais sur celle-ci, le pompier ne secourut pas la jeune fille, il ne l'étendit pas sur le brancard d'un véhicule de secours. Il la serra dans ses bras, l'embrassa, puis, la nuit venue, l'emmena sur le sable, s'efforçant de lui faire oublier la plage de Gigaro et les jours de cauchemars.

Palombaggia est un éden terrestre, une invitation au bonheur. La mer est chaude et réconfortante, parsemée de rochers jaillis d'un film à grand spectacle. Vers minuit, sous la lune resplendissante, bercés par le murmure des vagues, Juliette et Florent firent l'amour pour la première fois.

Remerciements

Je remercie Alfred Hitchcock, mon mentor, mon idole, d'avoir inspiré certaines pages de ce livre.

Je regarde ses films depuis mon adolescence, ils me hantent, ils me fascinent, ils sont une drogue terrifiante. Une ambiance très particulière, inimitable, extravagante, merveilleuse, les habite. Les femmes y sont excessivement belles, plongées dans un ouragan de détresse, elles ont le sentiment qu'elles vont mourir, elles ne comprennent pas pourquoi elles se retrouvent aux portes de l'enfer.

Dans *Le passé ne meurt pas* (*Easy Virtue*), Larita Filton est accusée, malgré ses dénégations, d'avoir trompé son mari. Victime de préjugés stupides, elle s'exile sur la Côte d'Azur, mais continue à souffrir, car le passé ne s'efface jamais. Le personnage de Larita, incarné par Isabel Jeans, est étrange et magnifique, comme les beaux paysages en noir et blanc qui l'entourent.

Dans *Sueurs froides* (*Vertigo*), inspiré d'un roman de Boileau-Narcejac, deux femmes se ressemblent comme des jumelles, l'une et l'autre incarnées par la mystérieuse Kim Novak. Ce film m'a bouleversé, et la ressemblance entre les deux femmes a nourri l'intrigue de mon livre.

Il me faut surtout évoquer *La Main au collet* (*To Catch a Thief*), dont le décor est celui de *Soleils de sang*: la Côte d'Azur, Cannes, Monaco, les palaces, les routes en corniche, la Méditerranée, la lumière qui fait rêver, le ciel cru de Provence. Frances Stevens (Grace Kelly), jeune héritière américaine, tombe sous le charme d'un aventurier, John Robie (Cary Grant), accusé d'être un voleur de bijoux. Mon roman comporte plusieurs allusions à ce film mythique qui a marqué ma vie. C'est au cours du tournage que Grace Kelly, actrice fétiche d'Hitchcock, visita Monaco pour la première fois. On connaît la suite : elle en deviendra l'inoubliable princesse dont l'élégance, le charme, la gentillesse, la beauté feront l'admiration du monde entier.

Je voudrais enfin revenir sur une scène de *La Mort aux trousses* (*North by Northwest*) que j'ai évoquée dans le livre : Roger Thornhill (Cary Grant), un jour de grand soleil, à une heure et demie de bus de Chicago, dans une plaine agricole de l'Indiana, est mitraillé par un biplan en train d'étendre des pesticides dans les champs. Les images sont parmi les plus célèbres du cinéma mondial : un homme court, éperdu, poursuivi par un mystérieux avion. Sept minutes sans paroles. Nombre de spectateurs l'ignorent, mais Hitchcock a reconnu que cette séquence était extérieure à l'intrigue principale. Dans son livre d'entretiens avec François Truffaut, il avoue qu'il s'agit d'« une scène vidée de toute vraisemblance et de toute signification », avant d'ajouter que « cette gratuité constitue précisément l'intérêt et la force de cette scène ».

J'ai rendu hommage à ce moment culte du septième art en imaginant Juliette et Lucia menacées dans la rade de Monaco par une mystérieuse vedette rapide : celle-ci semble à plusieurs reprises sur le point de percuter le frêle Zodiac des deux femmes avant de s'éloigner vers la côte italienne. Ce passage n'est pas relié au reste de l'histoire : un pilote écervelé s'est amusé à effrayer des jeunes filles dont il n'avait jamais entendu parler. C'est tout. Les voici éclaboussées de la tête aux pieds, mais indemnes. Aucun crime ne sera commis au large de la principauté ce jour-là.

« La vie, ce n'est pas seulement respirer, c'est aussi avoir le souffle coupé », disait Hitchcock.

Merci enfin à mes amis de Nice et de Monaco sans lesquels ce livre n'aurait jamais été écrit.

Cet ouvrage a été composé
par Atlant'Communication
au Bernard (Vendée)

Impression réalisée par

NORMANDIE ROTO IMPRESSION S.A.S.
à Lonrai (Orne)

en septembre 2021
pour le compte des Éditions de l'Archipel
département éditorial
de la S.A.S. Écriture-Communication

Imprimé en France
N° d'impression : 2104416
Dépôt légal : octobre 2021